出世螺
京極夏彦

遠巷説百物語

京極夏彦

角川文庫
23540

目録

口絵造形製作／荒井　良
口絵デザイン／坂野公一（welle design）

歯《は》黒《ぐろ》べったり

◎歯黒べったり

或人《あるひと》古《ふる》き社《やしろ》の前《まへ》を通《とふ》りしに
うつらかなる女《おんな》の伏拝《ふしおが》み居《ゐ》たれば戯《たわぶ》れ云《いひ》て
過《すぎ》んとせしに
彼女《かのおんな》の振《ふり》むきたる顔《かほ》を見れば
目《め》鼻《はな》なく口《くち》斗《ばか》り大《おほ》きくて
げら〳〵と笑《わら》ひしかほ
二目《ふため》と見るべきやうもなし

――繪《え》本《ほん》百《ひやく》物語《ものがたり》／巻第三・第廿三

譚《はなし》

昔、あったずもな。

ある処《どこ》に、長者殿《どん》が居《い》たったずもな。

その息子ぁ独《ひど》り身《み》で、嫁っこ探してらったずもな。

その時分、釜石《かまいし》さ行ぐのに越える笛吹峠《ふえふきとうげ》づう峠の下辺《あだ》りに貧乏《びんぼ》な百姓家が一軒あって、それはそれは美《うづく》すう双子《ふたっこ》の姉妹《きょうでえ》まりぁ暮らしておったずもな。

姉っこのほうは悋気《りんき》深《ぶけ》えわがままな娘で、妹のほうは正直者のよく稼《かし》ぐ娘であったと。

二人とも、年頃さなって、益々美《うづぐ》すな娘《あま》っこになったずもな。

長者の息子ぁ釜石さ用足すに出掛けた時《どぎ》、この妹のほうぁ見初《みそ》めてすまったずもな。息子ぁもう、寝ても醒《さ》めても娘っこが忘れられねぐなったずもな。

なんとかすでぇと思って、息子ぁあの手この手で云い寄ってみだと。

そのうぢ、妹娘もその気になって、その秋に祝言《しゅうげん》挙げることが決まったずもな。

とごろが、田圃《たんぼ》の稲穂が垂れる前《めえ》に、娘っこぁ居ねぐなってしまったんだど。

前前がら娘っこに惚《ほ》れておった、松崎《まつざき》の天狗森《てんぐもり》に住まう天狗殿《どん》に攫《さら》われてしまったずもな。

息子ぁ嘆き悲しんだど。

息子ぁ泣いでばかりいだずども、長者殿《どん》が見兼ねで、

「なら嫁は姉っこでも良かべ。同じ顔《つら》だべ」

と言ったずもな。

息子ぁ聞いだ時《どぎ》こそ魂消《たまげ》たずも、慥《たす》かに同じ顔《つら》だもの構わねがど思い直しで、姉っこさ嫁に娶《と》ったど。

さで嬶《かか》にしでみっと、息子、また天狗さぁに獲《と》られるんでねえがと心配になって、家《え》の奥《おぐ》に頑丈で立派な座敷《ざすぎこさ》拵えで、そこさ嫁っこ入れで外さ出さねえようにして、上膳据膳《あげぜんすえぜん》で大切《たいせづ》に大切にしたど。

だども、この嫁っこ、元がらわがままであったてぇば、まんつ家《え》のこと何も為《す》ねで、あれ欲し、これ欲し、あれ喰《く》いでこれ喰いでと、贅沢《ぜいだく》の限りを尽したど。

お蔭《かげ》で長者の家、わらわらど傾いてしまって、そしてるうづに長者殿《どん》も病みついてらったずもな。

そんでも嫁っこぁ心根改《あらた》めることしねで、わがままして だんだど。

そんだらば、ある時、嫁っこの顔《つら》ぁぺろっと、目も鼻もなぐなってしまったずもな。息子でえ、その顔見《つら》で、

「俺《おら》が嫁っこの顔《つら》、なぐなってすまった」

って慌てで、家《え》の中、隅隅《すみずみ》まで捜したずも、目も鼻も何処《どこ》にも落ちでなかったど。

目っこも見えね臭《にお》いも嗅《か》げねでぇば嫁っこも困って、氏神様に三七《さんしち》二十一日願さ掛けで、性根ぇ直す、正直に稼《かし》ぐて誓ったらば、そのうち顔は戻ったずもが、曲がった性根は直ったもんの、戻った顔は醜《めぐせ》くなってっだど。

どんどはれ。

咄《はなし》

天《そら》がやけに蒼《あお》い。

北国《ほっこく》の空は無色陰鬱《いんうつ》という心緒《しんしょ》を抱きがちであるが、そんなことはない。この辺りの夏空は藍玉《あいだま》でもぶちまけたかのような色になる。その鮮烈さは清清《すがすが》しきを通り越し、眼を細めずには居られない程に強い。他所《よそ》から来た者などは暑い時期になると辟易《へきえき》する程であるのだが、今年は蒼くなるのが一段と早い。

暦の上では未《ま》だ春である。

往来は物凄《ものすご》い活気である。人と馬が連なって犇《ひし》めき合っている。その熱気が気温まで上げてしまうものか、初夏を思わせる陽気である。

市《いち》が立っている。

毎月、一の付く日には市が立つ。近郷近在から数え切れない人が出る。海のものと山のもの、町のもの、遠くのものと土地のもの、有りと凡百《あらゆる》品物がこの町に集まる。馬と人が群がり居並び、それはもう賑《にぎ》やかだ。

活気があるのは好ましいことである。

でも。

宇夫方《うぶかた》祥五郎《しょうごろう》は、人混みを好まない。

人混みというよりも市が余り好きではない。

煩瑣《うるさ》いのは一向に構わぬが、臭気が我慢ならない。

生臭さや青臭さ、木の香り鉄の香り、埃《ほこり》や汗の匂《にお》いが代わる代わる、時に渾然一体《こんぜんいったい》となって鼻を突く。

時に馬糞《まぐそ》なども臭《にお》う。

勿論《もちろん》、平素より常に様様な匂いはしている訳で、無臭の場所などある訳はないのだが、海には海の、山には山の、里には里の匂いがあることだけは間違いない。

山で磯の香が馨《かお》るのは変だし、船上に花の香が漂うのも妙である。

市には何もかもがある。

だから何もかもが匂う。

祥五郎は江戸《えど》で一年ばかり暮らしたことがある。江戸は水の匂いがした。江戸は人も多いし物も多い。こんな鄙《いなか》など比べ物にならぬ程に多い。だが、それでも水の匂いが勝つ。水捌《みずは》けも悪く、水路で区切られているからだろう。

遠野保《とおのほ》も、豊かな水系に恵まれている。

立派な川もあるし、池沼《ちしょう》も数え切れぬ程にある。

川の流れは速く、水は清冽《せいれつ》で、水量もまた多い。

そもそも、太古《いにしえ》の頃この辺り一帯は湖だったと伝えられている。実際、この土地は険しく深い山に囲まれた窪地《くぼち》であるから、そうだったのだろう。それが如何《いか》にして干上がったものか祥五郎は知らぬし、また知りようもないのだが、少なくとも人が、人の手で水を抜いた訳ではあるまい。水は川となって流れ出たのだ。

それでも里や町まで水の匂いがすることはない。川は川、湖は湖だ。川に行けば川の匂いがするし、湖に行けば湖の匂いがするだけである。

江戸は、平地を堀で刻み水場を埋め立てて造った土地だ。遠野保《ここ》は、天然自然の地形のままだ。その差なのかもしれぬ。

この土地は、在《あ》るがままに有るのだ。

だからこそ、ごちゃごちゃとした雑多な匂いが鼻に付くのだと祥五郎は考える。町が賑わうのは良いことだが、この雑踏のただ中に身を置くことだけは、祥五郎には些《いささ》かきつい。

気付けば直《す》ぐ横に馬の横腹がある。

馬はこの辺りの人人の生活《くらし》には欠かせないものだから、いつだって、何処にだっている。直接馬と関わらない身分の祥五郎でも、目にしない日はない。それでもこんな近くに身を寄せることはない。乗ることなども先《ま》ずない。

馬の匂いに辟易して離れようとしたら人にぶつかった。

人混みを避けるように裏道に抜け、空を見上げた。

蒼い。

こんな色になるのは少し早過ぎる。

年明けからこっち、随分と陽気が良い。昨年に続き今年も豊作だと百姓達は喜んでいる。漁の方も調子が良い。獲《と》った魚の置き場がないくらいだと聞く。悪いことではない。大いに喜ばしいことだろう。

しかし、銭がない。

ここ数年、市場に流れる銭が不足しているのだ。

それでも魚はどんどん遠野に入って来る。品が余っているから値の方はずるずると下落して大変に廉《やす》い。一方、干物などを含む俵物には昨年から新しく役銭の課税が施行されている。こちらの値は上がった。いずれ仕方がないことではある。とはいうものの、町の者は皆、困惑しているようである。

遠野の民は魚ばかり喰っている。

それでも、飢饉《ききん》よりはずっと良いと祥五郎は思う。

喰うものがあるだけマシである。物の値段が下がるのも、悪いことではない。だが幾ら廉くなったとしても、銭そのものが不足しているのであるからこれは仕方がない。

金がないのは民草だけではない。藩政もまた、窮乏を極めている。

天保《てんぽう》の時代は凶作が続き、物の値は高騰し、一揆《いっき》も起きた。

大きな声では言えないが、凡《すべ》ては藩の施策が悪かったのだと祥五郎は考えている。作物の出来不出来は藩の所為《せい》ではないが、困った時に備えることこそが政《まつりごと》の要《かなめ》ではあるだろう。

ここ数年は豊作と平年作が続いているが、銭は相変わらずない。諸藩士から借り上げたり町方から御用金を供出させたりしても足りるものではない。

そもそも、銅不足は国全体の問題で、盛岡《もりおか》藩だけの問題ではないのだ。

この状況下で凶作となれば、幾ら魚が獲れても民の暮らしは成り立たなくなるだろう。

だが、気候ばかりは読み切れるものではないのだ。

祥五郎は漠然と不安になる。

裏道を抜け、幾分遠回りをして松崎まで出た。

船瀧不動尊堂《ふなたきふどうそんどう》の裏手に乙蔵《おとぞう》が待っている筈《はず》だった。

乙蔵は土淵《つちぶち》村の豪農の倅《せがれ》なのだが、野良仕事を嫌い、彼《あ》れ此《こ》れと考えを巡らしては新しい渡世を始め、その度に失敗ばかりしていると云う困った男だ。

ただ、世事には通じている。民譚《むかしむかし》から社寺の縁起、呪《まじない》や謂《い》い伝えまで、虚実の境なく何でも知っているし、武家の秘め事商家の醜聞、近郷近在の噂話《うわさばなし》から役に立たぬ些事《さじ》まで耳に入らぬものはないと豪語している。便利といえば便利な男だ。

齢《とし》は祥五郎より三つ四つ下だから、二十二三だと思うけれども、十は老《ふ》けて見える。乙蔵に言わせると苦労知らずの祥五郎が童顔だということになるのだが、どう欲目に見ても乙蔵が齢相応の容貌《ようぼう》とは思えない。

老け顔の町人は古い切り株に腰を下ろし、竹筒に入った何かを飲んでいた。当然、水ではないだろう。

「おや」

顔を向ける。

「遅《おせ》え。帰《けえ》るどこだった」

「済まぬ」

浮がねえ貌《かお》だなと乙蔵は言う。

「市が立つ日は大体《でえてえ》そんな面《つら》だ。御譚《おんはなし》調《しらべ》掛《がかり》様ァ民の暮らし振りを憂えでおるかい」

「混雑が苦手なだけだ」

その役名を口に出すなと祥五郎は言う。

「そんな役はないのだ」

事実上、祥五郎は無役である。盛岡藩にそんな名の役職はない。だから名目上は浪士と変わりがない。

遠野保は、鍋倉《なべくら》城の城下町である。

城下町といっても、お城に藩主様が坐《おわ》す訳ではない。藩主の居城は盛岡城である。従って慶《けい》長《ちょう》の後に一国一城令が敷かれて以降は、城ではなく館と称するが正しいのだろう。書面上は要害屋敷となっていると聞く。だが名目上はどうであれ城の形をしているのだから、城なのだ。

民百姓は皆、城と呼ぶ。

それもその筈で、この要害はその昔阿曾沼《あそぬま》氏が築いた、横田《よこた》城という歴《れっき》とした城郭なのである。阿曾沼氏は滅んだが、城は破却されずに南部《なんぶ》家のものとなったのだ。

遠野保は隣藩領との国境《くにざかい》でもあり、交易の要所でもある。金坑もある。疎《おろそ》かには出来ぬ。

一時期は奉行などを城代として置いていたようだが、あまり巧《うま》くは治められず、治安は乱れたという。そこで盛岡藩は、寛永《かんえい》の頃に藩主の本家筋であり南部御三家筆頭でもある八戸《はちのへ》南部家を独自の裁量権を与える形でこの要害に移封したのだ。八戸南部家はそれ以降遠野南部家となり、横田城は改築されて鍋倉城となったのである。

だから城なのだ。

今の城主は遠野南部家三十二世、南部義晋《よしひろ》様である。

義晋様が跡目を継がれたのは七年前、当時まだ二十歳という若さであった。若いとはいえ才気溢《あふ》れる威丈夫で、性格も豪放磊落《らいらく》、家臣一同も遠野の民も、この若殿に大いに信頼を寄せている。

ただ、遠野南部家当主は、世襲で盛岡藩筆頭家老職に就くことになっている。

筆頭家老は盛岡城常勤である。鍋倉城の城主は、城中にはいらっしゃらないのである。

義晋様は筆頭家老として難題山積の藩政に携わりつつ、鍋倉要害の支配として遠野のことも気に懸けねばならないのであった。

祥五郎は義晋様と同い年である。

十の砌《みぎり》より三十二世を嗣《つ》がれるまでの十年間、側衆としてお仕えした。

家老職に就かれた際、祥五郎は義晋様直直《じきじき》に呼び出され命を受けたのであった。

自分の目となり耳となって遠野保の民草の動向を見極め、逐一報告せよ——と。

武家、商人、百姓、工人、猟師、漁師――遠野保には様様な人が住まう。加えて奥州《おうしゅう》でも指折りの交易場であるから、諸国の者も集う。咄《はなし》が生まれ噺《はなし》が集まる。遠野保には、ハナシが溢れている。

そうした、巷《ちまた》に流れるハナシを逐一聞き付け、真偽を見届け見定め、悉《ことごと》く報《しら》せよという令《いいつけ》であった。

御譚調掛というのも、適当な呼称である。

盛岡藩筆頭家老直属の御役ではあるのだが、そんな役儀は公式にはないのである。殿様直直の命を受けているとはいうものの、記録の上での祥五郎は藩士ですらなく、浪浪の身ということになっている。

知ったこっちゃねえと乙蔵は言った。

「お前《め》は殿様の手下《てか》のお侍様だべ。偉《えれ》え。俺《おら》ぁただの破落戸《ゴンボ》だがら」

お前はゴンボじゃないだろうと祥五郎は笑う。

「あのな、ゴンボというのはもっと乱暴なものだ。お前は幼童《こども》の頃より腕っ節は弱いし度胸もないぞ。喧嘩《けんか》もせんではないか」

「まあなあ」

人と同じことをするのが嫌いなだけであろうと言って祥五郎は笑った。能《よ》ぐ知っとるなあと乙蔵も笑った。

「臍《へそ》曲がりなのだわ」

「大いに曲がっておろう。そもそも、先だって始めた煮売り屋というのは上手《うま》く行っておるのか」

尋《き》いてくれるなと乙蔵は言う。

「駄目か」

「言いだぐね。言わずとも知っとる癖《くしぇ》に。そうでなければ馬千四人千人の市の立づ日にお前《め》と会ったりはしねべ」

咄ィ買ってける酔狂者などお殿様のお偉《えれ》え手下様ぐれえしか居ねべと乙蔵は苦笑いする。

「あのな、乙よ。儂《わし》のことを殿直直の命を受けた手下というならば、だ。その仕事を手伝うておるお前とても同じことではないか。殿はお前のこともご存じなのだし、お前に渡しておる手間賃も南部弥六郎《やろくろう》様の懐から出ておるのだぞ」

遠野南部家の当主は、初代となる弥六郎の名を嗣ぐのが決まりである。

「儂も士分とはいえ浪浪の身。謂《い》わば同役だ」

「いや、俺《おら》は駄賃付けの馬みでえなものよ。馬ぁ曳《ひ》ぐのはお前《め》だわ、祥五郎」

「で――」

その馬殿は何を運んで来てくれたのかなと言って、祥五郎は乙蔵の隣に腰を下ろした。

「座敷童衆《ざしきわらし》を見だ」

「見ただと。お前がか」

この眼《まなぐ》でなあと乙蔵は己が眼を指差した。

「祥五郎お前、餅屋《もちや》の山田屋《やまだや》を知っとるな」

「遠野南部家御用達《ごようたし》の御菓子司《おんかしつかさ》山田屋ならば存じておるがな」

「遠野に菓子屋なんぞ何軒もなかべ。その山田屋だ。彼処《あそこ》は大層な身代だが、多分、もう駄目だべな」

「そんだ」

「山田屋から座敷童衆が離れたというのか」

出で行ったと乙蔵は答えた。

「そう言われても俄《にわか》には信じ難いな。お前を信用しない訳ではないが、一体何が出て行ったと言うのだ。話には聞くけれど、儂はそんなもの見たことがない。まあ、天狗だ鬼だも見たことはないがな。それらと同じで、実際に、居るものであろうかい」

「いるさ」

座敷童衆とは、この辺りに伝わる霊《もの》である。家運が傾くとその家から抜け出て何処かに行くのだと謂われている。童衆と謂うくらいだから、大抵は子供の姿をしているらしい。顔が赤いという話も聞く。この辺りで顔が赤いというなら、河童《かっぱ》か天狗であろう。

否、実際そうした妖物と然《そ》う違うモノではなかろうとも祥五郎は思っている。

没落した家からそれが出て行ったという話はまま耳にするが、皆後付けである。稀《まれ》に零落《おちぶ》れる前に謂われる場合もあるようだが、それは家運の傾く兆候を察して流布されるものだ。そうした言説が流れるということは、既に不幸の種は芽を吹いているということなのだろう。

最近では、それがやって来たから裕福になったのだという与太咄《よた》まで囁《ささや》かれるようになっているらしいが、それは拵《こしら》え話だ。妬《ねた》みやら嫉《そね》みやら、羨望《せんぼう》やら、人の世には面倒な想いが色色とあるのだ。そうした蟠《わだかま》りを人ならぬモノに仮託するのだろうと、祥五郎は判じている。

その方が何に付け穏当に済むからだ。

富や財は、才覚やら尽力やらで得るものだと祥五郎は考える。

運も全くないとはいわないが、運を呼び込むのも日日の精進故であろう。成功にも失敗にも必ず理由はある。特に失敗の場合、そうなった子細は明白である。

それを、認めたくないのだ。

人は。

そうすると。

「山田屋に何かあったか」

「何かあったかって、だがら出で行ったのを見だと言うてるでねえが。ありゃ座敷童衆だわ」

顔が赤かったかと尋くと、乙蔵は真っ白だったと答えた。

「白いのか。なら山人《やまびと》ではないか」

「あれはでがいんだべ。俺《おら》が見だのは小せえの。童《わらし》だ。十二三の、切り髪の小娘だ」

真っ赤な振《ふ》り袖《そで》着でなあ。

ふんわりふんわり。

髪を靡《なび》かせでな。

そう言って乙蔵は遠くを視《み》るような顔をした。

「おい。大丈夫か乙よ」

「抜けるように色の白《しれ》え、めんこい女子《おなご》童《わらし》であったわ」

「親戚《しんせき》の娘でも来ていたのではないのか」

「山田屋にそんな親戚は居ねわ。隠居した仁右衛門《にえもん》の息子は弥右衛門《やえもん》だけだ。仁右衛門は上方《にし》から流れで来た男で、この辺りに縁者は居らね。先だって死んだ嬶《かか》のお勝《かつ》は土淵《つちぶち》の出だが、血縁で生き残ってるのは嫁いだ妹だけだし、そごにも女の童《わらし》は居ねわ」

「慥《たし》か、先頃祝言を挙げただろう。息子が」

「ああ。青笹《あおざさ》辺りの一つ家の娘とな」

「そっちの親類じゃないのか」

「違うな。あれは、姉妹《きょうでえ》二人暮らしで、姉の方はもう居ね」

「居ないというと、何処か他所《よそ》へ嫁いだのか」

攫われだと乙蔵は言った。

「何だと」

「まあ、神隠しだべ。山男《やまおとこ》か天狗様か知らねけどな。妹の祝言の日に居なぐなった。まあ、それがケチの付き始めだべ」

「ケチ――か」

そうした不幸を兆しと見るのだ。

「他に何があった」

「他とは何だ」

「当然何かがあったのだろう。その、座敷童衆が出て行ったなら――」

山田屋は京風の練り菓子を作る、陸奥《みちのく》では殆《ほとん》ど唯一の菓子司だろう。

前の主《あるじ》の仁右衛門は、都で菓子作りの修業をした男だと聞いている。遠野南部家の御用達であるのみならず、盛岡の殿様にもその菓子は折節に献上される。

仁右衛門は病み付いてるわと乙蔵は言う。

「息子が嫁御娶《と》ってがら変事が続いでな、そのうづ具合を悪くして、今ぁ寝だ切りだ。あの店《たな》は仁右衛門の腕で保《も》ってだようなもんだべ。客足も減ってるわ。俺《おら》はあんな高級な菓子は喰わねがら判らねども、味が落ちたんだべな」

「正月の菓子は、今まで通りだったようだがな」

尤《もっと》も祥五郎は喰っていない。

嫁が来たのは睦月《むつき》の終わり頃だと乙蔵は言った。

「正月なら嫁は居ねべ」

「嫁が悪いような言い種《ぐさ》だな」

「そうは言わねけどな。でもな、この頃では弥右衛門まで疾《やまい》がちだ。それに、その嫁にも何かあったようだしな」

「何かとは何だ」

「人前に出なぐなった。もう十日も経《た》つわ。奥座敷に籠《こ》もっておっで、奉公人も誰も、顔見でねえようだ。俺《おら》が座敷童衆を見だのも、十日前《めえ》だ。矢《や》っ張《ぱ》り市が立ってだがら」

「なる程な」

何かは起きているのか。

乙蔵は顔を空に向けた。

「元日が能《よ》ぐ晴れてだから、百姓どもは今年も豊作だと喜んでたがの、俺《おら》ぁ怪しいと思う。天気は良いが温《ぬく》ぐならね。夏が寒ければ駄目だべ」

不安なことを言う。

「ま、山田屋は遠からず左前になる。殿様も新しい菓子屋を探さねばなんねべな。それから」

「まだあるか」

「なんぼでもある。話の数だけ銭こ呉《け》るんであれば、なんぼでも話すわ」

「拵え咄はいかんぞ」

「咄ぃ拵える程賢ぐはねえよ。無学だ。百姓の倅《せがれ》だ」

「ふん。お前、自分は元を辿《たど》れば新田《にった》家の血筋なのだと、いつだったか威張っておったではないか。真実《ほんとう》ならば八戸南部家の縁続き、殿とも遠戚ということになろうよ。儂なんぞは、滅んだ阿曾沼の家臣の、しかも傍系だ。お前の方が偉いわ」

「偉《えれ》えかどうかは関係ね。お前の先祖《めおや》はなんたらいう書物を沢山書いた御仁だべ。俺方《おらほ》にそういう才はねえ」

「先祖ではない。儂は同族だが、直系ではない」

乙蔵の言うのは宇夫方広隆《ひろたか》のことである。

元禄《げんろく》の人で、『遠野古事記《とおのこじき》』を始め、この土地の風俗歴史などを具《つぶさ》に書き記している。

祥五郎がこうした密命を受けたのも、どうやらその広隆が居たからだったようなのだが、正直、関係はない。どんどんと遡《さかのぼ》って行けば何処かで交わるのだろうし、ならば全く無関係ともいえぬのだろうが、その程度のことだ。単に姓が同じというだけである。

「その、同族だかが書いた何たらいう本に、化け物《もん》のことが載っておるだろ。俺《おら》は読めねが元お城勤めの爺《じじ》からそう聞いだ。お前《め》は読んでるべ」

「化け物か」

載っていたと思う。

「諳《そら》んじられる程に読み込んではおらぬがな。殿にお願いして読ませて貰《もら》ったことはある。しかし空覚《うろおぼ》えだな」

化け物というなら。

「儂が覚えているのは——光る一つ眼の禿《かむろ》童子やら、頭が伸びる見越し入道とかいう大坊主やら、後は鉄漿黒染《おはぐろくろぞめ》の大口女やら——そういう、子供騙《だま》しのようなものばかりだがな」

それだと乙蔵は言った。

「どれだ」

「お歯黒の女だ。それが出る」

「何だって」

「愛宕山《あたごやま》の裾野《すその》の林の中によ、鳥居が立っとるべ」

「鳥居なんて幾らでもあるだろう。いや――愛宕山の裾野というと、山口《やまぐち》の辺りから柏崎《かしわざき》に向かう時に通るな。あの松林の道だろうか」

「道沿いではねえ。林の中によ」

「そういえばあったかな。いや、あれは慥《たし》か、頂上にある山神の祠《ほこら》へ続く参道への入り口ではなかったか」

能《よ》ぐ山ン神様《さァ》と行ぎ逢《あ》う処《とこ》だと乙蔵は言った。

「其処《そこ》さ出る」

「だから何がだ」

記事にあったのは、鉄漿《かね》を付けた乱れ髪大面大口の女が夜な夜な婦女子を脅かす――というものだったと思う。

そんなものが存在するとは思えない。

「あのな、夕暮れに彼処《あそこ》を通るどな、人の気配がすンだ。で、覗《のぞ》いでみるど、鳥居の蔭に女が立ってるんだわ。薄暗《うすぐれ》えし遠目だべ。能ぐ見えねがら、近寄るべ。するど、それがどうも引き振り袖を着でな、高髷《たかまげ》に、桂巻《かつらまき》でえ姿なのよ」

「桂巻か。まるで角隠しだな。それでは花嫁御寮《はなよめごりょう》だ」

正に嫁っこよと乙蔵は言った。

「怪訝《おかし》いべ。そんだ刻限に、あんな場所に、花嫁が独《ひと》りでおる訳がね。気になるがらこう、更に見っどな、こう、すうっど振り向ぐのだな。するど」

眼も鼻もねえ。

「眼鼻がないのか」

「ねえのだど。でな、笑う」

「眼鼻がないのにか。のっぺらぼうなら笑えまい」

「口はあるんだべな。それが、こう——にだっと」

口の中は真っ黒である。

鉄漿が塗られているのだ。

引眉《ひきまゆ》も鉄漿も、近頃は余り目にしない。年配の武家の妻女などは今もそうしているのかもしれないが、祥五郎はそうした方方に会う機会を先《ま》ず持たない。

否、武家でなくとも祭りや祝言などの際には鉄漿を付けるものだと聞くし、未婚でも二十歳を過ぎればそうするものだとも謂うのだが、祥五郎は見た覚えがない。見てはいるのだろうが覚えていないのだろう。尤《もっと》も、大口を開けて笑いでもしない限り鉄漿を付けているかどうかなど判りはしない。祝言の日に花嫁が大口を開けて大笑するというのも考え難《にく》い。

そう考えてみると、口を開けて鉄漿を見せ付けるというのは、それだけで奇異な情景ではあるのだろう。

否、それ以前に——。

「眼鼻がないというのは、有り得ぬだろう」

「有り得ねがらこそ、化け物《もん》だという話だ。七日程前がら、もう十人からが見でいるわ」

「十人なあ。皆、町人か」

「まあ、山口の者《もん》と柏崎の者《もん》が殆どだがな、お侍も居《お》る。昨日《きんのう》だか、お城勤めのお勝手《かって》掛《がかり》だかが腰抜がしたようだ」

「鍋倉の城だな。勘定 方《かんじょうかた》か。名は判るか」

「大久保《おおくぼ》とかいうたべかな。二本差しが狐狸《こり》妖物に出会《でくわ》して腰抜がすなど武門の恥と誹《そし》られで発奮しで、も一度出向いで化け物《もん》ば斬り伏せるど息巻いでるようだ」

「大久保様か」

親しくはないが、顔は識《し》っている。

「ま、一人二人なら兎《と》も角《がく》も、十人からが同じこと言うとるのであるから、そういう姿のもんが出るんだべ。狐が何かでねえかな」

「狐なあ」

狐が化かす、化けるという話は今もまま聞くが、それこそ信じ難《がた》いと祥五郎は考える。

この手の訳の解らぬモノは大抵は狐なのだ。『遠野古事記』にも狐狸の仕業と書かれていたから、元禄の昔からそうなのだろう。だが、何が起きたのであろうと狐の仕業としてしまえばそれで終《しま》いになる。しかも、何でもありということになる。

それでは祥五郎の役目は果たせない。

起きたこと、その理由、そしてそれがどう受け止められ、どのような影響を与えたか。そこまで調べ上げなければ、ハナシにはならない。狐が化かしました——と言うのなら、ほぼ凡てがその一言で済んでしまう。殿様にそんな世間話をお聞かせする訳にはいかぬ。それは治政の役には立たぬ。

大久保様ぁ今日も行ぐんでねがなと乙蔵は多少小馬鹿にしたように言った。

「相当、頭《おつむ》に血が昇っとるようだぞ」

大久保に会ってみるべきだろうか。

山田屋にも出向いてみた方が良いだろう。

その後、海産物の値段がまたもや下がったということ、水無月《みなづき》朔《ついたち》の馬子《まっこ》繋《つな》ぎの話などを聞いた。馬子繋ぎ行事は緩く搗《つ》いた米粉を口に塗った藁《わら》の馬を水辺まで持って行って繋ぐしきたりなのだが、最近は馬を作らず、摺《す》り物《もの》で済ませる家も多くなったということだった。作る余裕がないのかと問うたが、寧《むし》ろ手間の問題だろうと乙蔵は言った。

「藁ぁ綯《な》って馬拵《こさ》えるのは面倒《めんど》臭え。巧《うま》ぐ作れね者《もん》も居るし時も掛がる。摺り物《もん》なら手間要《い》らずだ」

「摺り物というのは何だ。馬の絵でも刷られているのか」

「そりゃそんだ。藁と同じに口ん処《どこ》に粢《しとぎ》ば塗るようだが、そんなのは大した手間ではね。後は水口《みなくち》まで持ってけば、終わりだ。簡単だべ」

「お札《ふだ》のようなものなのか。何処で刷っているのだ」

各戸でいちいち版木を彫るのなら、余計に手間だろう。

それは知らねと乙蔵は答えた。

「寺か神社で刷ってんだべな。無料《ただ》で配んのか、買うのかは判《わか》らね。今度尋いておぐ」

つまり出費を惜しんだ結果ではなく、手間を惜しんだ結果ということだろうか。しきたり通りに遂行する暇はないのだが、しきたりを止《や》めてしまうことも出来ない。だから簡便簡略に変更する――そうした傾向は最近顕著に見られるように祥五郎は思う。

下下の暮らし向きを把握するためには、このような些事を知っておくことが肝要なのだ。変化は、先《ま》ず細かいところから出る。

鍋倉の殿様は、豪胆な立ち居振る舞いとは裏腹に迚《とて》も繊細な御仁なのである。毅然《きぜん》とした態度は、若輩として軽視されないための方便でもあるのだろう。

手間賃を渡して立ち上がると、袖を引かれて寸暇《ちょいと》待てと言われた。

「何だ。不足はあるまい」

「不足はねけど。そう急《しぇ》ぐな。まだ言うことがあんだ」

あの絵のことだと乙蔵は言った。

「絵――とは何だ」

「言ってたべ。常堅寺《じょうけんじ》か何処かで見かけだて」

「ああ。あの板絵か」

奇妙な絵だった。

板に描かれた極彩色の絵だった。高級な調度が設《しつら》えられた座敷の真ん中に、上等の紋付き姿の若い男が座っているのである。膳の上には山海の珍味がこれでもかという程に並べられている。富貴な家の御曹司としか思えない。

最初は大振りの奉納絵馬かと思った。

しかしそんな訳はないのだ。願掛けの絵柄とは思えない。貧乏人が金持ちになりたくて願を掛けたとでも考えなければ納得が行かない。しかし、そんな願いを寺が——否、仏が聞き届けてくれる訳もないし、況《まし》て貧しき者に奉納出来るような代物ではない。自分で描いたとは思えぬし、絵師に頼んだのなら相当な銭を支払っている筈だ。

祥五郎はそれを姉の月命日の墓参の際に見たのだ。

生憎《あいにく》、住持は留守で、それが何かは判らなかった。

流《は》行《や》るかもしんねなと乙蔵は言った。

「流行るというのは解《わか》らんな。あれは何なのだ」

「浄土絵だそうだ」

「何だと」

何処が浄土だというのか。

「阿弥陀《あみだ》様も天人《てんにん》も、宝樓《ほうろう》も宝閣《ほうかく》も描かれていなかったぞ。あんな浄土があるか。何かの間違いではないのか。儂が見たのは、ただの商家の奥座敷の絵だ。まあ、かなり裕福な家の絵のようではあったがな」

「相当の長者の屋敷なんだべな。お前《め》が見だのは、多分、去年の暮れに死んだ、長者の息子の肖像絵《うつし》だわ」

「死んだ――というと」

「だがら死んだ者《もん》の絵よ。似せ絵とでもいうのだべか。いいが、祥五郎。この辺りじゃあ死んだ者はお山に行ぐとか、極楽さ行ぐとか、そんな風に謂うし、そんだ風に教えられもすんだがな、皆、そう思ってはねえのでねがな。死んだ後も現世と同じように暮らしているど思っとるよ、皆。なら、裕福な方がいいべ」

「つまり」

死後の富貴を祈願しているのか。

「死んだ後も、御馳走《ごっつお》喰て綺麗《きれい》な衣裳《べべ》着て立派な御殿で暮らして欲しいと思うべ。それを絵にして奉納すんだ」

「なる程な。それで浄土絵なのか」

正式な呼び方はねえと乙蔵は言う。

「昔からあるもんではね。この頃の流行り物《もん》だ。誰が始めたもんかは判《わが》らねども、描いた奴《やつ》は判《わが》った」

「誰だ」

「あのな、去年から山口の壇塙《だんのはな》の裏手に小屋ぁ建てで住んでる、仲蔵《なかぞう》って男だ」

「聞かぬ名だな」

「そらそうだべ。別に看板出しとる訳ではね。あれは口伝《くちづ》てに聞いで、知った者《もん》が頼みに行ぐんだ。浄土絵は、ま、そいづが考案したのかどうかは知らねどもな、その男、頼めば何でも描ぐそうだがら。上手《じょうず》に描ぐと評判だと聞ぐわ」

「絵師なのかな」

「さで。絵だけでなぐ拵え物なら何でもするど聞いでるがな。権現様《ごんげさま》の頭《かしら》でも仏像様《ほとけ》でも、碗《わん》でも膳でも器用に拵えるそんだ。木匠《でえく》もするみでえだし修繕でも何でもする。器用なんだべ」

「それは」

何者だ。

「土地の者《もん》ではね」

「盛岡からでも来たのか」

「そうではねえ。津軽《つがる》から流れて来たてことだが、その前《めえ》は飛騨《ひだ》に暫《しばら》く居《お》ったようだ。本当かどうか知らね。確かめようもねべ。元は江戸者《もん》だという噂だがな。会ったことはね」

「江戸者なのか」

どんな男なのか。興味が涌《わ》いた。

「塗り物さ頼んだて奴が居たって、それに聞いたんだが、言葉が江戸弁なのだそうだわ。齢《とし》は五十か六十か、若ぐはねえが、能《よ》ぐ判らねそうだ。何でも、化け物《もん》みでえなご面相の大男《おおおどこ》だと聞いだな。面構《つらがめ》えでどうこう言いだぐはねが、まあ、只者《ただもん》ではねべ」

お前の咄は化け物ばかりだなと言うと、乙蔵は遠野は化け物が集まんだと答えた。

「西がら東がら、遠方がらも、人も物も来るべ。咄だって、なんぼでも来る。珍す咄も怪しげな咄もあるわ。それが溜《た》まるんだべな」

「咄が溜まるか」

「溜まるだけではねのさ。百姓は百姓、猟師は猟師、商人は商人、武家は武家で、同ず咄を別に聞ぐ。それを伝える。だがら化け物も増えるのよ」

「なる程な」

それは解る気がする。

遠野保は盛岡藩の領地だが、盆地という土地柄からか、それとも遠野南部家が独自の裁量を任されているからか、他の盛岡領とは何処か違っている。祥五郎は藩の中に別の藩があるような、そんな印象《おもい》を持っていたのだが、乙蔵のいうように様様な国と交易があり、また狭い場所に様様な階層の者が暮らしている所為で、雑多な習俗文化が綯《な》い交《ま》ぜになり独特の国柄が醸成されたということなのかもしれない。

仲蔵なる男の住まいの場所を再度確認し、追加の手間賃を渡して、乙蔵と別れた。

空は相変わらず真っ青だったが、それ程暖かくはない。

乙蔵の言っていた通り、今年の作物の出来は余り良くないのかもしれない。

祥五郎は何処に向かったものか、やや迷った。

噺《はなし》

その時、大久保平十郎《へいじゅうろう》は苛《いら》ついていた。

分家筋とはいうものの、己《じぶん》は遠野南部家家老の縁続きである。徒《いたずら》に愚弄《ぐろう》され蔑《さげす》まれる覚えはない。

腰抜けだの臆病者《おくびょうもの》だのと誹《そし》られ囃《はや》されるような行いはしていない。

そもそも、暗がりに女がいたとして、それを見掛けただけで恐れて逃げただとか、気を失っただとかいうのであれば、それは武士だろうと町人だろうと、腰抜けで臆病者だろう。

平十郎はそんな態度を執ってはいない。

微暝《うすぐら》い林の中に見馴《みな》れぬものが見えたので近付き、正体を確かめようとしたのだ。女だと知れたから声を掛けた。明らかに怪訝《おか》しかったからである。

どう観ても婚礼衣裳《いしょう》だったのだ。

真に肝の細い者ならば近付くこともしないだろう。女ものの着物を目にしたならば、それ山女だやれキャシャだと騒いで逃げるに違いない。

少なくとも平十郎は違う。

平十郎は勘定吟味方《ぎんみかたあらためやく》改役である。町廻《まちまわ》りはお役目の内ではない。縦《よ》んば怪しい者を見掛けたとして、放っておいたとしても責められる筋合いはない。

それでも、平十郎は見過ごすことが出来なかったのだ。

元来そうした性質《たち》なのである。

だから平十郎はわざわざ林に踏み込んで、声まで掛けたのだ。それを人と思えばこそ、女と見て取ったからこそ、何があったのか案じたのである。

平素人の居る筈のない場所、普段人の居る筈のない刻限に居る者は、人ではないモノと判ずるが、下下の常である。

しかしそんなことはないと平十郎は思う。

深山幽谷に女が居る訳はない、だから山女だと人は謂う。

深夜未明に童《こども》が居る訳はない、だから狐狸だと人は謂う。

だがしかし。

居るかもしれないではないか。

椿事《ちんじ》変事は如何《いか》なる時も、誰の身にも起きる。

男に行ける処なら、女にだって行けるだろう。

行く理由がないだけだ。行く理由さえあれば行けぬ訳ではないのである。そんな場所、そんな刻限に居たのであれば、居ただけの理由があるのだろう。ならばその理由こそが尋常ならざる状況の因である筈だ。

人なのだ。

人の形をしていて人でない訳がない。

ならば畏《おそ》れて逃げるのではなく、子細を尋ねるが正しき行いであろう。どんな者にも必ずや事情があるのだ。尋常ならざる在り様であれば尋常ならざる理由がある筈なのだ。ことと次第に拠《よ》っては手を差し伸べねばならぬ場合もあろう。恐がるなど以《もっ》ての外《ほか》である。

平十郎は恐がってなどいなかったのだ。

寧《むし》ろその逆なのである。

何の腰抜けか。何処が臆病者か。

平十郎は沸沸《ふつふつ》と涌き出る嗔《いかり》を抑え込む。

宵《よい》五つ、人気《ひとけ》のない林の中に着飾った女が独りきり、俯《うつむ》いて立ち竦《すく》んでいるのだ。心配ない方がどうかしている。

最初は目の迷いかと思った。提《ちょう》燈《ちん》を翳《かざ》したが消えることもなかった。近寄っても尚《なお》それは見えていた。だから、如何《いか》致《が》したと声を掛けた。下手《へた》に怯《おび》えさせてもいけないから極めて温厚に言葉を発した。身許《みもと》も明かした。

反応《こたえ》がないから、更に近付いた。

鳥居の蔭に身が半分隠れていた。

照らして見た。

女は一層に顔を背けた。

「怪しいと思わぬか。否、その、化け物だ何だという意味ではなくてだな、人であっても不審ではないか」

平十郎は拳《こぶし》を強く握った。

ご不審に思われて当然ですと、宇夫方は答えた。

宇夫方祥五郎は、遠野南部家現当主である義晋様の近習《きんじゅう》を長く務めていた男だ。義晋様がお館様になられた際、城勤めを辞している筈である。見知った者ではあるが、それ程親しくしていたことはない。それが、突然訪ねて来たのだ。

怪事に就いて聞きたいと言う。

平十郎は戸惑った。宇夫方は現在、遠野南部家の家臣でもないし盛岡藩士でもない。謂わば浪浪の身である。しかし、無役無給であるにも拘《かかわ》らず、宇夫方が暮らしに窮している様子はない。裕福な家柄という訳でもないのに、である。

それに就いては、真実《まこと》しやかなる風聞が流れている。

宇夫方は義晋様直属の密偵だ——という風聞である。

市井に身を投じ、隠密《おんみつ》に見回り家臣の働き振りを検分しているというのである。俄《にわか》には信じ難《がた》いことだが、義晋様ならばそのくらいのことはしそうだと、平十郎も思わぬでもなかった。

その宇夫方がやって来たのだ。

「だからだな」

そこまで言って、平十郎の苛苛は限界を迎えた。

「宇夫方。其方《そのほう》――何をしに来た」

宇夫方は面喰らったようだった。

「ですから」

「お伺い致す。拙者を鑑査しに参られたか」

「鑑査とはまた面妖なことを仰せです。私は一介の浪士ですよ。勘定吟味方である大久保様の鑑査など」

誤魔化《ごまか》さずとも良いと平十郎は言った。

「拙者の悪評を聞き付け、真偽の程を質《ただ》しに参られたのであろうに。其方は殿の勅命を受けた密偵――なので御座ろう」

「はあ」

そんな噂が流されておりまするかと宇夫方は言った。

「まだ恍惚《とぼけ》られるおつもりか。そうでないならば、この時期この刻限に拙宅を訪れることなどあるまい。腰抜け侍、臆病者という悪罵《あくば》を見極めに参られたのであろう。違いまするか」

「違いまする」

宇夫方は居住まいを正し、一度頭を下げた。

「大久保様におかれましては、身共の突然の訪問に不審を抱かれるのも当然至極のことと拝察仕《つかまつ》ります。城中に於《お》いて如何《いか》なる言説が罷《まか》り通っておりまするものか身共は承知しておりませぬが、ご家中の方方の評価査定に関わるような大役を仰せ付かったことは御座いませせぬ」

「それを信じろと」

「はい」

宇夫方は顔を上げた。

「身の証《あか》しなど何も持たぬ浪士の身共を信用しろと申し上げても無理だということは重重承知しております。しかしここは――信用して戴《いただ》くより他、御座いません」

若侍は真っ直ぐに平十郎の目を見据えた。

「これは秘事で御座いまするが、大久保様にだけは申し上げまする。秘せよ伏せよとの命に御座いますれば口外法度《こうがいはっと》とお心得ください。身共は慥《たし》かに殿の密命を受け、働いておりまする」

「ならば」

「しかし、身共が探るは山野、田畑、町方に御座います。民草の暮らし振りを正しく知るためには、民草とならねばならぬ、依《よ》って身分を捨てよと、そうしたご下命。ご家中の鑑査が目的であるならば、城を出る意味は御座いますまい」

「それは」

そうかもしれない。

「しかし、それなら何故に」

「愛宕山麓《さんろく》の鉄漿女、遭《お》うた見たと公言する百姓町人は十指に余るとか。斯様《かよう》な怪事変事の真相を探るのも身共のお役目に御座います」

「真相――と申すか」

「徒《いたずら》に人心を惑わすだけの流言蜚語《りゅうげんひご》か、将又《はたまた》それ相応の原因があるのか、それを見定め、殿にご報告するも身共のお役目の内に御座います。されば、武家にあって遭遇なされたは大久保様のみで御座います故――」

ならば。

「左様か」

「拙者の城中に於ける悪評を聞き付けて参られたという訳ではないのか」

「身共は野《や》に下《くだ》った浪浪の身なれば」

城中のことは知りようが御座いませんと宇夫方は言った。

「殿のお耳に入ったということではないのか」

「殿は盛岡城にお詰めになって坐《おわ》します故、鍋倉城内の噂を日を置かずに知る術《すべ》をお持ちでは御座いません。それにお聞きする限り、大久保様は揶揄《やゆ》中傷されるような行いは為《な》されて居られぬように拝察仕りますが」

「不始末をした覚えはない。まあ、狐狸の仕業であれ妖物であれ、そうしたこの世ならぬモノを視《み》てしまうこと自体、心に隙があるからだと言われるのであれば、それはもう、弁明のしようがないのだがな」

そうだとしても。

「腰抜け扱いは実に不本意である。拙者は抜刀こそせなんだが、決して怯《ひる》んだ訳ではない。ただ、驚かなかったかと言われればそれは否定出来ぬが」

その時、平十郎は女の肩に手を置いたのだ。

どう観《み》ても、女の装束は花嫁衣裳だった。刻限と場所を考慮するに、余程の事情がなければ考えられぬ奇妙な状況である。

女は振り向いた。

提燈は女の顔の直ぐ横にあった。照らされた顔には。

眼も、鼻もなかった。

「口はあった。紅を差していた。そこで女は口を開けて歯を剥《む》いたのだ。歯は黒かった」

「それは」

驚くなと言う方が無理ですと宇夫方は言った。

「真実《まこと》なら——真実なので御座いましょうが、ならばそれを人と思う者はおりますまい」

「まあ、そうでもあろうが——問題は、そこで目の前が真っ暗になってしまったということでな。まるで袋でも被《かぶ》せられたかのような有り様で、訳が解らなくなった。気付いたらその場に倒れておったのだ」

こうして話してみると、腰抜けと言われても仕方がないように思えて来る。

「恐がった訳ではないのだが」

「巷説《こうせつ》は真実でありましたか」

宇夫方は腕を組んで考え込んだ。

信じたのか。同役は誰一人信用せなんだというのに。

「其方は信用してくれるのか」

「信じぬ理由が御座いません」

虚偽を述べている眼ではない、そう平十郎は感じた。

「ひとつお尋ね致します。他意は御座いませんのでお気を悪くされずにお聞きください。お城の内外を問わず、大久保様に怨《うら》みを抱く者、快く思わぬ者などお心当たりは御座いませぬか」

「どういうことか」

「大久保様を陥れ評判を落とそうという奸計《かんけい》、ありやなしやと考えましたもので」

「拙者を罠《わな》に嵌《は》めたと申すか。いや、それはなかろう」

「そうですか。逆恨み、嫉妬《しっと》羨望など、謂《いわ》れなき場合も御座いまするぞ」

「いや、なかろう。あの道を、あの刻限に通ったのは偶然なのだ。その日は――上方《かみがた》から来た献残屋《けんざんや》と共に、山口の物持ちの処に行ったのだ」

「献残屋――ですか」

献残屋とは、大名家を廻り献残――献上品の残り――を引き取って売る渡世のことである。

大名家や身分役職の高い武家の許《もと》には、下下から様様な品が献上される。そのうち蔵には同じような品ばかりが溜まることになる。同じ用途のものは複数あっても使い道がない。書画骨《こっ》董《とう》も、由緒ある品なら兎《と》も角《かく》、そうでもないものは正直なところ場所を取るだけである。そうしたものを引き取ってくれるのが献残屋である。

遠野南部家にも不要な献上品はそれなりにある。

献上品を売り払うといってしまうと、何処となく礼を欠いた所業のように聞こえなくもないが、拝領品ではなく献上品であるから非礼には当たるまい——と、いうのが建前である。何処の大名も懐は寒いから、蔵の肥やしが金銭に化けるなら、それに越したことはない。とはいうものの大っぴらには売り難《にく》い。そこで献残屋が重用されることになる。

「其方は六道屋《ろくどうや》を知っておるかな。何年かおきに廻って来る献残屋で、柳次《りゅうじ》と申す男なのだがな。何でも高《たか》額く買い取る男と、評判なのだが」

「生憎《あいにく》、殿にお仕えしていた時分は政《まつりごと》には関わらせて戴いておりませなんだもので、存じませんが」

「左様か。まあ、拙者もこの勘定吟味方改役を仰せ付かって未《ま》だ三年余りであるから、この度初めて会《お》うたのだがな。拙者は上役より品物と帳簿を照合し、品数や額面を改める役目を仰せ付かったのだ。そのため、その柳次とは半月ばかり前から幾度も顔を合わせておってな。突き合わせは概《おおむ》ね終わっているのだが——先だってその柳次が物持ちを紹介してくれないかと言って来たのだ」

「物持ちとは。長者のことですか」

「そうだ。遠野領は、広くはないが裕福な領民も多い。彼《か》の者も遠方から参っておるのであるから、少しでも多くの品を仕入れたいという気持ちは判る。そこで物持ちで知られる山口の長者を柳次に紹介したのだ。紹介状を呉《く》れというのでな、一筆認《したた》めるのが面倒であったから、非番でもあったし、同道した」

柳次が相談を持ち掛けて来たのは事件の前日のこと。大久保が同道することを決めたのは事件の当日である。

「先方で酒肴《しゅこう》を振る舞うと言われたが、固辞した。せめて茶だけでもと言われ、半刻《はんとき》ばかり留《とど》まった。その帰りじゃ」

「その折に、献残屋は」

「残っておったと思う」

なる程、と宇夫方は更に考え込んだ。

「すると、大久保様を狙ったという訳でもないようですね」

狙われる覚えはないなと平十郎は応《こた》えた。

「その場に居った者はおらぬ故、拙者さえ口を噤《つぐ》んでおればこのような辱めを受けることもなかったのだ。ならば、拙者を辱めるために為《し》たこととも思えぬ」

それは道理、と宇夫方は言い、それから大久保様はありのままをご同役にお話しなさったのですねと問うた。

「そうだ。喧伝《けんでん》するようなことではないが、隠し立てするつもりもなかった。誹られることになろうとは思うてもいなかったからな。椿事ではあろう」

「身共であれば大いに語っていたことと思いまする。時に大久保様、その件、ご同役以外、誰か他の者にもお話しになられましたか。いえ、身共は町人より聞き及んだのです。大久保様の奇禍は城外にも漏れております故、下下にも話を聞かせた者が居ろうかと」

「まあ、話したかもしれぬな。柳次にも申したし、他の者にも話した。否、拙者は別に、あれに遭《お》うてしまったこと自体をぐずぐず申し立てた訳ではない。拙者の執った態度が武士らしくないと評する族《やから》と、その悪《あ》し様《ざま》なもの言いに対し不満を持ったので、それを申したまでだ」

　愚痴である。

「同役を始め、お城の連中は先《ま》ず信じぬのだ。何もかも拙者の妄想、幻覚だと言うのだ。その上で、拙者を愚弄する。拙者は慥《たし》かに見た。というか遭った」

「その点に就いて身共は毛一筋も疑っておりません。大久保様だけではないのです、それを見たのは。但し、見ておらぬ者には信じ難《がた》いことでもあるのでしょうが」

　其方ならどうしていたと平十郎は問うてみた。

「身共なら腰を抜かして逃げ去っていたでしょう。武門にあると雖《いえど》も軽輩、無論、多少の心得は御座いますが、今は半分町人のようなものです。実際、百姓町人は皆、恐れ戦《おのの》き、中には寝込んでしまった者もおります。化け物相手では仕方がないことと考えまするが。而《しこう》して城勤めの武家ともなれば、また世間の目も違うのかもしれませぬ」

「まあ、そうなのだ。拙者は汚名返上のため、同じ刻限にあの場所に出向き、妖物を斬り伏せ正体を暴こうとしたのだがな。昨夜は出なかった」

　矢張り征伐に出向かれたのでしたかと、宇夫方は神妙な顔をした。

「それ以外に不評を払拭《ふっしょく》する術《すべ》を思い付かぬ。拙者がこの手で化け物を討ち取ったならば、口《くち》祥《さが》なき同輩どももこれ以上は何も言えまい」

「では、今夜も行かれるおつもりで御座いますか」

「行くつもりだ」

「そうですか」

宇夫方はまた考え込んでいる。

「いけないか。出ぬかもしれぬが、出ぬなら出ぬで良い。拙者以外の者の前には出て拙者の前には出ぬというのなら、その場合は拙者の意気込みに畏れを為したと判断しても良かろう。退治出来ずとも、体面は保てよう」

とはいうものの——そもそも平十郎を誹謗《ひぼう》する連中は化け物自体の存在を信用していないのだ。夢でも見て腰を抜かしたのだろうと謂うのである。それは違う。あれは実体がある。夢幻ではなく、この世のものであったのだ。ならば斬り伏せるなりして正体を明かし、天下に知らしめるしかないとも思うのだが。ただ。

宇夫方は困ったような顔をしている。

「何かな。其方、拙者の腕では討ち取れぬと思うておるか」

滅相もないと宇夫方は手を軽く翳《かざ》した。

「そうでは御座いませぬ。実は大久保様、大久保様が鉄漿女退治に出向かれる、出向かれていらっしゃるという噂は、既に城下の民草の間に広がっております」

「そうなのか」

それは厄介である。

運良く本懐を成し遂げられた場合は良いが、このまま化け物が出なかった場合は、より悪評が広がるようなことにもなり兼ねない。出たとしても、失敗《しくじ》ったりした暁には城下中に恥を曝《さら》すことになる。

「それで――案じてくれておるのか」

それも御座いますと宇夫方は言った。

「他にも何かあるか」

「はい」

宇夫方は懐から書状のようなものを出すと、畳の上に置いた。

「大久保様は山田屋をご存じでしょうか」

「山田屋とは、遠野南部家御用達御菓子司山田屋のことであるか。主と面識はないが、帳面の上では能《よ》く存じておる。菓子は折節に納めさせておるし、盛岡の城への献上品も注文しておる故――それがどうした。関わりはなかろう」

身共は先程まで山田屋に居りましたと宇夫方は言った。

「そうなのか。それで」

「はい。今し方申し上げました通り、身共は市井の風聞を手繰《たぐ》り民草の暮らし向きを見定めるがお役目。山田屋に怪しき噂ありと耳に致しましたもので、出向きましたる次第」

「ほう。そのような噂があるか」

家運傾きつつありと専《もっぱ》らの評判と宇夫方は言う。

「山田屋がか。城下でも指折りの富貴と思うておったが」

「はい。身共も同じに御座います。故にその内実を見極めんと思いました次第」

「事実であったか」

「はい。先ず、先代が病み付き、先月より床に伏しております。長く勤めた職人店子《たなこ》等が次次に暇《いとま》を出され、菓子の質が悪くなったと、客足も減っておる由《よし》」

味が落ちたか。

春先に喰うた際は美味《うま》かったがのうと言うと、ここ一月《ひとつき》程のことに御座いますればと宇夫方は言った。

城に納めさせる菓子は確認のため賄方《まかないかた》が先に試食する。毒味の類《たぐ》いではなく、確認のためである。その際に勘定方も喰う。不出来なものに金は出せないからである。改役もお溢《こぼ》れを貰うことがあるのだ。

「身共には菓子の味のことなど判りませぬが、その他にも、店の中に蛇《くちなわ》が涌いたの、工房に虫が入ったの、雇い人が怪我をしたのと、実際不穏な出来ごとは続いていたようです。そして何よりの変事が」

「まだあるか」

「それがこの書状に」

宇夫方は畳の上の封書に手を添えて滑らせ、平十郎の方に向け三寸ばかり進めた。

「拙者に読めと」

「これは、大久保様に宛て山田屋主人が認《したた》めた文です」

「寸暇《ちょっと》待て。噺がまるで呑《の》み込めぬが」

「山田屋弥右衛門は、大久保平十郎様化け物退治の噂を耳にし、もしその噂が本当であるならば」

何卒《なにとぞ》思い留まって戴きたいと願っております――と、宇夫方祥五郎は言った。

「何を申すか宇夫方。何故菓子屋が拙者を止《と》める。何の関わり合いもなかろう。あの愛宕山麓の化け物が、山田屋の縁者だとでも言い出すのではあるまいな」

「その通りです」

「な」

仰せの通りなのですと宇夫方は再度言い、平十郎の顔を正面から見据えた。平十郎は書状を手に取るべく伸ばしかけていた腕を、引いた。

「と、得心が行かぬ。先ず其方の噺を聞かせよ」

「はい。申し上げました通り、山田屋には様様な怪事変事が頻発しております。そして十日あまり前、最も奇妙、且《か》つ不可思議な凶事が起きたので御座います」

「それは」

「はい。主、弥右衛門の妻、信《のぶ》の――」

眼鼻がなくなりました。

「何と申した」

「眼鼻がなくなったと申し上げました」

「そんな莫迦《ばか》な噺が」

いや。

莫迦な噺ではないのだ。平十郎は、そうしたものを現に見ているではないか。

それなのに、それを疑い否定し、剰《あまつさ》え嘲笑《ちょうしょう》したりすることは、正しきことではない。そんなことをしたのでは平十郎の心なき同輩と何ら変わりがないことになってしまう。

しかし。

「いや、だが、そのようなことがあろうか」

「あったのだと弥右衛門は言っております」

「信じたいとも思うが、その」

「お気持ちはお察し致します」

そして宇夫方は山田屋の怪事を語った。

先《ま》ず、十一日前、丁度市の立った日のこと。突如、妻信の額が醜く腫《は》れ上がり、右眼が開かなくなったのだという。翌日、左眼も開かなくなった。おまけに喉《のど》もやられたらしく、声も出なくなったという。

信は顔面を押さえ身悶《みもだ》えて大いに苦しんだ。眼病か悪い風邪か、いずれ重い疾《やまい》と判じて医者《いしゃ》坊《ぼん》を喚《よ》び寄せ診《み》せたが、埒《らち》が明かない。声が出ないというよりも、先ず口が開かないのであった。そうなると薬を嚥《の》ませることも出来ない。

翌日。

眼そのものがなくなった。そうなると只《ただ》の疾では済まされない。人前にも出せない。奥座敷に寝かせ、檀那寺《だんなでら》の僧などを喚び、加持祈禱《きとう》などさせたが験《しるし》はなかった。

そして、三日目に鼻孔が塞《ふさ》がった。

そこで信は漸《ようや》く、閉じていた口を開いたのだという。

口中の歯は、真っ黒だったという。

「き、奇っ怪至極であるが」

「はい。口は開けたものの、言葉は喋《しゃべ》らず、ケタケタと笑うような仕草をするだけ――であったようです。それも実際に笑っている訳ではなく、声は一切出さず、仕草だけであったようですが。これはもう疾では御座いますまい。傍目《はため》には化け物としか見えません。弥右衛門は困り果て、妻を幽閉した」

「まあ、そうするよりあるまいか」

「はい。それが丁度九日ばかり前のこと。ところがその日の夜半、今度は妻そのものが消えてなくなってしまった」

「居なくなったと」

「はい。いつ容態が変化するか判りませぬ故、厳重に見張らせていたようで御座いますが、人の出入りした様子も一切ないというのに、煙のように掻《か》き消えてしまったというので御座います。消えたのは九日前の深夜。最初に愛宕山麓に鉄漿女が現れたのは八日前のことです」

「うむ」

「鉄漿女の噂が町方に広がったのは、その数日後です。化け物は眼鼻がなく鉄漿を付けていると聞いて、弥右衛門は戦慄《せんりつ》したそうです。それはそうでしょう。居なくなった女房と同じ姿形なので御座いますから」

「まあ」

そんな奇態なものは然《そ》う然《そ》う居るものではない。

「ええ。いや——実際に見聞されていらっしゃる大久保様の前でこんなことを申し上げるのは憚《はばか》られるのですが、目鼻のない女人など本来居る筈のないもの。それが幾人も居るとは到底考えられますまい。しかし山田屋の内情が世に漏れ聞こえたということも考えられぬのです。弥右衛門は、女房の異変に就いて誰にも知らせてはいなかったのだそうです。顔が腫れた時点で奥に隠してしまった。店の者もただ病気で奥に閉じ籠っているのだと思っていたようです。医者や坊主にもきつく口止めをしていたし、失踪《しっそう》も隠していた。居なくなったことを知っていたのは見張っていた数名だけです。特に、眼鼻がなくなってしまったことを知っていたのは弥右衛門一人だけだったようです。ですから風聞を聞いて、弥右衛門は大いに驚いた訳です」

「まあなあ」

「それでも、まあ簡単に信じられるものではない」

「それも首肯《うなず》けるがな。それに、そうだとしても」

「はい」

どうしようもないのですと宇夫方は言った。

「しかし妖物の噂は止《や》まず、見たという者の数は日毎に増えて行きました」

平十郎がそれに会ったのは、一昨日のことである。

「はい。初めのうちは、のっぺらぼうだ、鉄漿だというだけで御座いましたが、やがて化け物は花嫁衣裳を着ているという声が聞こえて来た。そこで弥右衛門は気になって、見てみたのだそうです。すると箪笥《たんす》の奥に仕舞ってあった筈の嫁入りの時の衣裳一式が失《な》くなっていたのだということで」

「そうなのか」

「こうなると、もう間違いはないでしょう」

「うむ」

あの化け物は。

「山田屋の女房ということか」

「はい。為《な》す術をなくしているうち、昨日より勘定方大久保様妖物退治の噂が立ち、弥右衛門は大いに狼狽《ろうばい》していたようなのです。身共は昨日、山田屋より座敷童衆――大久保様が御存じかどうかは存じませぬが、その、姿を現すと家運が傾くという厄神のようなもので御座いますが、それが見られたと聞き及びましたもので、本日、様子伺いに出向きましたる際に詳細を知り、その嘆願書を預かったという次第」

「なんと」

奇態——というよりない。少なくとも平十郎の理解出来る範疇《はんちゅう》を越えた出来ごとではあるだろう。あの晩あの妖物に往《い》き遭《お》うていなければ、平十郎は歯牙《しが》にも掛けなんだに違いない。

一笑に付して、終《しま》いである。

だが、この期に及んでそうは行くまい。

平十郎は畳の上に置かれた書状に視軸を落とした。

己は、今やその怪事を裏付ける生き証人になっているのだ。

「鉄漿女の一件が御座いました故、いずれは大久保様にもお話をお伺いに参じねばなるまいと思っておりました故、取《と》り敢《あ》えず書状を預かり罷り越しました。最初にお出しすべきかとも思いましたが、談話をお聞きするまでは信じ難《がた》き思いも御座いましたもので、後先になってしまいました」

お詫《わ》び申し上げまするとと宇夫方は深く低頭した。

「いや、面《おもて》を上げよ宇夫方氏《うじ》。否、祥五郎。一応、書状を読ませて貰う」

平十郎は畳まれた切り紙を手に取って、広げた。書状には宇夫方の言った通りの内容が、辿《たど》辿《たど》しい文で、しかも震える筆で綴《つづ》られていた。書いた者の畏れや戸惑いが伝わって来るようであった。

件《くだん》ノ化生《けしょう》 我家内也。

何卒何卒、成敗御止《おやめ》下されたく候。

御願い上げ奉り候。

「扠《さて》──」

如何《いかが》したものかのうと、平十郎は問うた。

「山田屋はその事実を世間に公表するつもりはあるのか」

「ありますまい。今は秘されておりますし、この先も公言するつもりは御座いますまい。知るのは主弥右衛門と身共、そして大久保様のみ」

「然《さ》りとて、山田屋に何か手立てはあるのであろうか」

「何もないかと。弥右衛門は愛宕山付近をのら付いてみた程度で、どうすることも出来ずに悲嘆に暮れるばかりに御座いまする。大久保様には、ただただ、女房の助命を嘆願しているのみに御座います」

「女房なあ」

人なのか。

人であるならば、闇雲に斬り殺してしまうのは宜《よろ》しからぬことと思う。だからといってこのまま放置してしまって良いものなのか。打つ手がないというのであれば、化け物は出続けるということになるのだろう。

それでいいのか。

「放っておいて良いものであろうか」

平十郎も汚名を雪《すす》げぬということになるだろう。

放置は得策とは考えませぬがと宇夫方は答えた。

「大久保様が行かれぬと仰《おお》せでも、身共は参るつもりで御座いました。どのような怪事であろうと、起きたなら必ず理由がある筈に御座います。因なき果はありません。もし鉄漿女の正体が山田屋の女房であるのなら、それは化け物に非《あら》ず。相貌の変化も奇行も、疾病故のことでは御座いませぬか。疾ならば治せもしましょう」

「疾なあ。だが祥五郎。拙者は、あれに遭遇した折、突如として前後不覚に陥っておる。あれは妖《あや》しの業《わざ》。邪術魔法の類《たぐ》いとしか思えぬ。病人にそのような力があろうか」

「病人でないなら」

退治すべきでは御座いませぬかと宇夫方は言った。

「それは魔性。狐狸であろうと何であろうと、況《いわ》んや山田屋家内であろうとも、既に人ではなく、人に仇《あだな》為す悪しき妖物では御座いますまいか」

それは道理である。

「しかし化け物であろうと元は人というのであれば、殺《あや》めてしまうのはどうか。斬って後に人の本性を現せば」

罪に問われるのではないか。

人殺しである。

身共が証人になりまするると宇夫方は言った。

「その時は山田屋に言い含める役も務めましょう。勿論、殿にもそうお伝え致します」

同道をお許し戴きたいと宇夫方は頭を下げた。

「何であれ、身共は殿に報告せねばなりませぬ。見定めずに奏上は出来ませぬ」

「それは」

有り難いことである。

何であれ見届けてくれる者が居ると居ないとでは大違いである。

斬り付けたとして、それで消えてしまったのでは何の証《あか》しも残らない。

椽《えん》の下の舞の如く、無駄な行いとなり兼ねないし、信用もされないだろう。

平十郎は献残屋に立ち合わせるつもりでいたのだが、見届け人としては宇夫方の方が適任だろう。浪士身分ではあるが、曲がり態《なり》にも殿の近習を務めた武士である。加えて、この密偵が立ち合ってくれれば、他の誰が信じずとも、殿には報告が届くのであろう。

「来てくれるか」

「参りましょう。ただ、一つお約束をお願いしたい」

「何だ」

「もし、鉄漿女に人としての知性理性が僅《わず》かなりとも残っていた場合は――手加減をして戴きたい」

「手加減とな」

はい、と宇夫方は畏《かしこ》まった。

「身共は剣術の方はからきしで御座いますが、大久保様は遠野南部家ご家中でも指折りの使い手と聞き及びます」

「指折りかどうかは兎《と》も角《かく》、多少の心得はある」

とはいえ、心中では家中一という自負を平十郎は持っている。番方ではないため、腕を振る
う機会は先ずないのだが。

鍛練は欠かしていない。

「大久保様のお腕前であれば、大抵のものは一刀両断に出来るかと存じます。しかしもし言葉
が通じたならば、命だけは取らずにおいて戴きとう存じます」

「手加減か」

出来るだろうか。

「先程も申したが、相手は妖しげな術を使う。一応、策は講じておるが、効き目があるかどう
かは未知。場合に拠っては手加減など出来ぬかもしれんぞ」

「策とは」

平十郎は文机《ふづくえ》の上の文箱に山田屋の書状を入れ、代わりに中から一枚の護符を出した。

「これはな、件《くだん》の献残屋が呉れたものだ」

宇夫方は身を乗り出す。

「献残屋——柳次は、拙者の奇禍を自分《おのれ》の所為だと言って気に懸けてくれてな、見舞いに来て
くれた。今日の征伐にも同道すると申しておる。それで、これを呉れたのだ。彼《か》の者がその昔
懇意にしておった修験者だか行者だかの霊験《れいげん》が籠められた、陀羅尼《だらに》の札だそうだ」

正直、平十郎はあまりこの札の効き目を信用していない。

神仏を信じぬ訳ではない。神仏は敬うものであり、頼るものではないと考えるからだ。武門にある者は加護を願うにも先ず己の技量にこそ信を措《お》くべきで、自らの力が十全に揮《ふる》えるよう護《まも》って戴くという姿勢こそが正しかろう。即ち、武士たる者は神前仏前では、誓うのみなのである。

怪しげな護符に霊力《ちから》があるとは思えない。

効力があるのかどうかは甚《はなは》だ心許ないと平十郎は言った。

「柳次は拙者のことを親身になって案じてくれておる。その心根を汲《く》んで有り難く受け取ったのだがな。当てにはしておらん。従って現れたなら透かさずに斬り付けるが得策と考えておった。ならば手加減が出来るか否かは約束出来ん」

「なる程」

「再び前後不覚に陥《おちい》ったりしたならば、もう一切の言い訳は出来ぬ。拙者は――腹を切る覚悟だ」

承知仕りましたと宇夫方はまた畏まる。

「そう畏まるな祥五郎。知らぬ仲でもなし。最初は此方《こちら》も警戒しておったが、其方の立場もお役目も諒《りょう》解《かい》した。もう良かろう。同道してくれると申すなら、後半刻《はんとき》はある。腹拵《はらごしら》えでもしようではないか」

握り飯を用意させ、二人で喰った。

暮れ六つ丁度に柳次がやって来た。

鄙者《いなかもの》には見えぬが、垢抜《あかぬ》けている訳でもない。四十くらいなのだろうが、やけに落ち着いてもいる。信用はしているが得体の知れぬところがあるのは確かである。

宇夫方を紹介し、三人で出立した。宇夫方は、自らの役儀を御譚調掛と言った。公式な役名ではなく、身分は浪士であるとも言った。献残屋風情に正直に申告することもあるまいと思ったが、そういう性質の男なのだろう。

寧《むし》ろ好ましいように思った。

宇夫方は道道、柳次にも山田屋の一件を話した。

柳次は驚いたようだった。

「そりゃあ何とも難儀なことになりましたなあ。山田屋といえば大店《おおだな》だ。体面も御座いやしょうし、ご心痛も深《ふけ》えことに御座いやしょう」

柳次は上方者だと言うのだが、何故か江戸弁を喋る。

宇夫方はこの件何卒ご内密に願いますと言った。

「そこは心得ておりやす。商人《あきんど》は口が堅いもの。しかし宇夫方様、その山田屋のご新造《しんぞ》さんで御座んすがね、何の理由もなく化けるなんてことは御座んせんよ。そりゃ何かの祟《たた》りか、取《と》り憑《つ》かれたか、いずれ何か悪縁が御座いやしょうぜ」

「あるだろうな。因なき果はない」

「なら、それを断ち切りゃあ治るかもしれねえ。大久保様の一太刀で——元通りってこともあるかもですぜ」

そう都合良く行くかと言った。

「刀で斬れるのは肉であり骨だ。殺《あや》めること傷付けることは出来るが、癒《いや》すことも清めることも出来はせぬ。魔を断つだの邪気を祓《はら》うだの、そんな芸当は出来ぬのだ。そうしたもの謂いは後講釈、何もかも気持ちの問題であろうよ」

「そうかもしれやせん。でもね、大久保様。祟りだ憑き物だてえのも、気持ちの問題――って見方も御座んすよ」

柳次はそう言って立ち止まり、提燈に火を入れた。

もう、昏《くら》い。

月はまだ見えないが、人の顔は朧《おぼろ》だ。

黒黒とした松並木が続く。

「眼鼻がなくなるなんてぇのは、どう考《かん》えたって狐か狸の仕業じゃねえですか。なら斬り付けりゃ逃げますぜ。いいや、それを気の迷いてぇならね、それこそ気付けになるんじゃあねぇですかね」

「だが」

平十郎は一昨晩、視界を遮られ気絶している。

そう言うと、そりゃあおっかなかったんでしょうぜと柳次は言った。

「拙者がか」

どういう意味か。

「他の連中は腰抜かして逃げるか、それこそ気を失っちまうだけでしょう。物怖《ものお》じしなかったのは大久保様だけだ」

慥《たし》かにそうですと宇夫方が接《つ》ぐ。

「百姓町民は皆、驚いただけのようです。誰もが尻《しり》に帆掛《ほか》けて逃げ出すか、頭を抱えて震えるか——柳次殿の言う通り人事不省になっておりましょう」

「そうでやしょう。敵さんはただ驚かすだけで、取って喰う訳でもなけりゃ障りがある訳でもねえ。悪戯《いたずら》だ。なら狐ですよ。狐の野郎、斬り付けられちゃ堪《たま》らねえから、大久保様がお刀に手を掛ける前に、目眩《めくらま》ししやがったのじゃねえですかね」

身共もそう思いますと宇夫方は言った。

果たしてそうなのだろうか。

雑木林に差し掛かる。

「そろそろだ」

大きく息を吸う。

樹樹の切れ目。径《こみち》が付いている。

柳次が提燈を翳す。

「独りで参る。幾人《いくたり》もで行ったのでは出ぬやもしれぬ。其方達はここで待て。明かりを貸せ」

提燈を受け取って先を照らし、林に踏み込む。

赤い——。

振り袖か。そうだ。
こんな場所にあんな色はない。
鳥居の形が朦《もう》と浮かび上がる。居る。今日は居る。
平十郎は丹田《たんでん》に力を籠め、息を整え、慎重に踏み込む。
まだだ。
只《ただ》の人であったなら。
まだまだ。照らす。
女は振り向いた。眼鼻のない顔。紅《あか》い口。大きく開く。
鉄漿の歯が覗く。
平十郎は俊敏に刀を抜き、額目掛けて振り下ろした。

話《はなし》

勘定方大久保平十郎女怪《にょかい》退治の噂は、瞬《またた》く間に城下中に広がった。人の口に戸は閉《た》たぬと謂うが、口の重い田舎雀《いなかすずめ》どもにしては話の足は驚く程に速かった。献残屋が一役買ったのだろうと祥五郎は踏んでいる。

九日前の夜、大久保は確かに化け物を斬った。

額を割られて仰向《あおむ》けに倒れている異形の亡骸《なきがら》を、祥五郎は自分の目で確《しか》と見届けた。提燈で照らし出されたその顔面は真っ二つに割れ、血に塗《まみ》れてもいたから、眼鼻があるのだかないのだか、顔相すら瞭然《はっきり》とは判らなかった。

ただ剝き出しの歯が真っ黒だったことは間違いない。

衣裳も聞いた通りの嫁入り装束だった。桂巻は切れて、地べたに落ちていた。

手加減など出来はしなかったのである。

柳次は顔を顰《しか》め、祥五郎に一刻も早く山田屋に報《しら》せに行くことを勧めた。その通りだと思ったから、祥五郎は大急ぎで山田屋に向かったのだが――。

真の不思議は、山田屋で起きていた。

祥五郎が到着した際、山田屋は騒ぎになっていた。弥右衛門の話に拠れば、先般より行方知れずであった妻信が、奥座敷に忽然《こつぜん》と現れたというのであった。

信は仰向けに倒れていたという。

眼も鼻もあった。鉄漿も付けてはいなかった。

ただ、花嫁装束を身に着け、そして。

額が割れていたという。

現れたのがいつのことなのかは判《わか》らないらしい。

ただ、大久保平十郎が鉄漿女を斬り伏せた刻限と前後していることは間違いなかった。

否、前後ではない。どう考えても、大久保が斬ったから信は戻った——ということになるのだろう。

そして驚いたことに。

信は生きていた。

衣服も、乱れてこそいたが汚れてはおらず、何故か額の傷も治りかけていた。出血もなかった。とはいえ傷は深く、傷跡が消えることはないと思われた。

信は二日目に目を醒ました。

額が腫れた後のことは虚覚《うろおぼ》えで、眼鼻がなくなって以降のことは全く覚えていないのだという。譫妄《せんもう》の態《てい》であったのだ。のみならず、それ以前のことも能《よ》く思い出せぬと信は言っているようである。

嫁入りするまでのことはきちんと覚えている。弥右衛門と祝言を挙げることを決めたことも能《よ》く覚えている。だが婚礼以降のことはどうも瞭然《はっきり》しないのだそうだ。

それでも命に別状はなかった。

額に傷は残るものの、信は順調に回復し、六日目にして床を上げ、家のことをするようにまでなっている。本復も近いだろう。

祥五郎はその間、足繁《しげ》く山田屋に通い、大久保とも頻繁に連絡を取った。

八日目に大久保が山田屋へ招かれた。先代仁右衛門、主弥右衛門、そして額の傷も痛痛しい内儀信が並んで出迎え、歓待を受け、礼を尽された。

信が無事に戻りましたのは凡て大久保様のお蔭――。

弥右衛門は涙を流してそう言った。

大久保は信の額を切なそうに見詰め、無事ではあるまいと言って大いに恐縮し、詫びた。女人の貌《かお》に消せぬ傷を残してしまったことに取り返しのつかぬ責を感じているのである。

祥五郎は大久保に更なる好感を持った。

傷など些細なこと、命には替えられませぬと、仁右衛門は言った。慥《たし》かに、あのまま魔性の者と成り果ててしまうのであれば死んだも同然である。否、死んでいたかもしれぬ。しかし大久保にしてみれば生きて戻す算段があって為《し》たことではないのだ。

凡ては自らの汚名返上のために行《おこな》ったことであり、無事に戻ったのは謂わば偶然なのであるから、感謝される謂れはないのだと大久保は言った。

大久保は重ねて、愛宕山麓の女怪と当家との関わり合いに関しては、生涯他言しないと誓った。自分が斬ったのはあくまで妖物、狐狸の類いであると大久保は言った。

山田屋親子は大いに感謝し少なくない礼金を出したが、大久保は断固として受け取りを固辞し、今後も菓子作りに精進せよとだけ告げた。

祥五郎は黙って横に座っていただけである。

ただ。

祥五郎は辞す際に。

廊下の奥の暗がりに。

朱色の振り袖が動くのを見た。

少女のように見えた。見えたのはほんの一瞬で、その時は何とも思わなかったのだが――。

乙蔵の話に拠れば、この家にそんな年頃の縁者は居ないのだ。乙蔵の話を丸呑みにする気はないが、少なくとも祥五郎が通っている間、そんな者を見掛けたことはなかった。

あれが。

あれが座敷童衆なのか。

そうなら、本当にそうであるならば、山田屋の家運は元に戻ったということになるのだろうか。行く末の富貴自在は約束されたということなのか。

そこまで考えて祥五郎は愚かしい想いを振り切った。

そんな訳はない。

慥《たし》かに、人の生涯に運不運の波はある。しかし、それが人の形を取って行き来するなどということはない。富貴は精進努力によって各々が摑《つか》み取るものである。富貴それ自体が意思を持ち、自ら移動することなどある訳もない。

それは、優しい嘘である。

また、市が立った。

そして祥五郎は、忘れていたことを思い出した。

浄土絵のことだ。

あの世があるものかどうか祥五郎は知らぬ。山に登るのか天に昇るのか、地獄極楽もあるのかどうか、生ある者には判る筈もない。その絵は、死んだ縁者の暮らしが死後も生前と同じように続くのだと信じ、そしてそれが富貴であるように、幸福であるようにと念じるために描かれるのだと謂う。

それは総じて遺された者の独り相撲であり自己満足に過ぎないのかもしれぬのだが——そうだとしても、それもまた優しい嘘だろう。

苦手な雑踏を避《さ》け、祥五郎は山口村へと向かった。

壇墕は生きた者の暮らす場所ではない。

丘なのか塚なのか、その昔は処刑場であったとも聞くが、それがいつの時代のことであるのかは、定かでない。

向かい側には蓮台野《でんでらの》がある。

蓮台野は竈《かまど》から離れた老人達が寄り集まって暮らしていた処だという。

六十を越しても尚《なお》、達者な者は家から出て、年寄りだけが集まって世過ぎを送っていたのだそうである。そうした場所は遠野の中にも幾つもあり、また他国でも多くあったと聞く。

他所《よそ》のことは知らぬが、この辺りではそうした場所は凡《すべ》てでんでらの野と呼ぶ。

傍《そば》には必ずだんのはながある。

蓮台野の老人達は足腰の立つうちは野良に出て働き、死ねば壇塙に葬られたそうである。

果たして大昔はどうであったのか知る由もないけれど、蓮台野は生き乍《なが》ら入る墓であり、壇塙は骸《むくろ》を埋《い》ける埋め墓なのである。

尤も、祥五郎は其処で暮らしている老人達の姿など見たことがない。

それもまた、昔の話なのだろう。

今は――。

そうだった場所、というだけだ。

それでも強く死の香りだけが残っている。

好んで行くような処ではないし、況《まし》て住み付くような処ではない。背後は森である。

何もない。

森の先は山だ。

仲蔵なる男はそこに住んでいるという。

人影はなかった。

天は増増蒼く、叢《くさむら》は愈々《いよいよ》翠《あお》く、でも野は渇いていた。

死人の丘を大きく回って背後の森に分け入る。凡《およ》そ人家があるとは思えない。森に入った途端に何故だか多少気が落ち着く。それは青過ぎる空が見えなくなったからなのだと、祥五郎は暫くしてから気付く。

道も何もなかろうと思っていたのだが、どうもそうではないのだ。

闇雲に歩いているうち、どうも道らしきものに行き当たった。獣道ではなく、人の通る路《みち》である。

歩き易いというだけの理由でその路を進んだ。当てがあった訳ではない。祥五郎は咲き乱れる不吉な花だの、絡《から》まり合う奇妙な蔦《つた》だのを眺めつつ、樹樹の騒《ざわ》めきと正体の知れぬ鳥の声を聞いて、歩を進めていただけである。

ふと顔を上げると、屋敷があった。

小さな屋敷ではない。門こそないが、それなりに大きい。

祥五郎は息を呑んだ。

乙蔵の話し振りから粗末な小屋を想像していたのだ。

猟師が山中に掛ける狩猟小屋のようなものだろうと思っていた。しかし壇塙の裏手というなら、此処《ここ》以外にないだろう。

戸惑った。

足を踏み入れ、戸口に立って、頼もうと言うと、何方《どなた》様かなと直ぐに答えが返って来た。

「仲蔵さんのお住まいは此方《こちら》ですか」

戸が開いた。

「仲蔵は儂じゃ」

「あの――」

今度は言葉を失った。

覗いた顔は、慥《たし》かに異相だった。

禿頭《とくとう》なのか剃《そ》り上げているのか、頭には毛髪が全くない。眼は小さく、鼻も低く、口は大きい。何よりも左右に垂れる耳朶《みみたぶ》が異様に長い。その上大男である。

「何の御用ですかな」

「いや」

そもそも用がある訳ではない。仲蔵はそんな祥五郎を値踏みでもするかのように眺め、もしや宇夫方祥五郎様ではないかなと言った。

「み、身共を御存じか」

「存じてる訳じゃあねえが――まあ、入《へえ》りな」

仲蔵に誘われて戸を潜る。

裡《なか》は広かった。

「此処は、あんた方の言い方だと、迷家《まよいが》だ」

「迷家とは――また」

それは山中にある幻の家のことである。行こうとして行けるものではないが、迷い込んで見付けてしまうこともあるという。その家から何か持ち帰ると、富貴になると謂われる。

「なあに」

何処ぞのお大尽《だいじん》の隠し屋敷だよと仲蔵は言った。

「この辺だと長者と謂うのか。ま、金だの漆《うるし》だのいう、勝手にゃ持ち出せねえご禁制の品の抜け荷なんかに使う隠し屋敷だったんだろうな。この地は四方を山に囲まれてるようなものだから、峠越さなきゃ何処へも行けねえ。峠には見張り番所もあらあな。でも山ァ繋がっておるからな。抜け道は幾らでもあるわ。儂は随分回ったが、山中に何軒もあったぜ」

「こんな——立派な屋敷がですか」

「おう。まあ、いつの時代に使ってたもんかは知らん。何処も廃屋になっておったが、調度も立派、什器《じゅうき》も立派。中にゃ蔵の奥に金塊が残ってたり、銭があったりする処もあった」

「そうですか」

「おいおい」

行こうったって行けねえよと仲蔵は歯を剝いた。

「儂だって二度と行けねえ。簡単には判らねえ場所に作るから隠し屋敷なんだろうが。そういう場所にゃ山の者も近付かねえから、余計に判らねえのさ」

「山の者というと」

色色居るんだ山にはなあと、仲蔵は大きな体軀《たいく》を揺らして笑った。

「山にも海にも、六十余州の隅隅まで人は棲《す》んでるぜ。公儀にも藩にも関わりなくな。そういう連中は、時に化け物にされちまうもんでな。儂は、まあそういう連中とも多少は付き合いがある。だからまあ半分ぐれえは化け物だ」

まあ座んなと仲蔵は言った。

框《かまち》に腰を下ろした。面倒臭えから茶は出さねえよと言って仲蔵は板間に胡坐《あぐら》をかいた。巨漢である。

「それより――仲蔵さん。あなたは」

「仲蔵さんってなあ尻の据わりが悪いなあ。あんたお武家様じゃあねえか。噂だとお殿様の密偵かなんかだろ」

「いや」

城中のみならず、こんな処にまでそんな噂が広がっているのか。案ずるこたあねえやいと仲蔵は言う。

「別にな、皆がそう思うておる訳ではねえわ。儂は特別だ」

「特別というと――」

いい加減にしねえか長耳《ながみみ》と、奥の方から声が聞こえた。

「その旦那《だんな》ぁ謀《たばか》れねえよ。そちらぁ鍋倉のお殿様の見る目嗅ぐ鼻だ。此処が割れてて誤魔化すなぁ、無理だ」

「あなたは」

声の主は献残屋の柳次であった。

何故献残屋がこんな処に居るのか、祥五郎は自《おの》が目を疑い幾度か瞬きをして見直したが、それは矢張《やは》り柳次その人であった。柳次はだだっ広い板の間のあちこちに置かれている木の塊だの板だのをすいすいと避《よ》けて、仲蔵の横に立った。

「柳次さん、何故——」

「流石《さすが》は御譚調掛様だ。お速《はよ》う御座いやすね。此処に来るなあもっと先かと、少しばかり嘗《な》めておりやした」

「嘗めてって——いや、能《よ》く判らぬ」

山田屋の一件で御座ンしょうと柳次は言った。

「それと」

何か関わっておるのかと問うと、おや買い被りやしたかねえと言って柳次は額を叩《たた》いた。

「軽口はてめえだ六道屋。のこのこ出て来て面《つら》ァ晒《さら》しやがって、もう言い訳が利かねェじゃねえか。どうするんだよ」

いずれ知れることよと柳次は言った。

「寧《むし》ろ先にお教えしちまった方が得策だ。後後ほじくられても面倒だわい」

「わ」

判るように申せと祥五郎は怒鳴った。怒鳴ったつもりだったのだが、声が裏返って泣き声のようになった。

「へい。ならご説明申し上げましょう。実は、この長耳——此奴《こいつ》ァそういう通り名なんでやすがね、此奴はね、その昔、江戸で悪さをしていた男。悪さといっても押斬り辻討《つじう》ちといった物騒なものじゃねえし、白波《どろぼう》でもねえ。どうにもならねえこの世の損を、銭を貰って埋めるが渡世。ま、失敗《しくじ》って都落ちして、草深え田舎を転転としていた崩れ野郎の小悪党なんでさあ」

黙れよこの野郎と仲蔵は言う。

「そう言うてめえも上方追われて逃げ回ってる口じゃあねえか。何のかんのと人のことォ悪し様に言いやがるが、てめえだって舌先三寸の詐欺渡世、亡者踊りの二つ名でどんだけ人様騙《だま》して来たんだ」

「人聞きの悪《わり》ぃこと言うんじゃねえ。あっしはね、働《はたれ》えた分の銭は貰うが、人様騙して金巻き上げるような真似《まね》はしたことがねえ。それに、別に追われちゃあいねえよ。元締め取られて遣《や》り難《にく》くなっただけのことじゃあねえか」

「まるで話が判らん」

祥五郎は得体の知れぬ男達の言い合いを止《と》めた。

イヤ、こいつとあっしは同じ穴の貉《むじな》で御座んすよと柳次は苦笑しつつ言った。

「でね、まあこの蛸《たこ》入道は何でも彼《か》でも拵えるのが表の稼業で。今年の睦月《むつき》の終わり頃、その辺で何かの材料にする木ィ伐《き》ってたんだそうで。それでね、笛吹峠の下辺りで、雪に埋もれた女ァ見付けたんだそうで」

「女とな」

「へい。こう、雪の中から脚が出てた」

脚ではない腕じゃと仲蔵は言う。

「何かと思って雪ィ掘ってみりゃ裸に剝かれた女でのう。額が割れてて血塗れだった。余計な面倒ごとに巻き込まれちゃあ敵《かな》わんと思ったんだがな、どうも、息がある」

「生きておったのか」

「死んでなかったってだけで、まあ半死半生だった。死んでりゃあ埋め戻すが、脈があるなら放《ほ》ってもおけん。儂はこの六道屋と違って、根が善人に出来ておる。このまま死なれても寝覚めが悪いわ。もう死にかけだったんだがな」

それでこの親爺《おやじ》は女ァ此処に担いで来たんですよと柳次は言った。

「物好きな話と思わねえでもねえですがね。ま、ご覧の通り女にゃあ縁のねえご面相でやすから、白肌に目が眩み、命助けた恩返しに女房にでもしようと思ったのかもしれねえが」

それじゃあ鶴じゃねェかと仲蔵はむくれた。

「親切だ親切。人の道だ」

「おめえは半分化け物じゃねえのか。まあね、それでま、女は息を吹き返した。そうだな」

「気付けに三日、半月は喋ることも出来なんだわ。そうよな、雪が解け出した時分に、漸く頭も瞭然《はっきり》したようで、ぼつぼつと話が出来るようになった。その女はな、自分は祝言の朝に殺されたんだと、そう言った」

「祝言の朝とな。殺されたとは」

「だから、嫁入りする日の朝に、鉈《なた》で斬り付けられて、身ぐるみ剝がされて雪の中に埋められたんだとよ」

「追い剝ぎか何かにか」

実の姉によと仲蔵は言った。

「姉だと。何故に姉が妹を殺めねばならんのです。しかも祝いごとの日に」

あんたぁそれこそ善人よなあと仲蔵は笑う。

「相手が親でも子でも夫婦《めおと》でも、殺す奴ァ殺す。仇敵《かたき》でも屑《くず》野郎でもな、殺せねえ奴は殺せねえよ。殺す気になりゃ元旦だろうが晦日《みそか》の夜だろうが関わりなく殺すだろ」

「そうだが。いや、でも、何故」

成り代わったのよと仲蔵は言った。

「成り代わっただと。妹の代わりに嫁入りしたと申すのか」

「申すのよ」

「いや、それは無理であろう。顔が――」

同じだったんでさあと柳次が言った。

「世に謂うところの畜生腹、双子ですよ」

しかも瓜二《うりふた》つの双子だと柳次は続けた。

「親でも間違える程のね。姉は、妹をぶち殺して代わりに嫁に行ったんでやすよ」

山田屋に。

「な、何だと。山田屋——とな」

「この親爺が拾って来た女は、信。山田屋の嫁で」

「ま、待て待て。すると」

嫁入りしたのは姉の定《さだ》だったのよと仲蔵は言った。

「いや、それでは」

「まあ聞きな。定と信ってのは、この土地の者じゃねえ。野辺地《のへじ》辺りから流れて来たんだそうだが、そもそも何処の生まれなのかは判らんらしい。父親《てておや》ァ漁師だったそうだが、餓鬼《がき》の時分に時化《しけ》でおッ死《ち》んで、母親も居なくなって、姉妹《きょうだい》二人ッ切りで生きて来たんだそうだな。こりゃ、難儀だわな」

普通は飢え死に野垂れ死にさねと柳次は言う。

「まあそうよ。でも定ってなあ烈女だ。生きるためには追い剝ぎでも置き引きでもかっぱらいでも何でもやる。そうやって生きて来たんだ。信の方は真《ま》反対でな。生真面目《きまじめ》だが、そういうこたぁ出来ねえ。先ず我慢する。てめえがひもじくても施しをする。そういう女だ。だからまあ、姉妹《きょうだい》が生き延びられたのは、定のお蔭なんだろうが——」

「邪魔に——なったか」

「いや。どうもそうじゃあねえ。定は、信のことは何故か可愛がっていたようでな」

同じ顔同じ齢の妹。

だからかと問うと、それは知らんと仲蔵は言った。

「遠野に落ち着いたのも、もう根無し草は厭《いや》だと信が言ったからだそうだ。二人が住み付いていた青笹の外れの家も、定が工面したんだそうだが――あの辺の連中の話を聞くに、どうやら以前は身寄のねェ婆ァ《ばばあ》が独りで暮らしてた家らしい。婆《ばあ》さん、急に姿が見えなくなって、そのうち空家に姉妹が棲み付いたということだ。どうも、定が婆ァを始末して拝借したような節があんのよ」

「殺したということか」

「殺したんだろな。妹のために。で、まあ住み付いて三年、信は能《よ》く働く娘で、朝から晩まで身を粉《こ》にして働いていたそうだ。定の方は、まあ何処かに出掛けて良からぬことをしちゃ金を作って戻る――そんな暮らしだったそうだ。そんでな、在る日、弥右衛門が信を見初めた」

「その娘の渡世は知らぬが、菓子司と接点はなかろう」

まあそういうこたああありやすよと柳次は言う。

「恋煩《こいわずら》いってな、風邪と一緒でね、惚《ほ》れる時は惚れちまうもんでやしょう」

それはそうかもしれない。

「まあ、大店の若旦那の恋煩いってなァな、処選ばず重《おめ》えものよな。弥右衛門は信の居所を突き止めて、使者を立て嫁に来てくれと頼んだ。信はただ驚いたようだが、定はな、手玉に取って金だけ毟《むし》れと信に言ったそうだ」

「しかし、そんなことは出来なかったのですね」

仲蔵の言うような娘ならそんなことはすまい。

「弥右衛門も本気だったんだろうが、信も本気になったんだろう。一途が利いたのか押しが強かったのか、情に絆《ほだ》されたのか、そいつぁ知らん。男女の仲は儂にゃあ判らん。半年ばかりして、信は嫁になることを承諾した。留守がちだった定は、戻ってみれば話が纏《まと》まっている。それで随分と怒ったようだ」

「何故怒らねばならぬのか身共には判らぬが。同じ境遇、同じ容貌であり乍《なが》ら妹にのみ縁談があったため、嫉妬羨望の念に駆られたと考えれば良いのか」

それもあるのかのうと言って、仲蔵は少し離れた処に置いてあった煙草盆を引き寄せ、煙管《きせる》を咥《くわ》えて一服点《つ》けた。

「でもなあ、儂が思うに、他人に信を盗《と》られるのが厭だったのじゃねえかなあ。てめえの人形みたいに思ってたのかもしれねえよ。大事に大事に可愛がってた人形がよ、赤の他人に靡《なび》いたと、そう思っちまったんじゃねえか」

「はあ」

「定は御定法に背くようなことも平気でしてた。盗みも人殺しも厭《いと》わねえ悪女振りだった。だが、それもこれも、妹のためにしてたことだと、儂は思う。どう考えたってな、信の稼ぎだけじゃ、暮らしは立たねえよ」

「だからって——いや、ならば余計に、妹を害したというのは得心が行かぬ」

可愛さ余って憎さ百倍ということか。

仲蔵はぽん、と火種を落とす。

「何かが狂うてしまったんだろう。人の歯車ってのはね、宇夫方さん。簡単に狂っちまうもんだぜ。いいや、誰しもがいつだって、まあ多少なりとも狂うてはおるものよ。だから一線を越えるなァ、大して難しいことではねえよ。ただ」

越えちまったら後には戻れねえことが多いぜと、異相の大男は悲しそうに言った。

「祝言《しゅうげん》の日までの幾日間か、姉と妹は随分揉《も》めたそうだ。揉めたといっても定が癇癪《かんしゃく》を起こして罵《のの》り暴れ、信は懇願したり謝ったりしてただけのようだがな。そのうち支度金やら贈り物やら、立派な衣裳なんかが届けられた。そしたら定は温順《おとな》しくなったそうだ。だがな、婚礼の日の早朝、手伝いの者どもが来る前に——」

定は鉈で信に斬り付け、昏倒《こんとう》した妹を裸に剥いて裏に棄《す》てた。雪に埋めて見えなくし、そして。

「定は信になったのよ。手伝いの者には姉が急に居なくなったと言ったそうだ。ま、定が婚礼に反対していたことはそれとなく知られていたから、場都合《ばつ》が悪くなって姿を消したのだろうと、周囲の者は思ったようだが」

「いやいや、それで——暴露《ばれ》ないものですか。人が変わってるんですよ。しかも人を殺した直後でしょう。動揺はしていなかったのですか」

してねえと仲蔵は言った。

「だからな、殺したのじゃねえ、成り代わったのだ。なったのだよ」

「そうだとしても」

「いや、花嫁は姉様が神隠しに遭ったと言ってるんですぜ」

多少は動揺してた方がそれらしいんじゃねえですか旦那と柳次は言う。

「それにね、顔も白く塗りたくって、衣裳《べべ》着せて、その上桂巻だ。よもや入れ替わってるなんて考える奴ァ居ねえから、赤の他人だって露見はしねえ。況《まし》てや」

同じ顔か。

いや、その場は遣り過ごせたとしても——。

「しかし嫁入りした後はどうなるんです。流石に弥右衛門には判るでしょう。そんなに惚れていたのなら」

「弥右衛門は強く恋い焦がれていたってだけなんですぜ。信と暮らしたことがある訳じゃあねえでしょう。言葉ぁ交わすといっても定と違って信はおぼこだ。そもそも手を握り合ったことすらねえんですぜ。嫁入りした後に入れ替わるってなぁ難しいンでしょうが、最初からなら判りゃしねえさ」

判らなかったのだなと仲蔵が接いだ。

「はてさてどうしたものかと思うたわ。信は、養生して桜が散る頃にはまあ元気になった。でもな、まあ信は、このままで良いと言うのだ。それで、定が幸せであるのなら、弥右衛門も定を信と信じて健《すこ》やかに暮らしているのなら、自分はそれで構わねえと言う」

「訴え出ぬというのですか」

「訴えて、お調べがあって、凡てが明るみに出たとして、どうなる」

「それは、まあその、定はお縄になるでしょうね。肉親を殺めんとして重傷を負わせたのみならず、身分をも詐称しておったのでしょう。軽い罪ではない。それに旧悪も暴かれるやもしれない。仲蔵さんの言った通り、窃盗人殺しを厭わぬ者であったなら、女と雖《いえど》も死罪は免れんでしょう」

「それだけじゃあねえだろ。騙されたとはいえ、山田屋にもお咎《とが》めがあるのじゃねえかい」

「いや、山田屋は――」

「騙されたんだとしても、だ。何であれ、店から大罪人を出したことに変わりはねえ。盛岡藩藩法の刑罰がどうなってるのかは知らねえが、お叱りは当然、間口半減か、少なくとも御用達の看板はなくすのじゃねえかなあ。そうでなくとも悪評は立つ。客足は途絶えるだろ。狭《せめ》えんだよ、此処は」

そうなるだろう。

「でな、残った信はどうなるよ。無一文の、大罪人の妹になるだけだ。今更弥右衛門に嫁げるか。嫁いだところでどうなるてぇんだ。それにな、信の額には」

「ああ。傷が」

「傷があろうとなかろうと、人に変わりはねえわさ。でもな、あるとないとじゃ世過ぎは変わるぜ。世間てぇものは冷てえもんだからな。だから儂も、まあ信の言う通り、このまま納めちまっても良いか――と思ったのだがなあ」

「ど、どうしたんです」

知りたい。

不謹慎ではあるのだろうが、祥五郎の好奇の心が躍る。

調べたと仲蔵は言った。

「本当に定は幸せなのか。弥右衛門は健やかなのか。それを調べたのよ」

そこは大事でしょうやと柳次も言った。

「妹叩き殺して掏《す》り替わり、まんまと嫁入りした定は、まあ最初のうちはしおらしくしていたんだ。いや、表向きはずっと貞女良妻を演じていたんでやすがね。幾日も保《も》ちやしねえ。裏で店の金をくすねたり、隠れて宜《よろ》しくねえ男と遊んだり、まあ良くねえことを繰り返してやしてね。露見しそうになると奉公人に罪を押し付けて暇を出す。ご乱行を察した者も難癖付けて辞めさせる。嫁いで三月ばかりのうちに、番頭も職人も、皆放逐しちまったんですよ」

「それだけならな、まあ素行の悪い大店の女房殿だ。ねえ話じゃあないわ。だがな、どうも定は、隠居の仁右衛門に毒ゥ盛ってやがったようだ」

「何ですと。では」

「亭主にもな。弥右衛門はまだ若《わ》え《け》から効き目が遅かったのだろうが、仁右衛門は直《す》ぐに病み付いた。どうもな、定は二人を殺して店を畳み、何もかも金に替えてとんずらするつもりだったらしい」

「それは」

酷《ひど》い。

見捨ててもおけねえだろうと仲蔵は言った。

「しかし、そこまで判っているのなら、その、お上に」

「だからお上に訴えたところで抜け道はねえだろうよ」

仲蔵は表情を歪《ゆが》めた。

「今のところ、まあ山田屋は表向き菓子の味が落ちた程度で済んでるが、定を捕まえて貰《もら》ったところで、そっちの方が痛手は大きいぜ」

信も、どうにもならぬということか。否、悲しみだけが残るということになる。

「で――まあ、この六道屋が奥州廻《まわ》ってると聞き付けたもんでな、呼び寄せて一芝居打ったんだよ」

「芝居と申されますと」

「オウ。ま、人知れず信と定を入れ替えりゃ済む話ではあるんだよ。だがな、さっきこの六道屋が言った通り、最初から入れ替わるてェなら兎《と》も角《かく》、幾月も暮らしたもんを取り換えるなぁ無理だ。顔が同じでも無理よ。それに、信はもう定と同じ顔じゃあなくなってたからな」

「傷――ですか」

では。

「そうだな。あれは消せねえよ。で、まあこれだ」

仲蔵は懐から寒天《かんてん》のようなものを出した。

「何ですかそれは」

「偽傷だよ」

「偽――何です」

「顔に貼って腫らしたり傷に見せたりする拵え物《もん》よ。中に血糊《ちのり》なんか仕込んでな、上から化粧すりゃ、一寸見《ちょっとみ》は作り物には見えねえ。十何年か前に、芝居の舞台用に考案したんだがな、まあ使えねえと言われたわい。本物にしか見えねえからな。これで、額が腫れ上がってるように細工して、信の傷を隠したんだよ」

仲蔵はその奇妙なものを己の額に貼り付けるようにした。

「ま、腫れた顔は歌舞伎《かぶき》の化け物の常套《じょうとう》だ。謂わばお手のものって奴だな。しかも、こりゃ圧《お》しゃあ血も滲《にじ》む。素人《しろうと》には本物と区別が付かんさ。ただ医者なんかが間近に見りゃ当然露見するからな。そこは痛がるなり苦しむなりで、触らせねえよう注意させた」

「注意させたって、信さんにですか」

「信は最後まで嫌がっていたがな。定が弥右衛門親子に毒を盛っていると知って、肚《はら》ア括《くく》ったようだ」

「それじゃあ」

「定を攫って、顔の腫れた信と入れ替えたんだよ」

「あの、眼が開かなくなったとか、喋れなくなったとか」

「喋りゃあ怪しまれるさ。何を口走るか知れねえ。三日の辛抱だと言ったよ」

「め、眼鼻がなくなったというのは」

「夜中に忍び込んで取り換えたんだよ。眼も鼻もねえこいつにな。鉄漿も付けたぜ」

何故そんなことをと言うと、化け物に仕立てなきゃ退治されねえだろうがと仲蔵は言った。

「はあ」

「夜中に女が突っ立ってたって、今日日《きょうび》化け物とは思わねえんだ。その辺の粗忽者《そこつ》なら亡魂《ゆうれい》だと思って腰くらい抜かすかもしれねえが、その辺の粗忽者は退治はしねえだろ。退治するにしても、幽霊てぇなら斬り付けたりはしねえよ。坊さんでも呼んで来るのが関の山だ」

「それで」

「お前さんの先祖だか親戚だかが書いた本を読んで思い付いたのよ。書いてあったろう」

『遠野古事記』を読まれたか。どうやって」

読まれたわいと仲蔵は言った。

「棲むと決めたからには、土地のことは知ってなくちゃな」

「はあ、その、それはいいのだが」

「眼鼻ァなくしちまったら何日も保《も》たねえさ。傷や腫れ物と違って、能《よ》く見りゃ作り物と知れる。幸い弥右衛門は店の者も近付けねえようにしていたようだから、まあ暴露《ばれ》なかったし、連れ出すのも簡単だったがな」

それで――姿を消したのか。

「後はあっしの出番でね」

柳次が戯《おど》けて言った。

「あの鳥居の処を、出来るだけ臆病者が通るように、まあ手を回しましてね」

「手を回したって――どうやって」

「そこはまあ、餅《もち》は餅屋ですよ。別に騙す脅《おど》する訳じゃあねえ、何や彼《か》やと用事を作ってやりゃあいいんで。後は通り掛かる刻限をね、調節してやりゃあ済む。噂も広げさせて戴きやした。山田屋の耳に入らなきゃ、まああんまり意味はねえ」

「そうすると、あの鉄漿女は――定さん、いや信さんか」

「定が芝居する訳はねえだろ。あれは信だ。人が近付いたら振り向いて口開けりゃいいと、まあそういう芝居よ」

「しかし危険ではないかな。中には刃向かうような者もいるでしょう。大久保様だとて」

だからあっしの出番だと言いやしたでしょうと柳次は言った。

「大久保様に魔法掛けたのはあっしですよ」

柳次は懐から皮袋のようなものを出した。

「昔馴染《むかしなじ》みに教わった野衾《のぶすま》てえ道具でしてね。これを頭にお被せするんで。内側にゃ薬が染みていて、被されりゃ瞬時に気が遠くなりやす」

「お、大久保様も謀ったのか」

大久保様が仕掛けの肝で御座んしたと献残屋はいけしゃあしゃあと言った。

「き、肝とは何だ。すると、城中の大久保様に対する誹謗中傷も、其方が流したのか」

「お察しの通りで。ま、名誉は挽回《ばんかい》させて戴きやした」

そうか。

矢張《やは》り大久保平十郎見事妖物退治の噂を城下に流し広めたのもこの男なのか。

「定はな、その間この迷家に居った。儂は、まあ情け心を出した訳じゃあねえが、柄になくあれこれ説得したぜ。大罪人ではあるがな、儂は役人じゃあねえ。心根入れ替えるならこのまま何処かに逃がそうかとも思った。だが駄目だった。信が話しても駄目だった。定の言葉を信じるなら、あの女はもう十人以上殺してる。それでいて、悔いる気持ちも、改める気持ちもねえと、吐《は》いて棄てるように言う。信が生きていたのを知っても、何故生きている、もう一度殺してやると言って暴れやがった」

仲蔵は小さな眼を屡叩《しばたた》いた。

「どうしようもねえとこまで行っちまってたようでな。諄《くで》えようだが、改心するなり、悔恨があるなりするようなら、別の一幕を考《かんげ》えていたんだが、もう詮方《せんかた》ねえと判じた」

「待ってください。それではあの夜の女怪は」

あの夜の化け物だけは定だったのだろう。

「そうだ。お前さんの思った通り、あの夜の化け物だけは定だ。ただ、声が出せねえように喉は潰《つぶ》した。これまであの女がして来たことを思えば、それぐらいは仕方がねえよ」

「そうかもしれぬが、そ、それで声を奪うというのは」

「何、一生喋れねえ訳じゃあねえさ。一月も養生すりゃ治るだろうってなもんだよ。似たような振り袖着せて、後は、痺《しび》れ薬を飲ませてよ、自由に動けねえようにした」

「あの時、儂は蔭に隠れて、定を押さえておったのよ。儂は体はでけえが、こう見えて黒子《くろこ》仕事は慣れてるんだよ。眼鼻は隠してあるから定には何も見えねえ。だから儂が離せば人の気配のする方に振り向くさ。振り向きゃ何か言おうとすンだろ。助けてくれぐらい言うだろよ。でも、声は出ねえ。口を開けりゃあ、歯は真っ黒だ。愛宕山麓の鉄漿女だよ」

それで。

「いや――それは酷いではないか。それで大久保様に殺させたというのか。自ら手を下すというのならまだしも、それはあんまりじゃないですか。慥《たし》かに、捕まれば死罪でしょう。だからといって」

「勘違《かんちげ》ぇすんな」

「何が勘違いですか」

「定は死んでねえよ」

「はあ」

「だからわざわざ大久保平十郎を選んだんじゃねえか。遠野南部家一二を争う剣の達人。役方にしておくには惜しい腕だ。お前さんが上手に報せてくれたお蔭で、化け物は山田屋女房であるやもしれぬと、事前に知れた。あの人の腕は本物よ」

「本物って、では」

手加減は出来ていたのか。

「いや、それでは」

「額は割れてたが、死んじゃいねえ。気絶しただけだ。いやあ、咄嗟《とっさ》にあれだけの判断が出来るんだから、まああの勘定吟味方も大した腕よ。念のため桂巻の内側には鉄を仕込んでおいたんだが、それは真っ二つだ。あのお方がもう少し荒振ったお方だったら、定は真っ二つにされてただろう。そういう意味じゃあ綱渡りだったんだが、この六道屋の話だと、大久保平十郎は腕は滅法立つが人情にも篤《あつ》いという。儂はそこに賭《か》けたんだ。お人柄とあの腕には、感謝してるぜ」

ヘボな化け物仕掛けよなあと柳次は謡うように言った。

「又《また》の野郎がいたら何と言うかな」

「儂が組んでた頃は、こんなもんだったんだよ」

小悪党どもは笑い合った。

「いや、未《ま》だ得心は行かぬ。大久保様が定を斬ったその時に山田屋には信が帰っておる。あの場には柳次殿も居たし、仲蔵殿も居たというのだろう。両名とも彼処に居ったのなら、それは適わぬのではないか。外にも仲間が居るのか」

その時じゃねえものさと仲蔵は答えた。

「信は先に戻しておいたのよ。誰も居ねえ筈の奥座敷に人が寝てるたあ誰も思わねえさ。いちいち覗きやしねえだろ。信は寝っ転がってただけよ。その刻限になったら、まあ、人が行くように仕掛けておいたんだがな」

何の不思議もないのか。

いずれ山田屋の奥座敷に人知れず出入りすることさえ出来れば――ということではあるのだろうが、それはこの男達には容易《たやす》いことなのかもしれぬ。

「定はどうしたのです」

「傷の手当てをして、放してやったぜ」

「何ですと。放したって、その者は大罪人ではないのか」

そんなことは儂等《わしら》の知ったことじゃねえと仲蔵は言う。

「儂は義賊でもねえし奉行所の手先でもねえ。悪党が何をしようが裁くなあお上《かみ》だ。儂がしたのは、山田屋親子の命と店の看板を護ること、信を嫁として入れてやること、それだけだ。それが本来あるべき形じゃあねえか」

「い、いやしかし」

困った御仁だなあと仲蔵は歯を剥き出して言った。

「あのな、殺すのは駄目、逃がすのも駄目って、じゃあどうも出来ねえだろう。この先あの女がどういう生を送るのか儂は知らねえ。儂達には関わりねぇことよ。悪事を働こうが更生しようが、どうでもいいぜ。てめえの生はてめえの裁量で決めるしかねえ。この先お縄《なわ》ンなったとしても、てめえの為《し》たことで裁かれるならそりゃ仕方がねえだろ」

「そうだが、定が山田屋に行くことは」

「行ってどうなる。店に乗り込んだって向こうにゃちゃんとした女房殿が居るのだぜ。それで何て言うんだ」

「だから、此度《こたび》のことを何もかも世間に暴露したら」

「てめえが困るだけだろ。それにな、こんな話」

誰が信じるよと仲蔵は言った。

信じないだろう。

信じる訳がない。

「お信は病気、お定は神隠し。鉄漿女は狐か何かの仕業。それでいいのじゃねえか。こういうことはよ」

慥《たし》かに、山田屋もこれで安泰だろう。解雇した職人や番頭も戻るかもしれぬ。信も、真面目に暮らす限りは幸せになれるだろうと思う。姉のことを思えば心が痛むだろうが、山田屋の嫁として生きると決めた以上は已《や》むを得《え》ぬことである。大久保も、一度は下がった誉《ほま》れをそれまで以上に上げたことは間違いない。化け物に怯えた民草も安心したことだろう。

定は。

定はと言うと、強《したた》かに生きるでしょうやと柳次が答えた。

「ま、妹に付けたのと同じ傷が付いて、またまた同じ面相になっちまったがね。こりゃ自業自得でやすよ。己で己を害したようなもんと思うよりねえ」

そうか。

消せぬ傷は付いたのか。

帳尻合わせるのが儂等の仕事なんだよと仲蔵は言った。

「仕事というが、仲蔵さん。金が出ている訳ではないと思うが、この一件、金主は居らぬのだろう」

「頼み人は居るぜ」

仲蔵は立ち上がり、壁に立て掛けてあった板を祥五郎に向けた。

「それは、ええと、浄土絵——でしたか」

「先般亡くなった仁右衛門の女房、お勝さんの似せ絵だよ」

「何と」

「仁右衛門さんは、店ェ支えてたお勝さんに死なれて、相当参っておったのよ。福の神だったお勝が死んじまって、山田屋も傾くのじゃねえかと随分心配しておった。その上毒で気も細ってる。座敷童衆も出て行った。何とかならんかと」

百両呉れたと仲蔵は言った。

「百両ですか」

「画料だけで百両は貰い過ぎだわ。だから、福を返してやった」

仲蔵が異相を板間の先に向ける。

家の奥に。

朱色の振り袖を着た、抜けるように色の白い、切り髪の娘が立っていた。

ただ、立っていた。

「あ、あれはッ」

「あれは、じゃねえよ。あの娘はこの迷家の持ち主だ。此処に棲んでいやがったからな。儂は彼奴《あいつ》、あのお花《はな》から、この家を借りてるのよ。偶《たま》に仕事も手伝わせるがな」

「じゃあ」

生きた、娘なのだ。

信が奥座敷にいることを示唆したのはこの娘なのだろう。様様な怪事もこの娘の仕業か。この娘が山田屋から出た後に凶事は起き、そして戻ると共にそれは去ったことになる。

祥五郎は大きく口を開けた。

そして殿様に何をどう報告すべきか、大いに迷った。

このままは伝えられぬ。何か上手な譚《はなし》を作らなければなるまいぞと、祥五郎は思った。

礒《いそ》撫《なで》

◎礒撫

肥前松浦《ひぜんまつら》の沖《おき》には
北風荒《きたかぜあら》く吹時《ふくとき》
必《かならず》 礒撫《いそなで》と云魚海上《いふうをかいせう》に出《いで》て暴《あば》るゝ也
此時船通《このときふねとを》りかゝれば
かの魚尾《うをを》を以《もつ》て船中《せんちう》の人《ひと》を海《うみ》へ撫《なで》こみ喰《くら》ふとぞ
形《かたち》は鱣《ふか》に似《に》て大《おほい》也
尾《を》には鐵《てつ》の如《ごと》き針《はり》 逆《さかしま》に生《せう》ぜり
豊前吹手《ぶぜんほつて》の濱《はま》にて
旅僧《りよそう》わにゝとられしこと南朝咄《なんてうばなし》に出《いで》たるも
此礒《このいそ》なでのことなるべし
本草異考《ほんざうゐかう》に巨口鰐《きよこうがく》と出《いで》たるも此礒《このいそ》なでのことな
りといへり
去《され》ば渡《と》海等《かいとう》には心《こゝろ》を付《つく》べき也

——繪《え》本百物語《ほんひやくものがたり》／巻第一・第五

譚《はなし》

昔、あったずもな。

西の海に、大層《でほで》え大っぎな魚《うお》っコが居《い》たったずもな。

そらァまァ大っぎな魚っコで、鱶《ふか》より、鯱《しゃち》より、鯨《くずら》よりも大っぎがったと。

ところァその魚っコ、もっともっと大っぎぐなりたかったんだと。

だども、何喰《く》ったらば大っぎぐなれっか判《わが》らなぐて何でも喰《く》てみたんだと。

小《ぺえ》っこな魚でも中ぐれえの貝でも、何でも喰て、飛んでる鳥っコまで、尾っぺで打《ぶ》って落どして喰たずもな。

んだけど、なんぼ喰ても、何を喰ても、あんまり大ぎぐならねがったずもな。

さで、こりゃまんず海が悪《わり》いべと魚っコは思って、彼方《あっつ》さ行ったらいべか、此方《こっつ》さ行ったらいべかって、海ん中ずんぐずんぐ泳いでいたったずもな。

そのうづ、魚っコは人を喰てみんべと思ったずもな。

そごに漁師が舟っコぎっこぎっこ漕《こ》いで来たずもな。

魚っコ、水がら出で、漁師をぺろっと呑《の》んだずもな。

すたどこらぁ、魚っコ、少し大っぎぐなったずもな。

「こら、人だべが。人呑めば大っぎぐなるべが」

魚っコ、そう思ったずもな。

またずんぐずんぐ泳いで行ぐと、今度ぁ娘っコが舟っこぎっこぎっこ漕いで来たずもな。

魚っコまだ水がら出で、娘っコもぺろっと呑んだずもな。

すたどこらぁ、もっと大ぎぐなったずもな。

「人呑めば大っぎぐなるべ」

魚っコはそう思って、またずんぐずんぐ泳ぐど、今度ぁ有《あ》り難《がて》え坊様《ぼさま》が舟っこに乗って居だと。魚っコ、坊様もぺろっと呑んだずもな。

すたどこらぁ、もっともっと大ぎぐなったずもな。

「なんぼでも大っぎぐなんべ。もっと人呑むべ」

魚っコ喜んでまたずんぐずんぐ泳いだと。

やがて魚っコ、大槌《おおつち》の浜の沖まで来たずもな。

そこに、鮭《さけ》の大助《おおすけ》って海の王様が居《い》たったずもな。

大助、こんだ化げ物《もん》に人呑まれては敵《かな》わねべと思って、

「こん川さずんぐずんぐ上って行ぐと、山に鬼が居《お》るがら、それ呑めばもっともっと大ぎぐなれるべ」

と言《しぇ》ったずもな。

魚っコ、これは好いこと聞いだと思って川さずんぐずんぐ遡《さかのぼ》って行ったずもな。川ぁ細ぐなって浅ぐなって、魚っこは大ぎいもんだがら、鱗《うろご》ぁ剝《は》がれで腹の皮ぁ剝《む》けたったども、魚っコは諦《あぎら》めねで、ずんぐずんぐ上ったたと。

すだどごらぁ、鬼が居《お》ったずもな。

魚っコ、跳ね上がって鬼をぺろっと呑んだずもが、腹っこ毀《こわ》して死《す》んですまっだとサ。

欲《よ》ぐぅ出したら駄目だってお譚《はなす》。

どんどはれ。

咄《はなし》

笛吹峠《ふえふきとうげ》の風は冷たい。

秋口の峠越えはいずれも寒寒しいものだが、笛吹峠の風は殊更《ことさら》に身に沁《し》みる。一説に、笛吹という名は吹雪《ふぶき》が転じたものであると謂《い》う。

それらしい咄だが、何処《どこ》まで信じられるものだろうか。

宇夫方祥《うぶかたしょう》五郎《ごろう》は疑っている。

吹雪の峠は、何処も厳しい。

慥《たし》かに六角牛山《ろっこうしさん》と権現山《ごんげんやま》の谷懐《たにふところ》を渡るこの峠は、方角を見誤ると極めて危ない道である。

簡単に山中へ迷い込んでしまうからだ。のみならず転落もする。一面が雪に覆われてしまう冬場は一層に危険である。それは間違いがない。吹雪く日などは、凡《およ》そ越えられるものではないだろう。でも、だからといって吹雪峠などという名前を付けるだろうか。

あり得ないこととは思うけれども、例えば吹雪の日だけしか通れないというのであれば、そういう名が付いていたとしても首肯《うなず》ける。だが吹雪の日は危ないというのであれば、この辺りならどの峠でも同じことである。

一方、別な由来もある。笛好きの童《こども》がこの峠で焼き殺されたという民譚《むかしむかし》がそれである。

その子は継子《ままこ》で、疎《うと》ましがられていたのだそうだ。

継母はその童を散散苛《いじ》めた揚げ句、馬放しを口実に山へと追い遣《や》り、峠で火を付け焼き殺したのだと謂う。童は火中にあっても尚《なお》、笛を吹き続けていたそうである。

事実であるなら、この上なく酷《むご》い咄である。

いや、そんな話が謂い伝えられている以上、その昔、某《なにがし》かそうしたことはあったのだろう。

だが、それでもそれは矢張《やは》り拵《こしら》え咄《ばなし》なのだと祥五郎は考えている。何故《なにゆえ》に山中に誘い出して焼死などさせねばならぬのか。突き落としてしまえば済むことである。大体、どうやって火を付けたものか。縛り付けて薪《たきぎ》で燃すなり、油を掛けるなりしないで、人など焼き殺せる訳もない。どうやったものか祥五郎には想像出来ない。

何より、残酷過ぎる。

遠野《とおの》の郷《さと》は山に囲まれた盆地である。何処へ行くにも峠は越さねばならない。

笛吹峠を通る経路は、大槌《おおつち》や釜石《かまいし》へと抜ける。海側に出るためには最短且《か》つ必須の、なくてはならない道である。それでも、この頃では境木《さかいぎ》の方を通る者もいる。かなり遠回りにはなるが、それでも安心なのだと使う者は言う。馬次場《うまつぎば》でも作れという声まであるそうである。

笛吹峠には山人《やまびと》が出ると謂う噂も絶えない。だが、山人が本当に居るのであれば、何処にでも出るだろうと祥五郎は思う。実際境木辺りに出たと謂う咄も聞く。この峠にだけ出るのであれば、山人峠という名になっている筈《はず》だ。

何でもいい。

要するにこの峠は険しいのだ。

生活に欠かせない道ではあるが、難路でもある。危険だけれど必要な路《みち》なのである。

そして、風が能《よ》く通る。

別に理由などなくとも笛吹という名は迚《とて》も合っていると、祥五郎は思う。

峠の途中には朱塗りの鳥居がある。

社《やしろ》ではなく、祠《ほこら》である。不動明王《ふどうみょうおう》が祀《まつ》られている。

いつ誰が祀ったものか祥五郎は知らないが、この辺りには不動尊を祀る祠は多いので、別段気にしたことはない。こうした祠は、何処にでもあるし幾らでもある。あって当たり前のものなのだ。何が祀ってあろうとも、通り縋《すが》りに手を合わせる、そうしたものだと祥五郎は心得ている。

鳥居を潜《くぐ》って祠の裏手に回る。

このまま下れば渓流に出る。

下るといっても道などない。

青《あお》ノ木川《きがわ》か、橋野川《はしのがわ》か、水系が複雑なので祥五郎には判《わか》らない。

午《ひる》だというのに鬱蒼《うっそう》としていて微暗《うすぐら》い。吹き曝《さら》しの風は避けられるが、水気が上がって来るものか、気温も低い。腰を下ろす場所もないので祠の裏で屈《かが》んでいると、青青と繁った草木を搔《か》き分けて乙蔵《おとぞう》が顔を出した。

「待だせたが」

「今来たばかりだ。それにしたって、何だってこんな場所に呼び出すのだ。ま、儂《わし》は正業がないから何の制約もない。何処へでも行くが、選《よ》りに選《よ》ってこんな峠の途中の」

「お前様《め》は人混みを嫌うべ。町の紛乱《ごみごみ》は厭《いや》だといづも言ってるでねえが。静かな処《どこ》が好いど言うべ」

儂のことではないよと言った。

乙蔵は土淵《つちぶち》の豪農の倅《せがれ》だが、百姓を嫌って家を捨て、町場で商いをしている。だが、どの渡世も上手《うま》く行かず、長続きがしないのである。

煮売り屋はどうしたと問うと、あんなものは疾《と》うに止《よ》したと乙蔵は答えた。

「売れね。あんな渡世では喰えね」

「そんなことはなかろう。煮売り屋を生業《なりわい》とする者は世にごまんと居《お》るぞ。中には窮《きゅう》しておる者もあろうがな、屋台が儲《もう》かって看板を揚げる者もあれば、お店《たな》が繁盛して梲《うだつ》を上げる者も大勢あろう。喰えぬのは渡世の所為《せい》ではなく、乙、お前がいかんのだろう」

「知らんよ」

乙蔵はそっぽを向いた。

「また飲んでおるのか」

「俺《おら》が酔っとっても誰も困らん。魚捕りは酔っておっても出来るべ」

「釣りをしておったのか」

「だから待ち合わせを此処《ここ》にしたンだ。俺《おら》は夕《ゆ》ンべから橋野の沢に居ってよ、釣り三昧《ざんめえ》だ。いや、幾《いぐ》ら お前《めえ》が暇だがらってそんだ処《とこ》まで呼び付けるな、酷《こく》だべと思っでな。この辺《あだ》りであれば、まンだ好《い》かべと思ったの」

乙蔵は魚籠《びく》を掲げた。

「釣れたか」

「駄目だな」

乙蔵はべろを出した。

「何も上手くいかんわ。銭コになんのは咄だけだ」

祥五郎は、盛岡《もりおか》藩筆頭家老職である南部《なんぶ》義晋《よしひろ》の密命を受け遠野郷の市井の暮らしを探っている。乙蔵は口碑《こうひ》伝承や世事に通じ、あちこちから噂や巷説《こうせつ》を拾って来ては毎月報《しら》せてくれる便利な男である。勿論《もちろん》、有償である。

咄買ってけろやと言って、乙蔵は周囲を見渡した。

「座るどこがねえな」

「お前が決めた場所ではないか」

違《ちげ》えねえと言って乙蔵は笑った。

「俺《おら》、実《ずつ》はこの祠に参ったことねえのさ。場所は頼んだ使いの者《もん》に決めで貰《もら》ったんだ。最前まで居だった橋野のお不動さんはもっと立派だ。祭りも賑《にぎ》やかだしな」

我慢しろと言って乙蔵は屈んだ。

「俺《おら》ァ自慢でねえが怠け者《もん》だ。朝早《はえ》ぐから起き出して橋野の沢なんかにわざわざ行ぐかや。俺《おら》な、昨日まで大槌の浜辺りさ居だったんだ。橋野は戻る途中の寄り道だわ。いや、大槌だって遊びで居だったのではねえ」

お前《め》のために行ったんだ、と乙蔵は言った。

「どういうことだ。浜で何かあったのか」

「何言ってンだお前《め》。知らねがや。コン、窮状」

「今年は豊作ではないか」

夏の間はどうなるかと思った。まるで暑くならなかったからだ。凶作とはいわぬまでも不作は間違いなかろうと、誰しもが思っていた。ところが夏の終わり近くからめきめきと暑くなったのだ。

厳しい残暑は人には辛《つら》かったが、作物には良かった。

米の出来は大変良いものだった。

「そンでもこの様《ざま》だべ。米は出回ンねえ。その上、海のもんも入って来ねぐなったべ。こないだまではものの値が上がる一方だったが、今はものが何も無《ね》べ。こんでは飢饉《ききん》と変わりねえ」

「そうだなあ」

凡《すべ》ては藩の悪政に拠《よ》るものである。

殿様は馬鹿でねえのかと乙蔵は言った。

「おい」

「何だ。殿さんの悪口言ったら捕まえるべか。牢屋《ろうや》入れるか首斬るか。お前《め》は藩の雇われ者《もん》だものなあ」

「儂は藩とは関係ない。鍋倉《なべくら》の殿から命を受けているだけだ」

「遠野の殿さんは盛岡藩の家老でねべか。同じことだべ」

耳が痛い。

公言は出来ないが、藩主の無策悪手は、藩政に関わる者なら誰もが知っていることだ。筆頭家老である義晋も頭を悩ませ胸を痛めているようである。

祥五郎は他藩の内情は能《よ》く知らないが、盛岡藩の今の税制は、制度としては一応合理なものではある――と思う。

深刻な飢饉や無計画な金銭札の発行など、近近の政策は民草を大いに苦しめ、最終的に大規模な一揆《いっき》を招いた。その経験を基《もと》に、場当たり的に役銭を課したり御用金を供出させたりする古い制度を改め、極めて公平に租税を徴収しようと、改革が行われたのだ。

そして、一昨年より採用されたのが軒別銭《のきべつせん》である。

一軒に就き、年に一貫八百文を徴収する仕組みだ。

貧しい者は半額、または三割三分に減額、富貴な者からは倍額、五倍額、十倍額と取る。貧富の見極め振り分けは村や町の肝煎役《きもいりやく》が行う。

富める者からは厚く取り、貧しき者からは薄く取る。五年ごとに格付け、額面を見直す。軒別銭というのは大層公平な制度だと、祥五郎も感心したものである。

しかし。

とんでもなかった。

先《ま》ず、取り立てが厳しかった。発布と同時に取り立て役の同心が盛岡より村村に派遣されたのだ。急だったため肝煎役があれこれ吟味《ぎんみ》する猶予はなかった。同心は取り立てが終了するまで村に滞在することになるのだが、その間の面倒は凡て村側がみる取り決めになっていた。その上、村は同心に日当として二百文を支払わなければならない。

仕組みはよくても運用の仕方が雑――否、無茶だったのである。

のみならず廃止される筈だった役銭、札銭、そして御用金もそれまで通りに徴収され続けている。

これでは詐欺である。

祥五郎も流石《さすが》に困惑し、義晋に進言した程である。

それでなくとも銅は不足しており、市場に出回る銭は減っていたのだ。ものがあっても、買えない。民草の不満はいや増していたのであった。

しかし、それだけ下下《しもじも》から搾り取って尚《なお》、藩の財政難が改善されることはなかった。

理由は簡単である。贅沢放逸《ぜいたくほういつ》に金を使うからである。

義晋は筆頭家老ではあるが、若輩である。藩政に対しそれなりの影響力はあるものの、決定権がある訳ではない。制度改革をどれだけしても、民がどれだけ働いても、次次に遣われてしまったのでは元も子もない。笊《ざる》で水は汲《く》めない。

「このままだど、押し寄せになる」

乙蔵はそう言った。

押し寄せとはこの辺りで謂う、一揆のことである。

「そんな様子があるか」

「遠野の中はまだ良かべ。何だかんだ言ってまだ喰えておるかンな。他の処はもう拙《まず》い。遠野の連中も、外から鍋倉の城へ押し寄せが来るンでねべかと、怖《こえ》え噂が絶えねのさ」

「そうなのか」

平穏ならざる感触は祥五郎も感じ取っていた。しかしそれは必ずしも明確なものではなかった。不平不満は手に取るように判ったし、銭が回っていないことも事実だったが、だからどうすると口にする者はいなかったからだ。

「だがな、乙よ。この間の八幡《はちまん》様は盛大だったぞ。あんなに盛り上がった祭は久し振りだった気がするが」

それも、不安の裏返しなのか。

「ま、色色あったが蓋《ふた》開けでみれば米の獲《と》れ高ァ上上、豊作だったたからだべ」

「そうだろうに」

「何であっても、米がありゃ百姓は安心するもんだ。目の前の米は銭よりも有《あ》り難《がて》べ。商人だとてよ、米あってこその商いだべ。鉄砲撃《ぶ》ちも、馬喰《ばくろう》も変わんね。魚ァ腐る程入って来てたしな。人は、喰うもんがあれば笑うもんだべ」

それは能《よ》く解《わか》る。

「まあ、俵ァでんと積んである。その中には米が詰まってるわ。こりゃ、喰えるべ。ものに換えられッべ。銭にも化けるべな。あんな心強《づえ》えもんはねえ」

でもな、と言って乙蔵は上目遣いに祥五郎を見た。

「でも何か」

「その米が、出回ってねえんだがら。駄目だべ」

「何だと」

刈り入れも何もかもすっかり済んでいる筈である。新米は当然入荷し、出回っている筈だ。

「なァに恍惚《とぼ》けてんだ、祥さん」

「いや――」

祥五郎は豊作と祭の賑わいを目にして安心し、ここ十日ばかりは町場や百姓の暮らしから目を離し、山間《やまあい》を巡っていたのだ。新米が出回るようになれば相場も下がるし、世情も安定するだろうと考えたからだ。

何だ本当《ほんど》に知らねのがよと乙蔵は呆《あき》れた。

「ほれ、四五日前、お奉行からの通達で遠野の米は盛岡の何だらいう男が一手に取り扱うという決まりになったべ」

「そうなのか。一手にとは」

「だがら。出し入れ売り買い、全部その男がするってことだべよ。他に受け取り様はね」

「それでは遠野の米商人は」

「勝手に売り買い出来ねぐなったんだ。商売しようと思ったら、その男に売るか買うかせねばならん。何から何まで、その何だらいう男を通さねばならねンだと。しかも、その男は一駄に三十五文の手間賃さ取るんだと聞くど」

それは。

何だか無茶である。

「手間賃はあるまいよ。それは米価に乗せるのか。それとも仲介人が廉《やす》く買うというのか。それは筋が通るまい。いずれその者だけが儲けることになるではないか。何故に仲介人が優遇される。それはただの役銭ではないのか」

米の入荷には役銭がかかる。

一駄に付き四十文から五十文、額面は出来高によって変動する。それを三十五文に統一したということではないか。それならば、寧《むし》ろ廉くなっている。

違う違うと乙蔵は首を振った。

「役銭は役銭で今まで通り取るんだ。それに加えで三十五文だ。こら法外だ。加役銭って名目らしいがら、役銭が倍になったようなもんだが、でもお上《かみ》に行ぐ訳でねぐて、差額ァ全部その男の懐に入るんだと聞いたぞ。なら手間賃と同じことだべ。そうでなぐたって役銭が倍になンだもの。やってられねべ」

それは悪法というより無法ではないか。

「おい乙。それは何かの間違いではないのか」

「間違《まつげ》えではねべさ。それが証拠に遠野の米屋どもあ、町奉行所に訴えたがらな。そしたらどうなったと思う」

厭な予感しかしなかった。

「あのな、米の役銭は売値に乗せるもんだべ。これは今まで通りだ。そうしなきゃ米屋ァ儲けが減る。だがの、加役銭は別もんだがら、米価に上乗せはなんねと来た。全部荷主が被《かぶ》るんだど。つまり、廉く買って高《たが》く売るのだな」

「それでは成り立つまい」

だがらよと乙蔵は言う。

「花巻《はなまき》だの、江刺《えさし》だの、他領の者《もん》もよ、遠野で商売すんのに、そんな、盛岡の誰それに銭払う謂《いわ》れはなかべ。遠野の米屋も肚《はら》ァ収まらね。だがら話し合って、荷送りを止《と》めた」

「止めたのか」

「お前《めえ》、何処さ居だ。大騒ぎでねえか。米が買えねンだがらこの前の市の人出だって荷だって半減だべよ」

そういえば今日もかなり人出が少なかった気がする。

駄目だなあ御譚 調 掛《おんはなししらべがかり》様はようと乙蔵は憎げに言う。

「別に俺《おら》が教えなぐとも知れることだぞ。遠野中の者が知っておることだべ。ま、そうであっても、この俺《おら》が語ったんだから咄のお代は戴《いただ》くけども」

「それはいい。いいが」

「ああ」

本当に何も知らねえみでだなと乙蔵は言った。

「あのな、そんなだがらこないだの市にも米が入《へ》って来ねがった訳さ。ま、予想の半分ぐれえがな。んでも、これがお粗末な咄でよ、その何だらいう男はの、果だしてどんだけ米が集まるもんか考《かんげ》えてながったみでで、米、路《みち》っ端《ぱた》に放《ほ》っておいたんだわ」

「いや、蔵に入れるなりするだろう」

蔵なんざねえものよと乙蔵は言う。

「店だって借りもんだ。他所者《よそもん》だもの。遠野の米屋どもだって一切手は貸さねえさ。半分たって片馬で百駄以上あるんだもの、一軒で扱えるもんでねえべ。それに加えで」

「まだあるのか」

「だがら、魚《うお》だ」

「魚というと」

「あんな、市だぞ市。生魚でも干し魚でも、米と換えべと持ち込むでねえか。そうやって来たべ。今までは米が品薄だったんだぞ。魚ァ豊漁だもの。米が豊作とあらば、いの一番に米と換えるって。でも米は其処《そこ》にしかねんだもの。魚だの何だの持った連中がみんな其処に押し掛けたんだわ」

「それは」

混乱するだろうと言うと、そうでねえんだと乙蔵は顔を顰《しか》めた。

「全部、追い返されだ」

「何でだ。捌《さば》けなかったのか」

「扱わねえと来た」

「意味が解らぬ」

「あのな、俺方《おらほ》はお上《かみ》から米扱いのお役目を言い付かってるだけだで、魚なんざ関係ねえと門前払いだ。取り付く島もねがったそンだ。魚を荷にして来た連中は怒りに怒って、荷を全部打ち捨てて帰《け》った。店の前にはよ、米と魚が山と積まれて、雨曝《あまざら》しだ」

「前《さき》の市の日といえば、慥《たし》か雨が——降ったかな」

「宵《よい》の口から大雨だったべ。全部駄目になったわ。生魚ァ腐れて米だって水浸しよ。大損だ大損。そんでな、中でも怒ったな浜の荷主どもさ。もう遠野には魚の荷は入れね、と決めた」

「おい」

「今更何を驚くか。だがら今、遠野には米も、魚も、入って来ね。そして外にも何も出て行がね。遠野の中にはまだ闇米があるよンだが、遠野の商人どもは他所者の所業《もん》を決して許さねべがら、まともな取引は望めねえべなあ。ンで、そうなると困るな、浜の者だ。浜の方はな」

まるで飢饉だったなと乙蔵は言い、煙管《きせる》を出して咥《くわ》えた。

「もうな、これが続きゃ死人が出るンでねえか。浜の者は飢えとる。飢え死にでも出りゃ、ほんとに押し寄せが起きるだろなあ」

乙蔵は懐から煙草を出して雁首《がんくび》に器用に詰めると、腰に下げた火入れを取り上げ、苦い顔で一服吸い付けた。

ぷうと煙を吹き出し、火種を落として踏み消す。

「俺《おら》、その様子ば見に行ったのさ。年寄り連中は弱っとったし若い衆は殺気立っとった。喰い物は無《ね》がった。ま、魚だけはあったけんど」

「取引を再開する様子はないのか」

「ま、遠野の中にも外にも、そんだ気運は全く無《ね》べな。だから俺《おら》、川魚でも獲って戻って遠野で売るべかと思うたんだども、まあ」

釣れやしねと乙蔵は歯を剝《む》いた。

「さ、銭出せ」

「まあ、待て。それは」

それは大ごとだろう。折角の豊作気分も水の泡である。ここで一揆でも起きればその打撃は大きい。何か動きがある前に、某《なにがし》か手を講ぜねばなるまい。

「その咄は、まあ呑み込んだ。能《よ》く教えてくれた。実際由由しき問題だろう。銭も出す。出すが、お前、今の咄は当然儂が知るところのものだと思っておったのだろうに。儂は偶《たまさ》か山巡りをしていて町場の動向が疎《おろそ》かになっておったのだが、平素通りにしておれば当然知れたことではないか」

「知らねがったでねか」

「だから銭は出すと言っておろう。儂が言うのは、だ。咄はまだあるのではないか、ということだ」

　当然あるわいと乙蔵は胸を張った。

「あるのなら、どうだ。歩き乍《なが》ら聞こう。此処は寒くて敵《かな》わんわ。それともまだ釣るのか」

「もういいわ。行ぐべ」

　乙蔵は足早に祥五郎を追い越し、祠の前に出た。

　鳥居を潜ると峠には相変わらず風が吹き渡っていた。

「ほれ。駄賃付けも通らねべ。荷が止まっとるんだわ」

　乙蔵の言う通りである。町が静かだったのは安寧だったからではないのだ。言われるまで気付かなかった己の不明を、祥五郎は恥じた。

　山の方は何でもねえのかと乙蔵は問うた。

「山は然《そ》う然《そ》う変わらぬ」

　いや、実はそうでもないのだ。祥五郎は夏前に或る男と知り合い、その男を通じて様様なことを学んだ。

　山には、多くの山の者が棲《す》んでいる。

　彼等《ら》は、土地にも、藩にも縛られていない。国にも制度にも囲われていない。彼等は山に生き山で死ぬ。

　勿論、彼等は人である。ただ、里人との接点は殆《ほとん》どない。

彼等は村の外、町の外、洲《くに》の外にいる。だから時に、人ならぬものにも思える。

村が、町が、洲がこの世であるならば山はこの世ではないからである。

祥五郎は、彼等のことを知らなかった。

だから、この数箇月で、祥五郎はかなりの知見を改めることになったのである。そういう意味では大いに変わりがあったのだけれど、それは祥五郎の中の変化でしかない。

山は、ずっと山である。

海の方は変わりがあったぞと乙蔵は言った。

「飢饉宛《さなが》らなのであろう」

「そうだがな。それとは関係がねべ」

「何があった」

でけえ魚が出ると乙蔵は言った。

「でかい魚くらいいるだろう」

待て。出たというのは何だ。

「獲れた、ではないのか」

「獲れるかそんなもの。こんなだぞ」

乙蔵は両腕を拡《ひろ》げて何かを抱えるようにした。

「それは、まあ巨《おお》きいとは思うが、そのくらいの魚ならおるのではないか。大きな鮭などはそんなものだろう」

「馬鹿。長さでねえ。胴回りだ」

「胴回りって」

もう一度見る。

何かを抱えているのだとしたら、その辺の大木よりも太いことになる。それなら慥《たし》かに巨大と言わざるを得ない。

「いやいや、それは大き過ぎるだろう。その太さなら長さはどれだけになるか」

「だがら。でけえんだ。馬よりも牛よりもでけえんだ。人なんざ一呑みにされるぐれえでけえんだ」

そんな魚が居るものか。

「それでは鯨か何かではないか。寄り鯨ではないのか。大槌の先辺りでは鯨を能《よ》く獲るのであろうが」

「鯨ではねえな。鮫《さめ》か、鰐《わに》か、鯱《しゃち》か――何かそういうものだと思うと、見だという者《もん》はみんな言っとった」

「鮫に――鰐だと」

鯨は見たことがあるが、鮫となると能く判らない。鰐とどう違うのか。鯱になるともっと判らない。虎のような顔をしている魚だとものの本で読んだが、想像が出来ない。役瓦《やくがわら》の鯱鉾《しゃちほこ》のような生き物が現実にいるとは考え難《にく》い。

「鮫というのはそんなに大きなものなのか」

「大きいってば大きいンだべが、そんなに大きいのは先《ま》ずいねべな。だがらこそ騒ぎになってんだ」

「それが鯨でないという理由は」

「鯨なら判るって。海の者《もん》は俺達《わがおらだち》が馬ァ見る要領で魚見てるんだ。お前《め》だって馬か牛かは一目で判るべ。同じこと」

そうかもしれない。

「鯨ってのはな、魚みでぇな背鰭《せびれ》はねえべ。背中だか頭だかから汐《しお》吹くでねえか。あれは海豚《いるか》の大きいようなもんだべ」

「海豚なあ」

祥五郎は海豚も未見である。

「つまり、鯨程もある大魚が海上で幾度か確認された、ということなのか」

「海上ではねえ。湾。浜。見だ者はな、皆陸《おか》から見でる」

「そんなに陸地に寄っておるのか」

「それだけでねえ。どうもな、そン魚、橋野川を遡ろうとしておるんだわ」

「何だと」

そんなことがあるかと言うと、あるわと乙蔵は小馬鹿にしたように言った。

「お前《め》な、橋野のお不動さん知ってっか」

「橋野の不動堂か。そういえばお前、最前まで其処に居たと言っていたではないか」

「居たったさ。あのな、俺《おら》はただ釣りをするためだけに橋野の沢なんかに寄り道したのではねえぞ。俺《おら》は、わざわざ不動堂の辺りまで行って、その大魚をな、待ち構えておったんだ。待ち伏せだ」

「いい加減なことを言うなよ乙。魚というのはな、大きかろうが小さかろうが水の中に居るものだぞ。海から川を遡ったのだとしても、だ。何故に堂宇で待たねばならぬか。竜宮城《りゅうぐうじょう》でもあるまいに、お堂が川の中にあるとでも言うか」

　本当にものを知らねえなあと乙蔵は言う。

「お前は知らねがもしんねがな、水無月《みなづき》二十八日の橋野のお不動さんの祭は、そら賑やかなもんだ。近在から大勢人が集まるわ。でもな、この日は雨なんだ」

「今年は雨だった、ということであろうが」

「そうでねえ。毎年必ず、雨だ。どんなに晴れでいても必ず降る。一粒二粒でも降る。俺《おら》が知る限りは、ここ五年はずっと雨だ。何故か判るか」

　判る訳がない。それ以前に信じられない。毎年日を決めて必ず雨が降るなどということは考えられない。それは天地の摂理に適《かな》うものではなかろう。本当にそうだったとしても偶然としか言い様がない。

「理由などあるか」

「ある。鮫の所為だ」

「いや、悪いがな、乙。お前の言っていることが儂にはまるで解らん」

「あのな、いつの頃のことだかは知らねどもな、信心深え鮫《ぶけ》が一匹、橋野川をばずんぐずんぐ昇って、橋野の沢までやって来たことがあったんだと。それがな、不動堂にお参りに来たんだと謂うんだな」

「何だと」

「参詣《さんけい》だ。丁度祭だったんだな。あのお堂の処には不動ヶ滝って滝があんべ。鮫ァその滝壺《たきつぼ》さ入《へ》って祭の間過ごしたそうだが、生憎《あいにぐ》の晴天で、水嵩《みずかさ》が減ってな、川に戻れねぐなったんだそうだ。困った鮫は一心に願って雨を降らせて貰《もら》い、水嵩を元に戻しで、海さ帰《け》った」

「嘘だろう」

「お前《め》に嘘言《ぼがしぇ》ってどうすンが。橋野辺りの者《もん》なら誰でも知ってることだわ。橋野の者は祭の間は川の水を汲まねのが決まりだ。水浴びもしね。水嵩が減るかンだ。決まりさ破ると祟《たた》りがあるンだでば」

益々信じられんと言うと、祟りというのは真贋《しんがん》が知れねけんどもなと乙蔵は言った。

「でもまあ決まりさ破った男の家が大水で流されたて咄は実《まこと》しやかに語られとるし、信じられとる。実際、祭の間は誰も川には入らね。水も汲まね。俺《おら》が法螺《ほら》ァ吹いとる訳ではねえわ」

「そうかもしれんが、それは」

民譚《むかしむかし》だろう。

「姥《ばば》が囲炉裏端《いろりばた》で語る拵え咄の類《たぐ》いではないのか。鮫だろうが何だろうが、魚は魚だろう。言葉も通じんものが神信心仏信心などするものか」

そうでもねえぞと乙蔵は言う。

「大船渡《おおふなと》辺りの海には海豚が居《お》るがな、あれは信心深《ぶけ》えど言われておるぞ。海豚は島の周りを廻《まわ》って同類の菩提《ぼだい》を弔うんだそンだ。津軽《つがる》の諏訪《すわ》神社にはな、祭の度に海豚が川ァ遡って参詣に来ると聞ぐ。八戸《はちのへ》にはな、伊勢参《いせまい》りした八戸太郎《たろう》で鯨がおったそうだ」

魚は意外に信心深えもんだべと、如何《いか》にも無信心そうな男は嘯《うそぶ》く。

「ま、人の口さ入《へえ》るような魚ァ、信心も何もねべけど、劫《こう》を経たもんは別だ。経立《ふったち》ンなれば猿でも狼でも口利《き》くべ。そうなりゃ信心だってすんべ」

「その、大槌の浜に出た大魚もそうだというのか」

それはどうだろう。

「そんだけでかけりゃ何年生きてるか知れねべし。十年か百年か、千年生きたか、そういう大きさでねが。経立どころか沼や淵《ふち》に居《お》ったら主《ぬし》だわ。ま、そんなだがら、橋野川遡るってえのなら、行き先は不動堂だべ、と」

「それでどうした」

「残念乍《なが》ら、不動堂には来ねがった」

来る訳がない。

海というのは底知れぬものである。怪魚大魚も居るやもしれぬ。だが、そんなものが簡単に姿を現すとは思えない。況《まし》てや寺社に参詣するなど、祥五郎には信じられない。そうでなくとも、川を遡って来ることなどあり得ぬだろう。

「矢張り与太なのではないか。海で見たという者は兎《と》も角《かく》、川はなかろう。それは何かの見間違いであろうよ。そうでなければお前が担《かつ》がれたのではないか」

「あのな」

乙蔵は身体を返し、祥五郎の前に立ちはだかるようにして顔を覗《のぞ》き込んだ。

「不動堂には来ねがった、と俺《おら》は言《しぇ》ったんだ」

「それが何だ」

「不動堂を通り越したんだって」

「何がだ」

「魚がよ」

「お前――」

視《み》たのかと問うと、視たさと言う。

「こんだ大っぎな背鰭がな」

乙蔵は手を広げる。

「待て待て。その不動堂を越したということはだな――橋野から更に上流に向かったということになるではないか。橋野辺りとてもういいだけ上流であろうに。既に内陸、いいや、最早《もはや》山であろうよ。橋野川がどのように流れておるのか儂は正確に知らぬがな、この――峠下の沢にでも繋《つな》がっておるのか」

「源流は幾筋かあンべ」

「あったとしても、だ。そんな大きなものが、こんな浅い沢を泳げる訳がなかろう。その下の沢を見てみろ。水量はあるが岩が見えておる。いいか乙。川というのは、高い処《ところ》から低い処へ流れるのだぞ。遠野と大槌や釜石の間にはこれこの通り、山がある。だから儂等も、こうやって峠を越えねばならんのだ。川は源流に行けば行く程に浅く細くなるものではないのか。岩もある。鯨ばかりもある魚などが、こんな渓流を泳ぐことなど、到底無理ではないか」

乙蔵は腕を組んだ。

「ん――まあ、言われでみればそれは道理だなあ。考《かんげ》えてみれば、あン辺りの沢ァ浅《あせ》えな。歩いて渡れるわ。馬何頭分もあるような魚は――」

乙蔵は腕を広げたり動かしたりして何かを思い出しているようだった。

「酔っておったのではないか」

「ま、飲んではいだ。だけんど酔ってはおらん。俺《おら》ァ慥《たし》かに視だぞ。あのな、こう尖《とが》った、背鰭と、それがら尾鰭にもこんな刺《とげ》が生えでおった」

「明るいうちに視たのか」

「いや。真夜中だ。でもな、俺《おら》は篝《かがりび》火も焚《た》いておったし、手には松明《たいまつ》も持っておった。それに、一緒に見だ者《もん》も居《お》る。河原には橋野ン者《もん》と三人で控えでいたンだもの。あれは、あの馬鹿でけえ魚は、慥かに泳いで」

山の方に行ったのだと乙蔵は言った。

その時、是川五郎左衛門《これかわごろうざえもん》は当惑していた。

縋《すが》れるものなら藁《わら》にでも縋りたい心情ではあったのだが、突如現れた眼前の若侍が果たして藁なのか、もっと頼れる縄なのか、溺《おぼ》れかけた身には判断することが出来なかったのだ。

是川は遠野の治安行政を司《つかさど》る者——町奉行である。

重責の上、多忙である。気の休まる暇もない。ここ暫《しばら》くは正直夜もまともに眠れない。

先月の終わり頃、盛岡藩勘定所からの使者が訪れた。

遠野での米商いを盛岡本町《ほんちょう》に住まう米商人、半兵衛《はんべえ》なる者に一手に任せるようにという命令であった。

訳が解らなかった。

どう考えても、まともな制度改革ではない。

そうすることで遠野が潤うことはない。盛岡藩のためになる改革かといえば、それも違う。

藩の財政を助けるというなら、一駄に掛ける役銭の額を上げた方がずっと簡単で、確実である。米の役銭の額は毎年変わる。その都度話し合いで決めるのが慣例である。

不作凶作というのなら別だが、今年は豊作なのである。振り幅一杯に上げろと指示したとしても、それは多少不平は出るだろうが、納得はして貰えるだろう。

豊作なのだから、藩も民も潤うのは当然なのだ。

だが、この遣り方ではそうならぬ。

ならぬどころか、逆となろう。

役銭の額面査定は等閑《なおざり》にしたまま、更に均等に加役銭を掛けるというのが勘定所からの指示なのである。これは幾らなんでも無謀であろう。その上——役銭は米価に乗せるのが決まりであるが、加役銭は荷主の負担とせよというのだ。これでは荷主は損をするばかりである。

しかも追加の役銭は藩に納まる訳でもないらしい。

ならばそれは半兵衛の取り分となるのだろう。そのうえ売値も半兵衛方が決めるのであるから、結局半兵衛以外は誰も得をしないということになる。

そもそも今将《まさ》に新米が出回ろうというこの時期に、何の準備もなくいきなり制度を変えるということこそが、常軌を逸したことであろう。何しろ、通達があった時点で、半兵衛は遠野の街中に店《たな》すら構えていなかったのだ。

遠野は、盛岡藩の中にあって尚、独自の裁量権を与えられている特別な土地である。是川が仕えているのは遠野南部家三十二世、鍋倉館の殿様である南部義晋公である。しかしその殿様は藩主ではない。盛岡藩主は南部利済《としただ》公なのだ。義晋公はその家臣に過ぎない。独自の裁量権があるといっても、盛岡藩の決定には従わなければならない。

とはいうものの――。

凡《およ》そ納得の出来る通達ではなかった。

案の定、遠野の町は大騒ぎになった。

盛岡藩は米で保《も》っているようなものである。奥州一ともいえる交易の場である遠野は、藩の財政を底支えしている重要な町なのだ。是川はそう考えている。

それなのにここ数年の仕打ちは目に余るものがある。

相次ぐ飢饉を受け、塩は専売となり、税も上げられた。そのうえ理不尽な課役もあった。

無謀無策な銭札――紙の銭――の発行などは、不作と相俟《あいま》って大恐慌を招き、盛岡領全体の経済、流通が崩壊しかけた程である。

幕府からの強い指導もあり、銭札の使用は禁止され、疲弊する民を救済するため已《や》むなく増税は凡《すべ》て廃止されたが、それによって藩の財政は極め付けに逼迫《ひっぱく》することとなった。領民は何とか生き延びたが、藩は窮した。その穴を埋めるために藩は商人どもから巨額の御用金を徴収した。のみならず、遠野の俵物には新たに役銭が掛けられた。

かなりの不平が出た。

それでも今年は豊作であったから、これで何とか落ち着くだろうと是川は安堵《あんど》していたのである。

そこに、この通達である。

拒否することは出来ない。しかも時がなかった。

取り敢《あ》えず半兵衛のため一日市町《ひといちまち》に店《たな》を用意し、商人や近在の荷主に通達をした。猛反発を受けた。

当然だろうと思う。通達当日から問い合わせが殺到し、以降、奉行所への陳情訴えは引っ切りなしに続いている。令《ふれ》を出したのが奉行所であることは間違いないが、令の中身に関しては如何《いかん》ともし難い。奉行所の決めたことではないからだ。問いに対してはそのまま答えるよりない。そうなると他領の者からのより一層の反発があることは火を見るよりも明らかであった。

揚げ句の果てが、遠野への米の出荷差し止めの申し合わせである。荷主も商人も、我慢がならなかったのだろう。談合に漏れた遠方の荷主しか来なかったため、豊作であったにも拘《かかわ》らず入荷した米は平年の半分に満たない量であった。

その上、お粗末なことに半兵衛方では受け入れの準備が全く出来ておらず、荷の始末手当ても儘《まま》ならず、買い取った米はただ店の前の路傍に積まれていただけであったと聞く。

遠野の米商人達は米を半兵衛から買わねばならない。しかし遠野の商人は、誰一人として半兵衛と取引をしようとしなかった。勿論それも申し合わせがあったのだ。

加えて半兵衛は海産物との交換にも応じなかった。鮮魚俵物の荷主は米も銭も手にすることが出来ず、持ち帰る訳にも行かず、怒り心頭に発し荷を店先に投げ捨てて引き揚げた。

米と魚は露天に放置され、凡て駄目になった。

何とかしてくれと言われても、奉行所にはどうすることも出来なかった。

沿岸部からの荷も、これで止まった。

怒るのは当然なのである。

他領からの米も入荷せず、遠野の中の米も動かなくなった。馬千匹人千人と謂われた遠野の市は、既に死んだも同然となったのであった。その上更に――。

「宇夫方――と申したか。その方は以前、義晋公の側付《そばつ》き若衆だった者ではないか」

左様に御座いますと言って宇夫方は頭を下げた。

「斯様《かよう》な刻限にお屋敷にまで押し掛けましたこと、先《ま》ずはお詫《わ》び申し上げます。無理なる謁見をご快諾戴き、恐悦至極に御座いまする」

「堅苦しい挨拶《あいさつ》は良い。実を申せば、殿から薄薄《うすうす》、伺ってはおるのだ」

「何を――で御座いますか」

「市井の動向を探るため、探索方のような手下《てか》を一名、町方に放っていると仰《おお》せであった。名は仰せにならなかったが、もしや身分なき若侍が訪ねて来た折には、その者に違いなき故会《お》うてやるべしと言い付かっておる。それが、その方なのであろう」

はは、と短く言って宇夫方は畏《かしこ》まった。

「探索といえる程の働きはしておりませぬ。町、里、山、浜の噺《はなし》、噂を聞き集め、民草の有り様を見極め、逐一義晋公に奏上《つかまつ》仕りますが我が役目」

「殿の見る目嗅《か》ぐ鼻ということか。良い。その探索方が何の御用であるかな。実は、大きな声では申せぬが、儂は――と申すより、奉行所は今、難儀な案件を抱えておってな」

一日市町半兵衛方米騒動の件で御座いましょうかと宇夫方は言った。

「存じておるか」

知らぬ訳もないか。

「事情を知っておるものとして話すが、実は一昨日、遠野の米商人どもの申し合わせを裏切る者が――出たのだ」

「裏切り者、とは」

「三日前、下宮守《しもみやもり》に住まう嘉兵衛《かへえ》なる者が半兵衛と通じ、内内に米を買い付けたのだ。そして米三十駄を馬に乗せ、仙人峠《せんにんとうげ》を越えた。勿論、遠野の外で米を捌くためだ」

「それは――いや、その商いは巧《うま》くは行きますまい」

「その通りである。嘉兵衛は浜で米を売り捌こうと考えたようだが、浜の者はそもそも怒っておるのだ。売れる訳がないではないか。漁民達は悪逆非道な半兵衛の手先が来たとばかりに責め立てて――嘉兵衛を叩《たた》き殺そうとしたのだ」

甲子村《かっしむら》の宿を取り囲まれた嘉兵衛は大いに怖れ戦《おのの》き、釜石の役所に助けを求めた。釜石からの報せを受け、是川は已《や》むなく与力を派遣したのだ。

「与力は帰れと言われたそうだ」

「奉行所の与力にそのような罵言《ばげん》を」

役人の威厳も武士の身分も、あったものではない。

それもその筈、民を苦しめるだけの悪法を発布したのは、他ならぬ奉行所なのである。騒ぎの大本が騒ぎを収めに来たと言ったところで、貸す耳などなかろう。

「半兵衛の手先になった木っ端役人なんぞを泊める宿などないと、けんもほろろに追い立てられたということだ。遠野奉行所は――半兵衛の手先と思われておるのだ」

「そこのところをお尋《き》き致したい」

宇夫方は顔を上げ、是川を見据えた。

「此度《こたび》のこと、お奉行は如何《いか》にお考えに御座いましょうか」

「解り切ったことを尋くな宇夫方」

「解り切っておりましょうや」

是川は膝《ひざ》を崩した。

「やってられっかコン馬鹿め――」

宇夫方はぎょっとしたようだった。

だがもう、我慢も限界である。

「殿のお考えは存ぜぬ。ご藩主のお考えはもっと知れぬ。だがな、こんな馬鹿らす施策はねえど。どンだ、宇夫方。その辺の童《わらす》どもに尋いだかて判ることだべ。馬コ《まっ》だって言《しぇ》うべ。馬鹿でねえのか、と。でもな」

でも。

「儂は、遠野の奉行職にあるが、藩の決定を覆せる立場にはない。如何《いか》に理不尽な申し付けをされようと、藩に意見することは出来ぬし、しても通りはしない」

是川は所詮《しょせん》、遠野南部家の家臣でしかないのである。

「鍋倉の殿に進言するしか策はないのだが、筋を通してもどうなるかは判らぬし、手間も時も掛かるのだ。であるから、藩の勘定所から可及喫緊の令《いいつけ》があれば、上意下達に徹するしかないのだ。異議があろうとなかろうと、下に伝えぬ訳には行かぬ。ただ同時に、治安を護《まも》るのも儂の職務だ。どれ程の大義名分があろうとも私刑は許されぬ。義民が起こした一揆でも鎮圧せねばならぬ。どうであれ暴力沙汰は止《と》めねばならん」

お立場お察し致しまするると宇夫方は頭を下げた。

「して、その嘉兵衛なる者は」

「浜の者は嘉兵衛を許しはしなかった。血の気の多い若者は特に憤り激しく、役人付の言うことなど聞きはしない。派遣した与力は村役人宅に留《とど》まって鎮撫《ちんぶ》に当たったのであるが、村役人は、家に泊めこそはしたようだが、まともな食事さえくれなかったそうだ」

「飯を出さなかったのですか」

「三度三度僅《わず》かな蕎麦粥《そばがゆ》が出ただけだったそうだ。奉行所は、村役人にさえ快く思われていなかったのだ。仕方がなく、与力は村人を慰撫《いぶ》することを諦め、嘉兵衛に商売を止《よ》すよう言い含め、兎《と》に角《かく》遠野まで連れ帰った」

本日のことである。

「では、今は遠野に」

「いや。町中には居られぬし、誰に見付かるか、何処で襲われるか知れぬと言って怯《おび》えるのでな、夜陰に紛れて山伝いに宮守《みやもり》まで帰ると申してな。警護を付け、遁《に》がした」

無事に着いたかどうか是川は知らない。

今も山中を遁げ惑《まど》っているのやも知れぬ。

「それでは――遠からず半兵衛本人に、いや、藩に矛先が向くのではないのですか」

「それを案じておるのだ。ただでさえ世情は不安に満ちておる。米の出来高だけが民草の支えであったのだ。それがこの有り様、一つ間違えば一揆が起きる。これは最早《もはや》商人同士の悶着《もんちゃく》ではない。作る者、獲る者、売る者買う者凡ての問題なのだ」

どうしたものか。良策は疎《おろ》か凡策も、打つ手の一つも浮かばなかった。

「もう一つお尋ね致します」

宇夫方は膝を前に出す。

「その、盛岡藩勘定所よりの通達は、正式な書面で御座いましたか」

「何を言う」

「拙者は野にある一介の浪士なれば、何方《どなた》様に憚《はばか》る立場でも御座りませぬ故、これより得手勝手な妄言を申し上げまする。慥《たし》かに、盛岡藩の近年の施策、特に勘定方周りの決めごとには常軌を逸した感が御座います。先年の銭札にしましても、無策というよりも失策かと」

「おい宇夫方」

「いえ、一市井人としての妄言で御座る。しかし民草の声でも御座います。しかし、これまでの策はいずれも藩の財政立て直しのために考え出されたもの。而《しこう》して此度の騒動は藩の蔵を満たすためのものとは到底思えませせぬ」

それは慥かにそうなのだ。

利があるとすればただ一人《いちにん》、半兵衛だけである。

「この件、盛岡藩のお歴歴は果たして御存じなので御座いましょうか」

「いや、いやいや、宇夫方よ。幾ら何でもそれはなかろう。斯様な大事であるぞ。隠すことも儘《まま》なるまいし、隠したところで直《す》ぐに露見することではないか」

「いや、お奉行。これは遠野のことで御座いますぞ。盛岡藩全体の話では御座らぬ。遠野を治めているのは義晋公。この地は、我が殿が独自の裁量で治めよと、藩から任せられておる土地なのですぞ。その殿は藩の筆頭家老。故に、藩からの通達は殿も当然ご諒解《りょうかい》のことと、誰もが考えておりましょうぞ。だから無条件に従う。しかし、此度のような悪手、義晋公がお認めになったとは――拙者には思えないのです」

「それは」

考えてもみなかった。

「本年は豊作。ともなれば、近隣諸国から集まる米の量も多くなりましょう。この遠野で取引される米商いを一手に引き受けるとなれば、それは巨額の富を得ることとなる。手数料を上乗せするとなれば、その利鞘《りざや》の額は計り知れません。但し、それは如何《いか》にも素人《しろうと》考えなので御座いましょうが――」

そう。

そんな上手い話はない。なかったのだ。

「しかしお奉行。万が一ことが上手く運んでいたなら、どうなっていたことでしょう。その半兵衛なる者は僅かな間に巨万の富を得ていた可能性もあったのでは御座いませぬか」

「上手く運んでおればの話だ。考え難《にく》いことではあるが」

「ええ。全く以《もっ》て仰せの通りです。しかしお考え下さい。もしも上手くことが運んだのだとして、某かの不正が発覚する前に半兵衛が逐電《ちくでん》してしまえば、どうなりましょう」

「どうなるとは」

その方何を言わんとしておると問うと、宇夫方は暫《しば》し考えを巡らせ、御使者は何方様《どなた》で御座いますかと尋いて来た。

「使者とは──勘定所の者か。いや待て。その方はもしや当奉行所に参った使者を疑《うたご》うておるのか。いや、あの者は決して偽者などではないぞ。考えてもみるが良い。藩の役人を詐称して奉行所を騙《だま》すなど、身の程知らずも良いところではないか。幾ら何でも判ることだ。あの者の身許《みもと》は確かだ。勘定方の児玉《こだま》毅十郎《きじゅうろう》──殿と申したか」

「児玉様はその後」

「その後とな。いや、児玉氏《うじ》は半兵衛方に留まっておると聞いておるが」

何故お帰りにならないのですと宇夫方は言った。

「それは、当方の知る限りではない。思うに新しい仕組みが巧く働くか否か、市場の動向を見定めて──」

「既に失敗しております」

「うむ」

「しかも大失敗。人死にや、一揆まで起き兼ねぬという、大失策で御座いますぞ。遠野の民も近隣よりの押し寄せを危惧《きぐ》しておるのです。嘉兵衛の一件を勘案するに、それも単なる杞憂《きゆう》で済むものでは御座いますまい。この後、このまま静観しておったとしても、この恐慌が持ち直すとは、拙者には到底思えませぬが」

「そう——なのだ」

策はない。この仕組みを廃止し、制度を元に戻す以外に手はないだろう。

「その児玉様はそうお考えになってはいない——ということなので御座いましょうか。児玉様にはこの大難を打開する方策がおありなのでしょうか」

「そうとは思えぬ」

そんなものはないのだ。撤回しかない。

「では、何故《なにゆえ》に勘定所に戻られぬのか。早急に戻られて評定勘案すべき事案であることは間違いないではありませぬか。それ以前に、真っ先に藩に報告すべきではありませぬか。ことは緊急を要すのです」

慥《たし》かに宇夫方の言う通りである。是川は凡てを自らの職責と捉《とら》え、目先の対応に追われてばかりいたのだが、これは勘定所の、そして盛岡藩の問題でもあるのだ。

「それはその方の言う通りだとも思うが——」

「潮時を見計らっているのではないのですか」

「何の潮時であるか」

遁げる時期ですと宇夫方は言った。

「に、遁げるとな。何故に勘定所の役人が——」

そうか。

「いや、真逆《まさか》そのような」

「憶測に御座いますれば、もしや拙者は実《まこと》に失礼なことを申しておるのやもしれません。しかし、これは明らかに不審では御座いませぬか。慥《たし》かにそのお方は勘定所の役人であるのでしょう。しかしこの件——勘定所の、延《ひ》いては藩の与《あずか》り知らぬことであったとしたなら」

確認は——していない。

藩から使者が来たとして、その使者の口上の真偽を藩に問い質《ただ》すことなど普通はしない。しないだろう。

「児玉の独断であると」

考えてもみなかった。

否、考え難《にく》いことだ。

「あり得ぬだろう」

「お奉行。お言葉を返すようで恐縮至極で御座いまするが、もしも、もしもその児玉何某《なにがし》と半兵衛なるものが結託していたなら、どうなりましょう。いえ、そうなら、その企みはどのようなものになりましょう」

「企みか」

半兵衛への特権的優遇が児玉の独断であった場合――。

「いや――それはその両名が不正を働き私腹を肥やそうという企みなのであろうが――そのような雑なる企みごとは直ぐにも露見しようぞ。一月とは保《も》つまい。勘定所も藩も、いや当奉行所も、そこまで迂闊《うかつ》ではない」

「雑と申しますより、大胆と評した方が宜《よろ》しいかと存じまする。慥かに仰せの通り、是川様を始め当奉行所の目を欺き続けることは出来ますまい。しかし――もし、今のような騒ぎにならず、この仕組みが荷主買主に受け入れられていた、としたら、如何《いかが》で御座いましょう」

「何だと」

「この不正に――直《ただ》ちに気付けたでしょうか」

理不尽な制度だとは思う。

しかし、それをいうならこれまでの制度改革とて、必ずしも合理とはいえぬものばかりではあったのだ。領民達にしてみれば、どんな課役でも課税でも、仕方なく、厭厭《いやいや》従っているだけなのだろう。

この度もそうなっていたなら。

「うむ。遠からず藩の方が気付いたであろうが――」

是川は疑っていなかったのである。

「当面は気付かずにいたやもしれぬな」

「長い時間を掛ける必要はないのです。新米が取引されるのは、将《まさ》に今なので御座います。本来であれば今頃この遠野は米で溢《あふ》れていた筈。ならば短期間でも荒稼ぎすることは出来たでしょう。何しろ、米売買を一手に引き受け、一駄一駄に手間賃を掛けるのです。米価も恣《ほしいまま》に変えられる。廉く引き取り高く売る。これで儲からぬ訳がないと――拙者は考えまするが」

「しかし宇夫方。そんな無法は」

「気付かれたら遁げる――それしかありますまい」

「いや、半兵衛は何処にでも行けるであろうが、児玉は役人だ。ことが露見すれば」

遁げればいいのではないですかと宇夫方は言った。

「身分を捨ててということか」

「脱藩し逐電することを前提にしていなければ、斯様に無謀な謀《はかりごと》は致さぬかと」

だからこその大胆さ、雑さ――ということか。

「但し、そんな笊の如き目の粗い謀略が巧く運ぶなどという道理はないのです。計画は見事に失敗した。米も、それ以外の荷も、銭も全く動かない。半兵衛は、持ち出しこそあれ一銭も儲かっていないのでしょう。已《や》むなく少しでも米を銭に換えるために嘉兵衛なる者を担ぎ出した――のではないのですか」

「嘉兵衛と結託したは苦肉の策ということであるか」

「経緯は判り兼ねますが状況不利と見て取って手を打ったと見るべきでは御座いませぬか。立ち回りの不手際、怯《おび》え様から鑑《かんが》みるに、嘉兵衛なる者が首謀者とは思えぬのですが」

「嘉兵衛が半兵衛に言い寄ったのではなく、半兵衛に嘉兵衛が唆《そそのか》された――というのか」

「半兵衛にと申しますより」

児玉様が持ち掛けられたのでは御座いませぬかと宇夫方は言った。

「それはなかろう。藩勘定方の役人ともあろう者が、そのような無法を――」

無法では御座いませんと若侍は言う。

「嘉兵衛の行い自体は、別にご定法に反したものではないのではありませんか。半兵衛から米を買い、浜で売ろうとしただけ。これは合法です。浜の者が嘉兵衛を敵視したのは偏《ひとえ》に半兵衛と取引をしたという事実そのものが許せなかったからではありませんか」

許せなかったのだろう。米自体は欲しかったに違いない。

「半兵衛当人が遠野の商人達と交渉出来たとは、到底思えませぬ。遠野在住の者に限らず、取引のある他領の者も含めて、半兵衛への反感は著しく強い。のみならず、固い申し合わせも出来ているようです。張本人である半兵衛の話に耳を傾ける者は、この近在には一人も居ないでしょう。しかし、盛岡藩勘定方の役人なら話は別。少なくとも門前払いなどということはありますまい」

それは必ず話を聞くだろう。

通達して来たのは児玉だが、布告したのは奉行所である。浜での一件を例に挙げるまでもなく、奉行所は半兵衛の味方と目され、疎まれている。

寧《むし》ろ盛岡藩の役人という身分を示した方が、商人達と接するには好都合ではあるだろう。

商人達は半兵衛には強い反感を持っているのだろうし、遠野の奉行所にも敵愾心《てきがいしん》を抱いている。だが盛岡藩の役人に対してはどうなのだろう。面会を求められたとして、それを断る謂れは商人側にはないだろう。中には、あわよくば悪法の撤回を求めようと考えた者も居たかもしれない。奉行所へ持ち込まれた陳情は悉く《ことごと》退けられているのであるから。

「米が浜に行き渡らぬ故《ゆえ》難儀しておる、一肌脱いでくれないかと藩から来たお役人に頼まれたとしたら——無下には出来ないのではありませぬか。勿論、それでも商人達の結束は固く、半兵衛との取引は拒否したものと察しまするが、その児玉何某が一人ずつ面談したとするなら」

「まあ、中には受ける者も居る——か」

罪を犯せというのではない。役人が頼んでいるのだ。逆に断った場合には罪に問われる虞《おそ》れすらある。結託して藩の命に忤《さから》ったことにもなり兼ねない。

「嘉兵衛なる者は、話を聞く分には狡猾《こうかつ》な守銭奴のように受け取れまするが、それは激高した浜の者の言い分。もしや、善良な小心者であったのではありますまいか。そうでなければ釜石の役所に駆け込むような為体《ていたらく》にはなっていなかったのでは御座いませぬか。悪事を働いているなどという自覚は、毛の先程もなかったのではないかと」

「それもその方の申す通りだ。夕刻戻った与力が申しておったが、駆け付けた際に嘉兵衛はただ怯え震え、身に覚えのない恫喝《どうかつ》を受け剰《あまつさ》え殺されかけている、と訴えたそうだ」

派遣した与力に拠れば、役所に訴え出たのは佐比内《さひない》に住まう清七《せいしち》なる者で、この者は嘉兵衛が荷運びに雇った駄賃付けの百姓である。

清七は全く事情が判っておらず、ただ哮《たけ》り狂うた漁師どもが宿を取り囲み、叩き殺す八つ裂きにすると喚《わめ》いていると訴えたそうである。釜石の同心は一部の漁民が荷の米を強奪せんとしているものと考えて駆け付けたのだが、どうも様子が違う。そこで遠野の奉行所まで報せて来たのであった。

「まあ、憎く思う気持ちも解るが、あそこまで激しく憎むのはどうかと、与力も驚いておったが」

厭なら取引をせねば良いのだ。商人にはそれが一番効くのである。しかし突然殺すと言われたものだから、嘉兵衛は面喰らってしまったのだろう。

「嘉兵衛当人は最後まで何故殺されかけたのか理解しておらなんだようだ。今も――解っておらぬやもしれぬ」

無事に遁げ切れたとは思うのだが。

「ならば益々憂慮せねばならぬことと拙者は考えまする。児玉何某《なにがし》は、多分商人達と個別に接触し、切り崩しにかかったのでしょう。それで巧く行くなら御《おん》の字《じ》ですから。だが、そうはならなかった。遠野商人の結束は固く、半兵衛に対する反感は思いの外強かった。だから、在の者を懐柔して僅かでも米を捌こうとしたのでしょう」

「僅かと申すが三十駄ばかりでは大した足しにはならぬぞ」

「路銀が必要だっただけ、ではありませぬか」

「逃走する――気か」

「お奉行をして策なしと言わしめる程の有り様なので御座います。連中にしてもそれは同じこと。最早悪計は潰《つい》えた。早晩盛岡の城にこの恐慌の報せが届くのは必定。そうなれば、半兵衛は扠《さて》おき児玉何某にはもう、後はないものと」

この者の推量通りであるならば、仮令《たとえ》半兵衛が持ち掛けた話であったのだとしても、首謀者は児玉――ということになるのだろう。勘定所役人の肩書きがなければ出来ない謀《はかりごと》である。ならば児玉は、盛岡藩を謀《たばか》り遠野奉行所を騙し、領民を手玉に取って私腹を肥やそうとしたことになる。凡てが露見した暁《あかつき》には、どれ程の罪に問われるものか、考えもつかぬ。

「嘉兵衛を利用し逃走資金を調達したのか」

「そうだとして、それはより悪い結果を招いたことになります。浜での騒動を児玉何某が知っているか否かは存じませぬが――」

「公に喧伝《けんでん》してはおらぬが」

「しかし噂は直《す》ぐにも広がりますぞ。浜からも話は流れて参りましょう。思うに一日と保《も》ちますまい。血の気の多い浜の者が嘉兵衛を追って来たならば、既に伝わっておるやもしれぬ。嘉兵衛が遁げ切って身を隠したならば、次の標的は大本である半兵衛です。そうなれば危ないでしょう。半兵衛が襲われれば凡ては日の下《もと》に晒《さら》される。それで半兵衛がどうなろうと、私の推測通りなら児玉何某も一蓮托生《いちれんたくしょう》。ならば」

「遁げる――か」

「もう、遅いやもしれませぬが」

聞けば聞く程、宇夫方の推量が中《あ》たっているように思えて来る。どう考えてもこの度の制度は藩が認めたものとは考え難《にく》い。巧く運用出来ていたとしても半兵衛以外に得をする者がないのだ。そんな令《いいつけ》に従う者はいない。今の藩主がどれ程無能であろうとこんな無茶苦茶なお触れを出す訳がない。出したとしても筆頭家老の遠野の殿が止める筈だ。そもそも、勘定所が認めないだろう。是川はそう思っていたのだ。

宇夫方の言う通りなら、そうした齟齬《そご》や疑念は氷解する。

――本当なのか。

本当にあの児玉の謀なのか。そうならば。

――このままには。

出来ぬ。遠野の治安を預る者として、遠野領民の暮らしを護る者として、決して見捨てておく訳には行かぬ。斯様な混乱を招き市井に不安を撒《ま》き散らした張本人をみすみす逃《の》がしてなるものか。このままには出来ぬ。

是川は立ち上がった。宇夫方が見上げる。

「お、お奉行」

「宇夫方。その方の当て推量、何処まで信じられるものかは正直判らぬ。だが、もし中《あ》たっていたなら凡そ看過出来ることではない。今――何刻《なんどき》になった」

「後、四半刻《しはんとき》ばかりで、亥刻《いのこく》かと」

「夜陰に紛れて遁走《とんそう》するには良い刻限であるな」

「左様かと存じます」

「参る」

「もしや——これから半兵衛方へ出向かれると仰せで御座いますのか。お奉行自らお行きになられるとでも」

「相手は町人ではなく武士。その上、曲がり態《なり》にも盛岡藩勘定所の役人であるぞ。万が一にも礼を欠くような真似は出来ぬであろう。その方の申すことが見当違いであるやもしれぬではないか。だが」

逐電する様子が見て取れたならば。

「誰《たれ》かある」

半兵衛は召し捕るしかない。

既に遁げていたならば——。

「馬を引けい。良いか、捕物になるやもしれぬ。与力同心捕方を集め、仕度をさせておけ。小《こ》者《もの》を報《しら》せに寄越《よこ》す」

「拙者も同道させて戴けましょうか」

宇夫方はそう言った。

屋敷を出たのは亥刻の少し前だった。

神無月《かんなづき》を迎え、既に遠野は冷え始めている。

時がなかったから拵えは軽く、急いだので笠《かさ》を忘れた。

馬上は冷える。提燈持《ちょうちんも》ちと荷物持ちの小者が二名、そして宇夫方が小走りに続く。街中に人気《ひとけ》はなかった。

宇夫方に目を呉《く》れる。

なる程、義晋公が目を掛けるだけのことはある。目端が利き智慧《ちえ》も回る。野に置くには惜しい人材だ。

横田の一日市町には程なく着いた。

横田五町は町人町である。侍町や同心町と違って、未《ま》だ行燈《あんどう》を落としていない処もある。旗亭《きてい》だろうか。

半兵衛に店を貸したのは——と、いうよりも奉行所が貸すように命じたのだが——永井治郎助《ながいじろすけ》である。治郎助は勿論良い顔をしなかったが、他にも店を持っており、差し当たっての不便がないことから、無理に提供させたのだ。その際に是川も一度訪れている。児玉を案内するためである。

店は閉まっていた。

小者が戸を叩こうとするのを宇夫方が止めた。

「ここは、拙者が」

宇夫方は戸板に耳を付け、様子を窺《うかが》った。

「こんだ夜分に失礼。俺ァ、花巻の者だが、米ェ売っては貰えねべが。昼間ァ人目があるもんで——」

応答はなかった。

宇夫方は振り返り、首を横に振った。

「打ち破りましょう」

是川は下馬した。小者二人と宇夫方が板戸を蹴破《けやぶ》る。是川は踏み込んだ。

「余は遠野奉行是川五郎左衛門である。問い質したきことあり。半兵衛は何処《いずこ》かッ。児玉毅十郎殿は居られるかッ」

「無人――です」

「遅かったかッ」

土間にはぞんざいに米が放置されている。大した量ではない。提燈の心許ない明かりで照らされた座敷は閑散としている。襖《ふすま》は凡て開け放たれており、畳の上には紙類が散乱していた。

「隣家の者を問い質せ。両名はいつ出奔致したか――」

小者にそう命じようとしたその時。

奥座敷にぼう、と燈《あかり》が点《とも》った。

「誰か居るのか」

人の気配は全くない。

跫《あしおと》も何もしないのに。

す、と人影が差した。

「な、何者か」

それは切り髪の若い娘だった。鮮やかな紅《あか》い振《ふ》り袖《そで》を着ている。光量のない暗がりでもそれは判る。抜けるように色が白い、十二三の娘だ。禿《かぶろ》に切り揃《そろ》えた髪が僅かに揺れた。

「猿ヶ石川《さるがいしがわ》」

娘は鈴を転がすような声でそれだけ言った。

「猿ヶ石川だと――」

是川は。

動けなかった。娘は音を立てずに土間に降り、呆然《ぼうぜん》と立ち尽くす小者と是川の間を抜け、そのまま表に出た。

娘が戸を潜ると同時に、呪縛は解けた。

「ま、待て――」

是川は二度三度頭を振り、慌てて表に跳び出したが、既に娘の姿はなかった。代わりに騒ぎに気付いた近隣の者が五六人、往来に出て来ていた。

宇夫方祥五郎が何処か遠くを仰ぎ見ていた。

「う、宇夫方、今の娘は」

「座敷童衆《ざしきわらし》――で、御座いましょう」

「座敷童衆だと。何を戯《たわ》けたことを」

「いいえ。あれが見えた時は家運が尽きる時。この店を出て行ったということは、半兵衛児玉両名の命運も尽きた――と考えるべきではありませぬか」

「しかし、既に両名の姿はないぞ。遅かったのだ」

「お奉行、先程の言葉をお聞きになられましたか」

猿ヶ石川。

「つまり両名は猿ヶ石川沿いに遁げた——花巻方面へ抜けようとしているということではありませぬか」

「うむ」

浜は危ない。ならば内陸に遁げるか。

「直ちに奉行所に戻り、総員で猿ヶ石川沿岸花巻方面の探索に当たるよう伝えよ。米商い半兵衛、盛岡藩勘定方児玉毅十郎両名の身柄を何としても確保するのだ。余は先に行く」

提燈持ちを急ぎ奉行所に走らせた。

宇夫方が弥次馬の町人から提燈を借り受けて、先導した。気が利く男である。

遠野の水系は複雑で豊かであるが、猿ヶ石川はその本流ともいえる大きな川である。

「峠道は使わぬでしょう。ならば二日市《ふつかいち》、鱒沢《ますざわ》を抜け谷内《たにない》辺りから山に分け入るつもりではありませぬか」

宇夫方が大声で言った。

「問題はいつ出立したかだ。山中に分け入られては夜間の探索は敵わぬ」

「いや——」

間に合う筈ですと宇夫方は言った。

あの娘――座敷童衆の言葉を信じたものか。

川縁《かわべり》に出た。

川沿いに行こうとするなら馬を乗り捨てるしかない。

「此処は」

「下宮守――辺りかと」

「ならば嘉兵衛の在所であるな」

「ならば嘉兵衛に話を聞くつもりなのかもしれませぬな。捕方の到着を待ちまするか」

「そんな余裕はなかろう。行く」

逃がしたくない。

「明かりを消せ」

「しかしお足許が」

「構わぬ。月明かりで良い。気付かれたくない。向こうは燈《あかり》を持っておろうから見付け易《やす》い」

夜の川は危ない。だが、怯《ひる》んではいられない。

是川は怒っている。先程までは、それでも半信半疑であったのだ。しかし、あの店の様子を目にしてしまった今となっては、もう疑う余地はない。児玉は、是川を、盛岡藩を、遠野の領民を騙したのだ。僅か十日余りのことではあるが、どれだけ多くの者が難儀をしたか。

憤りは徐徐に膨らんで行った。

半刻余り川沿いを進んだ。

「お奉行」

宇夫方の声がした。

「あれを」

提燈の火か。

目を凝らすと岩場を伝う二つの人影があった。

「児玉毅十郎ッ」

是川は叫んだ。

人影は動きを止めた。　間違いあるまい。

「そして半兵衛であるか」

返事はなかったが、二つの影は明らかに狼狽《ろうばい》し、岩を攀《よ》じ登るような動きを見せた。

「お奉行、お味方衆が参りましたぞ」

宇夫方が言う。背後から喧騒《けんそう》と、多数の明かりが迫って来る。

「遠野奉行是川である。もう遁げられぬぞ。観念致せ。児玉殿、武士らしゅう潔く投降せられよ。既に退路は断たれておる。夜が明くれば近隣諸国にも手配が廻ることとなるぞ」

その時である。

川の黒い水面《みなも》が大きく盛り上がった。

「な、何ごとか」

それは跳《い》ねるように勢い良く水から出て来た。

大量の水飛沫《みずしぶき》が上がり、是川はしとどに濡《ぬ》れた。

「何ごとか」

「大魚だ」

「何だと」

眼を拭《ぬぐ》って見直すと、黒く巨《おお》きなものが着水せんとするところだった。岩場まで跳ね上がったものか。再び大量の水滴が降り注いだ。

「お、お奉行、一人取られましたッ」

「取られたとは、喰われでもしたのか」

慥《たし》かに二人居た筈が、一人になっている。

「あ、尾が――」

「尾だと」

刺の生えた巨大な尾鰭のようなものが、畝《うね》るように弧《こ》を描き、残る一人を巻き込むようにして――。

水中に没した。

三度《みたび》、飛沫が上がった。

話《はなし》

遠野一円の米を巡る騒動は、それ程日を俟《ま》たずして収束した。

遠野奉行所と盛岡藩勘定所の間で、速やかな評定が行われたのである。その結果、米商い半兵衛一手取り扱い、三十五文の加役銭という悪《あ》しき制度は即刻廃止された。

発布されたのが九月二十六日、廃止が決定したのが十月七日であるから、悪法が布《し》かれていた期間は半月にも満たぬものだったことになる。

あの夜——。

祥五郎が奉行と共に大魚を目撃した数日後。

児玉毅十郎は、どういう訳か大槌の海岸に遺体で打ち上げられた。遺体には無数の刺し傷があったという。

何故、其処《そこ》にそんな遺体があったのかは、不明というよりなかった。

半兵衛の行方は杳《よう》として判らなかった。

児玉が死亡してしまった以上、真相は闇の中である。その所為か、半兵衛が手配されたという話も聞かない。

それでも、即座に制度が廃止されたことから鑑みるに、何らかの不正、欺瞞《ぎまん》があったことは間違いないと祥五郎は確信している。

思うに、矢張《やは》り勘定所も与り知らぬことだったのだろう。

ただ、藩にしてみれば児玉の不正は何としても表沙汰にしたくない類いのものだろうし、奉行所は奉行所で体面があるのだ。為政者側にしてみれば恥でしかないだろう。

祥五郎の推測通りなら、その計画は巧緻《こうち》というより極めて杜撰《ずさん》なものである。特筆出来るとしたらその杜撰な計画を無謀にも実行してしまうという、考えなしの大胆さくらいのものである。そんなことをする虚《うつ》け者は居る筈もないという、或る意味当然の判断の隙を突いた犯行ではあっただろう。

だからこそ大勢が乗せられてしまった、ともいえる。

だが――どのような企みであったにしろ、勘定所の役人が仕出かした不始末であることは事実なのだし、奉行所がそれを見破れなかったこともまた、事実なのである。

それは間違いない。

それ故の騒動ではあるのだ。

その点を領民に知らしめることは得策ではなかろう。藩や奉行所に対する信頼を失わせる以外の効果はない。それでなくとも、信頼は大いに揺らいでいるのである。政《まつりごと》に対する今以上の不信は、より大きな不幸を呼び込み兼ねぬ。一度発布した制度を即時に廃止した時点で、藩は十分《じゅうぶん》に失策を認めたことになるのであるし。

そうしてみると児玉毅十郎、半兵衛の両人が捕まらなかったことは、寧《むし》ろ僥倖《ぎょうこう》だったのかもしれないと、祥五郎は思わないでもない。謹厳実直な是川のことである。凡てが白日の下に曝《さら》された暁には進退伺いを出すと言い出し兼ねない。

いや、必ず辞めていただろう。

是川には奉行でいて貰いたい。

しかし。

それ以前にあの。

――大魚は。

祥五郎は確《しか》と視《み》た。

是川も、同行していた小者も、後から駆け付けた与力同心達も目撃している。勿論深夜のことであるから瞭然《はっきり》と確認出来た訳ではない。

しかし、必ずあの日あの場所には何かが居た。

何か巨大なものが居たことだけは間違いない。

川に落ちた訳でもないというのに、祥五郎も是川もずぶ濡れになったのだから、それは現実に起きたことなのだ。

夜目が利くという同心の言に拠れば、先《ま》ず半兵衛らしき町人が一口に呑まれ、続いて武士らしき男――児玉が尾に巻かれて落ちたのだという。尾鰭には人の腕程もある太い刺が生えており、それに引っ掛けられたように見えたそうである。

鯨のような大魚だった——と同心は言った。

川の縁に居た祥五郎と是川は飛沫《しぶき》を浴びる程近くに居たのだが、近過ぎて総体を見定めることが叶《かな》わなかったのだ。慥《たし》かに背後に居た与力同心の方が全体を俯瞰《ふかん》することが出来たのだとは思うが、あの暗さで何処まで視えたのかは疑問である。

ただ杭《くい》ばかりもある刺の生えた尾鰭のようなものは、祥五郎の目にも視えたのだ。あれが尾だとするならば、鯨くらいの大きさはあることになるだろう。

乙蔵の目撃証言とも合致する。合致はするが。

祥五郎は今一つ納得出来ていない。

大槌辺りの海岸で囁《ささや》かれる大魚の噂、そして橋野川を遡る大魚を見たという乙蔵の話は、是川にも伝えた。

そんな大魚が何匹も居るとは思えないから、あれが魚なら同じ個体と考えるべきだろう。

——そうであったとしても。

どう考えても鯨の如き大きさのものが渓流を泳いで遡れるとは思えない。況《まし》て、祥五郎達がそれを見たのは猿ヶ石川なのである。支流だの伏流だのがあるから、川と川は何処かで繋がっているのだと思う。猿ヶ石川も幾筋にも枝分かれし、他の川と繋がっている。そうなのだとしても、凡《およ》そ鯨は泳げまい。河口から橋野川を遡り猿ヶ石川に現れるなど、どう考えても無理である。浅くなったり途切れたりしたなら陸《おか》の上をのこのこ歩くとでもいうのか。或いは変幻自在に縮尺が変えられるとでもいうのか。

そんなものは、この世のものではあるまい。

与力の一人の話では、それは鮠でも鱶《ふか》でもなく、礒撫《いそなで》というものだ、ということだった。礒撫は西海に住む大魚で、尾には鉄針の如き太く硬い刺が逆さに生えているのだそうだ。その刺で人を引っ掛けて海中に落とし、然《しか》る後に喰うと謂われるものだそうである。

西でも東でも構わぬが、大洋であればそうした奇魚怪魚も居るのであろう。

しかし遠野の川にそんなものが居るとは思えない。

祥五郎にはどうしても信じられない。

矢張り、釈然としない。

自分の目で視たというのに、である。

もう一つ、祥五郎には気に懸かっていることがあった。

半兵衛が遁げた後の店に居た、振り袖娘のことである。

あれは――。

――花《はな》だ。

花は、壇塙《だんのはな》の奥の森の中に建つ、迷家《まよいが》に住まう娘である。

その迷家には間借り人が居る。長耳《ながみみ》の仲蔵《なかぞう》という大男である。

何を隠そう、祥五郎に山の者どもを引き合わせてくれたのは、その仲蔵なのである。

仲蔵は、諸国を渡り歩いた末、昨年辺りからこの遠野に居着いているという得体の知れぬ人物である。

木匠《こだくみ》なのか絵師なのか、図体が大きな割に細かいことを器用に熟《こ》なす、中中に便利な男である。小屋も建てれば摺《す》り物《もの》も刷る。木細工竹細工紙細工、どんなものでも依頼主の思うままに作る。評判は良い。別に看板は掲げていないのだが、遠野郷に限らず近郊領外からも何や彼《か》やと注文があり、重宝されているようである。

だが。

それはどうやらこの男の表の顔である。

仲蔵には奇妙な人脈がある。

山に棲む者ども以外にも、暮らしの表舞台に上がって来ない様様な同類——裏の世間の住人達と仲蔵は繋がっているのである。そしてあの男は、時にそうした者どもと組んで、良からぬことをする。

悪事ではない。法に背くこともあるし、公序良俗に反する行いでもある。そうしたことをして悪事と呼ぶのだとするならば、それは悪事ではあるのだろう。

だが、祥五郎の理解では、それは所謂《いわゆる》、悪いことではない。

良からぬことであっても悪いことではないのだ。

それは、どうやら人を不幸にする行いではないからだ。

寧《むし》ろ、その逆なのである。

理不尽や不都合、悲しみや苦しみ、憾《うら》み辛《つら》み——そうしたご定法でも義理人情でも如何《いかん》ともし難《がた》い厄難を消してしまうために、仲蔵は罠《わな》を張り仕掛けをするのだ。

祥五郎には巧《うま》く言い表す言葉がない。強いていうなら義賊辺りが近いのかもしれぬが、そんなものではない。何故なら、仲蔵達はそれを渡世としているからである。義憤に駆られ情に絡《から》められてする訳ではない。連中は、依頼されて働くだけだ。

金を取るのである。

連中は貰った額面に見合った仕事をするだけなのである。

仲蔵の仲間である献残屋《けんざんや》の柳次《りゅうじ》は、それをして小悪党と称した。その辺りが相応《ふさわ》しい呼び方なのやもしれぬ。

それこそが長耳の仲蔵の裏の顔である。

祥五郎は偶然にその裏の顔を知った。遠野郷の隅隅まで目を凝らし耳を澄ませよという殿の命に従った故である。しかし祥五郎は、この奇妙な連中のことを報告してはいない。

逡巡《しゅんじゅん》した揚げ句、伏せたのである。

今の藩主の治世は必ずしも盤石なものとはいえない。寧《むし》ろ問題は山積しており、盛岡藩の藩政は、かなり危ういものである。遠野は独自の裁量権を持たされている訳で、藩の中の小藩と称されることまであるのだが、それでも盛岡藩の一部であることに違いはない。だから、今回のようなことも容易に起きる。

のみならず遠野は隣藩との境界であり、他国との行き来が頻繁にある交易地である。江戸や大坂《おおざか》などの大きな街ではないものの、特殊な土地柄ではあるのだ。

その所為か他所では起き得ないことも起きる――ことがある。

だから、連中は必要なのかもしれぬと祥五郎は思う。

必要悪だとは言わぬ。それは決して言わぬ。

それを言ってしまってはお終《しま》いだと祥五郎は考える。筆頭家老直属という立場からそう考える訳ではない。立場など関係ない。どんな場合でも非合法な行為を認めてはなるまい。祥五郎は、それだけは肝に銘じている。

彼等《ら》小悪党どもの仕掛ける罠は、それは奇想天外なものである。ことの成就のためには人も騙す。ものも盗むかもしれぬ。乱暴狼藉《ろうぜき》も働くだろう。法に則《のっと》るならば決して許されることではなかろう。筋を通すなら摘発すべきなのだ。

だが。

ご政道にも筋の通らぬことはある。

そして、町人には町人の、百姓には百姓の、漁師には漁師の、猟人には猟人の筋の通し方というものがある。

仲蔵の持つ人脈の多くは、この洲《くに》に棲まう別の国の者どもである。彼等には彼等の筋の通し方があるのだ。

この世には幾つも通すべき筋があり、それらは互いに相容《あいい》れぬものである。それでも、どの筋に沿っても、してはいけないことというのはあると祥五郎は考えている。

人殺しである。

人殺しだけは見過ごせない。

小悪党どもは人殺しはしないのだ。否、することもあるのかもしれないのだが、簡単にはしない筈だ。仲蔵達は、逆に生かそうとする。捕まれば確実に死罪になる極悪人も、奴等は生かした。捕まえるのも裁くのも筋が違うと連中は言った。

だからこそ――。

祥五郎は、今のところ静観しているのだ。暴き立てたところで幸せになる者はいない。それに連中はどうせ捕まりはしないという気もする。そうでなくては、筆頭家老と繋がりのある祥五郎に手の内を明かしたりはしないだろう。

そう思っていた。

だがこの度はどうか。

あの場に花が居た以上、この度の一件に仲蔵が何らかの形で関わっていることは確実だろうと祥五郎は考えている。花が猿ヶ石川を示したからこそ、是川と祥五郎は児玉を見付けることが出来たのである。何か仕掛けがあるのか。

そうなら――。

今回は、人が死んでいる。

半兵衛の生死は不明だが、児玉毅十郎は死んでいる。

浜に打ち上げられた遺体は間違いなく児玉本人と確認されている。

生きている児玉を最後に確認したのは、遠野奉行是川と他ならぬ祥五郎自身である。同心の言い分を信じるなら、児玉は猿ヶ石川で怪魚の尾――礒撫に攫《さら》われたことになる。

大魚の正体は知れない。

あれが本当に大きな魚だったのだとしたら、児玉の死は事故ということになる。

でも——矢張《やは》りそんな魚が川にいる訳はない。その上何故亡骸《なきがら》が海岸に打ち上げられたのかも判らない。

疑問は数数ある。

あれは仲蔵達の仕掛けではないのか。

あの大魚騒ぎが仲蔵達の仕掛けであったなら——児玉は連中に攫われ、殺されたことになるのではないか。

慥《たし》かに、児玉は許し難《がた》い。

しかし、だからといって殺して良い訳がない。以前仲蔵が言っていた通り、裁くのは法でなければならない。もし児玉殺害が小悪党どもの仕業であるならば、必ず何か理由がある筈だ。然《さ》もなければ、何らかの変節があったのか。

そうならば。

もう伏せておく訳には行かないかもしれぬ。

筆頭家老直属という立場がそう思わせるのではない。祥五郎は人として、それを許すことが出来ないのだ。人殺しだけは許せない。

いつの間にか祥五郎の足は迷家へと向いていた。

考えれば考える程、祥五郎の中の疑念は膨らむ。そうとしか思えなくなっている。

現状、奉行所は大魚の存在を全く疑っていない。あの場に花が居たことも、今のところ不問に付されている。

あの晩、祥五郎は咄嗟《とっさ》に花のことを指して座敷童衆だと口走った。最初に花を見た時に、祥五郎自身がそう思ったからである。その時は、事前に乙蔵から座敷童衆の話を聞かされていたのである。だからそう見えてしまったのかもしれない。

勿論、聡明な是川は祥五郎の言葉を真《ま》に受けてなどいないだろう。座敷童衆など居る訳がない。複数の者の目に見えていて、口まで利いたのだから、あれは人の娘である。

人であったとして――。

それは蛻《もぬけ》の殻《から》になった商家に小《こ》童《わらわ》が一人居たというだけのことなのである。そんなことは些《さ》事《じ》でしかない。あの娘が児玉の一味とは思えないし、そうだったとしても相手は年端も行かぬ子供である。謀略に関係しているとは思えない。だからそんな瑣末《さまつ》なことは、どうでも良いことなのである。

しかし是川は失念している。花は、戸締まりされた半兵衛の店の裡《なか》に居たのだ。しかも、そうであり乍《なが》ら、花は児玉達の逃走経路を知っていたのである。

間違いない。

何らかの計略があったのだ。今回の騒動を収めるべく仲蔵が動いたのに違いない。頼み人は幾らでも居るだろう。

そうなら。

児玉の死に連中が関わっていることは、先《ま》ず間違いのないことではないか。児玉は――。

仲蔵達が殺害したのではないのか。

頼まれたのだ。

殺してくれ、と。

半兵衛から米を仕入れ浜に売りに行ったというだけで、嘉兵衛という商人は漁民達に殺されかけたという。殺されて当然だ、殺してやりたい、殺せ――と、浜の者は頑《かたく》なに思っていたのだろう。嘉兵衛は何とか遁げ延びたようだが、振り上げられた拳《こぶし》は何処かに振り下ろさなければ収まるものではないだろう。暴動騒乱が起きれば、真っ先に槍玉《やりだま》に上がるのが騒動の大本である半兵衛であることは疑いようがない。

遠野の商人達の怨《うら》みは更に深いのである。半兵衛に殺意を抱いていた者は十人二十人では利かない筈だ。遠野近在で暮らす者、遠野で商いをしていた者のほぼ凡てが、かの者を強く憎んでいた筈である。

頼まれたのに違いない。

半兵衛を殺してくれ、と。

しかし真実の黒幕は――児玉である。

児玉が領民達の標的になっていなかったのは、謀の全貌が露見していなかったからに過ぎない。その、隠された事実を仲蔵達が探り当てたのだとするならば、標的は児玉となるだろう。

草深く昼尚昏《くら》いその屋敷の前に至った時、祥五郎の疑念はほぼ確信に変わっていた。

大きな屋敷だ。

この春に初めて訪れてから、月に一度は訪れているが、二回に一回は迷う。そもそも森の中には道らしい道など付いていないのだ。目印もない。屋敷に到る路《みち》のようなものに行き当ることが出来なければ、辿《たど》り着くことは叶わないのである。

門はないのだが、玄関の構えは立派である。

「長耳殿。長耳殿はご在宅か」

肚《はら》を決めて、祥五郎は大声で呼んだ。

奥の障子が開いた。

中から異相が覗いた。

仲蔵は禿頭《とくとう》の巨軀《きょく》である。

眼も鼻も小さく、口は大きい。

そして耳朶《みみたぶ》が異様に長い。長耳の二ツ名の所以《ゆえん》である。

「オウ。御譚調掛様かよ。入《へえ》ンな」

草履を脱ごうとして一瞬躊躇《ちゅうちょ》した。

まるで警戒されていない。祥五郎が何かを察していることに気付いていないのか。それとも無関係なのか。或いは。

「何してんだ。悪《わり》ィが早く入《へえ》って、戸を閉めてくれ。もう寒《さみ》いわい。儂《わし》ゃ風邪気味なんだよ」

顔を引っ込めた後、大きな嚔《くしゃみ》が聞こえた。

祥五郎は一層に警戒し、そろりと框《かまち》に上がった。

半開になっていた障子を開けると、ぶち抜きになった広い板間には何やら奇妙なものが置いてあった。最初は何だか判らず、再度見ても判らなかった。大きい。

「これは――」

「尾っぽだよ。お前さんも見たろ」

「尾っぽって――真逆《まさか》」

素材が判らない。板間には杭の如きものが散乱している。

「ああ、こりゃ刺だ。本体は竹に牛の革ァ張った。二頭分も使ったからな。大散財だわい。しかもこの仕掛けが」

「長耳殿」

「何だ怖《こえ》ェ顔してよ。お前さん、もう大体のところは察してンだろうが。大槌の大魚も、橋野川の大魚も、猿ヶ石川の大魚も、儂だ。儂がこいつを背負ってな、潜って泳いでたんだよ。この水の冷たくなる時期によ、お蔭《かげ》で風邪だ」

「それでは、矢張《やは》り」

「川ァ遡るったってあんな浅瀬だ。もう、半ば這《は》って摺《ず》るようなもんじゃねえか。お蔭で腹から腿《もも》から傷だらけだ。しかも重てえ。跳ね上げるなぁ一苦労だったぞ。この、尾の先が思うように動かねえのだ。濡れて重くなってるし――」

「長耳殿ッ」

仲蔵は異相を歪《ゆが》めた。

「お前さん、何カッカしてんだ。何か勘違《かんちげ》ェしてねえか」

「か、勘違いなどしていない。その方、盛岡藩勘定方児玉毅十郎と米商い半兵衛を——殺害したのか」

「何だと」

「か、隠し立てをするな。この——作り物が何よりの証《あか》しではないか。た、慥《たし》かに」

慥かにそれで騒動は沈静化した。奸計《かんけい》は頓挫《とんざ》し、悪しき制度は廃止され、領民達は取り敢えずの平穏を取り戻した。

それでも。

「ひ、人殺しは」

「あのなあ」

仲蔵は大きな体を起こし、祥五郎に向き直った。

「儂が誰を殺したって」

「だから」

「駄目だ駄目だ」

奥から声がした。目を遣ると——。

「あなたは」

献残屋の柳次——である。

様子が違っているので直《す》ぐには判らなかった。髷《まげ》の形が変わっている。結い直したものか町人髷ではなくなっている。一見すると侍のように見える。

「最初ッから順を追って説明しねえと、こちらの旦那《だんな》にゃ伝わらねえよ、大将。だからもう少し山の連中に引き止めさせせときゃ良かったんだよ」

「いつ決着が付くか知れなかったじゃねえか」

「あっしの腕を信じろよ長耳。仕事に狂いはねえよ。番狂わせさえなかったら、きっちり収めてたってえの」

はン、と仲蔵は鼻を鳴らした。

「狂いのねえ腕が聞いて呆《あき》れるわい。儂はな、大槌で決着が付くと思ってたんだよ。その予定だったじゃねえか」

「浜の連中があんなにサカってるたぁ、誰にも想像出来ねえだろうが。嘉兵衛護るので精一杯だったんだよ」

「お蔭で儂は川ァ遡らねばならなくなったんだ。あんな浅い川、かなり無理があったぞ」

「寸暇《ちょっと》待ってくださいよ二人共。一体──」

まあ座れと仲蔵は言った。

「あのな、宇夫方の旦那よ。どんな想像してンだか知らねえけども、儂もこの六道屋《ろくどうや》も、人なんざ殺してねえよ。ま、半兵衛は逃がしたがな」

「逃がしたですと」

「ああ。儂等《わしら》もこの渡世は長《なげ》ェ。もう何十年も、お天道様に背ェ向けて、裏道抜け道こそこそ歩いてよ、泥ォ被って生きて来た。褒められたもんじゃねえや。でもな、こっちの渡世にも職分ってもんがある。儂は荒事はしねえ。作りもんが専門だ。この六道屋はな、死人を踊らせるのが仕事。殺すんじゃねえ、生き返らせるのがお得意なのよ」

「い、生き返らせるですって」

仕方がねえなあと言って仲蔵は胡坐《あぐら》の足を組み替えた。

「面倒臭《めんどくせ》えなあ。何処から話せばいいんだよ。あのな、宇夫方さんよ。ことの始めのそもそもはな、児玉毅十郎の公金横領だよ」

「横領――遣い込みですか」

「何に遣ったんだかは知らねえよ。勘定所に出仕してんだからな、まあ何や彼《か》やと遣りようはあったんだろさ。それが露見《ばれ》そうになったのが、先月のことよ。帳面と蔵の金の勘定が合わねえ。どうやら千両近く掠《かす》めていたそうだ」

「千両――ですか。それはまた法外な」

首が跳ぶなあと仲蔵は言う。

「お武家だから腹か。だが児玉って野郎はね、そんなことでお腹を召すような殊勝な玉じゃなかったのよ。とはいえ、廉《やす》い額じゃねえや。五両十両なら誤魔化《ごまか》しも利くかもしれねえが、千両だからな。露見したら当人のみならず一族郎党にまで累が及ぶ。そこで児玉ァ、ことが発覚する前に金子《きんす》をご金蔵に戻そうと企んだ」

「どうやってです。そんな金があるなら遣い込みなどしないでしょう」

「そうだな。ま、奴は盛岡の商人連中から金を集めて穴埋めしようと画策したのだわ」

「そんな——上手《うま》い話はないでしょう。御用金を供出せよとでも命じたのですか。一介の勘定所の役人がそんなことを強要することは不可能でしょうよ」

「御用金てな藩が藩のために出させる金だろ。そんな表沙汰に出来る話じゃあねえわさ。博奕《ばくち》か、女か、児玉が勝手に遣った金だ。児玉がこっそり戻すんでなきゃ算盤《そろばん》が合わねえ。だから出させるなら裏金だわさ。賄賂《まいない》だよ」

「しかし、千両ですよ——」

泉州《せんしゅう》辺りの大商人ならそのくらいの御用金は平気で出してくれる。だが、それも盛岡藩が依頼するからこその額なのである。勘定所の小役人如きの、しかも犯罪の後始末のために出せる額ではない。小役人への賄賂としても破格だ。

「無理でしょうに」

「まあ、無理筋ではあったんですよ。で、焦った児玉が目を付けたのが」

半兵衛でやすよと柳次が言った。

「ま、どんな弱みを握られたのかは判りやせんが、半兵衛は児玉に難癖付けられ、鑑札取り上げると脅《おど》しにかけられ、悪党の命令に従ったんですよ」

「半兵衛なる者はそんな大金を動かせる程の長者——なのですか」

いやいやいやと、柳次は手をひらひらさせた。

「児玉なんかの顔が利くなァ、精精小商人《こあきんど》でやすよ。半兵衛ってな元元雑穀商だが、構えは小せえ。千両なんざ見たこともねえでしょう。その上、半兵衛の店はそもそも左前でしてね。しかもかみさんが病み付いてて、その時は鐚銭《びたせん》一文の余裕もなかったてえ話だ」

「ならば——そんな者に賄賂を強要したとて無駄だ。迚《とて》も応じられぬではないですか」

「まあ出したくたって無ェ《ね》袖は振れねえですからね。児玉だって勿論そんなこたァ最初《はな》ッから承知だ。あの男は、一軒から掠り取れる額じゃねえと最初から判ってて、一番金のなさそうな半兵衛を脅したんですよ。出せねえのなら方方から賄賂を集めろと——そう言いやがったんだそうで」

「そんな無茶な——」

多く集められりゃ半兵衛の懐も痛まねえしなあと仲蔵が茶化すように言った。

「ま、盛岡中の小商人手当たり次第に当たりゃ、一軒から十両取っても百軒で千両になる勘定だわな」

「それはそうだが」

理屈はそうでも、そんな話が上手く運ぶ訳がない。

「断れやしなかったんでやすよ。半兵衛ってのは気が小せえんだ。臆病 者《おくびょうもの》なんですよ。だから半兵衛は手当たり次第に五両十両と掻《か》き集めて——ま、こりゃ役人への賄賂というより半兵衛の借金みてえなものだがね、兎《と》に角《かく》東奔西走して金を集めた。でも、足りなかったんで」

「如何程《いかほど》集めたのですか」

「半分ですよ」

「そんな状況で五百両も集めたのですか」

「大したもんですがね。とはいえ残りも——五百両ですぜ」

「それはそうだが」

「いいですかい、旦那。児玉にしてみりゃね、十両足りなくたって同じことなんですぜ。横領は横領だ」

十両でも、足りずば罪は免れまい。

「だからって、もう他からは奪《と》れねえでしょうよ。半兵衛は軒並み当たってやがるんだし、何たって時が足りねえ。露見しかけてンですからね。児玉ァね、何とかせよの一点張りだ。半兵衛は娘を女衒《ぜげん》に売って、家財から何から売れるものは全部売り払って、泣く泣く残金の五百両を工面して児玉に渡した。でも」

店は畳むことになったそうだぜと仲蔵が継いだ。

いつの間にか煙管を咥《くわ》え一服点《つ》けている。

「半兵衛はスッカラカンになっちまった訳だけどな、児玉の方は何とか空いた穴ァ埋めることが叶ったことになる訳だ。だがな、こりゃ幾ら何でも非道だろうぜ。半兵衛は何の非もねェのに、店も、娘も、何もかも失《な》くしちまったんだ。残ったなァ病の女房と、借財と、同胞からの疑いの目だけだ。これじゃあ、生きちゃあ行けねえわいな」

サテこれが前段だと仲蔵は言って、良い音を立てて煙草盆に煙管の火を落とした。

「半兵衛はな、手足もがれて息の根が止まる寸前だ。女房の薬代も払えねえ。同業者への顔も立たねえ。もう心中するしかねえわな」

その状況では返済が出来る訳もない。

それ以前に、暮らしが立たぬだろう。

「そこで半兵衛、どうせ先はねえと開き直って、評定所に児玉の所業を訴えることにしたんだな。もう背水の陣、死なば諸共《もろとも》ってことなんだろうが——ところが半兵衛ってのはな、六道屋の言った通り小心で、しかも妙に律義な野郎なんだわな。そんなもン黙って訴えちまえば済む話だろ。児玉の為《し》てるこたぁ何もかも法に外れてる。しかも元元疑われてンだ。お畏《おそ》れ乍《なが》らと訴え出りゃあ、まあ半兵衛が救われるかどうかは判らんが、児玉は罪に問われンだろ」

それは間違いないだろう。

祥五郎は藩法に通じている訳ではないから判らぬが、切腹か、そうでなくとも死罪は免れまい。だがそれで千両の金が半兵衛に即時返金されるのかといえば、それはないだろうと思う。詮議には時が掛かるだろう。仲蔵の言う通り半兵衛が救われるかどうかは判らない。

「しかし、訴えてはおらぬのでしょう」

「そうなんだ。その気にはなってたようだがな。ありゃどういう肚だったのか。まあ、お侍を訴えるなァ怖かったんだろうかのう」

お武家相手だ怖くもなるぜと柳次が言った。

「それまで頭押さえ付けられてたんだ。忤《さから》ったり刃向かったりしたら酷《ひで》え目に遭うのがお定まりじゃあねェか。強訴《ごうそ》ってな大勢ですンだろ。それでも、下手すりゃ死罪だぞ」

そんなことはあるまいと言うと、そうでもねえンでやすよと献残屋は返した。

「ほら、何年か前の一揆の時だって、大勢が罪に問われたじゃねえですか。死罪にもなったでやしょう」

「訴えを起こすのと一揆とは違おう」

「する方にしてみりゃそう違《ちげ》えはねェんですよ。村役人に訴え出るのたァ訳が違う。大人数で役所に訴え出るのも、もっと大勢でお城に訴え出るのも、やってる方にしてみりゃ同じこってすぜ。頭数の問題でね、人数が増えりゃ不心得者も出るから、暴れる奴も出るってだけだ。強訴だ一揆だと振り分けるのは、お役所の方でしょう」

そうよなあと仲蔵は謡《うた》うように言った。

「評定所なんざ、行っただけでお縄になるんじゃねえかと下下は思ってるわ。大体な、それ以前に下下にお上を信用してる奴なんざ居やしねえわな。みんな文句垂れたら殺されると思ってるぜ。それに、賄賂ってのは、あれ、出す方も罪になんだろう」

「ああ」

その通りである。強請《ゆす》り取られたのではなく、貢いだ金——賄賂と見做《みな》されたなら、その場合は半兵衛も罪に問われてしまうだろう。状況を鑑《かんが》みれば理不尽な話とも思えるが、ないとは言い切れない。

「半兵衛だって、子細はどうあれ金は渡してんだ。それだけじゃあねえぞ。仲間もみんな出してるのだわい。強要されたのか、優遇して欲しくッて好きで出したのか、お上に区別が付けられるかよ」

なる程。半兵衛一人の所業では済まされぬかもしれなかった——ということか。児玉を告発することは同胞総《すべ》てを告発することにもなり兼ねなかったのだ。

「そんなだからよ。半兵衛もな、肚ぁ括《くく》ったたぁいうものの、それでも真っ直ぐに評定所に行きゃしなかったんだな。どうしたと思う」

「どう——したんです」

「選《よ》りに選《よ》って児玉の処に行ったんだ。ただ二の足踏んだのか、内内に済ませられればその方が好《い》いと甘く見積もったのか、それとも児玉に捨て台詞《ぜりふ》の一つも呉れたかったのか、そこんとこは知れねえが、わざわざ訴えるぞと児玉本人に上申しやがったんだ。馬鹿だわい」

「あれはな、長耳よ」

強請《ゆす》ったつもりだったんだと思うぜと柳次が継いだ。

「半兵衛は児玉を処罰して欲しかったんじゃあねえ、女房の薬代が欲しかっただけだ。奴は千両を超す金を掻き集めて渡してんだぞ。訴えるとでも言えば薬代くらい出すだろうと、まああの半兵衛殿はそう考えたのさ」

「まあ千両だからな。そのくらいは考えるかもしれねえな。宇夫方さんよ。それで児玉の野郎は、どう立ち回ったと思うよ」

仲蔵が問うた。

それは当然、訴えを阻止しようとするだろう。そう答えると、そうじゃあねえのさと仲蔵は大きな歯を剝き出した。

笑ったのである。

「賄賂取ったなあ児玉だが、金は右から左でご金蔵に入《へえ》ってるのだ。児玉の懐にゃ一銭も残ってねえ。藩の金は藩の金、訴えたところで半兵衛に金は一銭も戻らねえのだ。一方で半兵衛が訴えようが訴えめえが、児玉ァ崖《がけ》っ縁《ぷち》だったのだわ。金勘定は合っていれば良してえ話でもねえのさ。奴は疑われてた。だから訴えても無駄だと言った。児玉が肚ァ切ったって傷口から銭がざくざく出て来る訳じゃねえだろうよ。そこで児玉は、今回の大博打《おおばくち》を――考《かんげ》えた」

「遠野の米商い一手引き受けですか」

「オウ。そりゃ、まあお前さんは見抜いてるだろ。その通りだわい。付け焼き刃の穴だらけのお粗末な仕掛けだがな。まあ、盛岡藩の下にあり乍《なが》ら鍋倉の城が仕切っていて、しかも近在遠方からものも金も集まる――この遠野だからこそ成り立つ謀《はかりごと》ではあるのよ」

「そうですが――いや、私が考えた通りの筋書きだったとするなら、それこそ上手く行く筈のないものですよ。いつ露見するか判らないし、将《まさ》に綱渡りのようなものだ。藩も領民も騙すことになるのですから、露見したなら間違いなく極刑ですよ。普通の判断力があれば、そんな危ない話には乗らないでしょうに。確実に失敗する。現に失敗したでしょう」

「そうでもねえんですよ」

あんなことがなけりゃ案外上手く行ってたのかもしれやせんぜと柳次は言った。

「ま、半兵衛は同業から金を集め捲《まく》った揚げ句に零落《おちぶ》れて身代潰したんだし、盛岡領内には居づれえやね。そこは児玉もおんなじことだ。金返したって疑われてる。でもね、半兵衛は何としても女房の薬代だけは欲しかった。児玉も逐電するために金が欲しかったんで。両名共、もう背水の陣さね」

「一か八《ばち》か、ということですか」

まあなあ、と言って仲蔵は木彫りの刺を手にした。

「ここまでが、中段だ」

「中段って」

「後段があるってことよ。あのな、まあ一か八かなのか何なのかは知らねえけどな、半兵衛と児玉ァ、遠野に乗り込んで来た。正正堂堂来やがったんだから、普通はな、疑わねえよな。疑わなかったろう。新しい仕組みはちゃんと奉行所から発布されただろ」

それはそうなのだ。

「ま、反発はあるわな。でもそりゃ平素《いつも》のこった。役銭かけられたって禁制にされたって、領民はぶうぶう言っても従うじゃねえか。今回だってそうなる——筈だった」

「なりませんでしたよ」

「しなかったんだよ。あのな、例えば、加役銭が半兵衛の手間賃だとどうして荷主達は知ることが出来たんだよ。そんな仕組みはな、最初は奉行所だって摑《つか》んでなかったんだぜ」

「それでは――」

この野郎が話を流したんだよと、仲蔵は異相を柳次の方に向けた。

「で、では」

「こりゃ、この六道屋が持って来た仕事だ。今回の騒動は全部、儂等《わしら》の仕掛けだよ」

「そうだとして――」

「頼んだのは半兵衛でやすよ」

柳次はそう言った。

「は、半兵衛本人ですか。な、何故」

「気の小せえ半兵衛は、奉行を騙した児玉を見ているうちに怖くなったんで。遠野に入《へえ》って直《す》ぐ怖《お》じ気付《けづ》いた。だから止《や》めよう、抜けさせてくれと児玉に頼んだんですよ。児玉にしてみりゃハイそうですかって訳にゃあ行かねえ。上手く行けば半月も掛からずに儲かる。十日でも平気だ。危なくなったら直ぐ遁げられるからと言ったんだそうで。でも宥《なだ》めても賺《すか》しても威《おど》しても、半兵衛は震えて謝るばかりで言うことを聞かねえ。児玉はそんな半兵衛に、言う通りにしねえと女房を殺す、女郎に売った娘も殺すと、そう言ったらしい。でね」

窮《きゅうそ》鼠猫を嚙《か》むだよと仲蔵が言った。

「半兵衛はな、あの店に入《へえ》ったその日の夜に、逆上して児玉を殺して、し、し、し、しまった、た、たんだわな」

「な、何だって」

そんな馬鹿な――。

ない。それに――。

いや、それは嘘だ。

実際、児玉は奉行所を出た後、殆ど姿を見せていない。だが全く姿を消してしまった訳では
祥五郎が最期を見取ったあの男は誰だというのだ。

「あっしはね、奥州ぐるりと廻って先月盛岡に入《へえ》った。盛岡にゃ馴染《なじ》みの商人連中も多いもんでね、半兵衛の話ィ耳にして、ずっと様子を窺ってたんでさ。怪しいやね。どうも雲行きが不穏だァな。ま、こんな企みがあるたぁ流石《さすが》に思いやせんでしたがね。その後、連中と一緒に遠野に入《へえ》ったんだが、未《ま》だ何をしようとしてンのか見当が付かなかった。そしたらこのお触れが出た。一体《いってえ》どんなからくりかと、あの店に行ってみりゃ」

「いや、待ってください。そうすると」

「児玉ぁね、威すために刀ぁ抜いた。半兵衛は怖くて怖くて火吹き竹で応戦したんで。そんなもん、だんびらに当たりゃあスパッと切れらあ。でも切れた竹はね、竹槍と同じだ。闇雲に突き出して、ぐさっと一刺し」

柳次は床の刺を持って突き出した。

「その一刺しで半兵衛の箍《たが》ァ外れちまった。もうあっしが止めに入《へえ》るまでは半狂乱の滅多刺しさね。何とかかんとか落ち着かせて、やっと詳しい話を聞いた。これはねえ、放っちゃおけねえでしょうや。それにあの変梃《へんてこ》な仕組みも壊さなくっちゃなるめえし」

「しかし児玉が死ねば――終いではないのですか」

「もうお触れは廻ってんですよ。半兵衛が自訴したって仕組みは残る。どんな形で出来た法でもね、通っちまえば民は従うよりねえんだし、作った覚えのねえ法だって、損がねえなら藩は使いますぜ。児玉がおッ死《ち》んじまった以上、不正は藪《やぶ》の中、半兵衛の代わりなんざ幾らでも居るんですぜ」

それで儂が喚《よ》ばれたと仲蔵が言った。

「どんなに窮していたってね、この仕掛けにゃ米を買い取る元手が要るでやしょう。そう思って児玉の荷物を探ったら、百二十両出て来た。最期の横領でやしょうね。もう逭げる気でくすねたんだ。それを使うことにしたんですよ」

「使うって」

仕事にしたんでさあと献残屋は北叟笑《ほくそえ》んだ。

「その夜のうちにね、この度のお触れは不正だ、損をする、取引はするなと荷主どもに噂を流した。それでも遠方の者は来るわいね。そいつらからは買える分だけ買ったんで。加役銭分差し引きになりやすから、廉かった。ま、海産物が買えなかったなァ、元手に余裕がなかったからで」

儂だって無償《ただ》じゃねえからよと仲蔵は言った。

「楽じゃなかったがな。こっそり畳替えて、死骸は俵に詰めた。半兵衛は腑抜《ふぬ》けてるから外には出せねえ。だから店は開けられねえわな」

「そ――それで」

米は往来に積み放し――。

海からの荷は引き取れない――。

「いや、その、そうだとして、なら荷主と取引したのは」

「児玉毅十郎、死人ですよ」

此奴《こいつ》だよ――と仲蔵は柳次を指差した。

「言ったろ。この野郎は死人を踊らせるのよ。六道亡者踊りがこの柳次の十八番、死人を生かすが此奴の役目だ。だからな、それ以降の児玉は、此奴だ。荷主との交渉も奉行所への応対も全部、この野郎の六道亡者踊りだ」

「その間も悪い噂はどんどん流させて戴きやした。奉行所の不信を買わなきゃ終わらねえ仕掛けだったんでね」

「流し過ぎだよ。浜の連中の怒りようったらなかったじゃねえかよ」

「あの――」

「あのな、下宮守の嘉兵衛に話付けたな、儂だ。で、佐比内の駄賃付け清七ってのは、この柳次だよ。最初に取引した米もな、路肩で駄目にしたのじゃねえわい。雨が降る前に全部回収してるんだ。そのうち二十九駄を嘉兵衛に買わせた」

「三十駄ではないのですか」

「一駄はな、児玉の骸だよ」

「あ――」

「仕掛けの日が開いたなあ、儂がこの魚を作ってたからだ。このでかいものをよ、闇に紛れてえっちらおっちら大槌まで運んでよ、船に被せて浜の連中に見せる――胡乱《うろん》な仕掛けだぜ六道屋よ」

「てめえの腕を信用したんじゃねえか蛸入道《たこにゅうどう》。みんな信用したぜ」

「では、そこに――」

「こいつが嘉兵衛と一緒に来るだろ、で、児玉に化けて、適当な理由を付けて舟に乗り、沖で魚に引っ掛けられる――って筋書きだったんだよ。でもな、浜の連中はそれどころじゃなかったんだ。この野郎が噂流し過ぎた所為で、すっかり暴徒になっていやがった」

「あっしも殺されちまうかと思ったくらいでね。ま、嘉兵衛は無関係だから護らなきゃいけねえし、已《や》むなく付け焼き刃で筋書きを変えたんですがね」

「お蔭で儂は川上りだ、馬鹿」

やってられねえと言って、仲蔵はまた嚔をした。

「傷だらけの上に風邪ひいたんだぞ」

「しかし長耳殿。川を上ったのは夜であろうに。偶々《たまたま》見た者が居たからいいようなものの、無駄になっていたのでは」

偶々じゃあねえんでと柳次は言った。

「ま、色色と手先は居るもんでね」

「では」

乙蔵も——。

あの破落戸《ごろつき》は関係ねえよと仲蔵が鼻の上に皺《しわ》を寄せる。

「咬《か》んで来たから乗せただけだよ。大体な、児玉の骸《むくろ》を沖に沈めたのだって儂だ。もう腐り始めてたからよ、四五日で浮くように仕掛けるな面倒だったぞ。この野郎はそういう裏方ァ、全部儂にさせるンじゃねえか」

「表に出せねえ面《つら》じゃあねえか。ま、後ァね、嘉兵衛を送り届けた後、奉行所を何とか担ぎ出せれば——と思っていたんですがね。真逆《まさか》、御譚調掛様が気付いてご注進に及ぶたあ、こちとらも考え付かなかったんで。旦那ァ厄介だからね、ことが済むまで山に居て貰いたかったんでやすけどねェ。ま、お蔭で手間ァ省けやしたがね」

「手間が省けたのはてめえだけじゃねえか」

仲蔵はまた嘘をした。

「残った米全部売っても、半兵衛の娘請け出して女房の当面の薬代抜いて、だ。しかも路銀まで渡してよ、一家三人仙台《せんだい》まで遁《たか》がしたんだぞ。幾らも残ってねえじゃねえか」

「五両先渡ししたじゃねえか、この欲ッ集りが」

「牛の革だけで足が出ンだよ。五十両は貰わねえと割に合わねえわい」

まったく汚《きたね》えのは面《つら》だけにしろよと言って柳次は懐から切《き》り餅《もち》二つ——五十両を出して大魚の尾鰭の上に載せた。

「金に汚えにも程があるぜ長耳よ。そんなことだろうと思ってな、ちゃあんと手は打ってあンだよ」

「出元は」

「児玉の遺族だよ。奥方は亭主の不正を察してた。奥方の親父様ってのは、こりゃ藩のお偉方でしてね。ま、だからこそ児玉は好き放題出来たし、だからこそ後がなかった。ま、言えねえでしょうや。離縁されて放逐される。でも死んじまった以上は離縁も出来ねえ、可愛い娘や孫は護りてぇってんで、色色と後始末したなぁ其奴《そいつ》だ。少ォし持ち掛けたら百両出した」

「悪党め」

「てな訳で、半兵衛は罪人だがね、遁がしちまった。どうです旦那、この話、お奉行だかご家老だかに、ご注進されやすか」

「いや――」

またそれらしい譚《はなし》を作らなければなるまい。

祥五郎は悩ましく思うと同時に、少し、ほっとした。

波《ば》山《さん》

◎波山

波山《ばさん》は俗間《ぞくかん》に婆娑《ばさ》〱といへり
伊予《いよ》の山中《やまなか》にてはばさ〱の化《ばけ》とて
子供《こども》をおどせり
夜《よ》ふけて山家《さんか》の門口《かどぐち》をばさ〱とたゝくゆへ
戸《と》を明《あけ》みれば何《なに》もなきこと度《たび》々なり
常《つね》に深藪《ふかやぶ》にすみて人目《ひとめ》にかゝらず
火をはくといへども狐《きつね》の息《いき》と同《おな》じ
橘　子《たちばなし》が随筆《ずいひつ》に
ばさ〱は庭鳥《にはとり》の大いなるに類《るい》せりとしるせり
犬鳳凰《いぬほうわう》といふものあれども
いまだ慥《たしか》ならず

——繪《え》本百《ほんひやく》 物語《ものがたり》／巻第三・第廿一

譚《はなし》

昔、あったずもな。

山ン麓《ふもと》の長者殿《どん》が、大っぎな鶏《にわとり》さ飼ってたずもな。

そらァまァ大っぎな鶏であったと。

雄鳥《おんどり》の鶏冠《とさか》ぁ箕《み》ぐれえあって、羽は蓑《みの》より大ぎがったと。

雌鳥《めんどり》ぁ、ぼんこぼんこなんぼでも卵産んだと。

その卵もまた驚ぐ程に大ぎがったずもな。

長者、この鶏さ自慢《ずまん》に思っでおったずもな。遠野の、どの鶏にも負けね。何処《どご》の鶏にも負けね。三国一の大鶏だといづも自慢しでおったずもな。

すたけど、鶏の方は面白《おもしぇ》ぐねがった。

なんぼ卵産んでも、全部取られでしまうべ。十個産めば十個、百個産めば百個、千個産めば千個取られでしまう。いづまで経っても雛《ひな》が孵《かえ》らね。

だがら、段段に長者殿《どん》ば怨《うら》むようになったずもな。

そうしで居るうぢに、鶏はどんどん齢《とし》取っで、経立《ふったち》さなったずもな。

すたどこらぁ、雌鳥、山姥《やまはは》に化けで、長者の家の童《わらし》ば攫《さら》って、隠してしまったど。

長者困って、

「童コ何処《どこ》さいるべ」

と、あぢこぢ捜し回ったずもな。

そんでも、童ァ何処にも居ながったど。

扠《さて》、童隠してやったがら、卵取るの止《や》めっぺど鶏ァ思ったずもが、そんでも卵は取られだんだと。

なんぼ産んでも、十個産めば十個、百個産めば百個、千個産めば千個取られでしまうべ。すだとこらぁ、雄鳥も怒ったずもな。雄鳥ァ、鶏冠ァ真っ赤にしだって怒って、鶏冠ァ光らせで怒って、

「長者の童、全部殺してしまうべ」

と、到頭《とうとう》、口から火ィ吹いたど。

大鶏の経立だもの、そのぐれえは出来ンべな。

長者殿《どん》、恐ろしぐなって、山さ逃げたずもな。

山には丁度、旗屋《はたや》の縫《ぬい》って鉄砲名人が狩をしておったずもな。

長者殿《どん》は縫に、

「鶏、火ィ吹くずも、どしたらいいべ」

と言《しぇ》ったずもな。

縫は、

「なら俺が退治すべ」

と、鉄砲さ持って、金の弾持って、魔除《まよ》けの縄巻いで山ァ降りたずもが、そん時ぁもう、鳥小屋ァ全部焼けですまってておっで、雄鳥も雌鳥も、焼けて死んでおったずもな。

「童コはどしたべ」

と捜しでみれば、可哀相に、童コもみんな焼けておったずもな。

卵の取り過ぎも良ぐねけど、怒り過ぎも良ぐねて、そういう悲しいお譚《はなす》。

どんどはれ。

咄《はなし》

「山では色ンな音がする」

乙蔵《おとぞう》はそう言うと、喉《のど》を鳴らして酒を飲んだ。

明かりはない。

隙間《すきま》風《かぜ》が引っ切りなしに吹き込むので蠟燭《ろうそく》が燈《とも》せない。直《す》ぐに消えてしまうし、倒れれば火が移る。乾いた木屑《きくず》や藁《わら》が敷き詰めてあるから、大いに危ない。

乙蔵の建てた掘っ立て小屋である。

俄《にわ》か造りの囲炉裏《いろり》の中の赤く熾《お》きた炭だけが光源である。

熱源も同様に炭だけである。深深《しんしん》と冷えるので自《おの》ずと前屈《まえかが》みになってしまう。向かい合っているから、厭《いや》でも顔を突き合わせるような恰好《かっこう》になる。

熾火《おきび》で赤く染まった乙蔵の老《ふ》け顔が直ぐ近くにある。

酒臭い。

くうくうという音がする。

あれは山鳥だと乙蔵は言った。

「夜に啼《な》く鳥ァ、思《おめ》えの外多いんだ」

「鳥というものは夜は動かんものなのではないのか」

「そりゃ心得違いだ。鳥ァ暗くなっつど目《め》っコが見えねぐなっから夜は飛ばねど思ってる奴ァ多いがな、飛ぶ。中には光ンのも居《お》る」

「鳥が光るものか。どんな風に光る」

「ぼおっと光るのも居るし、きらきら光るのも居る。火を吹くのも居る」

それは――信じ難《がた》い。

「まあ、光るとして、だ。飛べるものかな。まあ梟《ふくろう》などは夜にも飛ぶのだろうが、鳥は矢張《やは》り鳥目なのではないか。自らの明かりを頼りに飛ぶのか」

そんなこた知らねと乙蔵は言った。

「でも飛ぶのさ。飛ぶ音がすンもの。ばっさばっさ――あれは鳥だな。お前《め》もこないだァ山巡りしておったから、承知してっど思うけんどな。するべ。色んな音」

「まあな」

宇夫方祥《うぶかたしょう》五郎《ごろう》は生返事をした。

祥五郎は盛岡《もりおか》藩筆頭家老にして鍋倉《なべくら》城の主である南部《なんぶ》義晋《よしひろ》公の命を受け、遠野《とおの》の市井を探っている。先日、とある人物から山で暮らす者どものことを聞き知り、その男の取り次ぎで山を巡り、山の者幾人《いくにん》かと会った。

それまで祥五郎は山に分け入ることをしていなかった。

祥五郎にとって山で暮らす者といえば、猟人であり農人でしかなかった。彼らは山に入って禽獣《きんじゅう》を獲《と》り、樹木を伐《き》り萱《かや》を刈り、山菜や茸《きのこ》を採《と》る。彼らにとって山はなくてはならない暮らしの糧であり、且《か》つ生活の場——でもある。

だが、それでも彼らは、山中に棲《す》んではいない。

狩猟や採集のために幾日ばかりか留《とど》まることはあるし、作業が長引く際は仮小屋を建てたりもするが、それでも棲み付くようなことはない。山小屋の番人も、冬場には下山する。

彼らは、山を降りれば里に家があるのだ。

鉄砲撃《う》ちも炭焼きも、ただ山仕事をしているというだけに過ぎない。村役にも携わるし役銭も払う。彼らは結局、藩の支配下にある、里の者なのである。

反して山の者は決して里には降りない。

山の者の多くは山で生きて、山で逝く。

山に何かが居ることだけは、祥五郎も知っていた。

だがそれは、如何《いか》にも漠然としたものでしかなかった。山に棲むという化け物——山人や天《てん》狗《ぐ》などと大差のない、要するに実体を持たないものに過ぎなかったのである。

それは違っていた。

違うのなら、識《し》っておく必要はあると祥五郎は考えた。

識ってどうしようと思った訳ではない。いや、どうかしようと思ったところで、どうしようもないだろう。

祥五郎はほんの一時、江戸で暮らした。

江戸にも人別帳に外れた者どもは大勢居た。

しかしかの地では、武士、百姓、工人、商人、そしてそれ以外が、棲み分けるというよりも共存していた。否——幾つかの異なった世間が折り重なってあるのであった。

江戸にはそうした者どもを世の中に組み入れる仕組みが創られていたのだ。

長吏《ちょうり》、非人、乞胸《ごうむね》など、それぞれにそれぞれを束ねる頭を置き、各々《おのおの》に職分を与え法を定め、身分の外という身分を与える形で、間接的に、時に直接的に統治したのである。

それでも。

溢《あぶ》れる者は跡を絶たなかった。

公儀は無宿人狩りなどを定期的に行い、それぞれの仕組みに組み入れ、時に寄場《よせば》送りや佐渡《さど》送りにしていた。逃散《ちょうさん》百姓は生国に送り返した。

しかし。

何をしたとて、切りはなかった。

それでも江戸は、何処《どこ》にも、何にも属さぬ者どもで溢れていた。何をしようとも雑駁《ざっぱく》と混沌《こんとん》は消えることはないのである。凡百《あらゆる》階層の者を管理統率することなど、誰であろうと、何をしようと、出来るものではないのだ。

遠野も、狭い土地に様様な身分の者が暮らしている。そういう意味では他の在所よりも江戸や大坂《おおざか》に近いのやもしれぬとは思う。だが、遠野は江戸とは違う。決定的に違う。

遠野には山がある。山は、他界である。

連中は山に棲《す》んでいる。

江戸のように雑《ま》じりあうことはない。棲み分けているのだ。

ただ、棲むといっても連中は一つ処《ところ》に定住しているという訳ではない。山から山へと渡り歩いて暮らしている者が殆《ほとん》どである。

従って連中は藩にも、村にも、縛られていない。それぞれが、それぞれの掟《おきて》を持っているだけである。お上《かみ》から役を課せられることもないが、ご定法で護《まも》られることも一切ない。

連中は、領民ではないのだ。

だから、里に降りては来ない。

里の者とは、行《い》き遭《あ》うだけである。

そんなものはどうすることも出来ないだろう。

どうすることも出来ないのだが、居ることだけは間違いない。だから、識ることが叶《かな》うのなら識っておきたかったのだ。

お前《め》は何処さ居たったんだと乙蔵は問うた。

「仮小屋でも掛けで山山渡ってたンか。殿様のお小姓上がりに、そんだこと出来るんかい」

「儂《わし》は小姓上がりなどではない。殿が家督を嗣《つ》がれるまで近習《きんじゅう》を申し付かっておったのだ」

わがらねえと乙蔵は言った。

「似たようなものだべ」

違うとは言ったものの、どう違うのかは祥五郎も能《よ》く知らぬ。

「何であれお武家に山暮らしは出来ねえべ。その細腕じゃ樹も伐れね。小屋も掛けられね。どうやって山で寝起きしてたがと思ってでな。天狗か山男にでも面倒みて貰《もら》ってたが」

そのようなものだと答えた。

乙蔵の言う山男というのは、人ではない。矢張り精魅《ばけもの》の類《たぐ》いである。人の形はしているが人ではない。人よりもずっと大きくて、恐ろしいものだ。

祥五郎が思うに、そんなものは居ない。

居ないが、居る。

それは、山そのものだと祥五郎は考える。山は、巨《おお》きく、恐ろしい。

山は、人知の及ばぬ、人には決して統《す》べることの出来ぬものではあるだろう。

山に棲む者は、勿論《もちろん》人だ。

連中は化け物でも、山そのものでもない。だが彼らと行き遭った里人は、その、擦れ違うだけのごく僅《わず》かな間に山を幻視するのだろう。決して雑じり合うことのない者同士の不用意な接触は、現世《うつしよ》ならぬものを現出せしめるのである。

だから、山に山人は居ない。山に居るのは山の者——人である。山人は、山と里との境界に立ち現れる、山そのものなのである。

だから祥五郎が山中で世話になったのは、山人ではなく、山の者である。

否、山の者と一括《ひとくく》りにすることは難しい。

杣夫《そまふ》に木地師など。

土地を棄《す》てた逃散百姓。

鉱脈や水脈を探る山師達。

世間師《しょけんし》や箕作《みつくり》と呼ばれる者達。

山伏や行者、釜祓《かまばら》いや、歩き巫女《みこ》。

それから——。

多分、異国の者。

流れ着いたのか移り住んだのかは知れぬし、いつから居るものかも判《わか》らぬが、瞳《ひとみ》の色も肌の色も髪の色も、体格も違う者達は、居る。連中は話に聞く南蛮人《なんばんじん》、紅毛人《こうもうじん》と能《よ》く似ている。肌は白く、時に赤く、丈も大きい。知らぬ者は異形と見て取るやもしれぬ。でも、連中は人だ。

見た目は多少違うけれども、それだけのことだ。言葉も通じる。否、気持ちを通じ合わせることが出来る。

能く取って喰《く》われながったの、と乙蔵は嗤《わら》った。

「まあ、山男ァ人は喰わねわ。里の女に産ませた自分の赤ん坊さ喰ったたて話ァ聞いたが、拵《こしら》え咄《ばなし》だべ。何でもかんでも怖く怖く咄ッコ盛るんだわ」

盛るも盛らぬもないように思う。

山人は現世のものではないのだから、赤子くらいは喰うだろう。山の者は、勿論そんなことはしない。人だからだ。

「そもそも山男が里の女ァ攫《さら》うってのも、本当とは思えねえのさ。俺《おら》ァ半信半疑だ」

「そうなのか」

「そうよ。まあ、慥《たし》かに娘が居なくなることはある。行方知れずで帰《け》って来ねこともある。でもな、祥さんよ」

乙蔵は顔を更に近づける。

「ありゃ、大抵濡《ぬ》れ衣《ぎぬ》だわ」

「濡れ衣というのは判らん」

「だがら。山男が攫《さら》うのではね、と言ってる。ま、理由は色色だわ。山は危ねがら、命さ落どすこともある。死骸《しがい》が出りゃいいけどな、獣に喰われるとか、谷底に堕《お》ちっとか、山崩れで埋まっちまうとか、そうなりゃもう、判《わが》んねべ」

「そうだが」

「ま、山に入らねでも、狼《おいぬさま》に殺《や》られることもあんべ。山賊だ野盗だも居る。そうでなぐってもさ」

「まだあるか」

家出だなと乙蔵は言った。

「家出――か」

「女《あま》っこだって不満はあるべ。家さおん出てと思うことだってある。それから、駆け落ぢだ」

「ああ」

「他所者《よそもん》と一緒になりてと思うことはあんべ。でも親御親戚《おやごしんせき》が許してくれっどは限らねべ。若《わけ》え者《もん》は盛《さか》れば見境なくなるもんだ。俺《おら》は、そういうのを何人も知っとる」

「そんなに居るのか」

「居《お》る居《お》る。手の指では足んねえ。若《わけ》え娘だけじゃねえ。子供おっ放《ぼ》って逃げた女房も居っがら。それからな、相手が他所者とは限らねの。同じ村の男と女が手に手を取って逃げたなんてこともあるべ。それでもな、男の方はただの行方知れずで、娘の方だけが山男に攫われたことンなるんだわ。外聞が悪《わり》いからだべなあ」

そうか。

思うに、中には本当に山の者と添うてしまう娘も居るのかもしれない。

何しろ連中は化け物ではなく、同じ人なのだから。仮令《たとえ》行き遭うだけであったとしても魅《ひ》かれ合うことはあるだろうし、そうなら情を交わすような深い仲にならぬとも言い切れまい。

その場合、娘の方は村を棄てることになるのだろう。

「攫われて、暫《しばら》くして帰《け》って来る者《もん》が居るべ。あれはまあ駆け落ちだべなあ」

上手《うま》ぐ行がねかったんだべと言って、乙蔵は半笑いになった。

「男と女なんて、そんなもんだべ。それでなくても見知らぬ土地で暮らすな、難しもんだ。上手ぐ行く筈《はず》がね。俺《おら》なんざ、当たり前《めえ》に祝言《しゅうげん》挙げて嬶《かか》貰ったずも、そンでも駄目さ。嫁にも子にも、親にだって呆《あき》れられてンだ」

「それはお前が働かないからだろう」

「働いてるでねえが。稼《かし》げねだけだ」

乙蔵は直《す》ぐに渡世を変える。堪《こら》え性《しょう》がないのだ。

「ま、駆け落ぢして、万が一上手ぐ行ってもな、里心ァ付くさ。親ァ恋しい家も恋しい。だから戻る。戻ったところでお帰りなさいって訳にゃ行がねべ。また出て行ぐか、そうでなくても何か理由を付けるべ」

「外聞――か」

「そりゃあそうよ。ンで、山男の所為《せい》にすんだ。ま、大方の者《もん》は真相を知ってるわ。でも、まあ殊更《ことさら》暴き立てるこた、しねの。しても仕様がねもの。それで体面が保《も》つなら、そうしておくのさ。明日は我が身ってこともあるべ。でもな、色色おっ被《かぶ》せられて、山男も災難だ」

「山男は居ない、ということか」

そうでねえよと乙蔵は口を尖《とが》らせる。

「山男は女と見ればかっ攫うようなものではね、と言っておるんだ。だから濡れ衣だと言うんだべ。山男は」

恐ろしいもんだと乙蔵は言った。

「ではその、恐ろしいものに獲られた女は居ない――というんだな、お前は」

「居るかもしれねが、そんなに多ぐはねえさ。ま、実際山に入っちまう女ってのは居《お》るがね」

「山に入るとは」

「乱心、っていうのか。ほれ」

乙蔵は小声で何軒か家の名を挙げた。

「何処もみんな、気が狂《ふ》れて居なぐなったんだ。どういう訳か、気がおかしぐなっと山に行くみでえだな。そのまんま山で獣みでえに生きで行く者も居《もん》るようだが、まあ、大体は野垂れ死ぬべ。これも外聞が悪《わり》いがら、まあ山男の所為にされるわ」

「なる程な」

それは、山の者どもも言っていた。

山奥で身許《みもと》も知れぬ、話も通じぬ娘を見かけることがあるのだ——と。大抵は見付けると逃げてしまうらしい。稀《まれ》に逃げぬ者は居て、そういう娘は一緒に連れて行くことがあるという。攫うのではなく、助けるためである。山の暮らしは厳しいのだ。夏場は何とか生き延びられたとしても、女一人で冬は越せない。

「死んじまった者、家出に駆け落ぢ。それから気の狂れた女だ。それが全部山男の仕業だ。そういうもんなんだ。それで上手ぐ運ぶんだがら、ま、それでいいんだがな——」

あれは違うなと言って乙蔵は腕を組んだ。

「あれ——とは」

「ほら。焼けた娘」

「ああ」

ここ一月《ひとつき》ばかり。

凄惨《せいさん》な事件が続いている。

先《ま》ず、娘が行方知れずになる。

すわ拐《かどわか》しか、神隠しかと、村人総出で捜すが、杳《よう》として見付からぬ。それで終《しま》いなら乙蔵の言うような理由なのだろうし、それこそ山男に攫われたと謂《い》われるのだろう。

でも。

娘は、三四日ばかりで戻される。但し。

死骸で。しかも焼け爛《ただ》れた無残な死骸で。

祥五郎の知る限り、既に三件、三人の娘が死んでいる。

あれも山男の所為だと謂う者が居るのだわと乙蔵は言った。

「まあ、人のすることではね。化け者《もん》の仕業にしてえという気持ぢは解《わか》らねでもね。でも、山男はそんなこたしねべ」

「そうだろうなあ」

天狗も河童《かっぱ》もそんだこたしねよと乙蔵は何故か憤慨した。

「最初は町の油　商《あぶらあきない》――鳳凰屋《おおとりや》の下働きだったべ。それから土淵《つちぶち》の大百姓ん処《とこ》の娘。で、山口の大同《だいどう》の分家の娘だ。鳳凰屋は土地の者ではねえし、殺《や》られたのも下女だがな、長者やら名家やらは、まあ気にするわい」

外聞かと問うと外聞よと乙蔵は答えた。

「下手人《げしゅにん》が捕まらねべ。ならよ」

「山人の所為にするのが無難だということか」

「そうよな。攫われているがら。でも、そうではねえと俺《おら》は思うよ。山男はそりゃ恐ろしいものよ。でも、娘かっ攫って焼き殺すなんて話は聞いたことがねもの。山人の恐ろしさは」

そういう恐ろしさではねえ。

それは祥五郎にも能《よ》く解る。

山人の恐ろしさというのは、そのまま、山そのものの恐ろしさなのである。それは決して人を焼き殺したりはしない。

ぱちり、と炭が爆《は》ぜた。

あれは鳥だと乙蔵は言った。

「鳥だと」

「鳥さ。言ったべ。鳥はな、夜でも飛ぶ。啼く。光る。そして火も吐《は》くわ」

「いや、待て」

鳥が夜間も飛び、啼くことは間違いないのだろう。飛んでいるところを見たことはないが声は聞いた。乙蔵の言う通りなら、今も聞こえていたのだろう。それから、百歩譲って光を発するようなこともあるのやもしれぬ。猫の背は、もうと光ることがある。光る苔《こけ》もある。燐《りん》も光る。螢《ほたる》も光る。海中にも光るものは棲む。天然に光を発するものはままあるのだろう。

だが、そうした光は熱を持たぬ。謂《い》わば陰中の陽、ものを燃やさぬ光である。鬼火、陰火《いんか》が家を燃やしたという話はあまり聞かぬ。

そう言うと、乙蔵はまた嗤《わら》った。

「見識が浅《あせ》えよ。頭が固《かて》えンだ、お侍は。男鹿《おが》の方じゃ山鳥が啼くと火事になると言うわ。南の方でも山鳥ゃあ火事を報《しら》せるし、火事を起こすもんだべよ」

「そうかもしれぬが、この遠野でそんな話は聞かぬぞ」

「そんなこたねえさ。鳥といってもな、山の鳥はまた違うのよ。ありゃ、山人と同じで」

この世のものじゃねがら。

「精魅精怪《せいみせいかい》の類いと申すのか」

「そうだわ。雉《きじ》も火玉になる。鷺《さぎ》も火を出す」

「ああ」

鷺が光るという話は聞いたことがある。

「唐国《からくに》じゃな、山の鳥は人の姿に変じると聞いたぞ。そりゃ唐の山人だわ。しかも、その鳥は祟《たた》ると火事を引き起ごすんだ。こりゃ、一昨年《おととし》盛岡ァ行った機《おり》に長崎《ながさき》の学者先生だかに聞いた話だからな。俺《おら》の創り咄《ばなし》ではね。ホンゾ何とかいう立派な書物に書いてあるそんだ」

「ほ――『本草綱目《ほんぞうこうもく》』か」

「それだべ。識っとるでねえか。攫ったな、山男ではねぐて鳥だ。いや、人に変じた鳥かもしんね」

「人に――なあ」

「信じねって面《つら》だな。あんな、猿だって狼だって、齢《とし》を経《へ》れば人みでえに立つべ」

「経立《ふったち》か」

劫《こう》を経た獣は、化ける。

この辺りではそれを経立と呼ぶ。

経立として能く語《よ》られる獣は猿や狼が多いようだが、それに限ったことではないらしい。どんな獣も、魚までもが経立になるのだと謂う。ならば鳥も経立になるか。

安家《あっか》辺りには鶏の経立が居るものと乙蔵は言った。

矢張《やは》り居るのか。否、伝わっているというべきか。

「その鶏の経立ってのはの、長年、卵を取られ続けた腹癒《はらい》せに、その家の童《こども》を取り殺すンだと聞くな。それも、人の形になンだと謂うわ。化けるんだ。山姥《やまはは》みでな姿ンなって、毒入りの椎《しい》餅《もち》を子供衆《し》に喰わせんだと。だから花巻《はなまき》の方じゃ、鶏が古くなっど用心するもんだ」

「鶏なあ」

「鶏だと思う」

乙蔵はそう言って、茶碗《ちゃわん》を囲炉裏の縁に置いた。ずっと飲み続けている。

「他のこたァ兎《と》も角《かく》、俺《おら》は此度《こたび》のこたあ鶏の仕業だと思う。山男なんかじゃねえわ」

「おい」

祥五郎は素面《しらふ》である。酔漢の戯言《ざれごと》に貸す耳はない。

「だってよ祥さん。最初に下女を取られた鳳凰屋な。彼処《あそこ》の主人は元元、伊予《いよ》の生まれだと聞いだぞ」

「伊予といえば西国《さいごく》——四国だな」

「遠いんだべな。江戸より、大坂よりまだ西だべ。その伊予にはな、波山《ばさん》という、大層《でほで》ぇ大っぎな鶏が居るそうだ。深ぇ山ン中の竹藪《たけやぶ》に棲んでてな、火ィ吹くんだと。ま、滅多に人前には出で来ねと謂われでおるそうだがな」

そんな奇態なものが居るとして——。

「人前には出ぬのであれば、どうもなかろう。六十余州は広いし、山奥には見知らぬ生きものが未《ま》だ居《お》るのだろうさ。だからそんな鳥も居るのかもしれぬがな。それだって人と関わるものではないではないか」

ばさばさいうのだわと乙蔵は言った。

「ばさばさとは」

「羽の音だな。山際の家の戸を、羽で叩《はだ》くんだべか。ばさ、ばさとな。だがら、波裟波裟《ばさばさ》とも謂うそうだ」

「里に降りてくるのか」

「村や町に出で来るんではねべさ。ま、俺《おら》ァ伊予がどんな処《とこ》か知らねけど、思うに山の方にも人家があんだべ。遠野は盆地だが、山奥に村があるような処《とこ》もあんべ。そういう家の戸を叩くのよ、ばさばさと。開けても誰も居ねんだ」

悪戯《いたずら》ではないかと言うと、そうだと言う。

「それは子供のすることだろう。そんな、深山に棲む化鳥がすることではなかろう。そもそも戸を開けても姿がないのなら何者の仕業か判らぬではないか」

「童は、ばさばさ音させることなんか出来ね。人が戸を叩いたって、そんな音は出ねべ」

「そう――かな」

「あのな、鳥の羽撃《はば》く音づうのは、独特なんだ。他のどの音とも似でねえ。だがら間違いようがねえ。いいか、さっきも言ったが、山ァ色んな音がすんだ。獣もいる。風も吹くしな。地べたっこも揺れる」

草や木だって音を立てンのさと乙蔵は言う。

「草も木も、おがるからな。いや、そんな音はしねえと言うんだろがな、一本二本でねえ、何万何百万、いいや、その何万倍も生えてるんだ。それが片時も休まずにおがるんだ。虫だってどんだけ居るか判んね。それも動くべ。だがら音ぐれえするさ。引っ切りなしにしておる。そんな中でもな、鳥の羽撃きだけは判る。ありゃ」

怖《こえ》えよと乙蔵は言った。

「怖いか。ばたばたいうだけではないか」

「莫迦《ばか》。夜中に山ン中で聞いでみろ。あンな、女《あま》っコの笑い声だて深山で聞けば怖《こえ》えよ。俺《おら》も何度か聞いたずも、背筋が凍るべ」

「まあ、深山に女人は居《お》らぬものだからな、正体が知れぬ。だからぞっとするのも判らぬではないが――だが、羽撃きならば鳥であろうよ。それ程に特徴のある音なら、鳥だと判るということになる。なら怖くはなかろう」

「あのな、お小姓様よ」

どうも近頃、乙蔵は祥五郎をそう呼ぶのを好んでいるようだ。思うに揶揄《やゆ》しているつもりなのだろう。

「鳥はの、飛ぶべ。上から来ンだ。山で帰れなぐなって、小屋掛けして寝てたとすンべ。すっと、真上がらばさばさっと来るんだ。これは、怖ぐねか」

「ああ」

「それが小屋の屋根さ留《と》まる。屋根ったって――」

それは判る。

小屋といっても一日で壊してしまう、粗末で簡単なものである。木組みに莚掛《むしろが》けなら良い方だろう。仮小屋には屋根と呼べるような立派なものはない。しかし、雨除けくらいはされている筈だから、上に何かが留まっても、裡《なか》に居たなら見えはしない。

「歩いて近寄って来るんでねえ、突然上から来ンだぞ。ばさばさッとな。しかも啼くべ。鳥の声ってな、人の声に聞こえるもんだわ」

慥《たし》かに、鳥の啼き声は人の声――というより、人の言葉に準《なぞら》えられることが多い。一度そう謂われてしまうと、そう聞こえてしまうから不思議なものである。

馬追い鳥は馬を追う時の掛け声と同じく、アホウアホウと啼く。実際に鳥はそんな風に発音していないのだろうし、したくとも出来ないのだと思うが、それでもアホウと聞いてしまうのである。言葉として受け取ってしまえば、ただの啼き声が某《なにがし》かの意味を持ってしまう。

そうなってしまえば、聞き流せぬものになるのかもしれぬ。

「鳥の声ってのはな、ありゃ、遠くで聞く分にゃ悲しいさ。どんな鳥も悲しい。でもな、祥さんよ。近くで啼かれたら」

怖《こえ》えぞ。

怖いかも——しれない。

「鶏だってよ、そンだに大きけりゃ、恐ろしンでねが」

「そうかもしれぬがな、乙よ。山の鳥が怖いものだということは能《よ》く判った。だがな、その何とかいう大きな鶏は、伊予の国に居《お》るのだろう。そんなものが——」

遠野に来たんだべと乙蔵は言った。

「鳳凰屋ど一緒にな」

「鶏がか」

「鶏ではね。波山だ」

「ばさんでもばさばさでも何でも良いが、それは人前にも出ず、悪戯するだけのものなのではないのか。況《まし》て、人を焼き殺したりはせぬようではないか」

「いいが。祥さんよ。其処《そこ》いらに居るただの鶏でも経立ンなれば人に化けて、人ォ取り殺すんだ。火ィ吐く大鶏が劫を経たなら、どんな悪さをすンか、知れだものではねえべ。何度も言うが、鳥はな、火難を招くもんだぞ」

「そうかもしれぬがな。だが考えてもみろ。そんな大きなものが海を越え、船に乗って、遠野くんだりまで来たとでも申すのか」

「人の姿をしでねぇて保証はねえ」

「化けたとでも言うか」

祥五郎は小正月に行う稼《かせ》ぎ鶏《どり》という行事しか思い浮かべられぬ。各村の若者が組になり、鶏の扮装《ふんそう》をして、他村の分限者から餅を貰うという村行事である。

滑稽《こっけい》だ。だが、乙蔵はより真顔になった。

「最初に焼がれたのも鳳凰屋の下女だったべ。あれは小友村《おともむら》の百姓の娘だがな。器量良しの働き者《もん》で、焼き殺される謂われなんざ一つもねのさ。だがら、鳳凰屋が怪しい。なら波山で間違いね」

「鳳凰屋なあ」

祥五郎は腕を組んだ。

噺《はなし》

高柳《たかやなぎ》剣十郎《けんじゅうろう》は大いに戸惑っていた。

高柳は遠野の町廻役《まちまわりやく》同心である。領内を見回り、領民の安寧《あんねい》な暮らしを護るのが高柳の役儀である。

だが。

今、高柳の手の中には一丁の鉄砲がある。

市中の治安を維持するために、鉄砲は要《い》らない。

鉄砲は鳥や獣を獲るために使う道具なのであって、人を撃つためのものではない。それが高柳の見解である。

尤《もっと》も、戦《いくさ》になれば武器になるのだろうとは思う。

昨年九月、茨島《ばらじま》で盛岡藩大調練が行われた。高柳は鉄砲隊の一人として参加している。野辺地から遠野まで広く召集が掛かり、士分に加え農兵も参加したため、総勢一万二千の陣立てというそれは壮大な演習であった。秋田《あきた》、津軽《つがる》など他藩からの見物人も数多《あまた》訪れ、調練に掛かる費用は五千両に及んだという。正に大調練の名に相応《ふさわ》しいものであった。

全ては幕府からの命を受けての調練である。

幕府は先年、外国船の侵略に備え武備を厳にせよと諸藩に通達している。調練の趣旨も、異国との戦い方を身に付けるため、というものであった。

ただ――それが果たして、旧来の戦い方と何処がどう違うのか、高柳には今一つ解らなかったのだが。

遠野軍は、伝統的な陣容である甲州流《こうしゅうりゅう》脇備《わきぞな》えで調練に臨み、大いに武勇を奮って称賛を得た。それは慥《たし》かに勇ましく且つ理に適《かな》った戦い方ではあったのだが――異国の軍と戦う際に有効なものなのかどうかは、正直なところ高柳には判らなかった。そもそも異人がどのように攻めて来るのか、高柳には想像も出来ないのであるが。

高柳はそもそも鉄砲組ではない。

鉄砲は撃てるが、それは猟をしていたからだ。何故猟をしていたかといえば、それは喰うためである。

他に理由はない。

戦のことなど、生まれてこの方考えたこともない。古《いにしえ》の武人達の逸話は識ってはいたが、それはもう民譚《むかしむかし》と変わりのないものである。戦国の世は。二百年以上昔のことだ。安倍貞任《あべのさだとう》だの坂上田《さかのうえのた》村麻呂《むらまろ》だのとなると、もう天狗や山人と変わりがない。

だから高柳は調練に参加するとしても自分はただの歩兵だと思っていた。そもそも剣術は得手ではないから、槍《やり》でも持って走っていれば済むのだろうと、その程度に考えていたのだ。

大体、異国が攻めて来るという実感がない。

隣国との諍《いさか》いですら考えられぬ。先《ま》ず戦が解らない。

精精、同じ盛岡藩内でのいざこざ程度しか想像は出来ない。

そんなものに鉄砲は使わないだろう。話し合えば済むことだ。

だから高柳にとって、鉄砲は食材を調達するための道具でしかなかった。畑を耕す鍬《くわ》や鋤《すき》と同じだ。魚を獲る網や擌《たも》と同じだ。他に使い道はない。

そう、ずっと思っていた。

それなのに。

高柳は大調練に先駆けて早瀬《はやせ》と愛宕《あたご》で度度《たびたび》行われた遠野軍の予行調練の際に、鉄砲を指導していた江田重成《えだしげなり》の目に留まり、筋が良いということで鉄砲組に大抜擢《だいばってき》されてしまったのであった。

有り難い話だが、迷惑にも思った。

江田重成は小幡流《おばたりゅう》軍学に通じ、遠野でも一二を争うと謂われた俊英であり、大調練の際も鉄砲組頭として参陣した傑物である。高柳はこの江田に見出《みいだ》された者——ということになる訳だが、当の江田は、大調練の後盛岡藩士と揉《も》めごとを起こし、遠野の殿様の不興を買って、藩籍を剝奪《はくだつ》され、領内からも追放されてしまったのだった。

まあ、だからといって高柳は配置替えになったという訳ではない。大調練に鉄砲組として参加したというだけである。

だから調練が済んでしまえばそれまで通り、遠野奉行配下の町廻役ではある。何も変わりはない――筈だった。

しかし。

高柳にはあの江田重成に褒められた鉄砲の名人――という、迷惑な看板がついてしまったのだった。

別に名人なんかではないのだ。山猟師の方がずっと巧《うま》い。だから何か言われる度にむず痒《がゆ》くなった。恥ずかしいのではなく、申し訳ない気になった。褒められても尻《しり》の据わりが悪い。否定すると謙遜《けんそん》と取られた。

段段に辛《つら》くなった。

一年程は辛い日日が続いた。流石《さすが》に一年が過ぎると余り人の口の端にも上らなくなって来たのだが。追放された江田の方は色色な意味で名が知れ渡っていたから、いつまで経っても話の肴《さかな》にされるのだった。その序《つい》でに、思い出したように高柳の話になることもあった。

厭だった。

厭だったのだが。

高柳は肩を落とし、手の中の鉄砲を見た。

盛岡藩が定めた遠野領の鉄砲保有数は二十五丁。そのうちの一丁である。

一昨日、高柳は同心頭と与力共共、奉行である是川《これかわ》に呼び出された。褒められるのか叱《しか》られるのか、いずれも身に覚えがなかったから戦戦兢兢《せんせんきょうきょう》として臨んだのだが――。

そのいずれでもなかった。

他でもない、今遠野を騒がせている娘焼き捨て殺しの下手人を一日も早く挙げろという話だった。だが、それならば呼び出されて改めて命じられるまでもなく、朝晩きつく言われ続けていることである。奉行所の者ならば書き物方から小者《こもの》に到るまで肝に銘じていることなのであった。

それが。

奉行の言葉に高柳は何度も耳を疑った。

それでも尋《き》き返すことなど出来る筈もなく、高柳は只管《ひたすら》に畏《かしこ》まっていただけではあったのだが、謁見が済んだ後、高柳は幾度も上役に問い糾《ただ》した。

同心頭も与力も首を傾げるばかりであったが、納得が行こうが行くまいが、奉行の命とあらば従わぬという選択肢はないのである。

その結果、高柳には鉄砲が渡されたのだった。

是川はこう言った。

——町家の娘を攫い、のみならず焼き殺し、剰《あまつさ》え軒先に打ち捨てて返すなど言語道断、神仏をも畏《おそ》れぬ悪逆非道の振舞いであり、決して許すことは出来ぬ。奉行所の沽券《こけん》にかけ、一刻も早く下手人を捕らえ断罪せねばならぬ。しかし。

——下手人が。

人でなかったとしたら——。

人でない、とはどういうことか。

人でなしという意味ではないようだった。

ならばそのまま、禽獣ということか。しかし鳥も獣も、人を害すること喰うことはあろうけれども、焼き殺すことなど出来はしない。けだものは火を使えない。況《まし》てや遺骸を家に戻すなど、あり得ない。民譚《むかしむかし》なら兎《と》も角《かく》も、現実に於《お》てはどうしたって考え難《にく》い。

そうすると。

人でも獣でもないとするならば、神仏か、そうでなければ化け物——と、いうことになるだろう。

神罰、仏罰というのであれば、それは奉行所が手を出せるものではない。神や仏を縛ることなど出来はしないし、それが神仏の御業《みわざ》であるのなら、確実に非は焼かれた者の方にあることになる。しかし殺された娘達に罰が当たるような悪逆非道な行いがあったとは到底思えない。

つまり。

化け物——ということか。

化け物とは何だ。

高柳は大いに困惑した。

奉行が真剣だったからである。

化け物など居《お》るまい。

聞いたことはあるが見たことも会ったこともない。

それ以前に、そんなものは居ないだろう。高柳は到って信心深い性質《たち》ではあるが、反面、亡魂《ゆうれい》精怪に関しては極めて懐疑的である。高柳にとってそれは、児童《こども》を躾《しつ》けるための威《おど》しか、然《さ》もなくば何かの言い訳でしかない。人は理不尽な目に遭うと、何かしら釈明をする。臆病《おくびょう》な者は何もなくとも恐ろしく思う。そうした時に、化け物は使われるのだ。

そんなものは居ない。

そうはいうものの、高柳は決して豪胆な訳ではない。寧《むし》ろ人一倍怖がりなのである。ただ、だからといって何かの所為《せい》にしようと思ったことはない。怖いのは己が腰抜けだからに他ならない。

本当に化け物に出会ったのなら兎《と》も角《かく》、確認もせず、証拠もなく、ただ怖かったからといって化け物の所為にするのは卑怯《ひきょう》だろうと高柳は考えるのである。そうやって、二十数年生きて来て、臆病風に吹かれることは幾度となくあった訳だが、それでも化け物に出会《でくわ》したことはただの一度もない。

今後もなかろうと思う。

それに、もし本当に化け物が悪さをしているというのであれば、それこそ神仏に頼る以外にない、とも思う。人知を超えたものは、人知を超えたものでなくては対処出来まい。坊主でも神主でも呼ぶが早かろうと、そうも思ったのだ。

だが、奉行はそう考えてはいないようだった。

化け物は退治出来る――というのである。

しかも、鉄砲で。

「そんな訳があるか」

高柳は独り言を発した。

化け物というのは——能《よ》く解らないのだけれども——生きものではないのではなかろうか。

そうなら鉄砲で撃ったところでどうにか出来る訳がないと高柳は思う。それに、熊だって猪だって、巨《おお》きな奴は一発当てたくらいでは仕留められない。急所に当たればまだいいが、そうでなければ凶暴になるだけだ。

高柳は弾を手に取る。

こんな小さな鉛弾が人を焼き殺すようなものに効くか。それ以前に、それはどのような形をしているのか。急所などあるものだろうか。あったとして。

当てられる訳がない。

高柳は、江田に筋が良いとは言われたが、鉄砲が上手《じょうず》だと言われた訳ではないのだ。筋が良いとは即ち、鍛錬次第で巧くなれるということであろう。

高柳は鍛錬などしていない。調練が終わってからは鉄砲に触ってすらいなかったのだ。大体町廻のお役目に鉄砲など要らぬのだし、妙に囃《はや》されるようになってからは猟《や》も止めた。鍛錬どころか、寧ろ遠避けていたのだ。

上達するどころか下手になっている筈だ。

狐一匹撃ち獲れないだろう。

そもそも高柳は、性根が臆病なのだ。化け物なんか居なくても怖じ気付くことは多いのである。化け物だって、偶か出会っていないというだけで、居るのかもしれぬではないか。もし本当に化け物に出会してしまったなら、思うに正気は保てまい。それで――。

「どうしろというのだ」

高柳は弾を革袋に戻し、鉄砲を床の間に置いた。

置いた途端に、殿様お客様がお見えだべという声がした。

住み込みの下男である伝助《でんすけ》は高柳のことを殿様と呼ぶ。外聞が悪いので止《よ》せと言い続けているのだが、何度言ってもそう呼ぶ。侍は皆、殿様だと思っているのだ。

「このような刻限に誰だ」

「はあ、その、うまかただとか」

「馬方だと」

同心の役宅を訪れる馬喰《ばくろう》など居る訳がない。その上、夕餉《ゆうげ》も済んだかという時分である。どう問うても何とも要領を得ないので不承不承出てみると、来客は馬方などではなく、元藩士の宇夫方祥五郎だった。

宇夫方は、遠野を治める殿様――盛岡藩筆頭家老――南部義晋様の近習だった男である。義晋様が遠野南部家を嗣《つ》がれる際に職を辞し、藩からも離れた。今は浪士の筈である。

高柳とは同じ齢だ。

「こ、これは珍客だな。祥五郎ではないか」

「夜分に済まぬ。急に顔が見たくなってな。どうだ、一杯」

宇夫方は徳利と竹包みを掲げた。

「ああ──まあ、来てくれたのは嬉《うれ》しい限りだが」

昔語りで和《なご》める気分ではなかった。

宇夫方は苦笑した。

「識《し》っておる。実はな、是川様から其許《そこもと》に力を貸せと言われて来たのだよ。儂如き軽輩が力になれるとも思わぬが、そう言われてしまった以上、微力乍《なが》らない知恵の一つも絞ろうかと、そう思うてやって来たのだ」

「お奉行が──何故、其方《そなた》に」

「何、大した理由はない。先月の半兵衛《はんべえ》騒動の際に捕物の助勢を致してな。そのご縁だ。まあ儂は今、身分もお役も何もない、気儘《きまま》な身の上、何かと融通が利く。だからだろうと思うが」

「お奉行が──なあ」

能《よ》く──解らない。

そんな簡単な説明では凡《およ》そ納得の出来るものではない。

しかし高柳は宇夫方を座敷に上げた。

そもそも追い返すような状況ではない訳だし、それよりももう少し詳しく話を聞きたいと高柳は思ったのだ。何より旧友の訪問自体は嬉しく思ったのである。

宇夫方の土産を伝助に渡し、酒の用意をさせた。

困っておるのだろうと、座るなりに宇夫方は言った。

「是川様も、大層御身を案じておられた」

案じるとはどういうことか。

「ご、ご自分で命じられたのだぞ」

宇夫方は頭を掻《か》いて、笑った。

「お主、変わらんなあ。儂も要領の悪いことではひけを取らぬがな、生真面目《きまじめ》さに於《おい》てはお主には敵《かな》わぬよ。今頃は申し付けたことを額面通りに受け取って苦吟しておるだろうと、是川様も仰《おお》せであったぞ」

「額面通りとは何だ。その、まあ其方の言う通り、拙者は融通の利かぬ――というよりも、その、鈍い男なのだ。だから腹芸は通じぬ。何か裏があるのか」

少し落ち着けと言って宇夫方は足を崩した。

「裏も表もないさ。おい、剣十郎。そんなに警戒をするではない。慥《たし》かに浪浪の身である儂なんぞが、遠野奉行であられる是川様と通じておるというのは得心が行かぬであろう。しかし今さっき申したように、一寸《ちょっと》したご縁があっただけのことでな。お主、古馴染《ふるなじ》みである儂も信用出来ぬか」

「そうではないが――いや、拙者は先《ま》ず以《もっ》て、己が置かれている状況が呑《の》み込《こ》めないでいたのだ。そこに思いもしない其許が現れたものだから」

信用せいと宇夫方は言う。

「少しは肩の力を抜け。お奉行はな、お前に化け物を仕留めろ、手柄を立てよと命じられた訳ではないのだ。与力様などもご同席されていたようだから、他に言い様がなかったのだと仰せであった」

「では」

「下手人は人だと仰せであった」

「では、拙者は何をすれば良いのだ。お奉行は」

「だから逸《はや》るな」

そこで伝助が酒と膳《ぜん》を持って来た。気の利かぬ下男はお溢《こぼ》れに与《あずか》ろうとでも思ったのか、へらへらし乍《なが》ら中中立ち去らなかったから、下がって寝ろと申し付けた。

「此度《こたび》の一件、お奉行が本当に化け物の仕業とお考えなら、与力同心を動員されて山狩りでも何でもなさるであろうし、それこそ加持祈禱《かじきとう》でも怨霊 調 伏《おんりょうちょうぶく》でも、そうしたことを行われるのではないかな。そうではないとお考えだからこそ、市中探索の手を緩めずにおられるのだ」

「では拙者は――」

そうでなかった時の布石だと宇夫方は言った。

「そうでなかった時とは」

「万が一」

人の仕業でなかったら。

「剣十郎。お主、半兵衛騒動の前後に、妙な噂《うわさ》が流れたのを覚えておるか」

「それは――牛よりも巨《おお》きな怪魚のことか。あれは虚言であろう。釜石《かまいし》辺りの漁師が流した嘘ではないのか」

「半兵衛の捕物にはお主も駆り出されただろう」

非番だった上に夜半だったから、寝ていたところを叩き起こされた覚えがある。

「いや、拙者は後発だったからな。現場に着いた時には凡《すべ》て終わっていた。いや――そういえば」

先発の同輩達は魚だ魚だと騒いでいたのではなかったか。中には実際に大魚を見たと言っている者も居たようだが――。

「いや、それはなかろう。魚と捕物は関係ない」

高柳は何も見てはいない。

深夜であったし、山側の川である。山は暗い。川面《かわも》はもっと暗い。月明かりや提燈《ちょうちん》だけでは人の顔とて心許ない。そんな巨大なものが見えるとは思えない。それよりも何よりも、そんな大魚が居るものか。

居たのだよと宇夫方は言った。

「お奉行はな、あの捕物の際に、御自らその魚をご覧になっているのだ」

「莫迦なことを言うな。そんな記録はない。お調べ書きには魚のことなど一行たりとも書かれておらん。狼藉者《ろうぜきもの》は逃亡の際に山肌を滑落し川に転落したらしく、行方知れずになったという報告があったし、そのように書かれておった」

「是川様が口外を止められたのだ。半兵衛は」

そこで宇夫方は一度言葉を止めた。

「半兵衛は我等の目前で大魚に取られた」

それは――。

信じ難《がた》い。

「いやいや信じられぬよ。あり得ぬだろう。そんな、鯨《くじら》のような大魚が居るか。百歩譲って居たとしても――海であろうさ。猿ケ《さるが》石川《いしがわ》は浅いではないか。泳げぬ。無理だ」

普通はそう思うさと宇夫方は言う。

「斯《かく》言う儂も、この目で見るまでは、お主と同じように言っていたからな」

「其方――お前も見たというのか祥五郎」

「だからさ」

「だから何だ」

「一緒に見てしまったからこそ、是川様は此度も儂に声を掛けられたのであろうよ。まあ、お主の同役にも見た者は幾人も居《お》ったようだが、表向きはなかったことと定め、公に記すこともしなかった以上、与力同心を使う訳には行くまい」

「拙者も同心だ」

お主は何も見ておらぬだろうと宇夫方は言って、徳利を差し出した。

「それに化け物なんざ信じちゃいまい。見た連中は半ば信用しておるからな。目が曇る」

「目が曇るだと」

儂の目も、そういう意味では曇っておる。何か妙なものを目にしたら化け物と即断してしまうやもしれぬよ。何しろあんなものを見ておるからな。その点、お主は平気だ。そんなことはあるまい」

「いやあ」

まるで自信はない。自信はないが――。

「そんな、化け物と見紛《みまが》うような奇態なものを目にすること自体、拙者には考えられんことだよ。あり得まい」

「あり得ぬもの、無理なものをご自身の目でご覧になられたからこそ、是川様は此度も、もしやそういうことがあるやもしれぬと思われたのだ。勿論、是川様は実直かつ賢明なお方であられるから、そうだと決め付けてしまうような愚かなことはなさらぬ。あくまで堅実に見廻り捜索を行い、一日も早い下手人の捕縛に努める――そこは変えられぬ。だが、万が一ということはあろう。その万が一の備えが」

宇夫方は手にした杯で高柳を示した。

「お主だ」

「備えといってもなあ」

拙者は鉄砲の名手などではないのだと言うと、評判だぞと宇夫方は揶《から》揄うように返した。

「おい祥五郎――」

「解っておる。お主とは長い付き合いではないか。能《よ》く鉄砲を担《かつ》いで山に入ってはいたが、獲物を提《さ》げて戻った姿はあまり見た覚えがないぞ」

「まるで獲れぬことはなかったぞ。大物がなかったというだけだ」

でも。

そうなのだ。

「江田重成お墨付きというのは如何《いか》にも重たいな。当の本人は、義晋公の怒りを買って追放された訳だが、そもそも盛岡の連中と喧嘩《けんか》したのだって、先方が遠野の陣立てを莫迦にしたのが発端だ。遠野の名誉を護る喧嘩だからな。喧嘩がいかんというのではなく、まあ手加減したのがけしからんということだろう。しかも江田さんは江戸に出て高名な学者の弟子になったそうだし、追放されたといっても名声は落ちておらん。以前よりも有名だ」

「お前の言う通りだよ祥五郎。名ばかり通りが良くなってしまっておってな。拙者の名も序《つい》でに口の端に上る。それでいて、後ろ盾《だて》になってくれる訳ではない」

気にすることはなかろうと宇夫方は笑う。

「き、気にするわ」

「お主はお主に出来ることをすればいいではないか。名人ではなくとも、鉄砲は撃てるのだろう。儂なんかは扱い方さえ覚束《おぼつか》ない。浪浪の身では、触ることすらない」

「まあなあ」

他の同心よりは慣れている。しかしそれだけだ。

「鉄砲ならば、鉄砲組があるではないか」

「是川様は町奉行だ。鉄砲組は動かせん」

「大捕物の際は加勢を頼むものではないのか」

「だから大捕物ではないのだ。お主の役目は万が一の備えだと言っているではないか。相手が武装した野盗だの山賊だのというのであればことはまた別なのだろうがな、此度は下手人が何者かすら判っておらんのだ。鉄砲担いで町を練り歩けば下手人が名乗り出て来るなんて道理はないのだ。良いか、剣十郎。化け物退治が主ではないのだぞ。下手人の探索こそが主だ。市中を探索するのに、鉄砲組は必要なかろうに」

「ならばこれは必要なかろうと言うておる」

高柳は目で鉄砲を示した。

「だから能《よ》く聞け。下手人が人ならそんなものは必要ないさ。だが、そうでなかったとしたらどうだ。この間の捕物とて、あんな大魚が現れると思っておった者は一人も居ない。居ないが出たのだ。お蔭で追っていた兇徒《きょうと》は目の前で攫われてしまったのだぞ。捕えることが出来なかったのだ。あんな化け物が居るということが知れた以上、他にも居るかもしれん。山野にどんなものが潜《ひそ》んでおるか判ったものではないではないか」

「いや、まあなあ――」

そう言われても、高柳はその化け物というものがどういうものなのか、どうしても脳裏に思い浮かべることが出来ないのである。見たことのないものは想像も出来ない。

「どんな——ものなのかな。それは」

「それが判れば苦労はないだろう。いや、化け物など居《お》らんのかもしれぬし、居ないに越したことはないのだ。人の仕業であれば、お主のご同輩が召し捕るだろうさ。だが、もしそうでなかったらどうなる」

「どうなるのだ」

「それはな、何であったとしても娘を攫って焼き殺しているのだぞ。それが人であれば何とでもなろうが、そうでないなら召し捕ることも出来まい。然《さ》りとてこれ以上の人死には防がねばならんだろうよ。今もそれは市中を徘徊《はいかい》しておるかもしれんのだ。つまり、一刻の猶予もならんということだ。だからな、それが人でないと判った時に、初めてお主の出番が来るという筋書きだよ」

「なる程」

「釈然とせぬか」

「まあ、そこまでは良いよ。拙《つたな》いとはいえ、鉄砲の腕を買われたのだと考えれば不名誉なことではない。有《あ》り難《がた》き仕合わせと考えるべきなのだろう。だが祥五郎。その万が一があったとして、だ。化け物に鉄砲が効くか」

効くさと宇夫方は即答した。

「そうかな」

「そうだろう。お主、旗屋《はたや》の縫《ぬい》は知っておろう」

「大昔の猟師であろう。民譚《むかしむかし》で聞いた覚えがある。慥《たし》か、死助権現《しすけごんげん》に祀《まつ》られている十六枝叉《ししゃ》の角を持った大白鹿を撃ったとか、五升樽《ごしょうだる》程の太さの蟒蛇《うわばみ》を撃ったとか、化ける程に齢経《としふ》りし大猿を撃ったとか、そんなありそうもない民譚ばかりだったと思うが。何だったかお化けを丸めて呑んだとかいう与太も聞いたかな。それはでも、囲炉裏端《いろりばた》で爺婆《じじばば》が夜語りする繰《く》り言《ごと》ではないか。そんな猟師は居《お》るまいよ」

居たのだと宇夫方は言った。

「しかも猟師ではない。旗屋の縫はな、阿曾沼《あそぬま》氏に仕えた高橋縫之介《たかはしぬいのすけ》という武士のことだと聞いている。宇夫方の先祖も阿曾沼の家臣であったのだから、あり得ぬことではない。細越《ほそごえ》の辺りに子孫も栄えておる。今は士分ではないようだが、それでも姓はあるようだし、祖たる縫之介も駒形神社《こまがたじんじゃ》に祀られておるからな、元は武家だったのだろう」

「だから何だ」

「民譚に出て来る架空の猟師ではなく、実在した人物だと申しておるのさ。いずれ、鉄砲名人であったのだろうよ」

「そうかもしれぬが」

「旗屋の縫は沢山の化け物を退治しておる。早池峰《はやちね》山の青入道に、貞任《さだとう》山の一本足。今、お主が言った猿とて、光を発する猿の経立——化け物だ」

「あのな、祥五郎。それはおはなしだろう」

「実在だと言っている」

「縫が実在したとして、化け物は創りごとだろう」

「そうかもしれぬ。だが創りごとの中でも鉄砲は化け物に有効だと語られている、ということになるぞ。そのように謂い伝えられているのだろう。そして、もしそれが創りごとでなかったとしたら、鉄砲は確実に効く——ということになるのではないか」

「ああ」

真実とは凡そ思えないのだが。

訳の解らぬものというのは居るよと宇夫方は言う。

「だがな、剣十郎。それは訳が解らぬというだけで、摩訶不思議《まかふしぎ》なものではないぞ。あの世の者ならいざ知らず、この世のものならば殺せもしよう。先だっての大魚とて並外れて大きいというだけではないか。知恵があろうが習性が違っていようが、魚《うお》には違いがないのだ。魚であれば殺せぬ道理はないぞ。考えてもみろ。酒呑童子《しゅてんどうじ》とて討ち取ったのは武門の者だ。頼光《らいこう》は刀で鬼の首を刎《は》ねたのだ。刀で斬り伏せられるものに、鉄砲が効かぬという道理はあるまい。そうしたものはな、剣十郎。武器が効くのだ」

「そうであろうか」

「亡魂であれば仏家に頼るが得策ぞ。調伏でも成仏でもさせれば良いわ。荒ぶる神なら神職に頼り清め給い鎮《しず》め給うしかあるまい。だが娘を攫って焼き殺すなど、幽霊の仕業でも悪神の仕業でもあるまい。それは、気が狂《ふ》れたか魔に魅入《みい》られたか、いずれ人の仕業よ。然《さ》もなくば」

鬼か化け物の仕業かと言うと、宇夫方は首肯《うなず》いた。

「しかしなあ。祥五郎。いいさ。拙者が万が一の備えで、その万が一が起きた際はこの」

顎《あご》で鉄砲を示す。

「鉄砲でその、訳の解らぬものを撃つ。それはまあ、効き目がある——かもしれない、と。そこまでは、納得は出来ぬが呑み込んだ。まあ、山男だの山女だのいうのも化け物の内なのだろうし、それを鉄砲で撃ったという猟師の話は聞かぬでもないから、そうしたことはあるのであろう。だが、此度の場合は何だ。万が一の時、拙者は何を撃てば良い」

焼き殺すというのだから、口から火でも吹くのか。

そんな獣は居ない。

「娘を取って喰うというならまだしも、焼き殺すのだぞ。そういう化け物は居《お》るのか。居るのなら、何だ。熊か。蛇か。猿か」

鳥かもしれぬと宇夫方は言った。

「鳥だと」

「いや——確証はない。村村では山男の仕業と考えておる者も多いようだ。娘を攫うのは、山男か、猿の経立と相場が決まっておるようでな。しかし、山男は攫った娘を焼きはせん。天狗も人を攫うと謂うようだが、娘に限ったことではないらしい。いや、寧《むし》ろ娘はあまり攫わぬようだ。河童や蛇は、娘に目を付けると通って来る」

「天狗に河童か」

絵空事である。

「まあ、そうやる気をなくすな剣十郎。儂の知人がそうした口碑《こうひ》や俗信に詳しいのだよ。野におると、愚にも付かぬ何や彼《か》やが、厭でも耳に入って来るのだ。仕官しておると役儀だけで手一杯だがな、浪士になれば年中暇だし、朝も夕もないからな」

羨《うらや》ましい限りだと言うと、代わりに喰うや喰わずだと宇夫方は笑った。

「そんな訳でな、この閑居人である儂に、化け物退治助勢の白羽の矢が立った――という次第だ。お主の出番がなかろうと、解決の暁《あかつき》には心付けの一つも戴《いただ》けるかもしれん。何の役にも立たぬが、他意はない故、そう邪険にするな」

「邪険になどするか。こんな状況でなければ満面の笑みで迎えておるわ。で――その有り難い助《すけ》っ人《と》に最初の相談だ。差し当たって拙者、何をすべきなのだ」

ただぼうとしていて良いとは思わない。かといって、当てもなく町中山谷を歩き回れば行き当たるというものでもなかろう。簡単なものではない。

しかし、探すといっても相手は化け物、しかも万に一つという代物である。どんなものかも判らない。

雲を摑《つか》むというのは正にこのことだろう。

祥五郎は更に姿勢を崩し、先《ま》ず今判っておることを教えろと言った。

「色色と調べておったのだろう」

「それは勿論、具《つぶさ》に調べた。あんな惨《むご》い殺しは見たことがないからな。腰が引けたわ。遺《のこ》された家族の乱れ様、哀しみ様といったら、まあ憐《あわ》れでなあ。だから総掛かりで調べた」

最初は横田《よこた》の油　商《あぶらあきない》、鳳凰屋であった。

宇夫方のいう半兵衛騒動――米取引に関する紛乱《ごたごた》が治まって直《す》ぐ、先月の初めのことであった。

殺されたのは下働きの娘、みね。十七だった。

みねの姿が見えなくなったのは遠野中がまだ騒動でごった返していた時分である。使いに出た訳でもなく、何の前触れもなく家裡《いえうち》から消えたという。

みねは小友村の百姓、嘉助《よしすけ》の四女であった。すわ勝手に実家に戻ったかと、翌日使いを出してみたがそのような事実はなかった。実家からも人が出てあちこち心当たりを捜したが一向に見付からず、役人に相談したのが二日後だった。

死体が戻ったのはその翌日の夜半であったという。

「子刻《ねのこく》くらいだったそうだ。何でも、戸を叩くような、引っ掻くような、妙な音がしたのだそうでな」

「引っ掻くというと、がりがりという感じかな」

「いや、それは判らんな。どんどんという、所謂《いわゆる》門を叩くような音ではなかったようだが。真夜中であるから、皆寝ておる。だが余りにも妙な気配だったので番頭が板戸を開けてみたのだな。で、見れば黒い塊が落ちている。行き倒れかと思うたようだが、暗くて能《よ》く見えない。そこで一旦《いったん》手燭《てしょく》を取りに引っ込んだ。その間に主《あるじ》も出て来て、二人で照らしてみたならば」

「その下女か」

「黒焦げのな。拙者も骸《むくろ》を検分したが、真っ黒だった」

「火炙《ひあぶ》り——なのかな」

「いや、油を掛けて焼いたのだろう。刀傷や打撲の痕《あと》などは見当たらず、死因は不明だが、生きたまま焼いたのか、首でも絞めて殺してから焼いたのか、そこは不明だ」

「それも判らぬか」

「主に焼けていたのは上半身でな。腹より下はそれ程焼けていなかった。まあ、だから着物の柄は残っておって、それでおみねだと知れた訳だがな。しかし、首から上は炭のようになっておって——」

思い出しただけで気分が悪くなる。

「能く働く気立ての良い娘だったそうでな。人に怨まれるようなことはないと、誰もが口を揃えて証言した。主も、跡取り息子も、相当に驚き悲しんでおったよ」

「跡取り息子か」

鶏の話は出なかったかと宇夫方は判らぬことを問うた。

「何だそれは。鳳凰屋は油商だ。鶏なんぞ飼ってはおらん」

「伊予の出だと聞いたがな」

「ああ、あの訛《なま》りは伊予なのか。ま、土地の者ではない。去年の暮れだったか、盛岡藩勘定奉行肝煎《きもいり》で、遠野に店を出したんだと聞いている。そんなこともあるのだなと思ったものだ」

二人目は土淵の百姓、喜左衛門《きざえもん》の孫、さん。十八。

鳳凰屋の惨事から十日ばかり後、さんは町に使いに出たまま、帰らなかった。

「後はまあ、一緒だ。喜左衛門は長者とはいわぬが、それなりの大百姓だから、村を挙げての捜索が行われた。言いたくはないがな、この辺りでは娘が行方知れずになることは珍しいことじゃない。だから、居なくなっただけで奉行所に報せることは——あまりない」

「村の内内で片付けてしまうということだな」

「まあそうだ。居なくなる理由は様様で、口外したくないこともあるのだろう」

その辺は承知しておると宇夫方は言った。

「まあ、見付からぬ場合は山男の所為になるのだ。焼かれた骸が戻されなかったら、届け出ておらなんだやもしれぬ」

「その娘は」

何処に使いに出たのだと宇夫方は尋いた。

「何処だったかな。ああ、一日市町《ひといちまち》の経師屋《きょうじや》とか言っていたかな。襖《ふすま》が傷んだので張り替えを頼むつもりだったとか」

「一日市町か。横田なのだな」

「そうだ」

無残な姿になった孫娘に取り縋《すが》る大百姓の様子は、鬼気迫るものがあった。両親兄弟の打ち拉《ひし》がれた様も直視に堪えなかった。高柳も目頭を熱くした。

酷過《むご》ぎる。

「その十日後、今月の頭だな。拐されたのは山口の大同の分家筋に当る佐兵衛《さへえ》の娘だ。市に出て、そのまま行方知れずになった。市は人出が多いから、これは人攫いだろうと直《ただ》ちに届け出があったのだが、見付からなかった。矢張《やは》り二日後に戻された。それも――焼かれていた」

「戻された時の様子はどうなのだ」

「様子といってもなあ。軒先に投げ出されていただけだ。状態はどれも同じだった。首から上は炭だ」

「いや、矢張り戸は叩いたのか」

「戸か」

どうだったか。

尋いたとは思うが、大きな問題ではないように思っていたから、覚えていなかった。大事かなと問うと、気になるよと宇夫方は言った。

「あのな、剣十郎。焼くのは何故だ」

「知るか」

「遺体《ほとけ》を貶《おと》めたいということか。年頃の娘、しかも三人だ。色恋沙汰《ざた》ならまだしも、三人が三人とも、他人からそこまで深い怨みを抱かれていたとは思えん。ならば、まあ、後は身許を判らなくするために顔を焼く――ということはあるかもしれん。だが、衣服もそのままでは意味がない。その上、家に戻して来るのだからな。身許を隠す気はないのだ」

「そうだろうな」

「それに、娘達は着衣のまま焼かれておるのだろう。つまり辱めは受けておらぬのだな」

「それはないようだ」

検分した者に依《よ》れば、三人とも犯された形跡は全くない、とのことだった。

「そうすると——戻して来た以上、例えば、焼いて何かを作るということもない訳だよ」

「何を作るよ。蠑螈《いもり》ではないのだぞ。娘の黒焼など——」

口にして気分が悪くなった。

「莫迦なことを言うな祥五郎」

「いや、人を材とした薬はあると聞いたぞ。或いは咒《まじない》の類いかもしれんがな。だが、どうもそれはないのだな」

「何と悍《おぞ》ましいことを考えるのだ、お前は」

娘達の傷ましい姿が目の裏に浮かんだ。

「遺された親族の気持ちを——少しは慮《おもんぱか》れ」

「おい。儂が考えたのではない。そういう例は古今にあるという話ではないか。それに、そうだったとしても、手を下したのは下手人だ。鬼畜羅刹《きちくらせつ》の所業だと儂も思うが、だからといってこの場で儂が慮ってもどうにもなるまい。そうなら許し難《がた》いと言っているのだ。だが——どうも違うようだなあ。焼いた後どうすることもないのだからな」

「まあ、焼いて直《す》ぐに返してくるのだよ」

だからそこだと宇夫方は言う。

「そことは何処だ」

「何故に返して来るのか——というところだよ、剣十郎。そのまま山にでも埋めてしまえば誰にも判らぬことだろう。その手間を惜しんだのだとしても、何処か人目に付かぬ処に打ち捨ててしまえば済むことではないのか。焼くにしても、そこまで焼いたのなら全部焼いてしまえば誰だか判りはしないのだ。何よりも、だ。わざわざ家に運んで来るというのはどういうことなのだ」

「それが解れば苦労はないわ」

「複数犯でないのなら、下手人自らが運んでいることになるだろう。ただ置いて行くならまだしも、鳳凰屋では戸を叩いたという。返しに来たことを報せているのだ」

「だからそれがどうした。変だというなら何もかも変ではないか。何故にそこに拘泥《こだわ》る」

「あのな剣十郎、戸を叩いて、直ぐに家人が出て来たらどうなる。偶《たまさ》か寝ていたから出るのが遅れたのだろうが、直ぐに出て来たなら下手人は顔を見られてしまうではないか」

「ああ。そうか」

「それはもう、最初《はな》から素性を隠す気がないとしか思えぬであろうよ。それどころか捕まっても好《い》いというような行いではないか。だから他の二件はどうだったのかと尋いておるのだ」

慥《たし》かにその通りである。

「それからな、剣十郎。それ、横田、土淵、山口と、場所もばらばらだし、家同士互いに何の関わりもない——と考えてしまいがちだがな」

「考えてしまいがちも何も、何の関係もないのだ。まあ、喜左衛門の息子と佐兵衛は一応顔見知りではあったようだが、交流は別にない。両家とも鳳凰屋で油を買っていたという事実もない。小友村の嘉助も、佐兵衛のことは知っていたが面識はなく、喜左衛門のことは全く知らなかった。同じ年頃ではあるが、娘同士も何の関わりもない。共通の知り合いも殆ど居《お》らん。まあ、離れているといっても遠野はそれ程広くないからな。一度や二度は擦れ違っておるだろうし、顔や名前くらい知っていることもあろうが——しかしその程度だ」

そうではないと宇夫方は言った。

「佐兵衛の娘は市に行って攫われたのであろう。それから儂の覚えでは、一日市町の経師屋というのは鳳凰屋の斜向《はすむ》かいではなかったか」

「そうだが、だから何だ」

「全員、町で攫われておるだろう」

「ああ」

「しかも——悉《ことごと》く鳳凰屋の近辺で攫われている、ということにはならぬか。その、下働きの娘が小友村の生家でなく、店の軒先に返されたというのも気に懸かる」

「鳳凰屋か」

打ち沈んだ様子の、齢《とし》の割に偉丈夫そうな主人。そして涙目でおろおろするばかりだった顔色の悪い跡継ぎ。右往左往しているばかりの使用人達。焼け焦げた——娘。

一月近く経つが、高柳は明瞭に思い出すことが出来る。

あれは――。

「儂はこれから鳳凰屋に行ってみるよ。まあ、身分俸禄《ほうろく》何もなしのろくでなしだ。お役人には見えぬものも――見えるかもしれんからな」

何か判ったら報告すると言って宇夫方は腰を上げた。

「おい、待て、待て祥五郎。お前、お、鳳凰屋を疑ってでもおるのか」

そんなことは考えてもみなかった。

「疑ってはおらぬ。ただ、調べ直すなら鳳凰屋だろうと言っておるのだ。それからな、化け物が出るのだとしたら、それも鳳凰屋ではないかと、そんな気もしておる」

「ば、化け物って――万が一があるとでもいうか」

「判らぬよ、剣十郎。ただな」

火を吐く鶏は遠野には居らんのだ――と、宇夫方祥五郎は言った。

話《はなし》

早めの雪がちらつきそうな霜月《しもつき》十日。

同心高柳剣十郎はその名を大いに上げることになった。

高柳は見事化け物を撃ち取ったのである。

決して条件の良い中の捕物ではなかった。月も曇っていたし、標的は遠かった。しかも竹藪の中を素早く動き回っていたのである。

しかし高柳はただの一発でそれを仕留めた。

竹藪の中には、五尺近い大きさの鶏が死んでいた。

攫われた四人目の娘はその近くに倒れていた。幸い、気を失っているだけのようだった。高柳は、四件目の焼き殺しを未然に防いだのであった。

竹藪の近くには奉行の是川五郎左衛門《ごろうざえもん》、与力二名、同心三名が身を潜めて高柳を注視していた。予《あらかじ》め祥五郎が報せておいたのである。勿論、高柳には内緒のことであった。奉行が傍《そば》に居ると知っただけで、気弱で考え過ぎのきらいがある旧友は身が竦《すく》んで鉄砲など撃てはしなかっただろう。

銃声と共に、断末魔が響いた。同時に祥五郎と、奉行を筆頭にした六名が飛び出し、ことの次第を確認したのである。

高柳はいきなり奉行が現れたので腰を抜かす程に驚き、動転し、恐縮した。

倒れていた娘は、鍋倉館の門番頭《もんばんがしらご》後藤運平《とううんぺい》の一人娘、志乃《しの》であった。志乃は着衣の乱れもなく、怪我もなく、その場で息を吹き返した。そして――自分は鳳凰屋の跡取り息子仁輔《じんすけ》に襲われたのだと証言した。

是川はすぐさま手下の者を鳳凰屋に向かわせた。

仁輔の姿はなかった。扠《さて》、逐電《ちくでん》したかと思われたのだが。

血相を変えた主の仁平《にへい》が現場に駆け付け、死んでいる大鶏を検分して――。

これが仁輔であると言ったのだった。

仁平の様子は深刻そのもので巫山戯《ふざけ》た様子は一切なかったのだが、当然のように同心も与力も信用しなかった。

どう考えても、息子を逃がすための虚言としか考えられない。それも一笑に付してしまうべき与太話である。仮令幼童《たとえこども》でも納得するまい。

だが、是川だけは違っていた。

奉行は仁平に、詳しく供述せよと言い付けた。

手下の与力同心達は内心呆れ果てたことだろうと祥五郎は思う。鶏が下手人とは狂気の沙汰である。だが。

祥五郎は予め乙蔵から聞いた伊予の大鶏の話を是川の耳に入れている。勿論その所為もあっただろう。何より目の前に大鶏の死骸があったことが影響していたに違いない。現に攫われた娘がその場に居たことも大きいだろう。

鶏は奇妙な色で、本当に大きかった。

鳳凰屋仁平は伊予でも指折りの大店《おおだな》で、一時期は羽振りも大層良かったようである。油の商いそのものは先代から嗣いだものだそうだが、身代はほぼ仁平一人で築き上げたものだったようだ。傑物ではあったのだろう。

三年前、跡取りの仁輔が嫁を娶《と》った。

商売も巧く行っていたから、仁平は仁輔に店を譲り、隠居するつもりであったという。

だが。

祝言の十日後、鳳凰屋は火事を出した。

商いが油屋であるから、火の回りも早く、上がった火の手も大きかった。店は全焼、のみならず類焼は一町に及んだ。死者こそ多くなかったが、大勢が焼け出された。

仁平は火事で路頭に迷った者達に深く詫《わ》び、焼け残った家財を悉《ことごと》く処分し、持てる有り金を全て使い切って、出来る限りの償い施しをしたのだそうである。

通例であれば火を出した者はその責任を取って罪に問われるところであるのだが、そうした殊勝な行いが目に留まったものか、また出火の原因が不審火——付け火であるらしいことも考慮されたのか、情状を汲《く》まれ、重い処分はされずに済んだのだそうだ。

それでも仁平は処払《ところばら》いにはなったのだという。

沙汰が下されていなかったとしても、同じ場所でやり直すのは憚《はばか》られたのだろう。已《や》むなく故郷を捨て、ほぼ無一文で上方《かみがた》に出た仁平は、僅かな伝手《つて》を辿《たど》って鴻池善右衛門《こうのいけぜんえもん》方に取り入り、再出発の資金を用立てて貰うことに成功した。そして、丁度御用金の工面に訪れていた盛岡藩の勘定方と知遇を得たのだそうである。

縁は何処に落ちているか判らぬと思ったそうだ。

そうして——仁平は遥《はる》か遠く、見知らぬ遠野の地に店を構える運びになったのであった。

これぞ棄《す》てる神あれば拾う神ありの喩《たと》え、不幸中の幸いであろうと仁平は考えた。店の構えは十分の一程度に縮小したが、折角手にした好機であるし、仁平は心機一転、新天地を第二の故郷と定め、商売に全身全霊で臨む覚悟であったという。幸いにも仁平は遠野の風土に迚《とて》も能《よ》く馴染んだようだった。終《つい》の住《す》み処《か》とするに相応しい場所だと、そう思ったのだそうである。

しかしそんな仁平にも懊悩《おうのう》がなかった訳ではない。

息子の仁輔のことである。

大火の機《おり》、仁輔の新妻里江《さとえ》は焼死している。仁輔も背中に大きな火傷《やけど》を負ったが、生き残った。生き残ったが、仁輔は変わってしまったのだそうである。元元病弱だった跡取りは殆ど家から出なくなり、口数も減り、何もしなくなった。

何よりも、目が違っていたのだと仁平は言った。

血走った瞳は落ち着きなく、いつも泳いでいた。

まるで鶏のようだったと仁平は言った。

凡ては息子が悲しみに打ち沈んでいる所為だと仁平は思っていた。

悲しみならば時に委《ゆだ》ねるよりなかろうと仁平はただ見守っていたようだが、日を追うごとに仁輔の挙動は不審になり、やがて奇行が目立つようになった。

暴れたりはしないが、何やら聞き取れぬ独り言を呟《つぶや》き乍《なが》ら、座敷の中をずっと歩き廻っている。眠りも浅く、明け方に奇声を発して飛び起きたりすることもあった。そうした時は激しく歩き回る。しかし、何を言っているのかはどうしても判らなかったそうである。

そして。

時に火を付ける。と、いっても放火ではなく、皿や火鉢に紙や布を入れ、油を掛けて燃やすのであった。

その炎を、消えるまでずっと凝視している。

火事で妻を亡くした所為で安定を欠いているのだろうと、それでも仁平はそう判じたのだそうである。炎の中に亡き妻の姿を幻視し、悲しみに暮れているのだろうと——そう考えたのである。ならば、矢張《やは》り悲しみが癒《い》えるのを待つよりない。

だが、幾日経とうと治る気配はなかった。

そして仁平は或る日、燃える炎を見詰め乍ら——。

笑っている息子を目撃した。

ぞっとしたという。

——こいつは。

悲しんでいるのではない。

そう思った瞬間、何もかも解らなくなってしまったのだと仁平は言った。

——思えば。

火事の際に本物の仁輔は死んだのではないのか。

いや——あの火事も、此奴《こいつ》の仕業ではないのか。

この得体の知れぬ何者かが、店に火を付け、息子と嫁を焼き殺して、成り代わっているのではないのか。

仁平はそう思ったのだそうだ。しかし、どうであれそれは妄想でしかないのである。何の確証もない。確証がないどころか、あり得ないことである。仁平はそうして、自分の妄想を打ち消した。

打ち消していた。

だが。

それが真実だったのだ——と、仁平は死んでいる鳥を眺めて呆然《ぼうぜん》と言ったのだった。

実際、この一月余りの仁輔の様子は、いつにも増して怪訝《おか》しかったのだそうである。

——姿を消すのです。

家から、いや座敷から一歩も出なかった仁輔が、頻繁に居なくなる。夜に家を抜け出すこともある。

出入りする時は必ず、ばさばさという鳥の羽撃《はばた》きのような音がしたそうである。高柳が言っていた引っ掻くような音というのは、どうやらその音であるらしかった。だから下女のみねが焼かれて戻された時も、仁平は仁輔が戻ったのだろうと思ったのだそうだ。

しかし軒先には焼け爛れた娘の死骸があるばかりだった。

そして仁平は、故郷で伝えられていた波山のことを思い出したのだそうだ。

火を吹く大鶏。

——莫迦莫迦しい。

仁輔は座敷には居《お》らず、戻ったのは騒ぎになっている最中だったそうである。

それ以降。

焼き殺しの報せが来る度に、仁平は身が縮む想いだったそうである。間違いなくそれは我が子——否、息子に成り済ました波山の仕業だ。そう考える以外に答えはないように思えた。

何故奉行所に届け出なかったのかという是川の問いに、仁平は信じては貰えぬと思いましたと答えた。慥《たし》かに、それは倅《せがれ》仁輔に化けた大鶏の仕業にて候——と訴え出たところで気が触れていると思われるのが関の山である。

仁輔は確実に怪しい。怪しいが、証《あか》しは何もない。

大体、娘を誘い込むことまでは出来るかもしれないが、後は難しい。人を焼き殺すことは簡単ではない筈だ。殺せたとしても返すことは出来まい。虚弱な仁輔には、焼いた死骸を一人で土淵や山口まで運ぶことなど無理である。

仁輔が人でないなら別である。

化生《けしょう》のものなら何とでもなるのだろうが。

そうしてみると、焼き殺しと仁輔を結び付けるのは仁平の印象と、伊予に残る化鳥の謂い伝えだけなのである。

仁平は苦悶《くもん》したが、結局訴えることをしなかった。矢張りそんなことはなかろうと、凡ては己の妄想なのであろうと、そう判断したのであった。

無理もないと思う。

だが、そう告白した仁平の足許には、大きな鳥が死んでいたのだ。ならばもう、妄想ではない。与力同心も納得せざるを得なかった。是川も――。

仁平の言葉を信じると言った。

そうして、高柳剣十郎は、化け物をただの一弾で倒した豪傑として天下に名を知らしめることとなったのであった。

尤も――。

高柳は最初から一発分の弾しか持っていなかったのである。高柳の鉄砲に籠《こ》められていたのは、祥五郎が渡した黄金の弾、ただ一つであった。

古《いにしえ》の鉄砲名人、旗屋の縫の逸話に倣ったのである。

縫はその父から、光や火を発する化け物は黄金の弾丸でしか殺せぬと教わり、変幻自在に光を発する猿の経立を退治したのだそうである。

だから。

相手が化け物なら必ずやこれで仕留められると、祥五郎は腰が引けていた高柳を説得したのだ。謂い伝えを蔑《ないがし》ろにするな、何の理由もなく伝えられるものごとなどない、迷信と退ける前に先人の言を信じてみよと、祥五郎は友を鼓舞《こぶ》した。

臆病で、考え過ぎで、正直で、その上やや鈍感な旧友はそして漸《ようや》く腰を上げたのだ。

高柳は、もしそれが人であったなら、それは絶対に撃ちたくないのだと、随分と躊躇《ためら》っていたのである。

全部——。

茶番である。

——いや、全部ではないか。

人気《ひとけ》のない蓮台野《でんでらの》を過ぎつつ、祥五郎は思う。

茶番ではないのだ。それぞれにとって、それは紛《まご》う方なき真実なのだ。

下手人が鳳凰屋の跡取り仁輔なのは確実である。

竹藪を走り回る大鶏に発砲したのは高柳剣十郎だ。

その結果、四人目の娘は無事に戻り、化鳥は死んだ。

鳳凰屋仁平にとっても、高柳剣十郎にとっても、是川五郎左衛門にとっても、所謂嘘はないのだ。誰も、騙《だま》されてはいない——と、思う。

そうなのだが。

あの日。

祥五郎が高柳の役宅を訪れた日。

役宅を辞した後、鳳凰屋に向かった祥五郎は思いも寄らぬものを見てしまったのだった。

祥五郎は、何某《なにがし》かの核心を摑むなり、予想するなりして鳳凰屋に出向いた訳ではない。

先だって乙蔵から仕入れた伊予の口碑に高柳から聞いた事件の詳細を重ね合わせて、一度は話を聞かねばならぬと思ったから行っただけである。刻限は既に亥刻《いのこく》にならんとしていたのだし、入れて貰えぬことも覚悟していたくらいであった。

しかし叩くなりに戸は開いた。

顔を出したのは丁稚《でっち》でも番頭でもなく、驚いたことに主の仁平であった。既に夜着を着ていてもおかしくない頃合いだというのに、仁平は実にきちんとした身態《みなり》をしていた。

そしてその顔は、死人のように蒼褪《あおざ》めていた。

覚悟を決めたという顔付きに見えた。実際、そうだったのだろう。

祥五郎は身分も明かさず、名乗りさえしていなかったというのに奥座敷に通され、そして人払いの上で、真相は話された。

下手人は惣領《そうりょう》の仁輔だと言って仁平は低頭した。

仁輔は夜半に抜け出し、戻る時は必ず戸を叩く。

その度に寝ている店の者を起こすことは忍びない。だから息子が抜け出したと見るや、主自らが寝ずの番をしていたのだそうである。直ぐに出て来る筈である。

――尤も、もうそんなことする必要はのうなったんやが。

習性《ならい》になってしもたんですと言うと、仁平は強張《こわば》った顔のまま少し笑って、祥五郎を仁輔が寝起きしていたという離れに案内した。

仁輔は上方にいた時分より、座敷に引き籠《こ》もっていた。何処に宿替えしてもその癖《へき》は変わらなかったから、遠野に店を構える際に、専用の離れを作ったのだそうである。

離れの中は。

酷《ひど》い惨状だった。

先ず、異常に臭《くさ》い。中央の畳は上げられており、床には穴が穿《うが》たれていた。家財は散乱しており、殆ど壊れていた。寝床だけが辛《かろ》うじて確認出来た。その寝床の上に。

仰向《あおむ》けの男が寝ていた。

ぴくりとも動かない。見れば、胸に火箸《ひばし》が深深と突き立っている。死んでいるのだ。

それが、仁輔だった。

――私が成敗しました。

仁平はそう言ってから、座敷の真ん中の穴を示した。

穴からは異様な臭気が立ち昇っていた。覗《のぞ》き込《こ》もうとして祥五郎は噎《む》せた。暗い。いや、黒いのだ。穴の縁は黒く焦げており、見上げれば天井も煤《すす》けていた。

仁平が手燭を翳《かざ》した。

――ここで燃やしたのですわ。

娘達を。

口を押さえて覗き込むと、穴の底には娘が倒れていた。

――未《ま》だ、無事ですやろう。

――早く助けてやりたいんやが。

何処の娘さんや判らんのですと、そこまで言って仁平は膝《ひざ》を落とし、前のめりになり、そのまま泣き崩れた。

ずっと抑えていたのだろう。

仁輔はこの穴に娘を落とし、油を掛けて焼いたのだ。

座敷の隅には大きな油瓶《あぶらがめ》が置いてあり、柄杓《ひしゃく》も落ちていた。付け木も散乱しており、水を張った水桶《みずおけ》も用意してあった。消火のためだろう。

――もう、許せんです。此度は間に合った。

――間に合ったが。

息子を殺してしまいましたと、仁平は涙声で、絞り出すように言った。

仁平が是川に語ったことは、皆真実である。

しかし、伏せられていることもある。

凡ては、みねが奉公に来た時から始まったらしい。

それまで離れから出て来なかった仁輔が、度度家を抜け出すようになったのも、みねが住み込むようになってからのことだったようだ。

元元挙動は不審であったのだから、仁平もさして気にはしていなかったという。店の奉公人は遠野で雇った者ばかりであり、雇い入れる際に惣領は病がちだから離れには近寄るなと言い付けてあったから、殆どが抜け出していることすら気付いていなかったようである。

仁輔は三月《みつき》かけて、座敷の真ん中に穴を掘った。畳を被せるようにして隠していたものと思われる。非力で虚弱な仁輔が、この大仕事をどのように遣《や》り遂げたのかは、仁平にも判らないらしい。

そして、みねが消えた。

——真逆《まさか》。

どうやったものか、仁輔はみねを離れに引き入れ、穴に落とし、頭から油を掛けて火を付けたのだ。みねは当然悲鳴を上げたようだが、仁輔の奇声だと仁平は思ったそうである。

油を掛ければ、燃えることは燃える。だが、人はそう簡単には燃えない。いや、死なない。仁輔は死ぬまで何度も繰り返したようである。穴は深いがそう広くないから、下半身は余り焼けない。頭から油を掛けるのだから、上半身は焼ける。顔などは炭のようになる。

考えたくない。

余りにも悍《おぞ》ましい。

祥五郎はその時、胃の腑《ふ》が収縮するのを感じた。座敷中に立ち籠めていた臭気は人を焼いた臭《にお》いだったのだ。これは仁平の言うようにあり得ないことである。どう考えても許せない。怒りでも悲しみでもない、言うに言われぬ嫌悪感が込み上げて来て、祥五郎は震えた。

ここが現場なら、問題になるのは骸の始末であろう。

普通の人殺しはそれこそを問題にするのだ。

しかし、仁輔はこともあろうに引き上げた骸を店の前に棄てたのである。骸は、何処からか運ばれて来たものではなかったのだ。仁輔はただ、離れの自室から運び出して、外に出しただけだったのである。

――戸を叩いたのは私です。

仁平はそう言った。

仁輔の奇行に気を遣っていたのは仁平だけだった。仁平は息子が夜中に何か大きなものを運び出すのに気付いたのだ。

こっそり跡を付け、その塵芥《ごみ》のようなものがみねの死骸であると気付いた時、仁平は全身の血が抜けてしまったかのようになってその場に倒れたのだそうだ。

そこで戸板に打ち当たり、そのまま腰を抜かした。

その音を番頭が聞き付けたのだ。

引っ掻くような音というのは、仁平が戸板に背を擦るようにして腰を落とした、その音だったようだ。仁平は立ち上がれずに、混乱して、声も出せずにただ戸板を叩いた。そこで番頭が出て来たのである。ただ、外は暗く、番頭は仁平には気付かなかった。よもや、主が戸板に寄り掛かり地べたに座り込んでいるとは思わないだろう。

番頭は手燭を取りに一度引っ込んでいる。

その間に、仁平は自分を取り戻した。取り戻したが、どうすることも出来ない。仁輔の仕業ではあるのだろうが、何をしたのか判らない。番頭の持って来た明かりでその無残な骸を目の当たりにして、仁平はもう一度血の抜けるような思いをしたのだった。

——何がしたかったのか、何をしたかも判らなんだ。

——仁輔を問い糾すことも出来なんだ。

怖かったのだそうだ。

番頭は慌てて役人を呼んで来たが、仁平は混乱し、当惑し、自失して、結果沈黙した。

そして。

二度目の死骸も、店の軒先に棄てられていたのだそうである。

見付けたのは勿論仁平である。

——魂が抜けたようになってしまいましてな。

兎《と》に角《かく》、このままにしてはおけないと思ったのだそうだ。

そして仁平は、土淵の喜左衛門の孫娘がこの辺りで行方知れずになったのだと、斜向かいの経師屋が言っていたことを思い出したのであった。

——何であっても、お返しせねばと思うたです。

仁平はこっそり薦《こも》で骸を包むと、それを担ぎ、夜陰に紛れて土淵まで運んだ。仁平は老いたりと雖《いえど》も六尺近い大男で足腰も丈夫である。病弱な仁輔と違い、難しいことではなかったようである。ただ、担いでいる間は生きた心地もしなかったと仁平は言った。

仁平は喜左衛門の家が何処かは知らなかったらしい。ただ大百姓ということは聞いていたから、大きな家を探し、戸の前に骸を置いた。戸を叩いたりはしなかったそうである。ただ、薦を剝《は》ぎ取る時に音はしたかもしれないということだった。

翌日から、仁平は仁輔を見張った。だが縛り付けておく訳にも行かず、二六時中傍に付いている訳にも行かなかった。それ以前に、仁平が混乱していたことは間違いない。金目当て色目当てならまだ理解のしようもあるが、これはもう常人の理解を超えた所業である。狂っていると言ってしまえばそれまでだが、ただ狂っているでは済まされぬ。

山口の佐兵衛の娘がいなくなったという話を小耳に挟んだ仁平は、内心気が気でなかったそうである。

そして三つ目の骸が棄てられた。

仁平の混乱は頂点に達した。

――同じようにすることしか、思い付きませなんだ。

己が正気でいられることの方が不思議だったという。

そして、四人目。

仁平は遂に仁輔が娘を連れ込むところを目撃した。

――繰り返させてはいけない。

――殺させてはいけない。

――もう、限界だ。

仁平はそして離れに乗り込んだ。仁輔の手には柄杓が握られていた。仁平は躍り込むなり仁輔を殴り倒した。娘は穴の中で気を失っているようだった。

娘を助けようとすると、仁輔は鳥のような奇声を発して飛び掛かって来たのだそうである。ひょろひょろと、日陰の末成《うらな》りの如き普段の息子の様子とは全く違っていたという。揉み合った末、仁平は仁輔を組み伏せた。そして、手の届く処にあった火箸で。

息子を刺し殺した。

——話が通じるとは思えんかった。

——それ以前に。

絶対に許せなかった。これは息子じゃない、いいや人じゃないと、そう思った。思いたかった。そう思わねば遣り切れなかった。でも。

——組み伏せた仁輔は、私の顔を見て。

お父っつあん。

すまん。

——そう言ったのです。

幸い、店の者は気付いていなかった。離れの様子が変なのはいつものことなのだ。仁平はだから気を鎮《しず》め、身嗜《みだしな》みを整えた。奉行所に自訴するつもりでいたのだそうである。

そこに祥五郎が訪れたのだった。

祥五郎は自訴を止めた。そして——。

この。

蓮台野の先、壇墔《だんのはな》の迷家《まよいが》へと駆けたのである。

この家には、どうにもならぬことをどうにかする男が暮らしているのだ。

この世のものとは思えぬ程に残虐極まりない殺され方をした娘達に、非は一切ない。殺される理由など毛一筋もないのである。それは当然なのだ。殺している仁輔にも、殺す理由など何処を探してもないからだ。仁輔の罪は、法で量ることさえ困難な、深くて重いものであるだろう。でも。

その仁輔は死んでいる。裁かれることもない。

それでは娘を殺された親は納得出来まい。

矛先は仁平に向けられるだろう。

仁平は、実の息子を手に掛けたのだ。その上に、遣り場のない遺族達の怨みを一身に受けることになるだろう。いや、仁平は間違いなく罪に問われるだろう。仁平は、仁輔が下手人だと知っていたのだ。知っていて手を拱《こま》ねいていたのだ。それは隠していたのと変わりはない。

子殺しだけでも十分《じゅうぶん》過ぎる地獄なのであろうに。

誰も、悪くない。悪くないのに、地獄になる。

理由も何もないというのに。

どうにか出来ないものか。

そして祥五郎は、長耳《ながみみ》の仲蔵《なかぞう》に子細を告げた。

そしてあの茶番が用意された。

急拵《きゅうごしら》えではあったようだが、万全だった。

壇塙の奥の、森の中——。

迷家の前には、花《はな》が居た。

花は迷家の持ち主——この屋敷に元より住んでいた娘であるらしい。未《ま》だ十二三にしか見えぬが、齢は知らぬ。人形のように整った面差しだが、泣きも笑いもしない。口も利かぬから声など殆ど聞いたことがない。

花は毬《まり》を突いていたようだったが、祥五郎の姿を認めると、黙って裡《なか》に入ってしまった。戸が開け放しになっていたのでそのまま声も掛けずに入ると、板の間の真ん中に大男が座っていた。仲蔵である。

「おウ」

禿頭《とくとう》で、眼も鼻も小さいが、耳朶《みみたぶ》だけが異様に長い。

仲蔵の陰になって見えなかったが、差し向いでもう一人男が座っていた。

「済まぬ。来客中であったか」

「構わねえよ。入《へえ》んな。寒《さみ》いから戸は閉めろ。ああ、このお侍が、此度の仕掛けの出元よ。御《おん》譚調掛《はなししらべがかり》の、宇夫方祥五郎様だ。おいおい、此方《こっち》へ来いって」

長耳は手招きした。

「丁度いいとこに来たぜ」

長耳の向かいに座っているのは、小柄だが引き締まった体付きの、四十絡みの男だった。色は浅黒く眉《まゆ》も髭《ひげ》も濃い。鹿の皮で作ったらしき袖無《そでな》しを着ている。猟師だろうか。長耳の話振りだと、どうやら小悪党の一味のようである。

「長耳殿。こちらは――」

「ああ。この男はな、旗屋の縫だ」

「何だって。そ、そんな莫迦な――」

それは、民譚で語られる大昔の猟師ではないのか。そうでなければ――。

長耳は歯を剥《む》いて笑った。

「驚《おど》れえたって面《つら》だな。あのな旦那《だんな》。縫ってのは一人じゃねえんだよ。代代継がれる名だ。時にお前《めえ》、何代目だ」

知らんよと答えて男も笑った。

「すると、高橋縫之介のご子孫であるか」

「それは駒形神社に祀られている縫だな。慥《たし》か、ただ一人武士に仕え、姓を賜り、後世に子孫を残して、氏神として祀られた縫だよ。いいか、縫の末裔《まつえい》は沢山居るが、縫の名は世襲じゃあねえからな。それに本来、縫は山の者だ」

「山の――というと、猟師でもないのか」

「山立《やまだち》だ」

叉鬼《またぎ》のことだよと仲蔵は言った。

「マタギというのは、秋田などに居る熊撃ちではないのか。それは猟師だろう」

「猟師は里の者だ。俺達は里の者ではねえ」

「ああ」

里には降りぬ者どもなのか。つまり、この男も里人とは別の理《ことわり》で生きている者どもの一人なのだろう。

「秋田は、慥《たし》か藩が又鬼に俸《ふち》を出して召し抱えてんだろ。ありゃあ鉄砲隊みてぇな扱いよ。又鬼ってのは熊ァ獲るもんなんだから、鉄砲が得手なもんなんだよ。その又鬼の中でも一番鉄砲の上手《じょうず》な者が縫の名を継ぐんだ。此奴はな、鉄砲撃たせりゃ日の本一だぜ」

「そこは諒解《りょうかい》したが、この度は出番がなかろう」

鉄砲を撃ったのは高柳である。それは祥五郎も見ている。

「莫迦だな旦那も」

長耳は歯を剝き出して笑った。

「此奴が居てくれたからな、あんな俄《にわか》狂言も巧く運んだんだよ。此奴はな、一町先の豆粒でも撃ち飛ばす名人だ。あの鳥を仕留めたのは、お前さんの朋輩じゃねえ、この縫だ」

「そ、そうなのか。しかし銃声は」

一発しか聞こえなかった。

そして鳥は斃《たお》れた。

「合わせて撃ったんだよ。しかもうんと遠くからな。そんな芸当は此奴にしか出来ねえわさ」

「合わせてって――高柳が撃つのにぴたりと合わせて撃ったということですか。いや、それは無理でしょう。天候も良くはなかったから月明かりも乏しく、標的は動いていたじゃないですか。大体、高柳は萱《かや》の陰に隠れていたんですよ」

それでも出来るんだよと長耳は言った。

「出来たじゃねえかよ。此奴は、目も、耳も、鼻も、信じられねえ程良いんだ。火薬の匂い嗅《か》ぐのか、火蓋《ひぶた》切る音を聞くのか知らねえけどな。兎《と》も角《かく》、よ」

なあに呪《まじない》よ、と縫は言った。

「先祖伝来のな。金の弾丸も、山立の咒だ」

「それでは――」

高柳の撃った弾は。

どっかに飛んでったんだろと長耳は更に笑った。

「黄金だからな、勿体《もったい》ねえことだ。後で捜して、回収しなくちゃいけねえなあ。あのな、旦那よ。あんたの朋輩は鉄砲撃ちとしちゃヘボだぞ。あんなのに任せておいたんじゃ、鳥が逃げちまうじゃねえかよ」

「まあ、自信はないと言っておったが」

「自信がねえどこじゃねえよ。一目で判る。此奴を喚《よ》んでおいて正解だったな。大体な、あんな仕込みの間もねえ、その日のうちに何もかも仕上げなくちゃいけねえ仕事なんざ持って来るなよ。まあ、聞きゃあ惨たらしい、救いようのねえ話だったから引き受けはしたがな」

「それに就いては——相済まぬことと思うておる。しかし、長耳殿に頼む以外に、ことの収めようがなかったのだ」

「それ以前に、お前さんが仕事持って来るたあ、露程《つゆほど》も思わなかったわい」

この旦那は遠野の殿様の密偵だと長耳は言った。縫は眉間《みけん》に皺《しわ》を寄せた。

「おい。長耳殿。お主」

「平気だ平気。この縫は信用出来る。旦那も儂等《わしら》を売ったりゃしねえだろよ。それにしたってよ、まあ旦那ァ運が好いんだよ」

「何故だ」

「だってよ。偶々《たまたま》アレが居たから、今回もなんとか形を拵えられたんだからなあ。あんなもの普通は居ねえよ」

「アレとは何だ」

「これだよ」

仲蔵はうっそりと立ち上がり、部屋の隅まで進むと、大きな籠《かご》の様なものに掛けられていた布を捲《まく》った。

「それは——」

巨大な鶏——波山か。

「こいつが、いや、こいつの連れ合いが、もう一人の——違うな。一羽か。もう一羽の立役者だな。こんなお誂《あつら》え向きのもなァ、普通はねえぜ。けど、ああ。もう駄目だなあ」

寒《さみ》いからなあと言って長耳は珍しく悲しそうな表情になった。

「そ、それは何だ。鶏なのか」

「これはな、鶏じゃあねえ。見な。頸《くび》が真っ青だろ。でけえ鶏冠《とさか》もあるし、まあ形は似てるんだがな。これはな、火なんざ吹かねえよ。逆だ。火喰鳥《ひくいどり》だよ」

「火喰いだと。火を――喰うか」

そんなもん喰えるかと長耳は言う。

「そういう名前ってだけだよ。南蛮の鳥だ。うんと遠くの、異国から運ばれて来たんだな」

近付いて覗いてみると、慥《たし》かに大きな鳥が、籠の中で頸を曲げて丸くなっていた。

「少しは元気になったんだがなあ。雄鳥《おん》と離したからかもしれんな。そうなら気の毒なことをしたわい」

竹藪で死んでいた鳥と同じ種類の鳥――なのだろう。大きさは大体同じだった。長耳が言うように、頸は鮮やかな青色で、身体《からだ》は橙色《だいだいいろ》。そこに黒と、白とが入っている。羽はあるのかないのか判らなかった。

「番《つがい》でな。これは雌鳥《めん》だ。火喰鳥ってのは、まあこの国には居《お》らん鳥だがな、昔の本草の書物なんかにも載っておるし、まるきり識られていなかった訳でもねえようだぞ。でもな、こりゃうんと南の暑い処の産だと聞くからな」

もう雪が来そうな案配だものなあと長耳は見えもしないのに上方を仰ぎ見た。

「まあ引き取った時は全く動かなかったんだが。どうだ、珍しいだろ」

「珍しいというか——そんな南方の鳥が何故此処《ここ》にいるのです」

「そりゃ拾ったんだよ。元元は多分、秋田の殿様への献上品だったようなんだがな。佐竹《さたけ》のお殿様ァ、珍しいもんがお好きなようだからのう」

長耳は腕を組み、澄ましてそう言った。

「だから、そ、そんなものが何故此処に——いや、それよりも何故に其方《そなた》が持っておるのかと問うているのだ。拾ったなどと誤魔化《ごまか》すな。こんなものが落ちている訳はあるまい」

生き物が落ちているというのが、そもそもあり得ないことである。

「いや、拾ったんだものさ。まあ、その辺の道《みち》ッ端《ぱた》に落ちていた訳ではねえがな、棄てた奴がいるんだ」

「このような珍鳥を何故に棄てるか。献上品というなら尚更《なおさら》棄てる筈がないではないか」

だから死にかけてたんだよと長耳は不満そうに言った。

「これの故郷はな、伊予どころじゃねえ、薩摩《さつま》より琉球《りゅうきゅう》よりずっと南だ。海の彼方《かなた》の異国だぜ。海路陸路併せりゃ、どれだけの道程《みちのり》運ばれて来たのか知れねえんだぞ。長旅で弱って死にかけていたのだよ。南国で訳もなくとっ捕まえられて、散散引き回された挙げ句、こんなクソ寒い辺境に連れて来られてよ、哀れなもんじゃあねえかよ。元気なままで届けられると思う方がどうかしてらあ」

「だからといって」

野に打ち捨てたりするものだろうか。

「いや、もう駄目だと思ったんだろうさ。死んだ鳥なんざ、どれだけ珍しくたって献上なんか出来ねえだろうよ。死にかけだって同じことじゃねえか。ご覧に入れた途端にポックリ逝かれたりしたんじゃ、縁起でもねえってことにならあ。下手すりゃお手討ちになんぞ」

そう――かもしれない。

「かといって、持って帰る訳にもいかねえだろ。こんなもん喰える訳でもねえし――喰えるのかもしれねえがのう。ちょいと喰う気はしねえ。ならもう棄てるしかねえじゃねえか。棄ててあったから拾った。何が悪いよ」

「別に悪くはないが――」

「まあ、考《かんが》えてみりゃな、こんなもの生きて献上されたって長くは生きられねえだろうし、それに世話すんな家来だ。死んだら死んだで後始末にも困るだろうしな。どっちにしろ献上されても迷惑だったと思うぞ。それに、こいつは珍しいだけのゲテもんじゃねえかよ。殿様なんてな、ご覧になったところで苦しゅうない佳《よ》きに計らえで終《しめ》えだろ」

それは間違いなくそうだろう。

「儂はな、もしかして介抱すりゃあ息吹き返すかもしれねえと思ったんだな。そしたら飼ってやろうかとも考《かんげ》えたんだ。それもまた面白《おもしれ》ぇんじゃねえかと思っていたんだが、息こそ吹き返したものの、どうも無理のようだなあ」

長耳は籠の中を愛《いと》おしそうに眺めた。

「瀕死《ひんし》だなあ」

「あのなあ、仲蔵殿。そこまでは呑み込んだ。だが、そうだとしても、どうやってその事実を知ったのだ。そうした話は何処で聞き付けて来るのだ。棄てたのだとして、時を空けずに拾わなければ、間に合わんだろう」

「そりゃそうだよ。この季節だから腐るのは遅《おせ》えだろが、それでも死骸だったなら拾いやしねえよ。何、買い付けたのは近江《おうみ》辺りの商人らしいがな。運んだのは頼まれた山師連中だ」

「山道を運んだのか」

「考えてもみろ。こんなもん担いで街道は歩けねえだろ。そりゃあ銭を遣《つか》やぁ何とでも出来るんだろうが、こんな際物《きわもの》で機嫌取ろうなんて商人は、大概は吝嗇《しみったれ》だ。廉《やす》く運ぶのよ」

「山か」

「山じゃなきゃ棄てられねえだろう。いや、山なら何処にでも棄てられるだろうよ。でな、山での話は伝わんのが速いんだよ、山の者の間じゃな。山にゃ藩も幕府もねえから、離れた処の話も直ぐに聞こえて来るのさ。儂はな、お前の殿様より江戸や西国の事情に詳しいぜ」

きな臭《くせ》えぞ最近はと言って、長耳は鼻を鳴らした。

「いずれにしても、お前《めえ》さんは引きがいい。此奴等《こいつら》が居なけりゃ、とびきり大振りの鶏探さなくちゃならねえとこだった。そう都合良くでかい鶏なんざ居ねえからな。見付けるのに何日掛かるか知れねえし、見付けたところで譲って貰ったりしちゃ足が付く。なら盗むしかねえじゃねえか」

儂は泥棒じゃあねえよと言って、長耳は火喰鳥の籠に布を被せた。

「可哀相《かえぇそう》だがもう駄目っぽいなあ。ま、雄鳥《おん》の方は、撃ち殺しちまった訳だけどな。死にかけとはいえ、いいや、死にかけだからこそ——気分のいいものじゃあねえな」

縫はこちらを横目で見て、撃ったのは俺だと言った。

「お前に頼んだなァ儂だよ」

図体の割に肝が細いなと縫は言う。

「弱っているものを狩るのは慥《たし》かに気分が良くねえ。だが仲蔵よ。あれはもう、助かる命ではなかった。とどめを刺して楽にしてやったと思え」

「そうよな。引導渡してやったと思うよりねえな。それに、あれは最後の最後に役に立ってくれたのだ。死にかけだった割に良く走ってくれたしな。殿様に一度見られてハイお終いってよりは、多少は良かったのかもしれねえ。いや、そう思いてえ。ところであの鳥の死骸はどうしたんだ」

仲蔵は祥五郎に問うた。

詳細は知らないのだが、粗略に扱った訳ではないと思う。妖物扱いであるから、障《さわ》り祟りを畏れたのかもしれぬ。慥か何処かの寺で供養し、境内に埋めたのだと聞いている。塚を作るようなことはないだろうが、葬ってはいるのだ。

そう言うと、場所を教えろと仲蔵は言った。

「こいつが逝ったら、そん時ゃ一緒に埋めてやるかいな。こっそり埋めれば判らんだろう。そうすりゃ坊さんが勝手に弔ってくれるのだろうしな。お布施《ふせ》も要るめえ」

一羽だけでは心細かろう。


「勝手に埋葬するのは感心しないが」

それが良いようにも思った。鳥にとって遠野は、遥かに故郷を離れた異国の地なのだ。一羽だけでは心細かろう。


「見付からぬように出来るなら良いと思うが」

心配ねえよと長耳は言う。

「埋めたことすら判らねえようにする」

儂は仕事が早《はえ》えのよと長耳は嘯《うそぶ》いた。

慥《たし》かに——長耳の仕事は早かった。

あの日。

祥五郎がこの迷家に到着したのが子刻《ねのこく》。

仕掛けは丑三《うしみ》つ。一刻余しか時はなかった。

祥五郎は時間と場所を指定され、金の弾丸を受け取っただけである。

長耳はそれを、化け物専用の弾丸だと言った。祥五郎は仲蔵一流の方便かと思っていたのだが、縫の話に依れば、実際にそうした謂い伝えがあるようだ。仲蔵はただ、行けば解るからこれで撃たせろと、それだけしか言わなかった。後は、身分のある者——奉行など——にも見届けさせろと付け加えたのだった。

鳳凰屋への根回しは凡て長耳が行う手筈となり、祥五郎は真っ直ぐ高柳の役宅へ行って渋る朋輩の重い腰を上げさせ、その後、是川に注進して刻限までに現場に向かわせたのだ。

忙《せわ》しなかった。

そんな段取りであったのだから、仲蔵に仕込みをしている余裕などなかっただろう。

高柳には下手人が仁輔であること、ただそれは人ではなく鶏の化け物なのだと伝えた。

しかし高柳は、案の定出動を拒否した。それが人ならば決して撃てぬと言い張ったのだ。

仲蔵が果たしてどのような決着を考えていたのか祥五郎は知らなかったのだが、その段階で仁輔は既に死んでいたのであるから、人を撃つようなことにはならないのは確実だった。

とはいうものの、そこはどうしても伏せておかねばならなかった訳だから、説得するのは骨が折れたのだった。祥五郎はただ金の弾丸を渡し、的は人ではなく化け物なのだと繰り返すよりなかった。そこに何が現れるのかは祥五郎の与り知らぬことであったから、説得している祥五郎自身、かなり不安になったのではあるが。

だから本当に大きな鶏が駆け回るのを見て祥五郎は正直驚いたのだ。

仁平の妄想こそが真実なのではないかと、半ば思いかけた程である。

「さァて」

長耳は元の場所に戻ると、縫の前に積まれていた袱紗《ふくさ》のようなものを抓《つま》んで、祥五郎に渡した。

「受け取れ」

「これは何か」

「今回の仕事の代金だ」

「何だと」

開いてみると切り餅——二十五両が四つ入っていた。

「ひゃ、百両ではないか」

「百両だ。鳳凰屋はな、三百両出した。三等分だ」

「そうなのか。いや、しかし儂は何もしておらん」

「莫迦を言え。旦那がいなけりゃ何も始まらなかったんじゃねえか。この度の仕事の出元は宇夫方祥五郎、お前《めえ》さんだ。それに旦那が働いてくれなきゃ、役者も揃わなかっただろ。あの場にお奉行を引っ張り出せるのは、お前さんだけじゃねえか」

「そうだが」

「大鶏と、鉄砲撃ち、そして立派な証人がいなくっちゃ、あんな三文芝居は成り立たねえんだよ。それが全部揃って、初めて嘘が実《まこと》に掏《す》り替わるんだ。いいか、お奉行が化け物の仕業と言えばよ、娘殺された親だって諦《あきら》めも付くじゃねえか」

「諦め——か」

諦めだよと長耳は繰り返した。

「あのな、何をしたって死んだ者《もん》は帰《けえ》らねえんだよ。なら、そこんとこは諦めるより他ねえだろう。忘れろと言うのじゃねえんだ。昔はな、こんなしち面倒《めんど》臭《くせ》えことしねえでも、みんな化け物の所為に出来たんだよ」

そうするために化け物は作られたのじゃねえかよと長耳は言った。

「今ぁもう無理だがな。化け物使いの出番はねえ。無理にするならこんなくだらねえ手続きが要るんだ。だからお前《めえ》さんは、こういう時にゃ重宝なんだよ」

「儂が――か」

「そうだよ。もし、お前さんがあの日此処に来なかったならどうなっていた。未《ま》だ決着は付いてねえぞ。生き残った者は全員、生き地獄だぜ」

それは祥五郎も道道考えていたことである。

「あの油屋は、気丈に振る舞っていたが相当に打ちのめされていたからな。あの仁平ってのは苦労人だ。商売も真っ当にして来たようだ。あんな目に遭わなくちゃいけねえ理由は一つもねえさ。本当なら、子と孫に囲まれて隠居暮らししてたんだろうよ。殺された娘達だってそうだろう。残された親どもだってそうだよ。苦しいぜ。辛《つれ》えぜ。悲しいぜ。それも、諦めたり忘れたり出来るようなことじゃあねェのだよ。でもな、じゃあ凡て仁輔の所為でした――で円《まる》く収まるかといえば、それじゃあ矢ッ張《やっぱ》り済ませられねえんだ。仁平にしてみりゃ、どんだけ出来が悪くたって実の子よ。罪人だって、極悪人だって、手塩にかけて育てた子だよ。だからこそ辛《つれ》えわな。それにな、仁輔だって、ただの極悪人でいいのか」

「いいのか、とは如何《いか》なる意味か」

「仁輔はな、どっかが壊れてたんだ。好きで壊れた訳じゃあねえだろうさ。伊予の火事に関しちゃあ、もう藪の中だから何も判らねえけどな」

狂いたくて狂う奴は居ねえさと長耳は言った。

「でも狂っちまったら、もう自分じゃどうしようもねえじゃねえか。仁輔にだってな、少しは人の心があったんだと、儂は思うぞ。それがまともに働かなかったんだろうとも思うがな。あのな、旦那」

長耳は前傾した。

「最初に殺された下女のみね。あれはな、焼け死んだ仁輔の女房に面差しが似てたんだそうだぜ。いや、残りの三人もそうだったんだろう。何処まで似ていたのかは知らねえよ。でも仁輔にとって、娘どもはみんな、女房に見えていたのかもしれねえな」

「しかし、それなら何故殺す。しかも生きたまま焼き殺すような残虐な目に遭わせるというのは得心が行かぬ。筋が通らぬでしょう。懸想するというのなら解らぬでもないが」

「だから壊れてたと言うのじゃねえか。そこン処《とこ》が壊れたんだ、あの男は。いいかい、焼き殺した理由があるとするなら、それは一つだ」

「生きたまま人を焼き殺す理由などあるか」

「あったんだろ。だってよ。仁輔の女房も」

生きたまま焼けて死んだんだよ。

そうか。

「本当の女房なら」

同じように焼けて死ななくちゃならねえ。

「そんな――」

そんなことがあるか。

「あるのさ、そういうことは。生き死にに関わるような大ごとじゃねえなら、儂にも、お前《めえ》さんにもある。つまらねえ思い込みやこだわりってのは、どれもそういう理屈なんだ。同じなんだよ」

そうよなあ、と縫が言う。

「どんなものにも歯止めがあるのだ。その歯止めが外れてしまえば、皆、その男のようになるのだろう。だから掟や法はあるのだ。自分の箍《たが》が外れたと知らしめるためにな。それでも人は道を外すものだ」

法を護らぬ者も居る。

掟も破る者は居る。

縫はそう言った。

「だから、そういう奴のために神仏はあるのだろうな。法や掟は破れても、神仏相手ではどうにも出来ぬからな。まあ、当節は、それすらも失《な》くなってしまったのやもしれんがの」

野暮《やぼ》なご時世だと長耳は言う。

「神も仏もねえからな。もし神仏が御座《おわ》すのなら、仁輔みてえな男は居ねえだろうしな。娘達だって救われてただろう。神のご加護も仏のお慈悲も、今回はなかったんだ。でもな、そんなこたァこちとら百も承知なんだ。承知の上で信じる、承知の上で縋る、そういうことが出来なくなって来やがった」

「だから化け物を遣うのではないのか」

縫がそう言うと、化け物も出難《でにく》いてえご時世だけどなと応じて、長耳は苦笑した。

「仁平はお店《たな》を畳んで仏門に入るそうだ。奉公人にも相応の支度金を渡したそうだし、娘殺された家には多額の香典を出したようだ。いいか、詫び料じゃなく、香典だ。罪を詫びる金じゃなく、死者を悼《いた》むための金さ。大違《おおちげ》えだろうよ」

そうかもしれぬ。

「仁輔が下手人で幕引いてたら、そんなもの誰も受け取らんわい。あの鳥が悪行をおっ被《かぶ》ってくれたお蔭で仁平は殺された娘達の親と同じ立場に立てたんだ。仁平の息子も嫁も、あの鳥が焼き殺したことになるからな。ただ、その凶鳥を四国から連れて来ちまったのは仁平だ。それがあるからこその大層な額の香典よ。どの家も泣いて受け取ってくれたそうだぜ。ただ」

どうにも遣り切れねえけどなァと言って、仲蔵は眼を細めた。

「まあ、後講釈はどうでもいいわい。何であっても、お前さんは此度の仕事の片棒を担いだのだ。ならこいつを受け取らなくちゃならねえ。こりゃ、仁平の礼金なんかじゃなく、仕事の報酬だ。そう片付けねえと、嘘が実《まこと》にならねえ」

「承知したよ」

祥五郎は百両を懐に納めた。

「じゃあ、俺も山に還《かえ》る」

そう言って縫は立ち上がった。

それから祥五郎を見た。

「そちらの旦那さんよ。仁輔は本当に鶏になり、鶏として葬られたのだ。ならばそこの女房鶏も一緒に埋めてやるがいいだろう。生前は夫婦の縁が薄かったようだからな。本物の仁輔の骸は死助《しすけ》の山に埋めた。目印に、胸に刺さっておった火箸を立てておいた。俺はこれから花でも供えに行こうと思う」

「そうですか」

ご一緒しますと祥五郎は言った。

「そうか。そちらの方はな、誰も弔う者がないのだ。父親も、仏門に入ったとはいえ、その場所には行かぬだろう。先《ま》ず、場所を教えておらぬからな。だから、せめて」

俺達が供養してやろうぞと、縫は言った。

「もう、雪が降る」

ならばその前に参ろうと祥五郎は言った。

それから、この度は果たしてどのような譚を殿様に伝えるべきかを、考えた。

良い考えは浮かばなかった。

鬼《おに》熊《くま》

◎鬼熊

鬼熊《おにくま》は人《ひと》の目《め》にかゝらぬものなり
木曾《きそ》にてはとしへたる熊《くま》をおにくまとはいへり
夜深《よふけ》て民間《みんかん》に出牛馬《いでぎうば》を引出《ひきいだ》して喰《くら》ふに
人《ひと》の如《ごと》く立《たち》てあゆめり
猿《さる》などを取《とり》て手《て》のひらにて押《おす》に忽《たちまち》死《し》す
穴《あな》よりおにくまをとり出《いだ》すをおぞくと云《いふ》なり
大木《たいぼく》を井《ゐ》げたの如《ごと》くに組《くみ》て藤《ふぢ》づるを以《もつ》て穴《あな》の口《くち》をふさぎ
種々《しゆぐ》の木《き》を入《いる》れば取《とり》ておくのほうへつめこみ
遂《つい》には身《み》の置所《おきどころ》なくして穴《あな》の口《くち》へ出《いづ》るを鑓《やり》にてつき
てつぽうにてうちとるなり
其力《そのちから》のつよきこと何人力《なんにんりき》といふことをしらずといへり
わたり六七尺《ろくしちしやく》もあらんかと思《おも》はるゝほどの大石《たいせき》を
山中《さんちう》にて手《て》をかた〱して谷底《たにそこ》へ熊《くま》の落《おと》したるを見《み》し人有《あり》
其石《そのいし》を十人《じうにん》して動《うご》かしけれどもすこしもゆるがざりしとぞ
鬼熊石《おにくまいし》とて木曾《きそ》の山奥《やまおく》に今《いま》に有《あり》とぞ云傳《いひつた》ふ
享保《けうほう》の始《はじめ》に鬼熊《おにくま》を獲《え》たるかりうど有《あり》
皮《かは》の大《おほ》いさ六疊《ろくぜう》に足《た》らずぞ有《あり》ける

——繪《え》本百《ほんひやく》物語《ものがたり》／巻第四・第卅四

譚《はなし》

昔、あったずもな。

山ン中に、それは大っぎな、雲さ突ぐよな熊が居《お》ったずもな。その熊、大っぎだけでねぐって乱暴者《ゴンボ》であったずもな。

山のものは何でも喰《く》う。

兎《うさぎ》に会えば兎喰う。狐に会えば狐喰う。皆喰てすまう。

鹿に会えば鹿喰うし、狼に会えば狼を喰てすまう。

山の神様《さあ》、困って、困って、コンままでは山に獣が居《い》ねぐなってすまうと思って、熊ァ山から追い出したんだと。

すたどこらぁ、熊、里さ降りで来た訳だ。

里に降りれば降りたで、熊ン性根ぁ変わるもんでね。

牛《べこ》コが居れば牛コさ喰う。馬《まっ》コが居れば馬コさ喰う。

犬に会えば犬喰うし、鶏《にわどり》に会えば鶏喰てすまう。

人に会えば人を喰ったずもな。

さて、村の者、困って、困って、コンままでは村中喰い尽《つぐ》されでしまうって。そんで、田の神様《さあ》にお頼みしだと。

田の神様《さあ》、

「熊ア、田圃《たんぼ》に居るもんでねべす。塞《さえ》の神さ言え」

と言《しぇ》ったど。

そんで次に、塞の神様《さあ》にお頼みしだと。

塞の神様《さあ》、

「熊ア、山の神のどこのもんだべす、山の神さ言え」

て言《しぇ》ったど。

そんでも、山の神様《さあど》何処《ご》に居られるか判《わが》んねべし。

そんで物知り爺様《ずさま》に聞いだべす。

爺様、

「山の神様《さあ》、小正月の晩にだけ里に降りで来るべ」

と言《しぇ》った。

で、

「頼みごとあるなら捧《ささ》げ物せねば駄目だべ」

と言《しぇ》った。

そんだら、その通りにせねば仕方ねべどなったんだ。

いい案配《あんべえ》に熊ァ雪の間は寝てるべから、小正月の晩まで待って、村で一番美《うづく》すい娘さ人身御《ひとみご》供《くう》に仕立てで、白い着物《べべ》着せで飾って、山の神様さ待つべ、ということになったずもな。

雪降って、そのうづ小正月になったど。

ところがそこさ熊がのさりのさり出で来たど。娘、

「熊ァ寝でねがった、山の神様《さあ》より先に熊に喰われるべす」

と、震えでいたどころ、熊、娘さ見で、

「こだらどこさおっがね雪女《ゆぎおんな》が居る」

と言《しぇ》って、遠ぐさ逃げて行ったと。

熊ぁ冷てえのが苦手だがら、雪女も嫌《きれ》えなんだべす。

次の朝見でみるど、熊ァよっぽど慌《あわ》てたんだべな、高《たけ》え高え崖《がけ》から落ちで、べしゃりど潰《つぶ》れて死《す》んでおったど。それでな、娘も無事《ぶず》で、村も無事で、幸せに暮らしたとサ。

どんどはれ。

咄《はなし》

遠野《とおの》の冬は忙しい。

年末から年始にかけての行事の多さは徒事《ただごと》ではない。

尤《もっと》も、ずっと暮らしている分にはそんなことは感じないのだろう。

宇夫方祥《うぶかたしょう》五郎《ごろう》はそう思う。

実際、江戸に出るまではそれが当たり前だと思っていた。

江戸の正月は静かである。年の瀬は流石《さすが》に慌ただしいのだが、年が明けると閑寂《しん》とする。あれだけ沢山の人が暮らしていて、あんなに紛乱《ごみごみ》しているというのに、すうと静まる。

勿論《もちろん》、静かだとはいうものの縁起物やら福神舞やら、遊ぶ童《こども》の声なんかは聞こえて来る。無音という訳ではない。しかし、人心は静かだった。大晦《おおつごもり》までの喧騒《けんそう》が、鐘の音《ね》に依《よ》って鎮《しず》められるという感じであった。

この辺りは違う。

霜月《しもつき》の半ばを過ぎると行事が連なる。師走《しわす》になった途端に様様な年取りが始まる。朔《ついたち》から晦になるまで、殆《ほとん》ど毎日のように年取りをするのだ。

田の神、薬師様、大黒様に馬の神まで、それぞれに日が違うのである。明けて三箇日はやや落ち着くが、静かなのは悪日とされる三日くらいのものである。

その後も何や彼《か》やとある。

だが一番大変なのは小正月だ。

小正月は女の年取りであり、また道具の年取りでもある。だから諸道具にも餅《もち》を供える。狼や鼠《ねずみ》、烏《からす》にまで餅をやる。烏などは、烏呼ばりという唄《うた》を歌ってわざわざ呼び寄せる。土竜《もぐらよ》避けの海鼠《なまこ》引《ひ》き、果実豊作を祈願する成木《なりき》責《ぜ》め、南瓜《かぼちゃ》の豊作を祈る夕顔《ゆうがお》立《だ》ちも小正月の行事だ。各村から人を出し、揃いの笠《かさ》で田植えを真似て舞う田植え踊りもこの日に行う。童衆は福の神となって家家を巡り、娘達は田植えや畑《はた》蒔《ま》きの所作をし、餅を貰《もら》い歩く。また、春駒《はるこま》といって馬の絵姿を配り歩くこともする。これにも餅を供さねばならない。若衆は鶏《にわとり》を真似た恰好《かっこう》で長者の家に討ち入る。これは稼《かせ》ぎ鶏《どり》と呼び、矢《や》張り餅を要求するものである。ただ、簡単に餅は貰えない。家の者は水を掛けて応戦するのだ。勿論、行事であるから本気で戦う訳ではなく、餅は若衆の手に渡るのであるが、これは他村の集団と行き合うと喧嘩《けんか》して餅を取り合う。こちらは本気で争う。

一家の主《あるじ》はヤロクロということをしなければならない。枡《ます》に蕎麦《そば》や豆の皮を入れ、歌い乍《なが》らそれを撒《ま》く。これは遠野南部《なんぶ》氏の始祖に当る八戸《はちのへ》弥《や》六郎《ろくろう》直義《なおよし》の入城を祝う行事だということである。そのため、家の玄関から鍋倉《なべくら》の館前まで、三往復するのである。これは大変である。

これら凡《すべ》てを一日でやるのだ。

陽が暮れれば暮れたで、火斑剝《ひかたくり》が来ることになる。

これは怠け者を戒めるため戸戸を訪れ、子を威《おど》す神である。

ただ、神とはいうものの村内の誰かがその神の役をしている訳だが、それでも受け入れる方はそれなりの対応が必要になる。神様役は威し、童は怯《おび》え、家の者は只管《ひたすら》に謝る。

芝居という訳ではない。そうする決まりなのである。

火斑剝がお帰りになると、突如静かになる。

小正月の夜は外に出ぬ決まりである。

山の神が遊戯《ゆげ》される日だからだ。

しかし、屋内での行事はまだ続く。胡桃《くるみ》を使って一年の満月の日の天候を占う月見《つきみ》、餅と米を使って品種毎《ごと》の作柄を占う世中見《よなかみ》などという、占いを行うのである。

また、小正月明けには一門が大同《だいどう》と呼ばれる旧家に集まり、オクナイ様やオシラ様という家に祀《まつ》られる神神のお祭りをすることになる。

盛り沢山だ。

祥五郎の識《し》る限りでこれだけあるのだ。識らぬ行事もあるのかもしれない。

勿論これは主に町家の、特に百姓家の行事であり、商家ではまた違う。当然乍《なが》ら侍は田植え踊りもヤロクロもしない。しかし、猟師や駄賃付けなどを生業《なりわい》とする者達も多くは半農であるし、村を挙げて行うものであり、また家家で行うものであるのだから、遠野全体がそうした行事の息吹に染められてしまうことは間違いない。

この季節、盆地は雪で閉ざされてしまう感がある。

そうした土地柄がよりそうした思いを募らせるのかもしれぬ。

いや、そうした風土だからこそ、こうした行事が生まれ育《はぐく》まれたのかもしれぬ。

いずれ、盆の鹿踊《ししおど》りや秋祭りの持つある種の狂躁《きょうそう》とはまた違った、何とも評しようのない昂揚《こうよう》があると、祥五郎は思う。

この感覚は嫌いではない。

武士である祥五郎はそれらの行事そのものとは縁がない。

また独り身で近い親戚《しんせき》もおらず、浪浪の身分でもある祥五郎には正直何もすることがない。

正月飾りを飾らずとも、年末年始をただ寝て過ごそうとも、誰にも文句は言われない。況《まし》て女の年取りである小正月などとは、まるで縁がない。

それでも稼ぎ鶏や福の神の行き来する気配や、田植え踊りの声音が聞こえて来ると、噫《ああ》小正月だなと強く感じる。

良いものだと思う。

だから祥五郎は、年の瀬から小正月までは出来るだけ出歩くようにしている。

村村を巡り、人人の顔を見て声を聞く。

それで何かが判《わか》る訳ではない。ただ、人人の顔を見て安心したいのである。

表情に翳《かげ》りがあると矢張り心配になる。

——いや。

明るい笑顔に満ちていたとしても、その笑顔が続くのかどうか心配になる。占おうが、何をしようが飢饉《ききん》は訪れる。天候が良好であっても、思わぬ出来ごとは起きる。政《まつりごと》が不適切であれば民の暮らしは簡単に傾く。

——結局心配している。

昨年は色色と不穏な出来ごとが重なり、すわ押し寄せかという局面もあったのだが、それでも豊作は豊作だった。この辺りは、ここ数年不作凶作には見舞われていない。

今年の正月も穏やかに晴れた。

またぞろ豊作だと民は喜んでいる。

期待、ではない。喜んでいるのだ。占いの結果も上上だったのだろう。彼等《かれら》は固く信じているのである。

しかし祥五郎の心中は穏やかではなかった。

民は、豊作を信じたいというより、豊作を信じなければいられないのである。つまり、それ程不安なのだろう。

祥五郎は、その不安こそを嗅《か》ぎ取ってしまうのだ。

もし飢饉や災害が起きたとしても、藩政が確乎《しっか》りしていれば民の暮らしは立つ。

だが、現状はまるで逆である。豊作であっても安寧《あんねい》平穏の保証はない。遠野を預《あず》かる南部《なんぶ》義晋《よしひろ》——祥五郎の主——がどれだけ苦慮しようとも、その上の藩の、そして公儀の、国全体の箍《たが》が緩んでいるのだ。

蓄えられるべき水は漏れ、やがて。

――底が抜ける。

大きな溜《た》め息《いき》が大きな白い靄《もや》となって吐《は》き出された。

山鳥が啼《な》いた。

既に村境は過ぎている。

小正月だというのに人気《ひとけ》がない。

峠《とうげ》に向かう途中、実に半端な場所である。

ひしゃげた小屋は半ば雪に埋もれていた。

乙蔵《おとぞう》が自分で建てた仮住まいである。住まいといっても、粗末で不出来な小屋である。小屋と呼ぶのも烏滸《おこ》がましい。厩《うまや》の方が立派だ。

入り口に掛けられた莚《むしろ》を捲《まく》ると、暗がりに蹲《うずくま》っている乙蔵の姿が見えた。声を掛けようとすると、先に嚔《くしゃみ》をされた。

「風病《かぜ》か」

「寒《さみ》いのだ」

当たり前である。屋根があるというだけで、吹き曝《さら》しと変わらない。そう言うと、雪が囲ってくれた分秋口よりマシだと乙蔵は答えた。

「それでも寒いのであろう」

「まあな」

乙蔵は洟《はな》を啜《すす》る。

小屋の中は冷えているだけでなく、異臭が籠《こも》っていた。

「臭《にお》うな」

「暫《すばら》ぐ風呂《ふろ》に入《へ》ってね」

見れば乙蔵は敷き詰めた藁《わら》の上に襤褸《ぼろ》布団を敷き、重ね着をした上に何や彼《か》やと羽織っている。まるで達磨《だるま》である。

「その恰好で風呂にも入らずここに籠っておるのか。それでは風病もひくだろうし、治りもせんぞ。煮炊きもままなるまい。喰うものは喰っておるのだろうな」

「ま、死ぬ程に飢えちゃいねが、銭コがねがら」

仕方がないなあと言って、祥五郎は持参した餅と干物を差し出した。出来損《そこ》ないの囲炉裏《いろり》の縁《ふち》に座る。

「喰え」

「有り難え」

「有り難《がた》いじゃないぞ。このままじゃ死ぬぞお前。正月くらいは新田《にった》の家に戻ったらどうなんだ。勘当された訳でもあるまいに」

今更戻れっかと乙蔵は言った。

「一発当てで大金儲《おおがねもう》けねば、女房子に合わせる面《つら》がね」

なら百姓をしろと言った。

「お前の家はそもそも裕福だ。長者とは言わぬが貧乏な訳ではない。普通に暮らしておれば困ることもないのだ。お前の移り気で新し物好きな性分が問題なだけではないか」

乙蔵は答えず、また嚏をした。

「乙よ。その調子では此度《こたび》の咄《はなし》は期待出来ぬな。新しい商売《あきない》もしておらぬのだろう。こんな僻《へき》処《しょ》の襤褸小屋に年の瀬からずっと籠っておったのでは、誰の声も聞こえては来るまい」

「俺《おら》を舐《な》めンでねえよ祥さん。寝でようが座っとろうが、咄なんざなんぼでも聞こえで来ンだて。この耳は地獄耳だ」

「ふん」

祥五郎は座り直す。

「その垢《あか》の溜《た》まった耳で何を聞くというのだ。日銭欲しさに創りごとを語るような真似は許さぬぞ」

「んなごた、しね」

乙蔵はあからさまに不服そうな顔になった。

面と向かうと酒臭い。

「お前、飲んでおるのか。この期に及んで」

「体が温まっがらの」

飲むより喰えと言って餅を指差す。

「酒買う銭があるなら食物《くいもの》を買え。死ぬ気か」

した。

「死ぬ気なんざ、ね。だがら咄ィ買え」

乙蔵は一番上に羽織っていた、多分元は縕袍《どてら》だったと思われる襤褸布を脱いだ。厭《いや》な匂いがした。

「あのな、どうやらこの遠野に、隠し女郎屋があるそんだ」

「何だと」

それはなかろう。

慥《たし》かに、遠野にも貸座敷のようなものはある。遊女屋もある。良からぬ渡世がないとは言わぬ。だが。

「盛岡《もりおか》藩は、古来遊所遊廓《ゆうかく》の類《たぐ》いの開業を禁じておる。遊女等を召し抱える渡世はご法度《はっと》なのだ。唯一認められておるのは津志田《つしだ》の茶屋町だけだ」

でもあるべと乙蔵は言う。

「花巻《はなまき》にも日詰《ひづめ》にも、街道筋には淫売宿《いんばいやど》はあんど。盛岡のご城下にだってあるでねが。遠野の裏町にもあんべよ」

「ない。あっても違法だ。故に取り締まられておるだろう。手入れがある度に潰《つぶ》されるであろうが」

「潰れても潰れても涌《わ》いて出るでねえが。津志田の茶屋町にすても、あれァ、女郎の受け皿だべ。なんぼ取り締まっても潰しでも悪所が出来っがら、仕方ねぐ作ったと聞いてるがな。転び芸者だの出稼ぎ遊女だの、いっぺ居るでねが」

「だからそれらは総じて取り締まっておる。ご城下に残っていた茶屋も、全て取り潰したそうだ。盛岡に遊女屋はない」

「だからだべ」

「何だと」

だから隠れて作るんだと乙蔵は言った。

「しかも、遠野によ」

遠野は盛岡藩の領地ではあるのだが、盛岡藩筆頭家老である遠野南部家当主に独自の裁量権が与えられている。謂《い》わば藩の中に藩があるようなものなのである。勿論、藩の令《いいつけ》には従わなければならないが、それでも藩が直接支配する訳ではない。他の地域とは明らかに違う。

いい隠《かく》れ処《が》になるべと乙蔵は言った。

「だが、遠野とて遊廓を許可している訳ではない」

「だがら隠し女郎屋だと言ってるでねえが。表向きは判らねぐなってるの」

「ど、何処《どこ》にある」

本当ならば——聞き捨てならぬことである。

義晋様に奏上する前に、奉行に報《しら》せねばなるまい。

知るかと乙蔵は言った。

「知らぬのか」

「俺《おら》はそんな悪《わり》ィ処《どこ》には行がねがらよ」

乙蔵は極め付きの自堕落《じだらく》だが、何故か女色と博打《ばくち》には食指を動かさない。祥五郎も負けず劣らずの晩生《おくて》であるから、色恋沙汰《ざた》とは縁がない。野卑《やひ》な男衆や下品な老人達辺りから猥談《わいだん》や猥歌を仕入れて来たりする分、まだ乙蔵の方が色の道には通じているやもしれない。

「つまりただの噂《うわさ》か」

「噂だって何だって買う約束だべ」

「それはそうだが――」

「勘違《かんちげ》えすンでねぞ。噂だぁゆっても根も葉もねえ咄ではねがら。通っとる奴《やつ》ぁ居《お》る。海沿いがらも盛岡がらも、もっと遠方がらも来るっづう噂だ」

「地元の者が通っている――訳ではないのか」

「だがら、それは知らね。そんだ処《どこ》、行ぐにしたって判《わが》らねよに通うべ。外聞もあんべし。何より内証《ないしょ》なんだ。口止めもされてんだ。だらだら実情が流れるんであれば、それは隠してることにはなんねでねえが」

「つまり、その汚い耳に届いている以上、ただの与太ではないということか」

「そんだ。俺《おら》ン処《どこ》に流れて来るまで一年掛かっとる。俺《おら》が悪所通いばするような男であったなら、もっと早ぐに知ってたべけんども、生憎《あいにぐ》と俺《おら》は、そっちの道だけは暗《くれ》えのよ」

「それは貸座敷や茶屋ではなく娼妓《しょうぎ》を抱えた売春宿――という諒解《りょうかい》でいいのか」

乙蔵は首肯《うなず》いた。

それは怪訝《おか》しい。

「繰り返すが、買った女を娼妓として抱え、郭《くるわ》を構えて商売をするのは、この藩に於《お》てはご法度だ。盛岡辺りの芸子などにも厳しく目を光らせておる。商売女は見付かれば津志田に送られる。郭主《あるじ》は罰せられる。だからこそ、隠し女郎というのであれば通いの素人というのが常套《じょうとう》だ。だがな――」

遠野にそんな娘がいるか。

勿論、隠れてやっているのであるから表立っては判らないようにしているのだろうが――。

「狭いのだ。この郷《くに》は。そんな渡世をしておれば、直《す》ぐに露見するであろう」

「女郎は他所《よそ》の女よ」

「他所とは」

「他所は他所だわ。津軽《つがる》か、弘前《ひろさき》か秋田《あきた》か、もっと遠くか、何処から連れて来ンだが知らねけど、遠野の娘ではね。いや、盛岡藩の領民ではねど思う。お前《め》の言う通り地元の者《もん》なら判るが《わが》ら、通いはあり得ね。皆――囲っておるんだべ」

「他国の女を入れている、ということか」

本来的には違法である。ある筈《はず》のないことである。

だが、不可能なことかといえば、決してそうではない。

関所を通らずに国境《くにざかい》を越えることも出来ぬことではないのだ。

山に暮らす者どもの在りようを間近に見て来た祥五郎には能《よ》く判る。

彼等には藩も領もない。村も家もない。

山は山と繫《つな》がっている。

壁も境もない。

異界である。

遠野はその異界に囲まれた土地柄である。また隣藩に接してもいるし、近在一の交易の場でもある。人の出入りも物の出入りも多い。抜け道は幾らでもあるだろう。

「仙台《せんだい》辺りから渡って来たか」

「いやいや、営《や》っとるのは土地の者《もん》だよ。百姓かもしんね。何しろ隠し女郎屋だもの。表向き郭ではねのさ。遠野に連れ込んだのは女《たま》だけよ。その女も、思うに買ったか攫《さら》ったか、何か悪さしたんだべ」

「そうか」

だが。

「それが本当だとして――女郎屋というのであれば、抱えの遊女は一人や二人ではないのだろうに」

「十人以上はおるだろな」

「ならば露見するだろう」

それだけの数の他所者が、しかも商売女が一つ処《ところ》に暮らしていたならば、必ず目立つ。市が立つような町中や花街でなければ、より一層に目立つ筈だ。

乙蔵は首を横に振った。

「女は外にゃ出ねらしい」

「か、監禁でもしておるというのか」

さあなと乙蔵は惚《とぼ》け、祥五郎の渡した餅を火箸《ひばし》の先に刺して炙《あぶ》り始めた。

「そこまでは知らん」

「場所も判らんのか」

「貞任山《さだとうやま》の方だてがら、土淵《つちぶち》の辺りでねがとは思うけども、俺《おら》は知らね。そうだ、貞任山ってばな、昨日」

熊が出たと乙蔵は言った。

「熊だと」

それはどうか。

今は冬だ。山は雪で覆われている。

「熊って——熊はこの時期、冬籠りをしておるだろう。稀《まれ》に目を醒《さ》ます熊もいると聞いた覚えはあるが——」

「なら起きたんだべな」

乙蔵は餅に付いた灰をぞんざいに払った。喰うかと問われたので要《い》らぬと答えた。

咳気《がいき》を感染《うつ》されても困る。

「そうだとしても——だ。乙。熊の穴があるのは山の中ではないか。冬山に分け入る者は限られておるだろう」

「まあ猟師は入《へえ》るさ」

「猟師が見たのか」

「それなら騒ぎにはなんねえよ。見たなあ里の者《もん》よ。昨日の朝から、もう何人も見どる」

「里に熊が出るか」

莫迦《ばか》だなお小姓様はと言って、乙蔵は餅を齧《かじ》る。

「熊だって起ぎたなら喰《け》ねばならんわ。秋口から喰《く》てねンだべがら、腹ァ空いとる。だがこの時期ィ山にゃ喰いもんなんか、ね。だがら、熊ぁ——里に降りで来る」

「それは、あ、危ないではないか」

「危ねえがら騒いでおるんだ。冬に起きた熊ァ、春先の熊より怖《こえ》えわ。しかもその熊ぁ、雲を衝《つ》く程大っぎんだわ」

祥五郎は生きた熊を殆ど見たことがない。死骸《しがい》なら幾度かは見ているのだが、まあ大きい獣だとは思う。

だが、雲を衝くという表現はどうか。

「大袈裟《おおげさ》だ。そこまで大きな熊が居《お》るものか」

「居るべ。大っぎな魚《うお》も大っぎな鶏も居たでねえか。熊ぁ元元大ぎなものだべ。お前《め》は知らねがもしんねがな、蝦夷地《えぞち》の熊なんかは皆、八尺はある。十尺ぐれえのも居るんだと」

「詳しくは知らぬが、種が違うのではないのか。蝦夷に居《お》るのは、あれは羆《ひぐま》だろう」

熊は熊だと乙蔵は言う。

「元より大っぎな種なんだか、それとも齢《とし》を経《へ》で育《おが》ったもんなのかは知らねよ。ただ、当だり前《めえ》の熊の二倍《べえ》も三倍《べえ》もあンのがうろうろしてたんだと。土淵の者《もん》は怖がっとるわ。夕べは馬が何頭か、取られだとかいう噂だ」

こんな塵芥溜《ごみた》めに籠っておって能《よ》く判るものだなと憎まれ口を叩《たた》くと、乙蔵様を見縊《みくび》るなと嘯《うそぶ》かれた。

「何でもいいがな、乙。一度家に帰って風呂にでも浸《つ》かれ。これだけ臭うと寄って来た咄も逃げるぞ」

乙蔵は餅を頰張り乍《なが》ら莚の方に顔を向けた。

「ま、もう陽も落ちるべ。今日は動かンねえな。暗くなりゃ火斑剝が出る。その後は出歩かねえ決まりだ」

「山の神が降りて来られるから――か」

「それだけではね。神さんは、まあ不敬の罪を悔い改めで誠心誠意謝れば許してくれっがもしれねがな。精魅《ばけもん》は別だ。あれは、ただ害を為《な》すものだべ。小正月の晩は雪女も出るど。童《わらし》いっぺ連れてな」

往《い》き遭《あ》ったら死ぬどと乙蔵は言った。

噺《はなし》

田荘《たどころ》洪庵《こうあん》は平素よりずっと早く目を醒ました。

唄声に起こされたのだ。

正月十六日の早朝に行われる夜《よ》ン鳥《どり》と呼ばれる鳥追《とりおい》行事の唄だ。医者である洪庵はやったことは疎《おろ》か見たことすらないのだが、鳥追というのだから歌い乍《なが》ら鳥を追うのだろう。

洪庵は遠野に移り住んで七年になる。生まれ育ったのは会津《あいづ》である。飢饉の後に大火災があり、屋敷は全焼した。建て直す前に激しい野分《のわき》と洪水に襲われ、妻が逝き、途方に暮れた。それを契機にして宿替えを考えた。

土地の気風がどうしても自分とは合わないと、そう感じていた所為《せい》もある。

離れてみてそれは能《よ》く解《わか》った。

昨年、異国《とつくに》の船が何隻《なんせき》か入港したと聞く。その所為で攘夷《じょうい》の気運が広がっている。こんな鄙《いなか》にもその風は吹いてくる。

会津は住み易《やす》い善い処である。政《まつりごと》は規律正しく、下下にも篤《あつ》く、財政も豊かだ。だが同時に、会津は指折りの親幕藩でもあるのだ。軍備《いくさぞなえ》も盛んだ。

戦《いくさ》は好まない。だからといって軍　事《いくさごと》に熱心な姿勢をして一概に悪いことと判ずることは出来ぬ。寧《むし》ろ一般には好ましい在り方とされるのだろう。ただ、そうした武士《もののふ》臭さが洪庵にとって尻《しり》の据《す》わりが良くないものであったことは事実だ。尤《もっと》も、他の藩とて五十歩百歩ではあるのだ。盛岡藩も大きな違いはない。大藩は何処も同じようにきな臭い。

洪庵は小さな郷《くに》に住みたかった。

とはいえ遠方は難しい。坂東《ばんどう》より西は無理だと思った。羽前羽後《うぜんうご》辺りを考えたが、どうにも巧《うま》く行かなかった。

家に縛られた武家や土地に縛られた百姓と違い、洪庵のような身分は宿替えもそう難しくはない。それでも藩や国を跨《また》いで動くとなると、そう簡単なことではないのだ。親類縁者でもいるというのならまだ良いが、それもないとなると、気儘《きまま》に出来ることではない。

遠野は盛岡藩領ではあるが、囲い込まれ独立した土地柄である。そして武士と百姓、商人の距離が近い。地理的に近いだけでなく関係も近い。そこが気に入った。

医者は町場に住むのが普通であるが、洪庵はどちらかといえば農地や山際を好む。本草を学ぶ者は野山を巡るのが基本だと、何処かで思っているからである。

洪庵は僅《わず》かな伝手《つて》を辿《たど》って遠野南部家の家臣に渡りを付けると、尽力を乞《こ》うた。村で暮らす希望は叶《かな》わなかったが、幸い町の外れ、裏通りの侘住《わびずま》いを手に入れることが出来た。

五年は平穏に暮らした。否、今も平穏ではある。

ただ。

一昨年、娘が行方《ゆくえ》知れずになった。

山男に攫われた——ということになっている。

今は住み込みの下僕と、通いの下女が居るだけである。

下僕の与吉《よきち》は未《ま》だ起きていない。昨夜は小正月ということでかなり飲んでいたから仕方がないだろう。下女にも一昨日の晩から休みを出している。多分、午後になるまでやっては来ないだろう。

夜ン鳥ホイ。

朝鳥ホイ。

唄が遠退《とおの》いて行く。

こんなに近くで唄が聞こえたことはない。

町中で鳥追などはしないのだと思っていた。

会津にも同じような習《ならい》はあった。矢張り同じような唄を唄い乍《なが》ら、田畑を荒らす鳥を追うのだ。ただ、会津の場合は十四日に行っていたと思う。鳥を追うのも子供だけである。そちらはまあ、幾度かは見たことがあるのだ。しかし遠野の夜ン鳥は早朝ということもあり、一度も見たことがなかった。

扠《さて》、どのようなことをしているものかと少し興味が涌いた。洪庵はそのそと寝床を抜け出して、玄関を開けた。

ぱさり、と雪の上に何かが落ちた。

玄関横の格子窓に挿《さ》してあった窓塞《まどふさ》ぎの魔除《まよ》けである。この辺りではヤツカカシと呼んでいるが、どういう意味なのかは知らない。毎年小正月に与吉が飾るのだ。

五寸程の栗の若枝に、短冊にした餅や昆布を挟んだものである。会津にも似たようなものはあった。木の枝に餅を刺す団子刺しやら、輪にした藁束に餅を付けて飾る稲穂《いなぼ》というものであるが、これは魔除けではなく豊作祈願だったように思う。

拾い上げようとして屈《かが》むと、向かいの軒下に蹲《うずくま》って震えている男の姿が目に入った。

「犬八《いぬはち》ではないか」

犬八は栗橋《くりはし》辺りの百姓で、主に駄賃付けで生計を立てている男である。一昨年酷《ひど》い腹瀉《はらくだ》しを患ったので、治療した。それ以来野菜などを持って来てくれるのである。

声を掛けたがあまり反応しない。

已《や》むを得ず名を呼び乍ら近寄った。

足袋《たび》を穿《は》いていないので足先が冷たい。風はないが、外気は冷え切っている。

「おい。こんな朝っぱらから、雪に塗《まみ》れてそんな処に座っておっては死んでしまうぞ。こら犬八。これ」

犬八は薄目を開け、先生、先生と言った。

「何だ。どうしたんだ。兎《と》に角裡《かくなか》に入れ。一体いつから其処《そこ》に居《お》るのだ、おい、与吉、手を貸せ、与吉――」

与吉を叩き起こし、裡に担《かつ》ぎ込《こ》んだ。

犬八の躰《からだ》は芯《しん》まで冷え切っていた。雪だらけの蓑笠《みのかさ》を剝《は》ぎ、半ば凍っている頰被《ほおかむ》りを毟《むし》り取って、急ぎ暖を取らせた。

寝惚《ねぼ》けている与吉に大急ぎで風呂を焚《た》かせ、粥《かゆ》を作るよう命じた。体を温め、乾いた着物を着せ、白湯《さゆ》を飲ませると、犬八は漸《よう》く人心地付いたようだった。粥を口にするとやっと歯の根が合うようになった。幸い凍傷も見当たらず、発熱の様子もない。

犬八は口の周りを粥だらけにして、俺《おら》は俺《おら》はと言った。

何だと問うと俺《おら》は生きとるべかなどと問う。

「生きておるではないか」

現に粥を喰うておろうにと言うと、犬八は泣きそうな顔になった。

「一体何があったのだ。いつから彼処《あそこ》に居った」

「お、俺《おら》ぁ、恐ろしもんば見だ」

犬八はやっとのことでそう言った。

「何を見たのだ。判るように話してくれ」

「や、矢《や》っ張《ぱ》り小正月の夜に出歩ぐものではねです」

そういう習わしがあるということは洪庵も識《し》っていた。山の神様とでも往《ゆ》き逢《お》うたかと問うと、犬八は首を振った。

「あれは——雪女だべ」

「雪女だと。何を世迷言《よまいごと》を口走りおるか。幼童《わらし》でもあるまいに、そのようなものが居《お》るか」

見だ、見だんだと犬八は興奮した。

「解った。解ったよ。じゃあ、その、それは――」

「白い布コみでなもん被《かぶ》った女子《おなご》が、何人も何人も行列作って歩いでた」

「それが――恐ろしいか」

小正月の夜だぞと犬八は言う。

「しかも真夜中ずもな。人である訳ねべ。小正月の真夜中に行列作って歩ぐ女なんぞ、居る訳がね」

「それはまあ――そうかもしれんがな」

事情があれば、あり得ることなのではないか。どんな日であろうとも、どんな刻限であろうとも、理由があれば人は外出する。男でも女でも、関係はない。

「それで犬八、お前さんは何処でそれを見た」

「土淵の外れの、山の方だわ」

「それは貞任山の麓《ふもと》辺り――ということか」

犬八は眼を剥《む》いて、それから首肯《うなず》いた。

「おい、何でそんな処に居《お》ったのだ。慥《たし》か、昨日、いや一昨日だったか、大きな熊が出たとかいう噺《はなし》を聞いたが――そんな危ない場所に、しかも人気《ひとけ》のない夜の夜中に、だ。何か差し迫った用でもあったのか」

犬八は下を向いた。

「小正月の晩は誰も出歩かぬと言ったのはお前さんだぞ。そのお前さんが出歩いておるのではないか。しかも夜も夜、真夜中なのであろうが。どんな用向きがあった」

犬八は口をへの字に結んで、更《さら》に俯《うつむ》いた。

「何だ、言えぬのか。まあ、お前さんにどんな子細があるものか——儂《わし》は別に知りたい訳ではないし、根掘り葉掘り聞きたいとも思わぬがな、犬八。お前さん自身がその刻限に其処《そこ》に居たのだから、他の者が居たとて大して驚くことはないだろう。何であろうと、それは雪女などではない」

「いや」

あれは人ではねべと犬八は繰り返した。

「そうだとして、だよ。その雪女とやらに往き遭うと、一体どうなるというのだ。凍えてしまうか。命が失《な》くなるのかな。何処かへ連れ去られてしまうのか。慥《たし》かにお前さんは凍えかけてはおったが、そんなものに遭わずとも一晩中雪の中に屈んでおれば冷えようさ。それに、お前さんそうして、今は達者で粥を喰っておるじゃないか」

犬八は粥の入った碗《わん》を見下ろし、唸《うな》った。

「儂の診断《みたて》では、そう怪訝《おか》しなところもない。鼻風病《はなかぜ》ぐらいはひいておるだろうがな。死ぬことなどないわ。それよりも犬八。まだ尋ねたいことはある。お前さん、何故家に帰らず此処《ここ》に来たのだ」

犬八は暫《しばら》く呆然《ぼうぜん》として、いや判《わが》らねと答えた。

「判らんとはどういうことだ」

「俺《おら》、恐ろしぐで恐ろしぐで、そン場で頭抱えで震えでおったのさ。すたどこらぁ、気が遠ぐなって、気が付いだら彼処《あそこ》に居だんだ」

「気が付いたらって——相当離れておろうに」

「だがらあれは人ではね、と言っとるでねが」

「雪女が運んだというのか。何故。それは——倒れているお前さんを見た親切な誰かが運んでくれたのではないのか」

そうとしか考えられない。

「夜ン鳥なんか、あれは未《ま》だ瞑《くら》いうちから起き出してするものであろう。今日は何処も朝が早いのだ。鳥追はこの郷の総《すべ》てが行うのだろうよ。誰かが見咎《みとが》めたのだ」

「土淵の者《もん》がこんな処《どこ》まで俺《おら》を運んだと。何で」

「雪の中に人が倒れておったら、医者に運ぶものだろう。儂はこれでも医者だからな」

犬八は納得が行かぬという顔をしている。慥かにやや不自然ではあるのだが、他に考えようはない。

「いいさ。お前が見たのが雪女だとして、だ。此処に来たのも雪女の仕業だとして、だよ。それなら」

——いや。

雪女が助けてくれておるではないかと洪庵は言った。

何であれ、犬八は怖がっているのだろう。それが何であったのだとしても、恐ろしい思いをしたことだけは事実なのである。どれだけ間違いだ気の迷いだと説諭したところでそこのところは変わるまい。

雪女が祟《たた》るのか呪《のろ》うのか洪庵は知らぬが、今は平気でも日を空けて障《さわ》りが出ると怖れてでもいるのやもしれぬ。

「今、薬を煎《せん》じてやるから、取《と》り敢《あ》えず服《の》め」

服んだら寝ろと言った。

「二三日此処で養生せい。次の間に床を延べさせる。先《ま》ず眠れ。お前さんの家には――後で報せておくわい」

「家に――が」

「何だ。拙《まず》いのか。嬶《かみさん》も、婆《ばば》殿も案じておろうに」

「や、まあ」

「何だ。お前さん、何か疚《やま》しい子細《こと》でもあるのか」

犬八は横を向いた。

明らかに何か隠している。

「仕方がないのう。まあ、行き倒れて担ぎ込まれたとだけ伝えるから、兎《と》に角《かく》寝ろ」

与吉に布団を敷かせ、犬八を無理矢理に寝かせた。まったく慣れぬ早起きなどするものではない。犬八のために炊いた粥を朝餉《あさげ》代わりに喰っていると与吉がのろりと顔を出した。

にや付いている。

何だと問うと、与吉は次の間に目を遣《や》って、先生ありゃあこれだべと小指を立てた。

「それは――何だ」

「だから、女《あま》っコだべ」

「犬八が土淵に囲い女でも作っていると申すのか」

それならば家人に隠れ夜中に出掛ける理由にはなる。

しかし与吉は、そうではねえと言った。

「あの犬公に、そんだ甲斐性《かいしょ》がある訳ねべ。商売女《しょうべえ》ですべ」

「あんな場所にそんな悪所はないじゃろう」

「あると聞ぐです。ほれ、年の瀬に其処《そご》の」

三光楼《さんこうろう》に手が入ったべと与吉は言った。

それは裏町にある、この地では数少ない遊廓の名である。

「取り潰されるこだねがったが、女郎どもァ盛岡だがに連れで行かれたでねが。今ぁ閉まっておるべ。犬公は彼処《あそこ》の常連ですわ。三日に上げず通っておったずも」

色の虫が騒いだんだべなと与吉は小声で言うと、笑った。

「何が騒ごうと、貞任山の麓は花街ではないぞ。そんな如何《いかが》わしい場所はなかろう」

「あるんだそンだ」

「何が」

隠れ遊廓ですわいと与吉は答えた。

「一昨年《おどどし》ぐれえがら、ずっと噂ァ流れでおったけんども。何処さあるもンかァ判らねがったがな。犬公ァ、こないだ何処だかの金持ぢの爺様《ずさま》か誰かがら聞いだと言ってたずもな」

「それが貞任山の麓の辺りだというのかな。それは、どうも考え難《にく》いと思うがのう」

民家しかないと思う。

「見ただけでそれと知れでしまうのであれば、隠れでることにはならねべよ、先生」

それもそうである。

「助平も度を越すどろくなこたねべ。大しで若くもねのに恥ずかしこんだ。銭コも掛かんべしな、業《ごう》が深《ふけ》ぇんだべなあ」

「一人前なことを申すではないか。まあ、こっそり家を抜け出したのであれば家人も案じておろう。午《ひる》にはおしんが来るだろうから、そうしたら犬八の家に報せに行ってやりなさい。行き倒れていて此処に担ぎ込まれた、とな。実際、誰かが運んでくれなければ凍え死んでおったやもしれぬのだぞ」

大熊に喰われでだかもしれんしのうと与吉は言った。

その通りである。

この時期に熊が山から降りて来て里を彷徨《うろつ》いているというのも俄《にわか》には信じられぬことではあるし、それが尋常ではない大きさだとなると余計に疑わしい噺だが、話半分としても真実熊が徘徊《はいかい》しているのであれば——大いに危険だ。

「ま、犬公めが、此度《こたび》は命さ拾ったもんの、報せだら嬶《かが》に殺されるんでねえべが。犬公の家《え》の嬶ァ、悋気《りんき》ァ盛んだし腕っ節が強えがら」

「おい与吉。お前も仕様のない男だな。余計な詮索《せんさく》は止《よ》せ。もしお前の言う通りであったとしても、犬八は其処に辿り着けなかったのであろう。家族には黙っておけ。要らぬ波風を立てることはないではないか」

「したら何て報せるべ」

「だから行き倒れていたと言えば良いのだ。何処で何をしていたかなど、医者には関わりのないことだ。それに、何もかもお前の当て推量ではないか。口は災いの元だ。芯まで冷えて躰が弱っておるから、一日二日寝かせておくと儂が言っていたと、そう伝えろ」

「雪女のことは言わんでいかべか」

「聞いておったのか。油断がならぬな。それも言わんで良いわ。妙なことを言えば言うだけ家人が不安がるではないか。雪女など居るものか。凍えて幻でも見たのであろう。医者は精怪《ばけもの》など扱わんのだ。あれは冷えて弱っとるだけだ。何でもいいから余計なことは言うでない」

それより茶を淹《い》れろと言った。

与吉は悪い男ではないし、忠実《まめ》な奉公人でもあるのだけれど、口数が多いのと下世話を好む癖《へき》がある。それに関しては少少閉口する。

与吉が去ると途端に静かになった。

犬八も眠ったものとみえる。

遠野は人も多いし、市《いち》や祭りなどは大層賑《にぎ》やかだが、それでいて何処か閑寂《しん》とした佇《たたず》まいもあると、洪庵は思う。

七年前、越して来た時もそう思った。

今もそう思う。遠野に来た時は娘が一緒だった。

まだ十一か十二か、そんなものだったが。瞭然《はっきり》しない。

行方知れずになった時は、十五だったか。もう十六になっていたのだったか。洪庵の中の時が止まっているのか、或《ある》いは逆戻りしているものか、洪庵の思い出す娘は何故か十くらいの頃の顔形をしている。だから、どうしてもきちんと齢《とし》が数えられない。

父親である洪庵が言うのも何なのだが、娘のさとは、器量の良い、気の優しい子であった。

一昨年の、矢張り一月に突然姿が見えなくなった。

夕暮だった。

軒の方から、夕焼けが綺麗《きれい》だから御覧なさいよと声が聞こえて、出てみたらもう姿がなかった。何処を捜しても見付からなかった。大勢が鉦《かね》や太鼓で捜してくれたが、さとの行方は杳《よう》として知れなかった。神隠しだ、山男に攫われたのだと謂われたが、洪庵は信じなかった。

攫《や》ったのなら人だ。

一年目に捜すのを止めた。諦《あきら》めた訳ではない。近隣を捜すことは無意味と悟っただけだ。

二年が過ぎた今も、諦めてしまった訳ではない。折りに触れ言いようのない気持ちになる。

否、忘れたことなどないのだ。ただ、為す術《すべ》を持たぬだけである。

それでも胸の端《はし》にもう会えまいという諦観《ていかん》めいた想いが巣くっていることも確かではある。

この辺りは失踪《しっそう》者が多い。

家人が行方知れずになった場合は、生死の確認が取れずとも一年を目安に死んだものと見做《みな》すことが多いようである。葬式まで挙げる家もあると聞く。尤《もっと》もかと思う。生きているのか死んでいるのかと考え始めると辛《つら》くなるだけである。どうせ判らぬのなら寧《むし》ろ見切りを付けるが正しいとも思う。供養法要というのは残された者の気持ちを安けくするために行うものなのだろう。ただ、洪庵は未《ま》だ見切りを付けたくないのだ。

失踪の多くは事故か、家出だと洪庵は考えている。だが娘の場合はそのいずれでもない。さとは家の前に居たのだ。しかも、洪庵のことを呼んだのである。

攫われたと考えるしかない。

攫ったのが魔物ならば致し方ない。

だが、人の仕業であるならば――。

洪庵は頭《つむり》を振った。

余計なことを思い出したものだと感じたからだ。多分、犬八を見付けた時と、さとが消えたのを確認した時の状況が似ていたのだろう。あの時も、同じように玄関を開けて、雪の中に足を踏み出して――。

玄関の方に顔を向けると、御免、御免と声がした。

お勝手にいる与吉に応対させるより出た方が早いかと、洪庵は腰を上げた。

戸を開けると若侍が立っていた。侍は一礼して名乗った。

「拙者は元遠野南部家家中、宇夫方祥五郎と申す者で御座います。田荘先生のお宅は此方《こちら》で御座いましょうか」

「田荘は儂だが、扠《さて》どのようなご用かな」

宇夫方はもう一度低頭した。

「遠野奉行配下高柳剣十郎《たかやなぎけんじゅうろう》の使いで罷《まか》り越しました」

「高柳――様とな。それは、あの大鶏《おおにわとり》とやらを退治された、鉄砲名人の同心――ではなかったかな」

宇夫方は一瞬だけ苦笑するような表情を見せ、そうですと言った。

「拙者は今、浪浪の身ですが、高柳とは予《かね》てよりの朋輩なのです。彼《か》の者の談に拠《よ》れば、五年程前、先生に大層お世話になったということでしたが」

「五年前ですか」

同心の世話などしたか。

「未《ま》だ見習いか、もしかするとお役に付く前だったかと」

「ああ、あれか。そういえば酷《ひど》い食中《しょくあ》たりの若侍を診《み》たことがあったが、あの御仁が昨今評判の高柳様であったか。儂の覚えでは、ご自分で獲《と》られた山鳥をお食べになって腹を毀《こわ》されたのではなかったか――」

間違いなくそれですと宇夫方は言った。

「本人の噺だと、元元死んでいた鳥を撃ち落としたものと勘違いし、持ち帰って喰ったのだとか。弾は、実は外れておったのでしょうな。その山鳥は傷んでおったのです」

「鉄砲名人も外しましょうかな」

宇夫方は大いに外しましょうなと笑った。

「で、何か、その名人殿が、具合でも悪くなられたか」

「そうではないのです。実は、今朝貞任山の麓で――」

「雪女かな」

つい口走ってしまったのだが、当然違うだろう。宇夫方は怪訝《けげん》そうな顔をした。

「い、いや、熊が出るとか」

「その熊です。熊が」

死んでおったのですと宇夫方は言った。

「死んで――というと、誰かが撃ち獲ったと」

「はあ。それはそうなのでしょうが、人も死んでおりまして」

まるで判らない。

「いえ、拙者も近寄って具《つぶさ》に見た訳ではないので巧く説明が出来ぬのですが――その、大熊の骸《むくろ》と一緒に、三人の男の屍《しかばね》が見付かったのだそうです。それが、果たして熊が殺したものなのか、それともそうでないのか、どうにも判別が難しいと高柳は言うのです。そこで田荘先生に是非ご検分戴《いただ》けないかと――」

「儂にか」

「先生は本草に長《た》け、また禽獣虫魚《きんじゅうちゅうぎょ》に就《つ》いても明るいとお聞きしました。そこで――」

「お待ちくだされ」

洪庵は手を翳《かざ》した。

「慥《たし》かに、儂は野歩き山歩きをし、天然の理《ことわり》を学ぶことを信条としております。だから町医者の割にはそうしたことに通じてもおりましょう。しかし専門ではない。獣の診立ては」

熊はどうでも良いのですよと宇夫方は言った。

「熊は、眉間《みけん》を一発、鉄砲で撃ち抜かれていたようですから間違いなく猟人に仕留められたのでしょう。問題は人の方なのだそうですよ。熊に殺《や》られたのか否か、もし熊の仕業でないのなら、人が殺したということになる」

「それを見定めよ、ということか」

猟師にでも尋ねた方が早くはないかと思いはしたが、名指しとあらば断る訳にも行くまいと洪庵は判断した。

与吉を呼んだ。

習性《ならい》になっているのか、下僕は慌てて薬箱を持って来た。

「往診ではない。お前は留守居をしていなさい。いつ戻れるかは判らんので、犬八のことを頼んだぞ。それから、おしんが来たら忘れずに犬八の家に報せに行くのだぞ」

余計なことは言うなよと念を押して、行こうとすると待ってくれと止められた。

「おしんが来たらば晩餉《ばんげ》の支度さするべけど、何もね。何か買って来ねばなんねべけど、何が良いですか」

「そうよな」

鮭《さけ》かねと与吉は言った。

「そうだな」

本当に鮭が喰いたいと思ったのだ。

見透かされたようで癪《しゃく》に障ったので、だから当て推量は止《よ》せと言った。

「当て推量ではねべ。なァに、先生は鮭が好きずもな。あれば毎日でも喰《く》べ。それが、年が明けてがら喰てねでねが」

能《よ》ぐ飽きねもんだど思うわと言って与吉は笑った。

何故鮭を好むのか、いつから好むようになったのか、洪庵自身も能く判らない。多分、娘が好きだったからではないか――と思う。

――好きだった訳ではないか。

紅《あか》い魚《とと》、紅い魚と喜んでいた。

あれはまだ、四つか五つくらいの頃か。

鮭は赤身の魚ではないが、慥かに紅色ではある。

何でもいいと言い、外套《がいとう》を羽織って外に出た。朝よりは幾分寒さが緩んでいる。丁度犬八が蹲っていた場所の前辺りに鞍《くら》の付いた馬が一頭繋がれていた。

「馬――ですな」

「はい」

宇夫方は何故か眉尻《まゆじり》を下げた。

「急ぐのだから乗って行けと高柳が言うものですから、此奴《こいつ》で来たのですが、正直に申し上げますと拙者、乗馬は不得手で少少難渋致しました。ですから先生、先生がお一人でお乗りくださいませぬか。拙者が――曳《ひ》いて参ります。何、急病人がいる訳でもなし、大して急《せ》くこともないでしょう」

「しかしなあ」

乗り付けない。

「いや、儂は徒歩《かち》医者じゃよ。馬も駕籠《かご》も要らんです」

歩くのが好きなのだ。

「しかし」

馬を置いて行く訳にも行かぬと宇夫方は言う。慥《たし》かにこんな路肩に繫いでおくのは迷惑であるし、取りに来るのも面倒だろう。意地を張っても仕様がないと思い直して馬に跨《また》がった。上は寒いですよと言って宇夫方は自らの蓑《みの》を貸してくれた。

宇夫方の言う通り、馬上はやや冷えた。

身体を動かさずにいる所為もあるだろう。

宇夫方という男は士分であるにも拘《かかわ》らず、気さくな男のようだった。

道道言葉を交わしたが、聞くに宇夫方は現遠野南部家当主——つまり今の盛岡藩筆頭家老の近習《きんじゅう》を務めていた男だそうである。殿様が家督を嗣《つ》ぐ際に身分を捨て藩士も辞したのだということだが、何故そんな身の振り方をしたものか。子細は兎《と》も角《かく》、変わり種ではあるだろう。

其許《そこもと》は熊は見られたのかと問うと、遠くからですがと宇夫方は答えた。

「大きかったですかな。噂では相当大きいとか」

「大きい——のでしょうな。拙者は熊に対する見識が浅いので、あれがただの熊と比べてどのくらい大きいのかは、正直判り兼ねるのですが、そうですねえ、十尺は超えていたように見えましたが」

そんなに大きい熊が居るのか。

「それは大きいですなあ」

「まあ、何と較べずとも大きかったですが」

「普通は五尺か、大きくて六尺だ」

流石《さすが》にお詳しいですねと宇夫方は言った。猟師の方が詳しかろうがなと答えた。

「儂は鉄砲撃ちではないので、生きた熊はあまり見たことがないのです。ただ、熊は肉を喰うだけではなく薬になりますからの。熊胆《ゆうたん》は有名ですがな、肝だけではなく、到るところに薬効がある。捨てるところはないくらいだから。熊撃ちの連中などは、熊の腹の中の糞《ふん》まで薬にする。それにしても」

そこまで大きな熊となると、想像が出来ない。

雪道を進む。

土淵に入ると大勢が行き来していた。かなりの騒ぎになっているのだろう。やがて村も終わろうかという辺りには人垣が出来ていた。

「あの先です」

「あの先というと――慥《たし》か、儂の覚えでは大きな屋敷があったように思うが」

「はい。その通りです。聞くところに拠れば、以前は何某《なにがし》とかいう長者の屋敷だったそうですが、突如没落し、一家は離散したのだとか。その長者に金を貸していたとかいう烏金《からすがね》が差し押さえ、その後、権蔵《ごんぞう》とかいう男が買い受けていたのだとか――いや、凡《すべ》て今朝この辺りで聞いたことですが」

「そうですか。その権蔵とやらは百姓ですか」

「いや、馬は飼っていたようですが、畑仕事をしていた様子はないし、そもそも田畑《でんぱた》は持っていなかったようですね。駄賃付けのようなことはしていたらしい。馬を曳き、荷を運んでいる姿は時折見掛けることがあったと聞きましたから」

「駄賃付けか――いや、宇夫方殿、儂はそろそろ下りても良かろうか」

このままでは己が駄賃付けの荷のような気になる。

宇夫方が手を貸してくれた。

「しかし、あんたのもの言いだと、その権蔵とやらも、馬ももう居ないように聞こえるが」

「ええ」

死んでいたのは権蔵と思われますと宇夫方は言った。

「他に、他国者らしき男が二人。馬も死んでいました」

「いったい何があったのじゃ」

宇夫方が問いに答える前に、近くに立っていた老人が、あれは運が尽きたんだべと言った。

「昨日《きんの》、座敷童衆《ざしきわらし》が出でったの見だ者《もん》が居《お》るがら」

昨日ですかと宇夫方が問うた。

「夕んべだ。火斑剝ィ済ませだ後《のづ》に、何人もが見でるずもな。何でも赤え衣裳《べべ》着た女童《めのわらす》だったそんだ。そった娘こァ、こン辺《あだ》りでは見《み》掛《が》けねす、まんず、小正月の夜に出歩く童《わらす》なんか居ねべ。それがあの、権蔵の屋敷の方がら歩いで来だいう噺ずもな」

間違いねと老人は言った。

「前の長者が滅びだ折も座敷童衆が出でったがら。出でって三日で家運さ傾いで、五日で離散しだの。今度ァ一日だ」

「すると」

昨日までは何ごともなかったのですねと宇夫方は尋《き》いた。

老人は少し考えを巡らし、そうだべなと答えた。

「権蔵ァ付ぎ合いの悪《わり》ィ男であったがら、口ィ利いたこともね。渡世も能《よ》ぐ知らんが、昨日までは何ごともながったべ。権蔵ンとこは子が居ねえが、それでも火斑剝は戸口まで行ったんだと。縁起物だがら。すたどこらぁ、権蔵、ヤツカカシさ飾っておったそンだ」

「そんな——夜にですか」

宇夫方の問いに、無精者だがらだべと老人は答えた。

「あれは小正月だって何もすねのさ。正月もだ。あれは百姓でもねべし、元元町の者《もん》だがら村のことは何もすねのだわ。寄合にも来ねす、村仕事もすねんだ、権蔵は。神祀《かみまつ》りも仏供養もやらんの。正月飾りなんかもどうでも良かべと思ってたんでねがな。だがらまあ、飾っただけましなんだべが、遅がったんでねえか。夜に飾るもんではねべ」

魔除げになんねがったわと言って老人は首を竦《すく》め、小言だか念仏だか判らないような文句をぶつぶつ唱え乍《なが》ら去った。

「その——権蔵という男は、どうやらあまり好かれてはおらなんだようですな」

そうですねえと宇夫方は答えた。

「権蔵という男、彼処《あそこ》の屋敷を買い取ったというだけで、村の一員とはし難《がた》いですからね。元は裏町——先生のお宅の近くに巣くっていた者らしいですが」

「しかしなあ。座敷童衆というのは、どうなのかな」

洪庵は、そうした俗信はあまり信じない。会津でもその名は幾度か耳にしたが、遠野で謂《い》うそれと同じものかどうかは判らない。名は同じだが、違うもののようである。遠野の中でも町場と村では性質が違うように思う。

本当かもしれませんがねと宇夫方は言った。

弥次馬を避《よ》け路肩に馬を繋いでいると、人垣を割って侍が近寄って来た。

「おう祥五郎、戻ったか。ああ、田荘先生、ご無沙汰《ぶさた》しております。その節は大変お世話になりました」

高柳ですと言って侍は低頭した。

「早速ですが、ご覧戴いて宜《よろ》しいですか」

高柳が目配せすると、数名の棒を持った小者が人を捌《さば》いて道を空けた。好奇の視線に晒《さら》されつつ進むと、棒突《ぼうつき》が四五人突っ立っていた。

その先が件《くだん》の屋敷である。

何の気なしに見て、洪庵は言葉を失った。

「これは――何という有り様か」

屋敷は半壊していた。

左半分が潰れている。梁《はり》は折れ、柱は倒れ、壁は砕けて萱《かや》が散乱し、雪に埋もれていた。その上に――。

「あれが熊かね」

潰れた屋根の上に、大きな熊の顔があった。

「はあ、どうやら額を撃ち抜かれている。一撃です。誰が撃ったものかは判りません。撃たれて屋根の上に倒れ、それで屋敷を潰したのか、屋敷を壊している最中に撃たれたのか、それも判らない。まあ、あの大きさですからな、何十貫あるか知れないし、立ち上がれば大屋根より高い。倒れ込めば家も壊れるでしょう」

　それはまあ良いのですと高柳は言った。

「熊はいいのですよ。もう退治されておる。あれが村を徘徊《うろつ》いていたかと思うと寒気がしますが、被害が出る前に死んだ」

　実際にこんなものに襲われたりしたらひと溜《た》まりもないだろう。壊れた家に半ば埋もれているので能《よ》くは判らぬが、宇夫方の言っていた通り十尺近くはあるかもしれない。

「先生、こちらへ」

　高柳が誘《いざな》う方に進む。戸板が三枚並べられており、上に骸がひとつずつ並んでいた。その横には莚が敷かれており、馬の死骸が載せられていた。

「あの熊の下から引き摺《ず》り出しました」

「下敷きになった——のではないのか」

　圧死したようには見えない。

　洪庵は手前の骸の横に屈んだ。

「どうです。下敷きになったのはなったのだと思うのです。頭も凹《へこ》んでいるし、胸も潰れておるでしょう。でも、死んだのは下敷きになる前——じゃないかと」

　慥《たし》かに死体は潰れていた。天蓋骨《てんがいこつ》も肋《あばら》も陥没している。腕も折れているようだった。柱か梁の下敷きにでもなったのだろう。

　それにしても酷く汚れている。その上、多分凍っているのだ。屋根が倒壊した際、その上に積もっていた雪も落下したのだろう。雪に埋まったのだ。

しかし能く見れば、胸に酷い傷があることが判る。

傷がありますでしょうと高柳が言う。

「引っ掻《か》き傷《きず》や擦り傷ではなく、刃物で斬られていますよね。素人考えですが、押し潰された後に斬られたとは考え難いと思うのです。何しろ、上に載っている柱や梁を除けるのに十人《じったり》から揃えて二刻《とき》も掛かりましたからな」

「まあ、それはそうでしょう。死因はこの傷のようです」

圧死や撲殺ではない。

「すると――人が殺したということになりませぬか。その後に熊が現れて――」

「待て待て」

傷は一つではなかった。

一寸五分程空けて、平行に四筋並んでいる。

「それは――どうですかな。刃物でこんな斬り方は出来ぬでしょう。高柳様、貴方様は同じ角度、同じ太刀筋《たちすじ》で、このように少しずつずらして人が斬れましょうかな」

洪庵は凍て付《い》いた衣服を剝がして傷を見せた。

「まあ、動いていなければ斬れるのでしょうがな。据え物切りではなく、人です。人は一太刀斬られたら黙っておらんでしょう」

洪庵は隣の骸に移った。

こちらは首から胸にかけ同じような傷跡が残っていた。

「まあ、一太刀で殺せたならもう動かなくなりましょうが。しかしその骸に更に数太刀浴びせるとして、こんな風に律義に斬りますかなあ。田圃に畝《うね》を作るのではないのですぞ」

高柳は手刀で空を切り、まあそうですなあと言った。

「拙者はあまり剣術は得手ではないが――そんな芸当は出来ませぬかな。どうだ、祥五郎」

宇夫方は首を傾《かし》げ、熊手のようなもので斬り付けたのではないかと言った。

なる程、それならこうなるか。

洪庵はそう思ったのだが、高柳は宇夫方の言を一蹴《いっしゅう》した。

「おい。誰がそんなもので人を斬るか。熊手など見当たらなかったし――未《ま》だ埋まっておるのやもしれぬが、いやいや、祥五郎、熊手ではなく、其処《そこ》に死んでおるのは本物の熊だ」

高柳が見上げたので屈んでいた洪庵も顔を上げた。

まるで鬼瓦のように、巨大な熊の顔が見えた。

「熊――か」

普通の熊ではないのだ。

洪庵はそこを失念していた。

三人目は一見傷がない。

しかし骸を裏返して見てみると背中に同じような傷があった。かなり深い傷だから、この傷を作った一撃で――。

「熊――なのかもしれんな」

熊は、途轍《とてつ》もなく強いが臆病《おくびょう》な獣でもあるから、あまり人とは関わらぬものである。狼などと違い、好んで人を襲うことは少ないと聞く。しかし、臆病であるが故に、攻撃には過剰に反応するようだ。

しかも人が素手で戦って勝てるような代物ではない。

特に、穴抜けと呼ばれる冬籠もり途中の熊は、飢えており凶暴なのである。

熊の爪は鋭い。力も強い。普通の熊であっても、一撃で人を殺せる。ただ、骸に残されている傷は明らかに大きい。だから熊の爪痕《つめあと》とは思わなかったのだが――。

――大きいのか。

馬の死骸に目を遣る。

馬の首と腹にも、同じような傷が付けられていた。腹の傷は深く、腸《はらわた》が出ていた。

「人の仕業ではないようですな」

「矢張りそうですか」

「人なら馬を殺す理由が解らん。何か理由があったのだとして、こんな殺し方をするものですかな。どれも同じ傷ですぞ」

馬を見下ろし、正《まさ》にそうですなあと高柳は言った。

「いや、人の傷の方は能《よ》く見えなかったものですから、最初の骸――真ん中の男ですが、それを見た時に袈裟懸《けさが》けに斬られたのかと思い込んでしまったのですよ」

「埋もれて凍っておったのでは判らんでしょうな。その、馬は――何処に」

「ああ、この屋敷は曲家《まがりや》の造りではないですが、広いので屋敷の中に——その、丁度潰れた辺りを普請し直して、厩《うまや》代わりにしていたらしい。馬は其処に居たようで、矢張り下敷きになっていました。頭が覗《のぞ》いてたので引っ張り出したんですがね。もう一頭ぐらい埋まっているかもしれんのですが、何しろ上にあれが」

高柳は視軸を上げた。

「そうですか」

熊を見る。

大きい。

ただ、倒れた時に強く打ち当たったかしたのだろう。腹の辺りで折れ曲がり、こちらも臓腑《ぞうふ》が食《は》み出ていた。それこそ柱が突き刺さったのかもしれない。しかも雪やら萱やら木材やらに埋まっている。重さも相当なものだろうから、自重で損壊したのかもしれない。横に回って見てみると、本当に材木が腹を貫いていた。

何だか——。

不自然ではあった。

だがそもそもこの大きさが不自然なのだ。

「この大熊は——先《ま》ず馬を襲ったのではなかろうかの。そこに人が出て来て、何かしたのだろう。何をしたのかは判らんが、それで」

「此奴に殺られたんですか」

「断言は出来ませんがの。これだけ大きければ小屋の一つ二つは壊せるでしょうな。人が刃向かったら、まあ一撃で死にますでしょう。しかし、これだけの惨事、誰も気付かなかったのですかな」

小正月でしたからなあと高柳は言った。

「夜は誰も外に出ぬでしょう。此処は少しばかり他の家とは離れていますしね。まあ、朝早くに——あれは七つ半くらいですか、夜ン鳥に起き出た者達が見付けて、大騒ぎになったのですよ。拙者は報せを聞いて急いで駆け付け、それから人を集めて死骸を引き摺り出して——それでもう昼四つでした。それから先生の処へこの者を喚《よ》びに遣わしたという次第で」

襲われたのは真夜中ということか。

ならば凍りもするか。犬八だとて——。

——待て。

犬八はこの近所に居たのではないのか。

いや。もし与吉の言う通り犬八が女郎買いに来たのだとしたら、それ程までに遅い刻限ではあるまい。

どうしましたと高柳が問う。

「いや、その、火斑剝とやらが終わるのはどのくらいの刻限なんですかな」

「そうですねえ。五つ半か、そんなものでしょう」

「その後、人気《ひとけ》が絶えるということでしょうかの」

「そうですね。夜四つには家に入るのじゃないでしょうか」

「すると、ことが起きたのは亥刻《いのこく》から寅刻《とらのこく》の間――ということになりますな。凍り具合からみても、子刻《ねのこく》あたりか」

子刻を過ぎてから遊廓に上がるというのもどうか。

洪庵は朴念仁《ぼくねんじん》なので遊里の作法など詳しくは知らぬが、それは流石《さすが》に遅過ぎると思う。隠し女郎屋だということだから多少は遅くまで開いているのだろうが――。

犬八が居たのだとすると、それは人影がなくなって直《す》ぐ、亥刻くらいのことではないだろうか。そこで――。

――雪女か。

何か気になりますかと高柳が問うた。

「いや、多分無関係でしょうな」

雪女だの座敷童衆だの、莫迦莫迦《ばかばか》しいにも程がある。

しかし、莫迦莫迦しいというなら。

――あの熊が一番莫迦莫迦しいか。

見上げる。何処か怪訝《おか》しい。何処が怪訝しいのかは判らない。当然である。こんな奇態な生き物は見たことがない。居ることが先《ま》ず怪訝しい。しかし、それが現に目の前にある。

「この熊はどうするのです」

「それは――」

高柳は少し離れた処に視軸を向けた。

商人風の男が納屋の前に立っている。

「あの男――献残屋《けんざんや》だそうですが、さっき突然やって来て、買い取りたいと言い出した。まあ皮が欲しいんだそうですが」

「献残屋ですか」

大家《たいけ》への献上品を買い取り売り捌く商売である。

「まあこれだけ大きな熊皮は先《ま》ず手に入らないでしょうからなあ。ただ、かなり傷付いておるようだが」

「何か刺さっておりますしね。まあ持って行ってくれるのは有り難いですが――ただ、買うといっても誰から買うのか。権蔵はこの通り死んでおりますし」

高柳は真ん中の死骸を見下ろす。

「撃ち獲ったのが誰かも判らない。奉行所や遠野の殿の所有物という訳もないですし。それにあの男もねえ」

「あの者は遠野南部家とも取引のある男ですよ」

宇夫方が言った。見れば若侍は眉を顰《ひそ》めて献残屋を見詰めている。先程朋輩だと言っていたが、高柳よりも若く見える。

献残屋は宇夫方の視軸に気付いたらしく、莞爾《かんじ》として愛想をふり、頭を下げた。

「祥五郎、お主、あの者を知っておるのか」

「ん——まあ、顔見知り程度だ。勘定吟味方の大久保《おおくぼ》様に引き合わされてな」

「大久保様というと、あの、のっぺらぼう退治の」

今度はのっぺらぼうか。

洪庵は苦笑いをする。会津と遠野の違いはこの辺りかなどとも思う。会津にも怪しげな噺はある。狐狸《こり》も化けると謂うし、赤い顔の化け物が出るという噂も聞いた。しかし士分の者は興味を示さない。と、いうより喜ばない。儒学が尊ばれている所為なのか何なのか——まあ、それが普通だとも思うのだが。

しかし遠野はどうも違う。盛岡藩として見るなら、会津藩と大きな違いはない。だが遠野で区切ればどうか。雪女に座敷童衆にのっぺらぼう。先だっても鯨《くじら》の如き大魚やら火を吹く大鶏やらが出たという。そしてこの——。

大熊である。

「あの者は信用出来るのか、祥五郎」

高柳の問いに対し、宇夫方は困ったように額を掻《か》いた。

「扠《さて》、大久保様は懇意にされておるようだった。大久保様の謹厳実直なお勤めようは、其方《そなた》も存じておろう」

では任すかのうと、高柳は顎《あご》を擦った。

「後はこの、他国者の骸《むくろ》の身許だが——何故に権蔵の家に居《お》ったのか、何処から、いつ来たのか、皆目見当がつかん。調べようもない。近所の者も誰も知らんと言うし」

「人が殺したのではなく熊の仕業だったならどうだ」

「熊なら何だ祥五郎」

「例えば、山中で他国の者が狼に襲われて死んでいたとして——だ。それを見付けた際に奉行所はどうする」

「まあ身の証《あか》しが立つようなものを何も所持しておらんのであれば、身許不明、行旅人の亡骸《なきがら》として葬ることになるだろうが」

「同じではないのか。熊だぞ」

「そうか——」

熊ですよね先生と高柳は問う。

「だから断言は出来んよ。そうだな、あの大熊の爪と、この傷跡が合うかどうか較べてみれば判らぬこともないが——」

熊の腕は巨体の下になっている。そのうえ壊れた家と雪とに埋まっている。

「まあ、こんな大きな掌《てのひら》を持った熊が何頭もいるとは思えんし、状況からみても他の解答はないように思いますがの。もし下手人《げしゅにん》が人だとすると——まあ、何を得物に使ったのかは特定出来んけれども、殺害した直後に偶然熊が襲って来た——ということになるでしょうな」

「そんな都合の良い噺は——ないでしょうな」

ないだろうかと宇夫方が言う。

「万に一つということもあろう」

「それを言うてしまっては詮方《せんかた》ないぞ祥五郎。生きた権蔵が最後に目撃されたのが亥刻過ぎとして、先生の診立てだと死んだのは子刻過ぎ、たった一刻しかないのだ。その間に人殺しと熊が続けて来たというか」

「絶対にないということもなかろう」

「いやいや。この妙な傷を見ろ。これが熊手のような得物で付けられた傷だとして、だ。何だってそんなもので殺す。熊の仕業に見せ掛けるために用意して来たというのか。ならば下手人は熊が襲って来ることを識っていたということになろう。それとも熊を操ったとでもいうのか。鷹匠《たかじょう》や猿飼《さるかい》ではないのだぞ」

熊は人の言いなりにはならんだろうと高柳は言った。

「子熊の時分から育てたとしても、まあ、人の思いのままになる熊は然《そ》うは居《お》らぬかもしれませぬな。しかもこんなに薹《とう》の立った熊では――」

――作り物ではないのか。

一瞬、洪庵はそう思ったのだ。

しかしそんな訳はない。これはどう見ても熊の、死骸だ。

「それにな、祥五郎。見ての通り熊は死んでいる。眉間を撃ち抜かれてな。こんな大物を一発で仕留めておるのだぞ。誰が撃ったのかは知らぬが、名人芸だ」

「其奴《そやつ》が――怪しいのではないか。何しろ、ことが起きた時に確実に現場に居た人物ということになるが」

「これ程の鉄砲名人が下手人なら、三人とも鉄砲で撃っておるだろう。それにな、此奴が暴れておったら村は全滅だ。そう思うたから撃ったのだろう。ならば寧《むし》ろ恩賞ものではないか。しかし、何処の誰が撃ったのか――」

旗屋《はたや》の縫《ぬい》だろうと宇夫方が言うと、高柳は巫山戯《ふざけ》るなと一蹴した。それは慥《たし》か、昔話に出て来る猟人の名である。

「まあ、熊を撃った者は追追《おいおい》捜すとして、この件はこれで落着させるが順当だろうなあ」

そこで高柳は洪庵の方を向き、深深と低頭した。

「先生、わざわざ御足労戴き実《まこと》に有り難う御座いました。大変参考になりました。後日改めてお礼に参上仕《つかまつ》ります。立会料の方は、その公費という訳には参りませんが――」

礼も金も要りませんと言った。

「何をした訳でもない。薬も使っておらんしな」

「ではせめて」

「馬も結構ですよ高柳様」

礼をして踵《きびす》を返すと、宇夫方がお送りしますと言って付いて来た。

弥次馬は少し減ったようだった。

「あれで――儂は何かの役に立ったのかな」

「大いに」

宇夫方は人懐こい笑顔を作る。

「あの高柳は、生真面目《きまじめ》で、臆病な程に慎重な男ですが、反面融通が利かず、腹芸もまるで通じない。こういう奇態な椿事《ちんじ》を前にすると、判断が出来なくなるのですよ」

「化鳥《けちょう》を討《う》ち取《と》った鉄砲名人なのにかね」

そうなんですと宇夫方は更に笑った。

「鶏を撃った時も担ぎ出すのが大変で」

「宇夫方殿は何か、高柳様の手助けをしておられるか。それとも奉行所の仕事を助《す》けておられるのかな」

「そうではありません。拙者はただの素浪人。打ち明けるなら熊を見物に来たのですよ」

「見物――ですと」

「ええ。それはもう大きな熊が出たと、昨日小耳に挟《はさ》んだもので、何としても見ておかねばと思いましてね。まあ、拙者も弥次馬なんですよ。で、来てみればあの騒ぎ。そのうち馴染《なじ》みの高柳が押っ取り刀で駆け付けて、まあ、伝令役を仰せ付かったと、こういう訳で――」

ただの物好きかと軽口を叩くと仰《おお》せの通りと返された。

思った通りの変わり種であるようだ。

「まあ、それなら望み通りに見られた訳ですな」

「死んでましたがね。まあ、あんな化け物が生きていたらと思うと身が縮む思いですが――いや、熊は兎《と》も角《かく》、人の亡骸は余計でしたよ。どうも、見馴れない。というか、ああいう無残なのは苦手なんです」

「侍の癖に気の弱いことですな」

「武士といっても名ばかりで、二本差しも飾りです。そもそも物心付いてから亡骸を目にしたことが殆どないのです。お医者様の方が見馴れているぐらいかもしれません」

「それでは儂が藪《やぶ》のように聞こえますぞ」

洪庵は声を上げて笑った。そして、笑い乍《なが》ら何故か娘のことを思い出した。

生きているか。

死んでいるか。

はっきりした方が良い。

そんな思いが刹那《せつな》、頭を巡った。

居なくなった娘のことを話した。

村境を越えるとやや景色が変わる。大きく変わる訳ではない。距離は近いが線引きはあるのだ。混じり合っている訳ではない。但《ただ》しその境界は幾分曖昧《あいまい》である。

暫く進むと、もう町だ。

そんなに代わり映えはしないのだが、矢張り違う。

裏町の路地に入る。夕暮前の半端な刻限だ。

その時。

ちらりと、真っ赤なものが見えた。

「あれは——」

あれは着物の袖《そで》だ。

洪庵は小走りになった。宇夫方がどうしたのですと言い乍《なが》ら追って来る。あんな。

あんな着物を来ているのは。

真っ赤な。赤い。赤い衣裳《べべ》。

それは。違う。

紅《あか》い魚《とと》。

違う。

見えた。

女児である。

赤い着物を着た——。

それは急に視界から消えた。

洪庵の家に入った——ように見えた。

あれは何者だ。

「どうしたんです先生」

「い、いや、今その——赤い」

赤い衣裳《いしょう》の女童が。

「赤い着物の娘——それでは、まるであの老爺が言っていた座敷童衆ではありませぬか」

「そんな莫迦な」

あれは。

洪庵は家に飛び込んだ。

座敷には犬八と与吉が揃って口を開けていた。

「何だ、お前達」

「先生、あの、今のは」

「今のとは何だ。誰か来たのか」

「む、娘っコが――」

与吉は奥座敷を指差した。

「娘――それは赤い着物の娘か」

「し、白い顔の、深紅《あけ》え着物の、切り髪の」

ゆ、ゆぎおんなだと犬八が叫んで頭を抱えた。

「俺《おら》の命《いのつ》さ取りに来たンだァ」

「莫迦なことを言うな。雪女は白い布を被っていたと言っておったではないか。しかもこんな陽のあるうちに、そんなものが出るか。それにお前は生きておる。素通りではないか」

洪庵は震える犬八を横目に奥へと向かった。

「こちらだな」

半分開いていた襖《ふすま》を全開にした。

犬八が寝ていた座敷だ。まだ蒲団《ふとん》が敷いてある。

誰も居ない。更に奥か。

——仏間か。

そんな気がした。

遠野の家の奥座敷は昼でも暗い。

仏間の襖を開ける。仏壇が見えた。

亡妻の位牌《いはい》が納められている仏壇だ。火事で焼けてしまったので父母の位牌はないのだ。その——仏壇の扉が開いていた。普段はきちんと閉めている。他の家のことは知らぬが、洪庵はそうするようにしている。あの娘が開けたと考えるよりない。

仏壇に近付く。

——これは。

妻の位牌の横に、櫛《くし》が置いてあった。

「この櫛は」

娘の。

さとの櫛だ。見覚えがある。いや、間違いない。これは妻が亡くなる直前に、十になったさとに買ってやった櫛だ。さとはこの櫛が随分と気に入っていて——。

そう、居なくなった日も。

櫛に手を伸ばすと、その下に折り畳んだ紙があることに気が付いた。

櫛と一緒に手に取って、広げた。

おとうさま
さとはいきてぶじにくらしてをります
どうぞどうぞごしんぱいなどなさらず
おからだたいせつにしてくださいませ
さと

「な、何だこれはッ」

「如何《いかが》なされた洪庵先生」

背後から宇夫方の声がした。

「こ、これを。これは——一昨年行方知れずになった娘の櫛と、娘からの手紙で——いや、そんな」

「では、さっきの赤い着物の娘がそうだと」

宇夫方は仏間を見回した。

「いや、そうではない。娘は生きておるならもう十八を過ぎておる。あんな童《こども》ではない。しかし、これは」

この字は。

「娘さんの手ですか」

「ああ。わ、儂が手習いを教えた。娘の字だ」

「では、娘さんは無事で——」

無事なら。

「ぶ、無事なら何故に帰って来ない。こんな手紙を書いて届けるくらいであれば、顔を見せれば済むではないか。こんな」

あれは本物の座敷童衆ですよと宇夫方は言った。

「え――」

「憚《はばか》り乍《なが》ら、これは座敷童衆が先生に幸運を運んで来た――と、そうお考えになった方が善いのではないかと、拙者は思います」

「な――何が幸運か。座敷童衆というのは嫉妬《しっと》や羨望《せんぼう》が生んだ呪いのようなものだと聞いたことがある。大工が普請の際に家に咒《まじない》を掛けたから出るのだとも聞いた。ならば良きものである筈もない。この辺りではまた違うようだが、それにしても不幸不運の言い訳のようなものなのであろうが」

「そういう面も御座いましょうな」

「ならば、奇瑞《きずい》である筈もない。大体この、この何処が幸いなのだ。幸いというなら娘を連れて来るであろうよ。生きているなら何故、何故」

「ご事情があるのでしょう」

「事情――事情とは」

「それは判りません。ただどうしても此処に来られない、切なる事情があるのですよ。それでも無事を報せたかった。いいですか、いずれにしろ娘さんは」

生きていることが瞭然《はっきり》したのですと宇夫方は言った。

「生きているなら――いつかは会えましょう」

いつか。

「希望が持てるということは、幸いではありませぬか」

そうか。

そうかもしれぬ。

女《あま》っコ居なぐなったかねと与吉の声がした。

「先生、おしんが買い物から戻っただ。あの、さっきの」

「与吉。儂は今日より鮭を断つ」

「はあ」

「娘に会うまでは喰わん。鮭は犬八に呉《く》れてやれ」

田荘洪庵は、そんな気になったのである。

話《はなし》

「詳しい話を聞きたい」

祥五郎はやや高飛車《たかびしゃ》な言い方でそう言った。

目の前には異相の大男が胡坐《あぐら》をかいている。

長耳《ながみみ》の仲蔵《なかぞう》である。

「何のことだ」

「恍惚《とぼ》けないでくれ。土淵の――」

「ああ鬼熊の件か。しかし旦那《だんな》、能《よ》く儂達の仕掛けと気付いたもんだなァ。流石、殿様の密偵だけのこたァある」

「左様なことは関係ない。現場には柳次《りゅうじ》さんが居た。花《はな》さんの姿も見掛けた。気付かぬ方がどうかしている」

「そうよな。まあ、旦那のこったからいずれァ現れるだろうと思っちゃあいたが、あんなに早《はえ》えたぁ思わねえやな。それに、選《よ》りに選《よ》ってやって来た役人があの高柳の腰抜けで、しかも旦那に田荘洪庵まで呼んで来させた。そこまでァ、儂もちょっと読めなかったな」

仲蔵は、奇天烈《きてれつ》な手技を駆使して世間の目を欺《あざむ》き、八方塞《はっぽうふさ》がりの困りごと、収まりのつかない面倒ごとを消すという裏の渡世を持っている。あの献残屋——六道屋《ろくどうや》の柳次も仲蔵の一味である。そして赤い着物の少女——花は、仲蔵が棲《す》み着いている壇《だんのはな》塙の迷《まよいが》家——この家の家主であるらしい。

仲蔵達の企《たくら》みごとは破天荒だが緻密《ちみつ》でもあり、どこまでが計算ずくなのかまるで判らない。

「この度は人死にが出ている。しかも三人もだ」

「オウ。旦那ァ気にするだろうと思ったがな、何度も言うが儂も柳次も荒事はしねえよ。人殺しなんざ、真っ平御免だ。儂が大昔組んでた男がな、豪《えら》く人死にを厭《いと》う野郎でな。いつの間にか儂もそいつに気触《かぶ》れたのさ。元元斬った張ったァ性に合わなかったんだがな」

「ではあの死骸は何なのです。あれは——」

「ありゃあ権蔵と、仙台から来た人買いの寛次《かんじ》、それから品川《しながわ》の女衒《ぜげん》の吉次郎《きちじろう》だよ。悪党さ」

「女衒——というと、仲蔵殿、真逆《まさか》あの権蔵の屋敷が、隠し女郎屋だったと」

知ってるじゃねえかと長耳は歯を剥いて笑った。

「権蔵ってのは、ありゃあ悪い男でよ。元は盛岡の悪所を渡り歩いちゃ牛太郎《ぎゅうたろう》やってた野郎だが——あ、牛太郎ってな女郎の世話したり客引いたりする渡世のことよな。でもな、盛岡藩は他の藩と較べても遊廓娼妓の取り締まりが厳しい。営《や》るにしたって真っ当にしなくちゃ戸締めンなるし、女郎《たま》も抜かれる。権蔵も、何度も弾《はじ》かれて、それで四五年前《めえ》に遠野に流れて来たようだが——まあ、遠野だって盛岡藩のうちだぜ」

「三光楼にいたと聞いたが」

「彼処はな、遊廓は遊廓だが、ちゃんとしてらあ。あくでェこたァしねえ。権蔵の性には合わねェのよ」

そんなに悪党なのかと問うと、人でなしだろうなあと仲蔵は答えた。

「ありゃ、女を人と思うておらん。道具か何かと思うておるのだ。買って来て使って、飽きたら売る。使えなくなったら捨てる。鼻持ちならねえ」

女の有り難みが解らねえ野郎は嫌《きれ》ェだと仲蔵は吐き捨てるように言った。

「しかし、だからといって殺していいとは思わぬが」

「だから殺してねえよ儂は。あのな、世の中悪党だらけじゃあねえか。悪党だから殺してやるなんて料簡だったら寝る暇《ひま》もねえよ。まあ権蔵の場合は五六発殴りたくなるような野郎だったがな。そんな権蔵を焚《た》き付けたのが寛次だ。寛次はな、根城こそ仙台だが、奥州一帯を廻《まわ》って女を買って来る人買いだ。喰うに困った百姓から娘を買う」

そんな面《つら》ァすンなと仲蔵は言った。

「いいかい、飢饉になりゃ誰もが困る。だがな、それで最初に死ぬなあ百姓だぞ。作ってる者《もん》が最初に飢える。侍が飢える頃にゃ、もうくたばってる。縦《よし》んば豊作になったって極貧の暮らしってな中中抜けられるもんじゃねェ。喰えるもんなら犬でも猫でも、木の皮でも喰うぜ。売れるもんなら娘だろうが何だろうが売るわい。買われた娘ァ、女郎にゃなるが死にゃしねえからだ。何になろうと生き延びる。売らなきゃ皆死ぬんだ」

親ァ責められねえよと仲蔵は続けた。

「でもな、寛次ってな、その弱みに付け込む屑《くず》だ。廉《やす》く買い叩き、高く売る。権蔵はな、その商売に乗った」

「どう――乗ったのだ。女郎を買い取ったのか」

そんな銭はねえよと仲蔵は言う。

「あの、貞任山の長者の空き屋敷を金貸しから二束三文で買い叩いたな、実ァ寛次なんだ。いや、そもそもその金貸しだって長者に金貸してたってなぁ多分、嘘だ」

「嘘なのか」

「嘘ばかりだぜ旦那。遠野にだってよ、別に善人ばかりが住んでる訳じゃあねえぞ。カスもクズも居る。零落《おちぶ》れたと聞くや、あっという間に欲深《ぶけ》ェ蠅《はい》が集《たか》って来らあ。付き合いのねえ親戚やら貸してもいねえ借金取りやらがぞろぞろ涌いて出て、骨の髄《ずい》までしゃぶって行かあ。家財でも何でも持って行くのよ。最後に残るのが建物だ。それを――まあ憎たらしい高利貸が差し押さえた。だが、下手にでかいから誰も買わねえ。そこに寛次がやって来たのよ。で、権蔵を其処に入れた」

「いや、未《ま》だ解らぬ。彼処は」

「買って来た女を売れるまで溜めとく場所だよ。あの、儂が潰した処は座敷牢《ざしきろう》だ。ま、馬も何頭か飼ってたんだがな。厩は隠れ蓑だわい」

「ざ、座敷牢に女を閉じ籠めていたというんですか」

「そうよ。常時二十人からが入れられてたようだな。駄賃付けと称して馬で峠《とうげ》を越し、そこで寛次と落ち合って、女を乗せ、夜陰に紛れて連れ帰る。牢に閉じ籠めて——買い手が付くまで待つ仕組みだ」

「買い手とは、その江戸の男ですか」

「いや、そりゃ色色だ。江戸くんだりから買いに来るぐれえだからな。路銀考えりゃ、かなり廉いんだろ」

「それにしたって、それで採算が取れるものなのですか」

「取れるんだよ。そりゃ即ち、買い値がクソ廉いってことだろうよ。まあ、赤貧も窮《きわ》まった百姓なんざ騙《だま》し易いもんだろ。己の娘にどれだけの価値があンのか——ま、人ォ値踏みすんなあそもそも間違《まちげ》えなんだろうが、山奥田舎の水飲みァ、江戸の女の相場なんざ端《はな》から知らねえだろ。寛次は十把一絡《じっぱひとから》げで買い叩くのさ。でもな、山出しの真っ黒い芋《いも》の中にも、磨けば光る璧《たま》もあンだよ」

「見る処が違うんですよ」

奥から柳次が出て来た。

「親にとっちゃ可愛い娘。家にとっちゃ大事《でえじ》な働き手。でも、女衒の目にゃ売りもん買いもんでさあ。誰の子でも、人の子かってことさえ関係ねえんで。肌だの器量だの仕草だの、そういう処で値が決まる。ま、五十両出したって百両で売れりゃいい。百両で買ったたって千両稼がせりゃいい。売れるかどうか稼げるかどうかを見極めるのが、連中の渡世でやしてね」

「そうなのか」

それもまた、祥五郎の与《あずか》り知らぬ世の理《ことわり》であった。

柳次は仲蔵の横に座った。

「寛次の野郎は佳《い》い女拾《たま》って来ると評判で、近隣諸国からもかなり買い手が集まってたようでしてね。だから、吉次郎なんかが江戸くんだりから来るんですよ。品川の飯盛り女漁《あさ》りに来るのじゃねえ、上玉見繕《みつくろ》って、善い品は吉原《よしわら》に高く売る。大夫《たゆう》にでもなりゃ幾らでも稼ぎ出しやすからね」

「そんなものですか」

「そんなもので。ま、吉原で稼げなくなりゃ廉く引っこ抜いて岡場所に落とす。下には下がありやしょう。何度でも売るんでさあ。だから女転《たまころ》がしてェんですよ。でね、まあ寛次が酷《ひで》えのはね、その元になる玉を、只《ただ》で拾うところでね」

「意味が解らぬが」

攫うんだよと長耳が言った。

「勾引《かどわ》かしよ。人買いならぬ人攫いだ。貧乏人から買い取るてェならまだ一分の理もあろうがな。金持ちの娘は買えねえし、どんなに窮《きゅう》しておっても娘は売らねえって奴もいるだろう。それでも寛次は諦めねえのさ。鵜《う》の目鷹《たか》の目で探し廻って、高く売れると目を付けたなら無理矢理にでも連れて来る。佳い女がいりゃ売らねえと言っても攫う。だから玉が揃うのさ」

「それは——酷《ひど》いじゃないですか」

だから酷《ひで》えって言ってるじゃねえかと仲蔵はまた歯を剝き出した。

「兎《と》も角《かく》、寛次は買い手が来るまで女を閉じ込めておく隠れ家が欲しかったんだな。女に依っちゃ取り合いになって、競《せ》りになることまであったようだしな。権蔵はその商売に乗っかったんだ。場所だけあっても、世話する者は要るからな。で、権蔵はよ、その女どもをただ閉じ籠めとくなァ勿体《もったい》ねえと、こっそり隠し女郎屋を始めたって寸法だ」

「ああ」

そういうことだったのか。

「寛次が知っていたのかどうか、それはもう判らねえ。どうせ売り飛ばすんだし、いいと思ったんだろ。まあ、聞いたところに拠れば権蔵は、女どもに体売らせることを言い含めるてえ役目も請け負ってたそうだから、先に客取らせることもその一環だったのかもしれねえがな。馴染みの助兵衛親爺《おやじ》にこっそり話ィ付けて、一晩幾らで女を抱かせ、花代はてめえの懐に入れていたようだ。それがいつの間にか漏れ伝わったんだ」

「娘達も、まあ半分ぐれえは覚悟してたのかもしれやせんがね、ま、そう簡単なものじゃあねえでしょう。苦界《くがい》に身を落とすってなあ、男にゃ判らねえ辛さがあるンじゃあねエですか。望んでその道を選ぶってなら兎も角も、納得づくで買われたんだとしたって、簡単に割り切れるもんじゃあねえでしょう。中には下働きだお店奉公《たなぼうこう》だと騙されて買われた娘もいたようですしね。話が違うがまあ好いか——なんてことにゃ、こりゃ絶対《ぜってえ》にならねえ。攫われたんだったら余計でしょうよ。いずれ、人の倫《みち》に外れてらあね」

祥五郎は肚立《はらだ》たしいというより気分が悪くなって来た。

慥《たし》かに、女を人だと思っていない。

しかし。

「そこまでは諒解した。だが――それでどうしてああなるのですか。死んでいた三人が人倫に悖《もと》る行いをしていた悪党だったのは間違いないこととして、それで――天罰でも下ったというのですか」

「天罰じゃあねえよ。仏罰でもねえ。そんなものを待っていられンなら、こんなこたァ起きねえ。ありゃあな、女達の反乱だ」

「く、熊がですか」

「熊って――旦那ァいってェどこまで見抜いてんだよ。仕掛けが判ってんじゃねえのか」

「判らないから、こうして尋ねているのですよ。何もかも見切っているなら尋《き》きに来たりしませんよ」

「ふん」

ありゃ作りもんだよと仲蔵は答えた。

「作り物だというのですか。いやいや、そうは見えませんでしたが」

「そりゃ儂が作ったんだものさ。ま、作り物といっても熊で熊作ったのよ。旦那よ、あんなでけえ熊ァ、蝦夷地にも居ねえよ」

熊で熊を作るとはどういうことか。

「あのな、上ッ皮の熊ァ、その昔、儂が陸奥《むつ》で暮らしてた頃に蝦夷地の男から買い取った羆の皮だ。頭付きで一頭まるまるだったし、そりゃでけえ熊だったから、結構な値がしたがな。何かに使えるかと思って買った。ナニ、連中はそれで商売してんだよ。肉は喰えるし皮は高値で売れるからよ。でも、それだけじゃあどうもねえ。あれだけじゃ背丈が足りなかったんだ。だから――ほら、いつだったか旦那も会っただろ。あの」

「旗屋の縫――さんですか」

民譚《むかしむかし》に語られる鉄砲名人は、名を嗣ぎ代を重ねて今も実在するのだ。

「そうだ。あの縫にな、でかいのを二頭ばかり調達させた。彼奴《あいつ》は叉鬼《またぎ》だからな、熊獲るのが生業《なりわい》だ。でもこの時期熊ァ穴に籠ってやがるからよ、難しかったようだがな。それでも二日で持って来たぞ」

「それを――」

「だから言っちまえば並べて上から皮掛けただけだよ。継ぎ目には細工したたし、あれこれ隠したし、不自然なとこには柱刺したり梁載せたり、雪塗《まぶ》したりしたさ。目玉だの舌だのは干涸《ひから》びてたから、新しい熊から取った。首の骨だの背骨だのも抜いて、皮に仕込んだ。潰れた体《てい》にして臓物も出しといたさ。仕上げに、額に一発鉄砲撃ち込んだ。まさか三匹継ぎ接《は》ぎたあ思わねえだろ」

「そりゃどうかねえ」

医者様が来た時は肝が冷えやしたぜと柳次が言った。

「近くで見りゃアラが丸見えだ」

「そんなことはないわ。まあ、触って毛皮捲《まく》れば暴露《ばれ》ちまうだろうが、見ただけでは判らんわい。この長耳様の細工の腕を舐《な》めるんじゃあねえ」

「だから医者ならお脈を取るだろうがこの蛸《たこ》坊主。触りゃあ判っちまうんだろうによ」

「死骸の脈は取らねえよ。しかもけだものじゃねえか。大体な、柳次。人が熊に近付かねえようにするのがてめえの仕事だったのじゃあねえか」

「真逆《まさか》医者を喚ぶたァ思わねえだろうよ。しかも、こちらの旦那と一緒だぜ。こちとら面が割れてるじゃねえか」

この人は大丈夫《でえじょぶ》だよと仲蔵は言った。

慥《たし》かに、あの場でも祥五郎は色色と呑《の》み込《こ》んだのだ。

「それも承知しました。では、屋敷を潰したのは」

「儂だ。まあ、あれは荒事といえば荒事だ」

「お前《めえ》にゃお似合いだよ長耳。あんなに見事に潰すたあ思わなかったぞ。丸太でも振り回したのか」

「莫迦野郎。あのな、儂は見た目はこんなだが仕事は細けえんだよ、柳次。あれはな、建物のあちこちに傷やら切目やらを入れて、梁と柱に縄掛けて下から引いたんだ。どんな建物だって弱《よえ》え処はある。扇も要《かなめ》ェ外しゃばらけるだろ。上から潰したように見せ掛けるのに苦労したんだ。仕込みに三日かけたからな」

「三日——って、待ってくださいよ仲蔵さん。あなた達の仕掛けは、昨日の夜に行われたのではないんですか」

「ああそうだよ。小正月の夜は人が居ねえからな」

「だって、今、三日かけたと」

最初から教えねえと判りやしねえよと柳次が言った。

「あのなあ、宇夫方の旦那。この話、そもそもの始めは五日ばかり前《めえ》だ。江戸から吉次郎が来て、日を合わせて寛次も来た。それが十一日だ。正月十一日といえば、遠野では塩を買う日と決まってやしょう。ま、それを見込んでこの献残屋も何か売り付けてみようとね、まあのこのこやって来たんでやすけどね」

「間抜け。塩買うなァ縁起担ぎだ。てめえの瓦落多《がらくた》なんざ買う訳ねえだろが」

売れなかったさと言って柳次は戯《おど》けた。

「でもね旦那、この柳次様ァ土淵で女を拾っちまったんで」

「女——とは」

「血だらけでね。あの屋敷から飛び出して来た」

「寛次が集めた女の中の一人よ。その日、江戸に送られることになってた女でな。吉次郎が八十両てえ高値を付けた娘だ。何でも、他からも引きがあってな、三十、五十と値が吊《つ》り上がり、その所為で二年近く売り惜しみされてた女だそうだ。結局、吉次郎が買うことになり、連れに来たという寸法だよ」

「ではその女が――三人を殺したと」

「そうじゃあねえんで」

全員で、でやすよと柳次は続けた。

「総掛かりでやったんだ。その時居たのは二十二人。座敷牢を開けに来た権蔵を先《ま》ず捕まえて、まあその」

「そんな」

「二十二人総掛かり、しかも不意打ちじゃあ、男と雖《いえど》もどうも出来ませんぜ。でもね、人ってな、中中生き意地の汚《きたね》えもんでしてね。そう簡単には死なねえ。そこでね、まあ、偶々《たまたま》そこにあった――長柄の鉄熊手で、ざっくりと」

「長柄の鉄熊手だと。そんなものは」

見たことがない。

「その昔、水軍なんかが戦で使った得物のようですがね。柄が四五尺もある熊手で。権蔵はそれで、牢の外から女達に喰いもの差し入れたり、引き出したりしてたようでね。いちいち戸を開けて逃げられちゃいけねえと思ったか、まあ、ただの無精者だったか」

無精者だったのだろう。老人もそう言っていた。

「そんなもんでざっくりやったら――まあ、怖くなりますぜ。そこに、異変に気付いた寛次と吉次郎が様子を見に来たもんだから、もう、後は目茶苦茶だったそうでさあ」

怖くなったのよと仲蔵が言う。

「怖さってなあな、旦那。簡単には消えねえ。安心ってのは中中手に入れ難《にく》いもんだし、怖さが続きゃ人は駄目になるもんだ。そうは言っても怖くねえ怖くねえと念じたところで無駄なことだ。だから、怖さをな、手っ取り早く消そうと思ったなら、先ず憎むが楽よ。本当は——そうじゃねえんだろうがな。相手を憎んで、それで攻撃すンのが一番簡単で早《はえ》え怖さの消し方なんだよ。能《よ》く吠《ほ》える犬も咬《か》み付く犬も、ありゃ強《つえ》えんじゃねえ、臆病なのよ。どうだい、臆病者程、突っ掛かって来るもんじゃねえかい」

それはそうなのだろう。

——熊と一緒か。

熊は臆病な獣だと洪庵が言っていた。臆病だから攻撃して来る。熊は別に人を殺したいのではなく、人を怖がっているのだ。だが、力が強く、鋭い爪もあるから。

殺してしまうのだ。

その時女達には、多勢という力と、熊手という爪があったのか。

「女とはいえ二十二人が襲ってくりゃ敵《かな》いませんや。女達にしてみりゃ怨《うら》み骨髄だしね。武器もある。誰が何をどうしたのかは、女達にも判らねえようですがね、倒れたのいいことに摑み掛かって大乱闘——みてえなこと言ってましたが、二人とも一撃でほぼ死んでたでやしょうから、まあ乱闘じゃねえ、錯乱だ。熊手は柄が長えから、近付く前に一撃、驚いて逃げる吉次郎の背中に一撃——ってな具合だったんでしょう」

「そう——なのか」

馬ァとばっちりですよと柳次は言った。

「闇雲《やみくも》に熊手を振り回したんでやしょうね。柱にもあちこち傷が付いていたし、怪我してる女も居やしたからね。思うに、逃げ出した吉次郎を追い掛けて厩まで——までったって厩ァ座敷牢の直《す》ぐ目の前ですからね、振り回してざっくりとやっちまったんでしょうや。あっしが入《へえ》った時、馬ァまだ息がありやしたが、助けるなァ無理だった」

馬には可哀相《かわいそう》なことをしやしたよ、と柳次は溢《こぼ》した。

その暴動は逃げようとした故《ゆえ》のものですかと問うた。

「女達はその夜に売られ、何処へなりと連れて行かれる手筈だった訳でしょう」

「いやね、まあ女達は逃げてえとも思っただろうし、権蔵や寛次を憎く思ってもいたんでしょうよ。家畜扱いの待遇だったんだし、辛抱も限界だったのかもしれねえ。けどね、契機《きっかけ》は別にあったんですよ。去年の暮れに、逃げようとした娘を権蔵が折檻《せっかん》し、殺しちまったんで」

「殺した——のですか」

「まあそれ以前にも何人か言うことを聞かない娘を折檻したり、中にゃ買い手が付かねえと殺しちまったこともあったようですしね。病気になっても養生なんざさせねえ。医者も呼ばねえ薬も与えねえ。見殺しですよ。でもね、女ァ何箇月かごとで入れ替わっちまうでしょう。だから、前のこたァそんなに知れねえや。でもね、その二年近く売り惜しみされてたって女が居たもんだからね——」

なる程。惨状が伝えられたか。

「女どもはよ、怯えて堪えて、限界だったのよ。そこに仲間が一人殺されて、心底怖くなったんだと儂は思うがな。逃げようとか、憎らしいとか、それより先に怖かったんだ。怖くて怖くて怖さが弾けた。煮えた鉄瓶の蓋《ふた》が跳ね上がるようなものよ、でもな」

それでも人殺しは人殺しだよと仲蔵は続けた。

「我に返れば死骸が三つだ。今度は別な意味で怖くなったんだな。で——飛び出して来た女てえのは、まあ自訴しようとしたらしい。そうだな」

柳次は首肯《うなず》いた。

「ありゃあ気丈な娘さね。何でも最初に熊手ェ手にしたのはその女だったんだそうでね。だから、泣いて叫んで怯えるばかりの他の女達を宥《なだ》めて落ち着かせ、自分一人で罪を被ろうとしたんでやすよ。他の女どもにゃ、逃げろと言った」

「でも出て直《す》ぐにおめえに見咎められたんだな」

放っておけねえだろうよと柳次は言った。

「あの娘だって、取り乱していたことに違《ちげ》えはねェんだ。自訴するったって何処に行きゃいいのか、その後どうなるのかまでは考《かんげ》えてねェ。何たって、このあっしに取《と》り縋《すが》ってね、人を殺したから自訴します罰してくださいと、まあこう懇願しやがるんで。見りゃ血塗《ちまみ》れだし、徒《ただ》ごとじゃあねえでしょう。だから取り敢えず落ち着かせて、話を聞いた。それでもどうにも要領を得ねえんで、一旦《いったん》屋敷に戻そうと、行ってみたんですがね」

そりゃ惨《むご》たらしい有り様でしたぜと言って柳次は自《おの》が額をぺしゃりと叩いた。

「外で死んでた吉次郎を裡《なか》に引き摺り入れて——ま、幸いにというか何というか、残り二十一人、逃げることもなく皆腰抜かして放心していたんで、騒ぎにゃなってなかったが——兎《と》に角《かく》みんな別の座敷に移しやしてね、湯ゥ沸かして順番に風呂に入れた。ただ着替えがねェ。みんな血だらけ泥だらけでね」

「着替えもないというのはどういうことです。権蔵や寛次にしてみれば女達は商品——だったのではないのですか」

「品物はね、体なんですよ。着物は品物を包むだけのもんですよ。団子包む竹皮で。包みは喰う時は捨てやしょう。まあ、襦袢《じゅばん》や湯文字《ゆもじ》は沢山ありやしたがね。仕方がねェから火を熾《おこ》して部屋暖めて、詳しい話を聞きやした。そしたら余計に捨てておけなくなっちまった。そこでこの野郎を担ぎ出すことにしたんで」

面倒ごとばかり拾って来やがると仲蔵は悪態を吐《つ》いたが、それはお互い様だろうと柳次は返した。

「ただこの野郎は吝嗇《けち》ですからね、無料《ただ》じゃあ働かねえ。でも金はあったんで。寛次と吉次郎が持ってた金が合わせて二百両、こりゃ、女を売り買いする金だ。権蔵が貯め込んだ金が百二十両。こっちは隠し女郎屋で儲けた金さ。つまり」

女達の金か。

「だから、先ず女達に一人十両ずつ分け与えましてね、残りの百両で」

「仲蔵さんに仕事を頼んだと——いうのですか」

「ええ。慥《たし》かに女達は男を三人殺した。こりゃ長耳の言う通り罪だ。でもね、半分は攫われた女、残りは騙されたか、鐚銭《びたせん》で買われた女ですぜ。それが牢屋に入れられ牛馬以下の扱い受けて、夜な夜な男に体開かされてたんだ。挙げ句他国に売られる運命《さだめ》だ。好いこたァひとつもねェんですよ。そんなもんお上《かみ》に突き出したって、どうにもならねェでしょう。そうしていたら、どうなってましたかね、旦那」

どうなるだろう。

奉行所はどんな沙汰《さた》を下していたか——。

「皆たァ言わねえが、幾人かは罰せられることになりやしょう。買われた女は多分、津志田の遊廓に送られる」

「いや——攫われた女だけは、それぞれの家に戻されることになるのではないですか」

「そうかもしれねえが、何もかもが明るみに出たんじゃァ元の暮らしにゃ戻れねェですよ」

女達にはせめて元の暮らしをさせてえでしょうに——。

「そのためにゃ、何もかもなかったことにするしかねぇ」

「なかったこと、ですか」

「女達はね、人買いに攫われたんでも人攫いに勾引かされたんでもねえ。況《まし》て、客取らされてたなんてこともねえ。だから人殺しもしていねえ。そうすると、ただ逃がしゃあいいって話でもねェ。まあ、一番簡単なのは死骸をどっかに埋《い》けちまってね、女達をこっそり逃がしちまうこと——だったんですがね。そうもいかねえ事情があって——」

「兎《と》も角《かく》よ」

仲蔵が柳次の言葉を遮《さえぎ》った。

「あの、忌《い》まわしい座敷牢をブッ壊しちまわなきゃ気が済まなかったたってこった。そうでなくちゃ収まらねえ、そういうことだよ」

柳次は横目で仲蔵の異相を見た。仲蔵は低い鼻の上に皺《しわ》を作った。

「明け方此奴《こいつ》に叩き起こされた儂はな、夜が明けると直ぐに古着屋から二十二人分の女物の着物一式と、下駄だの足袋だの調達してよ、細工道具と羆の皮持って権蔵の屋敷に乗り込んだのだわ。大荷物だ。何度往復したか。儂は担ぎ屋じゃあねェってんだ」

「あの大熊の皮が嵩張《かさば》ってたんじゃねえかよ。普通は持てねえよあんなもの。能《よ》く運んだもんだな。今日だって役人は中中帰らねえし、細工が暴露《ばれ》ねえように始末するなあ苦労したぞ。皮剝いで解体する態《てい》で、何とか肉と骨は残して来たが、皮だけでも三頭分だ。大八車に乗り切らねえじゃねえか」

柳次が買い取るとか言っていたが、既に後始末は済んでいる——ということか。ならば迅速である。

儂が持ってったなあ一頭分だよと仲蔵は言った。

「普通のよりはでけえがな。なあに、鉄の長熊手が得物と聞いたから、熊の仕業に見せかけようと思い付いたんだよ。それがどうだ、見てみりゃあの鉄熊手、随分とでけえじゃねえか。儂の羆の爪よりもかなりでけえ。あれで、ただの大熊じゃ済まなくなったんだろうよ」

「それにしたって大仕掛け、大茶番だったぜ」

「煩瑣《うるせ》ェよ。あれこれ算段してるうちによ、段段にムカっ肚が立って来たんだよ。あの座敷牢にゃ、何人もの罪もねェ娘の汗やら涙やらが染み込んでる。血も染みている。だから、もう屋敷ごとブチ壊すことに決めたんだよ。そうなりゃ大屋根よりでかい熊を拵《こしら》えるしかねえや。急いで縫に渡りを付けて熊を調達させた。この献残屋には鬼熊の噂を流させた」

「じゃあ、村の者が大熊を見たというのは、あれはただの噂だったのですか」

半分は本当でやすよと柳次が言った。

「幾ら何でも話だけじゃあ広まらねえや。この蛸入道《たこにゅうどう》が棹《さお》の先に羆の頭ァ刺してね、屋根の後ろやら森の陰から熊皮をちらちら覗《のぞ》かせたりしたんですよ。木偶回《でくまわ》しの要領でさあ。そんななァ、それこそ童騙《こどもだま》しの茶番でやすがね。先に噂が流れてるから、まあ、思い込みゃそう見えやすよ、人は」

人を遠ざける意味もあったんだよと仲蔵は言う。

「普通の熊だったら猟師が大勢撃ちに来るだろう。穴抜け熊は凶暴だし、里に出たとなりゃあ放《ほ》ってもおけめえ。だがな、化け物みてえなでかい鬼熊だってなら、怖じ気付《おけづ》いて躊躇《ためら》うだろうて算段だ。権蔵は嫌われてたが、それでも村人に近所うろつかれちゃ困る。縫が別の熊を調達して来るまで時を稼がなきゃならなかったし、屋敷ブチ壊す細工だって直ぐには出来ねえのだわ。女を逃がす算段もある。だからといってダラダラする訳にもいかねえだろ」

「幸い正月でやしたしね。平素たァ人の往き来が違う」

「だから——決行は小正月の晩に定めたんだ。屋敷壊すところも熊の仕込みも、見られちゃならねえだろう。小正月の夜なら、人は誰も居なくなるじゃねえか」

「大熊は、小正月までの人除け策でもあった、ということですか」

面倒なこと考えやがるんだこの蛸入道はと柳次は言う。

「熊ァ兎《と》も角《かく》、屋敷まで潰すたァ思わねえ。あっしはね、女さえ逃がせればそれで良かったんだが——」

「おい。女逃がすのだってよ、一人二人ならまだしも、二十二人だぞ。一寸《ちょっと》した大行列だからな。どっちにしても人気《ひとけ》の絶える小正月の夜を待つしかねえだろうがよ」

「その間、女達は」

「外に出ねえよう辛抱して貰いやした。まあ、女達はそもそも監禁され隠されてた訳だし、権蔵は人付き合いが悪かった。それが幸いして怪しまれることもなかったんで。でもね、この辺りの小正月は大忙しだ。朝から晩まで色色ありやすからね、村の者は引っ切りなしに出回りやしょう。だから、十四日までに仕込みは済ませ、昨日は凝《じっ》乎と——夜を待った」

いや、待て。

「いやいや、待ってくださいよ柳次さん。怪訝《おか》しいですよ。権蔵は、昨日の夜まで生きていたのじゃないんですか。村の者が見ているじゃないですか」

「忘れたのかい旦那。その六道屋は、死人を生かして踊らせる——六道亡者踊りって技を持つ外道野郎だぜ」

そうか。

「それじゃあ」

ヤツカカシを飾っていた男というのは。

「あっしですよ。長耳の引いた図面に乗っかるなら、三人と馬ァ、熊に殺《や》られたてえことになる。なら、そら偶然でなくちゃあいけねえ。直前まで生きてた風にした方が都合がいいでしょうや。わざと見られたんですよ」

「花さんも――ですか」

まあな、と仲蔵は素っ気なく答えた。

「女どもは人気が絶えてから移動させて、釜石《かまいし》の方に一旦逃がしたよ。縫の手を借りた。今ァ縫の縁故の寺に預けてある。それぞれの身の振り方ァ、追追に考えさせるよ。金はあるし、どうにでもなるだろう」

そうか。

そこを見られましたね、と言った。

「おう」

真逆《まさか》小正月の夜中に、しかも大熊が出るような場所に女ァ求めて這《は》い出て来る間抜け野郎がいるたあ、お釈迦《しゃか》様でも思うめえよ――と、仲蔵は憎憎しげに言った。

「ま、屋敷の方の細工は全部終わってやしたから、何とか誤魔化《ごまか》したんですがね。まあ、いつぞや勘定方吟味役の大久保様に掛けたのと同じ手――野衾《のぶすま》ですよ」

頭に被せて視界を奪い、薬で瞬時に昏倒《こんとう》させる道具――だそうである。

「本人――犬八とやらは、雪女だと言っておったが」

「まあ、雪道に目立たねえよう女どもには各々に白い布を被せておったから、そう見えたのだろうぜ。まったく、余計な野郎だったぜ、あの野郎は」

解ったかいと仲蔵は言った。

「それで全部だ。得心が行ったら、まあ甘酒でも飲みな」

仲蔵は湯飲みに白い汁を注いで突き出した。

「温まるぞ」

祥五郎は掌を翳し湯飲みを退けた。

「得心は――いかぬ、と言うよりありませんよ」

「何だと」

「犬八を洪庵さんの処に連れて行ったのは何故です」

「医者だからだろ」

「他にも医者はいますよ。家に送り届けたって良かった筈だ」

「あの間抜けが何処の誰かは知らなかったんだよ」

「それはないと思う」

知っていたのではないですかと祥五郎は言った。

「犬八の顔を見知った者が、女達の中に居たのではありませんか」

仲蔵と柳次は顔を見合わせた。

「喰えねえな、旦那はよ」

それは――。

「洪庵殿の娘さんですね」

お祭しの通りだよと仲蔵は言った。

「そのな、二年売り控えた別嬪《べっぴん》こそが、田荘洪庵の攫われた娘――さとさんよ。他の娘どもはな、皆、寛次が他国で攫ったり騙したり買ったりした女ばかりだったんだがな、さとさんだけは――権蔵が攫ったのだよ」

「権蔵が」

「懸想しておったのだ」

権蔵は以前田荘先生の家の近くに住んでいたんですよと柳次が言った。

「前前からさとさんに岡惚《おかぼ》れしていたんだあの野郎は。それで、まあ寛次がやってるんだから自分がやってもいいだろうとでも思ったか、手前勝手に勾引かした。ただ、最初は売るつもりがなかったようでね。あの野郎、てめえの女にしようとしたらしいんですよ。でも、さとさんは頑《かたく》なに拒《こば》んだ」

「そんなのは――当たり前でしょう」

「当たり前が当たり前と思えねえんだ、あの手の野郎どもにはね。さっき長耳が言ったでしょうに。彼奴等《あいつら》は、女を人と思ってねえんですよ」

胸糞《むなくそ》が悪《わり》ィわいと仲蔵が床を叩いた。

「権蔵の野郎が女に客を取らせるようにしたのはな、そもそものさとさんの態度が気に入らなかったから――みてえだな」

「どういう意味ですか」

「だからよ。自分のものにならねえのが気に入らなかったんだろう。だから、何処の馬の骨とも知れねえ助平爺に抱かせたんだよ。何度もな。汚れっちまえばてめえのものになるとでも思いやがったか、それとも袖にされた腹癒《はらい》せか、そりゃ判らねえがな。どれだけ腐っていやがるかよ」

慥《たし》かに――酷《むご》い。

「色道の地獄に堕《お》ちちまったような糞野郎は大勢居《お》りやすからね。その、犬八ですかい。そいつなんざ可愛いもんだ。女弄《もてあそ》ぶためなら幾価《いくら》でも出すって頭の煤《すす》けたお大尽は、何処にでも居るんですよ」

「権蔵が他の女達に客を取らせ始めたのも、それで味を占めたからなんだよ。儲かるからな」

「さとさんは、自分の所為でそんなことになったと、酷《ひど》く悔やんでたんで。だから――」

だから。

最初に熊手を手に取った。

「そして罪を一人で被ろうとしたということですか」

そうなんだろと仲蔵は投げ遣りに言った。

「人殺しは好かねえし、どんなに悪党でも殺しゃ殺した方が悪いてえのは、道理だ。儂もそう思うよ。でもなあ、儂ゃあの、さとさんを責める気にだけはどうしてもならなかったのよ。そりゃお前さん方の理屈ならよ、お上に身を預けてお裁きを受けるてェのが筋なんだろ。そりゃ十分《じゅうぶん》に承知してんだよ。でも、な。もう、イヤって程に罰は受けてるんじゃねえのかよ」

祥五郎は黙った。

「謂わば、先に償《つぐな》いを済ませた罪――そう受け取ればいいのでしょうか。それは――」

良い悪いでいうなら悪いことなのだろう。

でも救われるか救われないかということになれば。

――これでもまだ救われはしないのか。

「しかし、しかしですよ。何故そのさとさんを洪庵先生の許に帰してあげなかったのです。あの、花さんが持って来た櫛と手紙は、あれはどういう意味ですか。あの人がどれだけ娘さんのことを案じているか――」

そんなこたァ解ってんだよと仲蔵は怒鳴った。

「いいかい宇夫方さん。他の娘は他所者《よそもん》だ。でもな、さとさんはこの、遠野で暮らしてた娘なんだ。さとさんを玩具《おもちゃ》にした糞爺どもの多くは、遠野に住んでんだ。この、狭い遠野によ。何処の誰だか知ってた客も居たようだ。いいか、権蔵が死んだところで、連中はみんなピンピンしてんだぞ。それで――」

戻れるかと仲蔵は再び床を叩いた。

「さとさんが居なきゃな、鬼熊の狂言なんざやってねえよ面倒臭《めんどくせ》え。皆、ただ逃がして終《しめ》えだよ。言っただろう。何もかもなくしてしまわなきゃいけなかったんだ。あんな隠し女郎屋は最初からなかったんだとな。そうやって消し去ったって、さとさんだけは」

どうしようもねえじゃねえかと言って仲蔵は下を向いた。

「爺ども捜し出して殺し回る訳にもいくめえよ」

それが理由――か。

あの先生はどうしてたと仲蔵は問うた。

「まあ狼狽《ろうばい》しておられたし、生きていて戻らぬことに憤慨もしていらしたが――生きていると知れたことを素直に喜ぼうと思い直されたようです。娘さんに再び会える日まで、好物の鮭を断つと言っていましたよ」

「そうかい。さとさんは何処か他国で暮らしが立つように考える。まあ、助兵衛爺どもの余生もそう長かねえだろうし、いつかは会えるだろう。いや、儂が会わせてやるよ」

仲蔵はそう言って長い耳朶《みみたぶ》を弄《いら》った。

祥五郎は、さとが幸せになれるような譚《はなし》を、緩緩《ゆるゆる》と考え始めた。

恙虫
<ruby>つつがむし</ruby>

◎恙虫

齊明天皇《さいめいてんわう》の御時《おんとき》
石見《いわミ》八上《やかミ》の山奥《やまおく》につゝがといへるむし有《あり》て
夜《よ》は人家《じんか》に入《いり》て人《ひと》のねむりをうかゞひ
生血《せいけつ》をすひて殺《ころ》さるゝもの多《おほ》し
博士《はかせ》某《それ》に仰付《あふせつけ》られ
此蟲《このむし》を封《ふう》じさせ給《たま》ひしより
民間《ミんかん》に其愁《そのうれい》なし
是《これ》よりして無事《ぶじ》なることをつゝがなしとハ云《いひ》けるとぞ
ある説《せつ》には
悪《あ》しきことなしと云義《いふぎ》を書《かき》たがへて恙《つゝが》と云始《いひそめ》たりと有《あり》
何《いつ》れか然《しか》るや

——繪本百物語《えほんひゃくものがたり》／巻第五・第卅八

譚《はなし》

昔、あったずもな。

山ン奥の、そのまた奥に、毒虫コが巣くっておったど。

虫コァ夜な夜なわりわりど里さ下りて来では、家ン中さ入《へえ》り込《こ》んで、布団の中さもぐり込んで、人ば刺しだんだ。

刺された者《もん》は死《す》んですまう。

何人も、何人も、死《す》んだと。

村の者《もん》は恐ろすぐて恐ろすぐて、夜も寝られねでおったずもな。

寝れば虫コ来るんでねべが、刺されるんでねべがって思ったんだべな。

あんまり恐ろしもんで、虫コ退治すで貰《もら》うべど、銭《じぇん》コ沢山集《あづ》めで、都がら偉《えれ》え博士《はがしぇ》ば連れて来たずもな。

博士《はがしぇ》、山さ登って、虫コの穴さ入《へ》って、ご祈禱《きとう》したんだかお加持《かず》したんだか知らねけど、虫コさぺろっと全部退治してしまったずもな。

したけど、この博士《はがしぇ》、実《ずつ》は悪《わり》い博士であったの。

虫コもう一疋《ぴき》もいねのに、

「この山の虫コ、強《つえ》え虫コだ。なんぼ潰《つぶ》しでも直《す》ぐに涌《わ》ぐ」

と、嘘《ぼが》さこいたずもな。

すたどこらぁ、村の者《もん》、恐ろすもんだがら、まだ銭《じぇん》コ集《あづ》めで、お願いすたずもな。

博士《はがしぇ》、まだ山さ登って、何にもいねえ穴さ入《へ》って、ごにょごにょ言《しぇ》って、

「半分ばかす退治したずも、この山の虫コ強《つえ》え虫コだで、まだ涌くべ」

と、まだ嘘《ぼが》こいたずもな。

村の者《もん》、半分では直ぐに元通りになんべど思で、まだ銭《じぇん》コ集《あづ》めて博士に頼んだと。

博士《はがしぇ》、また山さ登って、同ずことしたべ。

そんで、

「残りの半分退治したずも、まんだ新しい虫コ涌いた」

と、まだ嘘《ぼが》こいたずもな。

村の者、もう銭《じぇん》コなぐなって、牛《べこ》コ売って馬《ま》っコ売って博士《はがしぇ》さ頼んだと。

博士《はがしぇ》、まだ同ずことすんべと、

「新《あだら》すぐ涌いた虫コ退治したずも、最後に一疋《ぴき》残ったべ。だがらまんだ増えるべな」

と、まだ嘘《ぼが》こいたずもな。

村の者、今度ァ娘売って嬶《かか》売って銭《じぇん》コ作ったべ。

博士《はがしぇ》、けろけろ笑って、

「この村の者《もん》、利口《りごう》でねぇがらなんぼでも銭《じぇん》コ貯まるべ」

って、博士《はがしぇ》、まだ山さ登って穴さ入《へ》った。

すたどこらぁ、あんまり悪さが過ぎたんだべかな、穴ン中で、博士《はがしぇ》の姿ァ、虫コになってすまったんだと。

すかたねぐ虫コの姿でわりわりと里さ下りたらば、最後の虫コ来だあ、って。

村の者みんなに潰されで、到頭死《す》んですまったと。

だから山の虫コの穴には銭《じぇん》コだけいっぺあんだと。

どんどはれ。

咄《はなし》

人熱《ひといき》れが激しいので往来を避けて横道に逸《そ》れてみたが、其処《そこ》にも人が居た。

市《いち》が立っている訳でもないのに大層な人出である。これが市の日であれば、前に進むのも大変な程である。雪が融《と》けてからこちら、遠野郷《とおのごう》はずっと賑《にぎ》わっているのだ。

春は、否応《いやおう》なしに人の気持ちを昂《たか》ぶらせ、同時に和《なご》ませるものだ。雪の降り籠《こ》める地方では尚更《なおさら》だろう。雪を割って草が覗《のぞ》き、やがて大地が現れると、何故《なぜ》か生きているという気になるものだ。

それは例年のことなのだし、だから春先までこの賑わいはその所為《せい》だろうと思っていたのだが、違ったのだった。人出は春を過ぎ、夏を目の前にして更に増えた。今年は去年にも増して天候が良いのだ。田植えも無事に済み、梅雨も程程で、稲の育ちも極めて良い。

豊年満作は間違いないだろう。

昨年も豊作、一昨年は平年作と、ここ数年作物の穫《と》れ高は安定している。だが、放逸な施策に因《よ》る散財で藩の財政は著しく窮乏している。加えて恒久的な銅不足は如何《いかん》とも難《がた》く、市場に出回る銅銭も一向に増えない。

一昨年辺りまでは悪名高い紙銭――七福神札《しちふくじんふだ》発行停止の影響が尾を引いていて、遠野の町も疲弊していたのである。去年は去年で米取引に関わる紛乱《ごたごた》――俗に謂《い》う半兵衛《はんべえ》騒動が起きた所為で、豊作であったにも拘《かかわ》らず押し寄せが起こる手前まで行ったのだった。

今年は今のところそうした事件は起きていない。

百姓達は安堵《あんど》している。

期待ではなく、既に安堵しているのだ。慥《たし》かに余程の天変地異か、それこそ戦争《いくさ》でも起こらぬ限り、本年の豊作はほぼ約束されているようなものではある。

百姓の安心は商人《あきんど》にもそのまま伝わる。漁師にも猟師にも伝わる。勿論《もちろん》、侍にも伝わるものである。

米でも稗《ひえ》でも粟《あわ》でも、作物が穫れるということは、とりもなおさず良いことなのである。

遠野に暮らす殆《ほと》んどの者は、だから揃《そろ》って明るい顔をしている。童《こども》も笑っているし、大人も和やかに働いている。実に良い光景だ。

宇夫方祥五郎《うぶかたしょうごろう》は、それでも未《ま》だ肚《はら》の底に不安の種を抱えている。世に、好事魔多しと謂うからである。

町から離れても人や馬を見掛ける。

白望山《しろみやま》を目指して進む。

土淵《つちぶち》の外れ、琴畑《ことはた》を過ぎれば既に村というより山である。

小烏瀬川《こがらせがわ》沿いに登る。

やや曇り気味だが暑い。

祥五郎はたっぷりと汗をかいている。平素《いつも》よりのんびりと歩いた所為だろう。立丸峠《たちまるとうげ》に差し掛かった頃には午《ひる》を過ぎていた。

峠の中程に立って、扠《さて》、何処《どこ》に居《い》るものかと見渡してみたところ、半裸の乙蔵《おとぞう》は大きな樹の下で搗《つ》きたての餅《もち》の如くに伸びていた。実《まこと》にだらしのない恰好《かっこう》である。

乙《おと》、乙蔵と声を掛けたが動くものではない。暑気に中《あ》たって気でも遠くなっているのかと近付いてみれば、異様に酒臭い。何のことはない、酔い潰《つぶ》れているのであった。

忌忌《いまいま》しいので爪先で頭を小突いた。

「好《い》い身分だな乙蔵」

乙蔵は薄目を開けて、遅《おせ》えと言った。

「当たり前ではないか。何でこんな処《ところ》を待ち合わせ場所に選ぶのだ。それは、儂《わし》は人混みを好まぬ質《たち》だが、僻処《へきしょ》を好む訳ではないぞ」

「そんだ山奥ではね。俺《おら》の家《え》の本家ァもっど奥にある。それにな、そっちの離森《はなれもり》ン処《とこ》は長者《ちょうじゃ》屋敷《やしき》だ」

「そういう土地の名だというだけで、其処には何もないではないか。ただの荒れ地だ。あんな処、誰も行かぬぞ」

昔は長者が住んでいだんだと怠《だる》そうに言って、乙蔵は体を起こした。

「作りごとだろ」

「嘘ではねえ。ほれ、あっちの長者屋敷の方さこんもりすた小山が見えんべ。ありゃ糠森《ぬかもり》いうずもな。何でそんな名前《なめえ》がづうと、あの山ァ、その長者が捨てだ糠コが、積もり積もって出来た山なんだそんだ」

莫迦《ばか》な話である。

「それこそ拵《こしら》え話ではないか。幾ら分限者《ぶげんじゃ》でも腹は一つだろう。家族だの使用人だのどんなに大勢居たのか知らんが、それでもどれだけ喰《く》えば糠が山になる程出るのだ」

「ふん」

乙蔵はウンと伸びをした。

「お小姓様ァ杓子定規《しゃくしじょうぎ》だ。つまんねわ。謂い伝えだべ。嘘だ実《まこと》だ言っても始《はず》まんねべよ。そんでもな、ま、長者は居だんだ。で、何かを捨でた。捨でたってか、埋めたが、隠したが、何かすたんだべ。ンでなければ、そんだ謂い伝えは残らねべ」

それはそうだろう。

乙蔵は胡坐《あぐら》をかいて汗を拭《ぬぐ》うと、必ず何か埋まってるんだ――と言った。

「謂い伝えだと切って捨てればそれまでだべけど、でも謂い伝えには伝えられるだけの理由があンだ。あの辺りは踏鞴場《たたらば》ではねがったか――と思うでるんだ俺《おら》は」

「踏鞴場だと。遠野で鉄を製錬していたと言うのか。鉄など採れぬぞ。鉄鉱石が出るのは釜石《かまいし》の方だ」

近《ちけ》えでねえがと乙蔵は言う。

「橋野《はしの》だべ。それにな、石なんざ出ねでも砂鉄ァあんだ。南部《なんぶ》は鋳物《いもの》の国でねが。盛岡《もりおか》藩も仙《せん》台《だい》藩も」

それも事実ではある。

盛岡に限らず奥州の鋳物の歴史は平安《へいあん》の昔《いにしえ》まで遡《さかのぼ》れると聞いた。鋳物業は室町《むろまち》の頃には仙台盛岡を中心に定着し、徳川《とくがわ》の世になってより盛んになった——ようである。

「だがな、乙蔵。あんな処に踏鞴があったという話は聞いたことがないぞ」

古いんだべと乙蔵は答えた。

「古いとは何だ」

「だがら。遠野南部家の入る前、いや、阿曾沼《あそぬま》の時代よりも古いんでねがと俺《おら》は思うがな。それこそお前《め》の先祖が何か書ぎ残してるんでねのが」

だから先祖ではないと祥五郎は応《こた》える。

宇夫方平大夫広隆《へいだゆうひろたか》は元禄《げんろく》の人で、遠野の地誌歴史を書き記した人物である。遠野郷の前の統治者である阿曾沼氏に就いて記した『阿曾沼興廢記《こうはいき》』なども遺《のこ》している。同姓であるが祥五郎は直系ではなく、傍系である。

「阿曾沼以前の記録となると、細かいものはなかろうな」

「なら謂い伝えから知るよりなかべ」

「うむ」

酔っ払いの癖にいちいち言うことは尤《もっと》もである。

「いや――鉄ではねえがもしれねがな。と、言うより、俺《おら》は金でねがと睨《にら》んでんだ。白望山の方じゃ金が採れたんでねが」

「金なあ」

遠野は金の採れる土地ではあった。

佐比内《さひない》にも小友《おとも》にも金鉱はあった。栃内《とちない》辺りにもあった筈《はず》である。

宇夫方広隆の記した『遠野古事記』にも、小友村の金鉱に気仙《けせん》の金掘人足が乗り込んで来て揉《もめ》ごとが起きたという逸話が記されていたと思う。確実に金は採れたのだ。

だが、それも寛永《かんえい》の頃の話である。

その頃は金が藩の財政を潤していたのだろう。

遠野領内にあっても、金山だけは藩の直営だったようである。だが、いずれにしても大昔の話である。

「まあ採れたのであろうが、採り尽くしたのだ」

未《ま》だ掘れるなら掘っているだろう。

盛岡藩は銭がないのだ。

「小友の蟹沢《かんさ》金山にしたって、今は跡が残っているだけだろう。もう金など――」

いや、乙蔵が言っているのはもっと昔の話だ。

「まあ阿曾沼時代より前なら話は別だが、それにしたって長者屋敷の辺りはなあ」

何もない。

「そらどうかな。そんな昔の記録はねと、お前《め》が言ったんでねが。それにな、もう掘り尽しだってのも、怪しいもんだと俺《おら》は思うのよ」

「おい。金が採れるなら掘っているだろうに。今の盛岡藩の窮状はお前でも知っているだろうよ。どんなに金を掻《か》き集めても軍事教練だ何だと直《す》ぐに使い果たしてしまうのだ。今年は豊年だからまだ良いが、これ以上役銭を課せば、民は暮らしては行けん。金鉱が生きておれば必ず掘る」

「浅慮《あさはか》だなお前《め》も」

「何だと」

「しだって、金が出だらば、先《ま》ンず隠すべ。金は幕府に取られるのでねがったが。出たら出た方が大変だべ」

「ああ」

それもそうなのだ。

金山は幕府の直轄になるのだったか。藩が運営するのだとしても、金はまるごと上納されるのだったような気もする。そうでなかったとしても、幕府に納める運上金は廉《やす》いものではないだろう。金掘りは大変だし、費用も掛かる。ならば割に合わぬのかもしれない。

「しかし隠し金山というのは考え難《にく》いがな」

それなら財政は潤っている。

否、遠野の殿はそんな不正を働くご気質ではない。

「だがら。藩も領も関わりねんだって」

「誰かが勝手に掘っておるというのか」

どうだべなあ、と乙蔵は誤魔化《ごまか》した。

「俺《おら》、あの辺りから」

乙蔵は指差す。

「もうもうと煙が上がってるのを見でる」

「煙だと」

「ここ何日か、真夜中にな。火が上がる。でも火よりも煙の方が多い。さぁで、何をしてンだべな」

「お前、そんな前からここに居るのか。しかし、それが本当なら、それは不審火ではないか」

「家も何にもね。お前《め》の言う通り、ただの荒れ地だべ。火ィ付けたって始まらね」

それはそうである。

「では何だというのだ」

「踏鞴の火ではねえのがな。俺《おら》は金の製錬なんぞ見だこどねども、あんだにごうごうと燃すものなんか、ねべ。何を燃してるのか知らねけど、そら凄《すげ》ェ煙だがら――」

「莫迦莫迦しい。お前は、何者かが今も彼処《あそこ》で金を製錬しているとでもいうのか。儂も詳しくは知らぬが、冶金《やきん》というのは誰にでも出来るものではない。ただの野っ原で出来るものではないぞ。炉も作らねばならん。そんなものがあれば直ぐにも知れよう」

「そうでねえ。そら、昔の話だ」

「見たのではないのか」

「見ださ。あれは」

踏鞴場の幽霊でねえがと思うと乙蔵は言った。

「何を戯《たわ》けたことを口走るか。酒と陽気でいかれてしまったのではないのか。鍛冶《かじ》職の幽霊というなら兎《と》も角《かく》、踏鞴場の幽霊というのは何だ。まるで意味が解《わか》らん」

「そうかの。俺《おら》はそんだ妙な話だどは思わね。オマクつって遠くさ居る者の姿が見えることがあんべ。あれは想いが凝《こご》るんだ。生き死にに関わりねぐ、強え想いが幻さ見せるんだべ。同ずように土地に想いが残ればよ、何か見えることもあんべよ。あの土地が、何かを覚えてるんでねえのかな」

「何かとは」

「だがら。踏鞴場があったな昔のことだと言うてるべ。そら藩だの何だのた、関わりねえもんだったんでねが。あのな、鉱山探すな山師だ。山の者《もん》だ。見付けたならば、掘れる者《もん》に売るんだ。この遠野で今も金が採れるのがどうかは知らねけども、昔は採れだんだべ。なら、大昔はもっと採れたべ。すたら誰かが掘っとるのさ。掘ったがら——」

長者になった。

「けんどもな、ただ掘り出したって、そら石ずもな。製錬する場所が要《い》るべ」

「それが長者屋敷の辺りだというのか」

慥《たし》かに、ありそうな話ではある。祥五郎も昨年、山師と称する漂泊の民に会っている。

「長者屋敷は屋敷跡ずも。で、糠森が踏鞴場でねがと、俺《おら》は見当付けでんだ。大昔は好き勝手しでいたんだべけど、世の中治まって来ればそうもいかねべ。阿曾沼であれ南部であれ、露見すりゃ金は召し上げられるべ。下手《へた》すたらお縄になる。だがら隠した」

「金をか」

「あのな」

糠森にはこんな言い伝えもあるずもなと乙蔵は言う。

「あの小山には空木《うつぎ》が生えでる。空木の葉ってな形も色色だけんど、そん中に五葉の空木があるずもな。その下に黄金《こがね》が埋まってるんだと」

「黄金なあ」

信じてねえ面《つら》だなと乙蔵は不服そうに言った。

「ただの与太だと思うておるべ。でもな、最前も言《しぇ》ったべ。何かなげれば謂い伝えは出来ねのよ。糠森が本当に捨てだ糠の山であれば、何だって黄金が埋まっておるなどと伝わるか。お前《め》の語った通り、糠コ捨てだぐらいで山なんか出来ねわ。けんど、ただの山にそんだ謂い伝えも出来ねべ。わざわざ拵える意味もね。糠ってな、米だの何だのを精《しらげ》た後に出る、滓《かす》だべ」

「まあそうだ」

「あの糠森にはな、鉱滓《こうさい》がなんぼでもある」

「鉱滓だと。それは――鉄や銅を製錬した時に出る不純物のことか」

「滓だべ。金物《かなもの》の滓よ。米を精た糠ではねえ、鉄や金を精げた糠だ。その糠を捨てたんだ。それがあの小山だ。だがら埋まってるな、金だ。金が埋めてあるんだべ」

他のものは考えられねと乙蔵は言った。

乙蔵は糠森に顔を向ける。

掘る気じゃなかろうなと言うと、掘ると乙蔵は答えた。

「おいおい」

「俺《おら》な、勘当されだんだ」

「追い出されたのか――」

乙蔵は畑仕事をしない。次次に妙な渡世に手を出すが一月《ひとつき》も保《も》たない。失敗《しくじ》る度に飲んだくれて不貞腐《ふてくさ》れている。

「女房子は」

「親父《おやず》もおっ母《か》も、嬶《かか》やら童《こどもら》等のこたぁ可愛《めんこ》がっておっがらの。惣領《そうりょう》はもう七つで百姓仕事も能《よ》ぐ助《す》けるし、下の童どもも爺婆《じじばば》に懐いでおる。嬶は婆と馬が合う。一族郎党打ち揃って俺《おら》を小莫迦にすんだわ。分家した弟まで悪ぐ言う。実の息子で跡取りの俺《おら》だけが、家がら出されでしまっだのよ」

自業自得だと言った。

「何度も忠告しただろう。で、どうするのだ。あるかどうか判《わか》らん金を掘るのか。飢え死にするぞ」

あるさと乙蔵は言う。

「まあ。大金は要らね。僅《わず》かで良《え》んだ。それを元手に、俺《おら》はこの峠で甘酒売りでもすんべと思うておんの」

「此処《ここ》でか」

「ま、この立丸峠に拘泥《こだわ》る訳ではねがな。峠が好《い》いわ。境《さかい》木《ぎ》峠でも仙人《せんにん》峠でも、峠なら何処でも好いがの」

せめてそっちにしろと言った。この立丸峠は交易に使われる道という訳でもないから人通りがない。

それ以前に、埋蔵金など出る訳がない。

乙蔵は尤《もっと》もらしいことを並べ立てているが、仮令《たとえ》それが真実であったのだとしても、そうならこの何百年のうちに誰かが掘り出しているに違いない。いや、何者かが過去に掘り出したからこそ、埋まっているという謂い伝えが生まれたのではないのか。

「もう家族を養う謂《いわ》れはねのさ。勘当されだ身だもの。俺《おら》一人生きで行くのに大した銭は要らねべよ。元手さえあれば何とでもなるさ」

その元手が問題なのだ。金など掘り当てられる訳がない。

心根を入れ替えろよと祥五郎は言った。

「何なら新田《にった》の家に掛け合ってやっても良いぞ」

二度と帰《けえ》らねよと乙蔵は悪態を吐《つ》いた。

「血を分けた息子ォ石持て追うよな親や嫁は、鬼だべ。そんな家にゃ帰らね」

「仕方がない奴だ。まあ、幼《おさな》馴染《じ》みの儂の言うことであっても性根の曲がったお前は聞く耳を持たぬのであろうから、止《よ》せとは言わぬ。だが乙よ。金が埋まっておるとして、だ。直ぐに掘り出せるものではなかろう。幾日も、いや幾年も掛かるやもしれぬぞ。その間の暮らしはどうする」

だから咄《はなし》コ買えと乙蔵は言った。

「お前、儂に咄を売り付けて糊口《ここう》を凌《しの》ごうというのか」

「これまでも、同《おんな》ずようなもんだったべ」

まあそうである。

祥五郎は遠野支配南部義晋《よしひろ》公の命を受けて、市井《しせい》の動向を探っている。その一環として乙蔵から巷《ちまた》に飛び交う咄を買い取っているのである。

咄の数と中身に拠《よ》って額面は変わるが、大した金額ではない。

それでも贅沢《ぜいたく》をしなければ一人分の食《く》い扶持《ぶち》くらいは出る。だが乙蔵は少しでも小銭が貯まると新しい商売を始めるのだ。それらは悉《ことごと》く失敗し、あっという間に無一文になる。

その繰り返しである。縦《よし》んば乙蔵が金を掘り当てたとしても、同じ結果になることは容易に想像出来る。

「しかしな。今の咄に金は出せぬぞ。お前の身の上話ではないか。そんなもの殿に奏上など出来るか」

「それはそう為《し》でくれ。下手《へた》にお殿様の耳に入《へ》って彼方此方《あちこち》掘っ繰《ほく》り返されだりすたら、横取りされてすまうべ。お伝えすンにしても」

俺《おら》が掘り出してがらにせ、と乙蔵は言った。

「なら早く咄をしろ」

乙蔵は脱ぎ捨てた着物を摑《つか》んで顔の汗を拭った。

「すたっけぁ祥さんよ。今、遠野ァどいづもこいづもへらへら浮がれてンベ」

「ああそうだ。この遠野郷の中で笑っておらんのは、乙よ、お前ただ一人だ」

「へん。世の中浮がれっとろぐなこたねて。みんなもう豊年満作を揺るぎねえもんと信ずていで、お祝いする気でおるんだ。お神明《しんめい》の祭を盛大にぶつと言《しぇ》って、世話役が引っ切りなしに寄合をしでおるわ」

「良いことではないか」

「悪かぁねえ。んでな、四日前《め》、奉行所に願い出だの」

「奉行所に——か。何を」

何も知らねえなあお小姓様ァ、と乙蔵は小莫迦にしたような口調で言った。

「神明様も八幡様も、文殊《もんじゅ》様もよ、どこの神社の祭も、あれは奉行所がやっでおるんだ。仕切りは奉行所で、氏子が勝手に為《す》てる訳ではね」

「そうか」

奉行所が主催しているのだったか。

「んで、町町村村の世話役どもが打ち揃って、今年は例年よりも盛大に祭ば行いでえと願い出だんだ。奉行は、まあそれは好《い》いことだべと言《しぇ》ったそうだ」

「まあ、断る理由もなかろう」

遠野奉行是川五郎左衛門《これかわごろうざえもん》は、祥五郎の知る限り公明正大な人格者である。民草の気持ちを汲《く》むことに、常に心を砕いている。民が祭を盛大にやりたいというのであれば、やらせてやるに違いない。

そう言った。

「やらせるっても、そう簡単な咄ではねんだ」

「何故だ。難しいことはなかろう」

銭コが掛かるべと乙蔵は言う。

「何をするにも銭は掛かるんだ。銭が掛かる以上、好きにしろどいう訳にゃ行がねのさ。勿論銭出すのは藩ではね。遠野の殿さんでもね。奉行所でもねんだ。銭出すのは各町、各村だ。祭を大きぐするためには、町だの村だのから金を出させねばならねの。それをさせんのが、奉行所だ」

「なる程――」

あまり考えたことがなかった。

「奉行所はどこが一体幾価《いぐら》出すンか、それを決めねばなんねのだわ。まあお奉行様が決めンだか、誰が算盤弾《そろばんはじ》くンかは知らねけど、どんだけ儲《もう》かってるかで決めンだべけどな」

課税同様、町の隆盛を計って金額を査定し、醵出《きょしゅつ》させる仕組みなのだろう。

考えてみれば氏子の寄進だけで毎年祭が行える訳もない。だからといって盛岡藩や遠野領が金を出す筈もない。奉行所の裁量で金額を査定し、醵出させるというのは公正な仕組みなのかもしれない。

「ところがな」

乙蔵は含みを持たせる。

「ま、そう巧《うま》ぐは行がねのさ」

「何故だ」

「奉行は快諾しだった。なら直《す》ぐにでも町役人に沙汰《さた》が下る筈だべ。祭すンには支度が要るんだ。特に今年はの、各町村で飾り山車《だし》だの花車《はなぐるま》だのを作って引き回すって咄だがら、手間も時も掛かるべ。それが一向に動きがね。梨の礫《つぶて》だ」

「奉行もご多忙なのであろう」

「どうだべなあ。あのな、もう諒解《りょうかい》は取れでんだぞ。後は銭の額面さえ決めれば済むことだべ。それが、どうも決められねらしい」

「何故」

「勘定方と話が出来ねようだ」

「何だと。勘定方は祭に反対でもしているのか」

しねえべと乙蔵は言った。

「藩の財政は苦しいのがもしンねが、遠野はまだ別だべ。それにここ数年作物の穫れ高ァ悪ぐね。二年続けて豊作だ。祭に金出させたところで、役銭だの何だのはちゃんと取るんだぞ。遠野のお城にすだって自分の腹が痛む訳ではねべ。それこそ反対する理由なんかねえべ」

「なら何だというのだ」

「お前《め》、ここ数日の内に勘定方の組屋敷さ行ってねが」

行っていない。行く用がない。

戸締めになってると乙蔵は言った。

「戸締めだと。何だそれは。不始末か何かが露見して閉門にでもなったというのか。聞いていないが」

「聞いてねえだろさ。そんだ不始末はねべ。それにな、一軒じゃねんだ。全戸だ」

「意味が解らんな。勘定方の屋敷が凡《すべ》て閉められているということか。そんな莫迦な咄はあるまい」

あるんだわと乙蔵は言う。

「それが丁度四日前、世話役どもが奉行所に願い出たその日のことよ。町や村の連中は浮がれておるがら、誰も気にしではおらんがの、道にも棒突《ぼうつき》の番兵が立っておるずもな」

「組屋敷の一画がまるごと隔離されておるというのか」

「いうのよ。勘定方と擦り寄せが出来ねば、奉行も額面の値踏みは出来ねべ。だがら止まっておるんだ」

「いやいや、益々以《もっ》て意味が解らん。それでは何かと困るであろうに。それは、勘定方が全員閉門蟄居《ちっきょ》ということではないか。そんなこと」

　疫病でねえがなと乙蔵は言った。

「何だと」

「それ以外に考えられね」

「待て待て。まあ、十五六年も前だったか、小友の辺りを中心にして流行病《はやりやまい》が出たことがあったが、それ以来そんな話は聞いたことがないぞ。その時は長野川《ながのがわ》の流域に沿って多少は広がったようだが――いや、それが本当なら、将《まさ》に天下の一大事ではないか」

「一大事だがら隠してるんでねが。いいが、祥さん。今、この遠野は人で溢《あふ》れでおるわ。市に来る他所者《よそもん》も多いべ。そんだとこに流行病なんぞが撒《ま》き散らされたら、豪《えれ》えことだぞ。こらあ何としても抑え込まねばなんねべ。それだけでね。噂も流したぐはなかんべえよ。折角の祭気分に水差すことにもなんべ。だがら」

「だから――。

噺《はなし》

佐田志津《さたしづ》は炊いたばかりの粥《かゆ》のぬらぬらとした表面を眺めて大きな溜《た》め息《いき》を吐《つ》いた。

もう四日も粥ばかり喰うている。青物は蓄えがあるが、魚はない。この時期は日保《ひも》ちがしないから生ものの買い置きなど出来ぬし、干物も丁度切らしていたのだ。

このような状態がいつまで続くのかは判らぬことだが、このままでは瘧《ぎゃく》鬼《き》など居《お》らずとも疾《やまい》になってしまいそうである。

父である佐田久《きゅう》兵衛《べえ》が急死したのは五日前のことだ。

本来であれば、葬儀法要を済ませ、喪に服している筈である。

だがそれは許されなかった。通夜すら出来なかった。

父の遺骸《いがい》は直《す》ぐに持ち去られてしまったのだ。

疫病だと言われた。

時を同じくして父の配下である矢田清次郎《やだせいじろう》と、同役である須山平右衛門《すやまへいえもん》も亡くなっている。

外出も一切禁じられた。

母は寝込んでしまった。

釈然としなかった。

志津は勝ち気な娘だと能《よ》く父にくさされたものだ。それは自分でもそう思う。

思うけれど、父が亡くなったのだ。悲しくない訳もない。男勝りと謂われた志津は、父を大いに慕っていたのだ。憧《あこが》れてもいた。尊敬もしていた。

だから悲しい筈なのに。

死んだ矢田清次郎は志津の許婚《いいなずけ》でもあった。

親の決めた仲であったが、厭《いや》だと感じたこともなかったからいずれは嫁に行くのだと思っていた。焦がれていたということはないけれど、好い人だとは感じていたし、生真面目《きまじめ》で仕事熱心な男だということは知っていたから、悪い感情など一つも持っていなかった。

だから悲しい筈なのに。

須山平右衛門も、志津が物心付く前から可愛がってくれていた人だ。

妻女の咲江《さきえ》にも能く面倒を見て貰ったし、既に嫁した娘の佐和《さわ》とも親しくしていた。確認は出来ていないのだけれど、咲江も亡くなっているという。

だから悲しい筈なのに。

でも、実感がまるで持てない。

泣いてもいない。泪《なみだ》が出ない。

ただ倒れた母、佳也乃《かやの》の面倒をみているだけである。疫病というのであれば、床に伏している母の命もまた長くないのかもしれない。いや、志津自身もまた、感染しているのだろう。

不調は感じない。

ただ釈然としないだけである。

悲しみに暮れている筈が、寧《むし》ろ怒りに似た感情《おもい》を抱いている。目の前で亡くなった父はまだしも、清次郎にしても須山夫妻にしても、亡骸《なきがら》も見ていない。

死んだと聞かされただけである。

嘘を伝えても仕様がない。

だから実際に死んだのだ。

現に父は志津の目の前で苦しんで死んだ。偉丈夫で威厳のあった父久兵衛は、血の雑《ま》じった吐瀉物《としゃぶつ》を撒《ま》き散らし、死んだ魚の腹のような色になって、震えて死んだ。

後始末をしたのは母と、志津だ。母は直ぐに倒れた。

だから、確実に志津も疾に罹《かか》っている。

怖いというより、矢張《やは》り――。

肚が立つ。

母に粥を食べさせて、台所に戻り、さて自分も不味《まず》い粥を啜《すす》ろうかと思ったところ、裏口に人影が差した。あり得ないことだ。この一画は厳重に出入りを禁じられている。

もしや役人が医者でも遣《つか》わしたものかと思い到り、顔を向けると、小さく戸を叩《たた》く音と、御免、御免という低い声が聞こえた。不審極まりないが、心張り棒をかっている訳でもないのに開けぬのであるから、押し入るつもりもないのだろう。

開けてみると、其処には勘定吟味方改役大久保平十郎《おおくぼへいじゅうろう》が申し訳なさそうに立っていた。

「大久保様。如何《いかが》なさいました」

「おお、志津殿か。流石《さすが》に表からでは気が引けたのでな」

「何を仰《おお》せですか」

そう言った後、志津は口を押さえた。

感染《うつ》してしまう。

「この、佐田の家は」

病人を、死人を出している。

「おいおい、お気遣いめさるな。儂の処も囲われておるのだ。屋敷から出るな、人とは会うなとの、きついお達しであるが——だからといってただ放置されてものう」

「しかしこの家《や》は」

「なに、囲いの内内なれば一緒じゃ。備蓄があるとはいえ事情は各戸それぞれ。戸締めされても沙汰なしで生きては行けぬ。しかもこの暑さだ。五日も経てば干涸《ひから》びよう」

「しかし大久保様。我が家は疫病の元凶。疾は、この家から出たので御座いますぞ」

だから何かと大久保は言った。

「何かと——いえ、佐田の家は穢《けが》れております。石を投げられ火を掛けられても已《や》むなきことかと」

「愚かなことを言うでない志津殿」

大久保はややきつい口調でそう言った。

「うちの奴《やっこ》どももそのような世迷言《よまいごと》を申すので叱り飛ばしてやったわ。疾はな、穢れではない。勿論、原因はあるのであろうし、それは取り除かれねばなるまい。また広がらぬように隔離するのも仕方なきこと。これは厳しくせねばなるまいて。しかし、最初に罹《かか》った者に責はないぞ。ともすればこの家ではなく、隣家であったかもしれん。我が家であったかもしれんのだ。囲いの内であれば、何処も同じことじゃ。内内で責を押し付け合い、詰《なじ》り罵《ののし》るなど、以《もっ》ての外であろう」

「それは道理では御座いまするが――」

まあよいと言って大久保は頭を下げた。

「何よりも先《ま》ず、申し上げたきことが御座る。此度《こたび》は――残念なことで御座った。御心中、お察し致す」

「お頭をお上げ下さい。その――」

「ご生前の佐田様には随分と世話になり申した。いの一番に駆け付けねばならぬところ斯様《かよう》な仕儀となり、弔意も示せず心を痛めておりました」

御愁傷様で御座ると、大久保は一層頭《こうべ》を垂れた。

「大久保様、その、斯様な裏口で」

「ならば、入れては貰えぬか。外出が禁じられておる最中《さなか》であるし、こちらにも御迷惑が掛かろう」

「大久保様。大久保様のお言葉は逐一ご尤《もっと》もと承ります。しかし疫鬼が訪れるは我が家の不徳の致すところでも御座いましょう。それに、災厄は未《ま》だこの家からは去ってはおりませぬ。家《いえ》裡《うち》には母が伏せっております。看《み》ております私にも疾は感染《うつ》っておりましょう。ならば大久保様にも」

「御見舞い申し上げる」

大久保は竹皮の包みを差し出した。

「魚じゃ」

志津が問う前に、心配は要らんと大久保は言った。

「今朝、市に並んだものだ。傷んではおらぬよ。とはいえこの陽気、足は早かろうから、儂の家内では喰い切れぬ。折角の生もの、無駄にしては罰《ばち》が当ろう」

大久保は包みを突き出す。

志津はそれを受け取った。

「大久保様。これは——一体どのように」

「尤もな問いであるな。今し方、ある者が隠密裏に儂の許《もと》に届けてくれたものだ」

「届けられたと仰せですか。それは」

「心配は要らぬ。まあ違法に忍び込んだことに違いはないのだがな。訪れたのは遠野の殿の覚えめでたき、信用出来る男だ」

「お殿様のご縁者ですか」

「縁者といえば、まあ縁者であるかな。それが気持ちの好《い》い男でな、多少関わりを持ったというだけの儂の身をも案じてくれたのだ。のみならず、この尋常ならぬ有り様を酷《ひど》く気に懸けておってな。禁足閉門の後、一切の沙汰がないと伝えたら大いに憤慨しておった。殿に直言出来る男だ。何かはしてくれよう」

何か——。

何が出来るというのか。

大久保を仏間に通した。

「未《ま》だ位牌《いはい》も御座いません。いえ、亡骸もなければ、経の一つも唱えていないのです」

燈明《とうみょう》も上げていないし、線香すら炷《た》いていない。

「それでは亡き父上も浮かばれまい。実はそうではなかろうかと思うたから、下知を破り非礼を承知で参上したのだ。素人《しろうと》念仏だが、儂が——」

大久保は仏壇に手を合わせた。

漸《よう》く、眼が潤んで来た。

悲しいというよりも、淋《さみ》しい、虚《むな》しいという気分ではあったのだが、それでも遣《や》り場《ば》のない怒りのようなものは、すうと収まった。

志津はそっと立ち、仏間を出た。大久保の前で泪を見せてしまうのは憚《はばか》られる。志津は、そういう性質《たち》なのである。

湯を沸かし、茶を淹《い》れた。

この水は——。

瘴気《しょうき》に侵されてはおらぬのか。

念入りに煮た。

しゅんしゅんという松風のような音を聞いているうちに気が萎《しお》れ、志津は泣いた。

泣いて、泪を拭い、鬢《びん》の毛を撫《な》でた。化粧もしていなければ身嗜《みだしな》みも整えていない。窶《やつ》れてもいようし、今泣いたばかりでは何喰わぬ顔を装ったところで直《す》ぐに知れるだろう。

構わぬか。

茶を持って行くと、大久保は仏壇の前で下を向いていた。

「お茶をお持ち致しました」

頭を下げる。

「この家の井戸の水です。ご無理なさいませぬよう」

「井戸はな、繫《つな》がっておる。儂の処も同じ水だ。有り難く頂戴《ちょうだい》する」

そう言って大久保は向き直った。

志津は平身した。顔を見られたくなかったのだ。

「大久保様。有り難う御座います。御厚意、お言葉、身に沁《し》みて御座います。懇意にされていた大久保様にご焼香戴《いただ》き、これで亡父も少しは浮かばれましょう。このまま誰一人参る者もなく送るかと思うておりました。本当に」

云っているうちに涙声になったので、志津はそこで言葉を止めた。

「お気遣い無用じゃ志津殿。さぞやお疲れであろう。儂は佐田様には本当に恩義を感じておるのだよ。恩返しも何も出来ぬままに逝かれてしまい、断腸の思いだ」

顔を上げると大久保も涙ぐんでいた。

「儂はな、志津殿。今でこそ勘定吟味方改役などと大きな顔をしておるが、元来算法は苦手な性質《たち》でな。遠野南部家家老職の縁続きというだけの無頼であった。お取り立て戴いた折は番方でな。まあ、剣術の腕を買われたのだと勘違いしておったのだが、この御時世、やっとうなど強くても役には立たぬ。盛岡藩ならまだしも、遠野領では腕の振るいようもないと腐っておった。そんな儂を勘定方に推挙してくれたのは佐田様だ。右も左も判らぬ儂に、役儀のいろはを教えてくれたのも佐田様なのだよ」

感謝しておりまする と言い、大久保は仏壇に向き直って深深と礼をした。

「時に志津殿」

大久保は再び志津に向き直った。

「母御のお加減は如何《いかが》か」

「ええ。朝粥を食し、今は眠っておりまする」

「左様か。で、どのような具合であられるか。熱が出ておるのであろうか――」

「何故そのような」

「実を申せば、先程の魚を持って来た男から、詳しく尋《き》いてくれと頼まれておるのだ。医者に相談すると申しておる」

「お医者に——で御座いますか」

「母御を助けたい」

「そう仰せになられても——」

手立てがない故の隔離ではないのか。そう言うと大久保はそれが怪訝《おか》しいと答えた。

「おかしい、とは」

「儂もな、疫病と聞き、ならば已《や》むを得ぬことと観念致したのであるが——果たして誰がそう判断したものなのか、考えてみれば判らんのだ」

「盛岡藩御典医様の御指示と聞き及んでおりますが」

「その御典医とやらは、佐田様の御亡骸を検分されたのであろうか。病み付いておられる母御のお脈を取られたのであろうか」

そんなことはなかった。

「佐田様がお亡くなりになったのは五日前の夜半——で、間違いないのだな」

「間違い御座いません」

苦しみ踠《もが》いて悶死《もんし》する父の姿は脳裏から離れない。

「その時、志津殿はどうされた」

「はい。直ぐに医者を——と思いましたが、その時既に表が騒がしく」

「須山様も、矢田氏《うじ》も亡くなっておった、のだな」

「いえ、その時は未《ま》だ亡くなられたとは——」

「そうだな。須山様が亡くなられたのはどうやら明け方近くであったようだ。須山様の処はお内儀が先に亡くなられたようだ。矢田の家は隠居された先代とご妻女が先ず亡《ま》くなられたと聞いた。清次郎殿は――ああ」

許婚であったなと大久保は言った。

「良い若者であった。儂も婚礼を愉《たの》しみにしておった」

無念だと言って大久保は頭を垂れた。

「さぞや辛《つら》かろうが、ここは父上や清次郎殿のためにも思い出してくれぬか。其方《そなた》が家を出た時、須山様も清次郎殿も亡くなられてはおらなんだ、ということになるな」

「矢田の家の小者《こもの》がそう申しておりました。須山様の処のお多喜《たき》――これは住み込みの女中なのですが、このお多喜が嫁がれた娘御にお知らせするのだと言って駆け出したところを止められて」

「止めた。誰が」

「棒突が四五人で御座いました」

「棒突か。遠野奉行所の者かな」

多分違う。奉行所の役人はその後に到着したのだ。

「止められたので騒ぎになったのです。矢田家の小者は、私同様、急ぎ医者を喚《よ》びに行くつもりだったらしく、止められたので激しく抗議しました。それで騒ぎが大きくなって、不審に思われた人人が様子見に出て、大騒ぎになったのです」

「その様子は儂も見ておる。何軒と離れてはおらんし、何せ夜のことだ。大勢が騒ぐ声は聞こえる。気になって戸口まで出てみたのだが」

「奉行所の方方が出張って来られたのは、その騒ぎの所為です」

「では、騒ぎになって足止めされたのではなく、足止めが先で騒ぎが起きたのであるか」

それは間違いない。

「私は出遅れてしまって――往来でおろおろしているうちに、家に戻って外には出ないようにというお達しがあって――」

「うむ。それも知っておる。使者の口上では勘定方の組頭様名義の通達であったと思うが、その時はよもや疫病とは思わなんだがな――待てよ。そういえば、あれは誰が持って来た下知であったか」

大久保は首を捻《ひね》った。

「勘定方の者の顔ならば、小者従者に至るまで皆識《し》っておるつもりだが、扨《さて》、誰であったか覚えがない。儂は、その時は何が起きたのか能《よ》く判っておらなんだからな、ただ、何か騒ぎが起きたのでそれを一旦《いったん》お鎮《しず》めされるための下知であろうと軽く考え、怪しむこともなく素直に家に籠《こも》ったのであるが――では志津殿も、それでこの家に戻られたのか」

「戻りました。父のことは心配でしたが」

否。

その時志津は半《なか》ば諦《あきら》めていたと思う。

家を出た時、父はもう息が止まっていたのだ。

今更医者など引っ張って来たところでもう遅い、そう思ってはいなかったか。

父は。

志津は思い出す。

他にも亡くなった者が居ると知らされ、医者を喚ぶことも儘《まま》ならず、下知が出た以上は従わねばならず――。

まるで考えが纏《まと》まらず、志津はそのまま家に戻ったのだ。

家に戻ると、母はおたおたし乍《なが》ら汚れた畳を拭いていた。苦しんだ父が倒したり打ち当ったりしたため、調度は乱れていた。文机《ふづくえ》は潰れており、文箱《ふばこ》の中身が散乱していた。後は自分がやるから父上の傍《そば》に居てあげてくれと、志津は母にそう言ったのだ。

もう、父は死んでいたのだけれど。

「父はこの仏間に寝かされていました。母が床を延べ、着替えさせたのだと思います」

「左様か」

大久保は畳に目を遣った。

「医者を喚べていたとしても、間に合わなんだということであるか――」

「それは解っていたのです。父は、不調を訴え、苦しんで踠いて――四半刻《しはんとき》もしないで動かなくなったのです。私が家を出たのはその後ですから」

もしかしたら、とは思っただろう。

一縷《いちる》の望みを持っていたことも嘘ではない。

でも志津は、矢張り諦めていたのだと思う。

「私は散った書付や文を拾い集め、部屋のお掃除をしました。文机だけでなく文箱も壊れていましたので、裏に捨てたりして――それから父の枕元に座ってただ呆然《ぼうぜん》としている母を休ませて――いえ、父はもう冷たくなっていたのです。母も蒼醒《あおざ》めておりましたし。そうしているうちに、あれは何刻頃《いっころ》でしたでしょう。多分、一刻もしないうちに、顔を隠した盛岡藩の御使者がお出《い》でになって」

「盛岡藩か」

「ええ。そう仰せでした。御使者は早桶《はやおけ》を担《かつ》ぎ口を布で覆った中間奴《ちゅうげんやっこ》を十名ばかり引き連れておられ、父の骸《むくろ》を」

「持って――行かれたのか」

母が寝入っていたのが幸いだったと思う。もし起きていたなら、縋《すが》り付き半狂乱になって止《と》めていただろう。

「その時の御使者は何方《どなた》か」

「笠を被《かぶ》り顔を隠していらっしゃいましたから――でも、私の存じ上げない方だったかと」

「なる程」

大久保は難しい顔をした。

「どのような御口上であった」

「佐田殿は疫病である故、ご遺体は藩が引き取る、一族郎党沙汰があるまで一歩も家を出てはならぬ――と」

「それだけであるか」

「え――」

どうだっただろう。

「ああ、苦しみ出した時に父が着ていた夜着や、身の回りのものは疾の穢れがあるので持ち去ると――」

行李《こうり》のようなものに入れ、かなりの量のものを持ち去ったと思う。

「左様か」

大久保は腕を組んだ。

「騒ぎがあったのが戌《いぬのこく》刻――いや、亥刻《いのこく》にならんとしていた時分だ。すると盛岡の使者が来たのは子刻《ねのこく》くらいか」

「動転しておりましたので刻限までは――でもそのくらいではなかったかと思いますが」

「この組屋敷に正式に閉門蟄居のお達しがあったのはその翌日、四日前の午前《ひるまえ》じゃ」

大久保は暫《しばら》く考えを巡らせるようにした後、これは早過ぎはせぬか――と言った。

「早いとは」

「対応が、だ。佐田様がお亡くなりになってから半日ばかりのご沙汰、そういうものかと思うておったのだが――こうした対処は早い方が良いからのう」

「ええ。私もそう思うておりました。こと疫病となりますれば一刻を争う大事。疫病の蔓延《まんえん》は一国を滅ぼすこともあると聞き及びます。ですから、迅速なご沙汰が下されたものと思い、そう心得ておりましたが――」

それは、嘘だ。

志津はまるで納得していなかったのだ。

今の今まで。

大久保の顔を見るまでの間ずっと、志津はその釈然としない気分に満たされていたのではなかったか。ならば今更何を気取る。この場で物分かりの良い顔をして何になる。

大久保の前で取り繕《つくろ》うてもどうにもなるまい。ならば自分は一体、誰に対して嘘を吐《つ》いているのだ。泣いて叫んで、怒れば良いだけではないか。

「――迅速か」

大久保は黙った。

「何か――」

そう、志津はその物分かりの良さを否定して欲しいのだ。

何か御不審でもと志津は尋いた。

「その流れはのう。慥《たし》かに志津殿の仰せの通り、疫病は封じ籠めるより他、手はない。ならば早ければ早い程良い。しかし」

「しかし何で御座います」

「聞けば検分もせず、僅か一刻ばかりで疫病と判じられておる。のみならずその僅かな刻限で早桶まで用意し、しかもそれが盛岡からの御使者とは」

早過ぎると大久保は言った。

「早過ぎましょうか」

「考えられん。いや、志津殿はご存じなかろうが、役所というのは何ごとにももたもたとしておるものでな。調べ書きを認《したた》め判を貰い、また上の者に上げる。その繰り返しだ。筋道を通さねば何も通らぬ」

大久保はそこで茶を飲んだ。

「藩に判断を仰ぐとして、だ。その辺の小者が出向いたところで話にはならんのだ。儂でも無理だ。ならば一体、誰が盛岡までことの次第を報《しら》せたのだ」

「勘定組頭様ではないのですか」

「勘定方のお役目ではない。勘定方組屋敷の騒動ということであれば、まあ組頭様のご差配となるのであろうが、こと疫病となると話は違う。それに」

組頭様も囲いの内だと大久保は言った。

「ではお奉行所なのでは。遠野奉行様なら——」

「そこよなあ。慥《たし》かに騒ぎの折、奉行所の役人は出張っておるようだが、その際にどの程度のことを持ち帰ったものか判らん。それにな、奉行の耳に届いたとして、何故是川様はそれを疫病と断ずることが出来たのか」

「それは」

「断ずるだけの根拠をお持ちだったとして、遠野郷のことは先《ま》ず鍋倉《なべくら》の遠野南部家家老職に報せるのが常套《じょうとう》。ことがことであるから、当然鍋倉の殿にお報せせねばなるまい。周知の通り殿は鍋倉の館には居られぬ。殿が御座《おわ》すのは」

盛岡である。

「まあ、遠野郷の中だけのことであれば、遠野南部家家老職の御裁量である程度手は打てるであろう。此度《こたび》の如き急な仕儀であるならば、当然そうなるだろう。遠野の殿には追ってご連絡を差し上げることになろうが、それは如何様《いかよう》にもなろう。南部義晋公はこの遠野に限り独自の裁量権をお持ちだ。盛岡藩のご判断を仰ぐ必要はない」

「そういうことなのでは」

いや、と大久保は顎《あご》を擦《さす》り、茶を飲み干した。

「だが、こと疫病とならば、遠野だけで済ませられることではなかろう。先程志津殿が言った通り、一国を揺るがす大事となり兼ねぬのだ。況《まし》て、他ならぬこの遠野に疫病が発生したともなれば、これは盛岡藩の一大事である」

「一大事だからこそ、ことを急がれたのでは」

「うむ。遠野は奥州一の交易の場、隣藩とも接しておるし、人の出入りは他所よりも格段に多い。遠野が出処となって隣藩諸国に疾が広まったとあっては、これは将《まさ》に大事。ご公儀が責を問うて来ることも考えられる。で――あるから」

「だからこそ急がれたのでは」

「それは将《まさ》にそうなのだろう。断定出来ずとも疑いある時点で早急に封じ籠めた――というのは、まあ筋が通っておるのだろうが」

「違うのですか」

「そこなのだ。其方《そなた》、先程、盛岡藩から使者が来たと仰せであったろう。それは間違いないのかな。いや、疑う訳ではないが――」

「間違い御座いません」

幾度も問い質《ただ》した。

深夜に覆面で訪れる使者など、簡単には信用出来ない。しかも父が悶死した直後だったのである。

「そもそも、閉門は盛岡藩御典医様御指示というご説明で御座いましたし」

大久保は益々渋面を作った。

「そうなのだ。そうだったのだが、そこが納得の行かぬところなのだ。藩の御典医の見立てというならば、盛岡藩、否、盛岡の城のご藩主様まで疫病の話は届いておる――ということになるであろうよ。そんなことがあろうか。佐田様のご遺体を盛岡までお運びし、御典医がそれを検分されたのだと仮定して、だ。それで即座に時疫と判断されたのだとして――だ。それでも早過ぎる。評定もせずに令が発せられることなど、考えられぬ」

「疫病ということは予《あらかじ》め判っていたことなのではないのですか」

「まあ、そうでなければこうはなるまいがな。ご遺体を引き取りに来た時点で疫病と判っていたのでなければ、どうしたって納得が行かん。しかも、引き取りに来たのが盛岡藩からの使者だとなるとそう考えるよりないのだが——」

「しかし、慥《たし》かにそのように仰せでした。矢張《やは》り御所属御姓名の儀をお伺い致すべきでしたでしょうか」

「いや、それは良いのだが——先程も申したがな、盛岡のお城まで筋を通すのは簡単なことではないのだ。遠野奉行とて御藩主様に直接お話を通すのは無理だ。鍋倉館を預《あずか》る遠野南部家家老に伝え、そこから然《しか》るべき筋を通して盛岡の筆頭家老である遠野南部の殿にお報せし、その上でご藩主に判断を仰ぐ、これが筋であろうな。その上で、ご藩主のご判断があって、それで初めて、盛岡藩の役人は動く。盛岡から遠野に通達が来るのは早いものだが、遠野から出した問いに返事を戴くとなると、その倍や三倍もの時と手間が掛かるのだ。それが、僅か一刻となると——」

「既に盛岡の方では疫病が発生している、ということはないのでしょうか。もし、既に流行病が広がっているのでしたら」

「それは儂も考えた。盛岡で疫病が出ておるというなら、直ぐにでも遠野に報せが来よう。だがその場合、例えば御使者が到着したその日に遠野でも疾の者が相次いで出、しかも次次に亡くなった——と、いうことになる。それならば此度《こたび》の処置も納得は出来るのだろうがな」

「そうではないと」

大久保は首肯《うなず》いた。

「儂の許《もと》を訪れた男から外の様子は詳しく聞いた。盛岡に疫病など出てはおらぬ。遠野も然りだ。のみならず、この組屋敷が疫病で封鎖されておることさえ、どうも公表はされておらんのだ。と、いうよりも封鎖されておること自体、町家の者には殆《ほとん》ど知られておらんらしい」

「そうなのですか」

「そうなのだ。勿論、鍋倉館の者、遠野南部家に仕えておる者は皆知っておる。ただ民百姓には報せておらぬのだ。奉行の是川様などは公表を主張されたようだが、封じ籠めに成功している以上、徒《いたずら》に人心を惑わしてはならぬと上から止《と》められたそうだ。まあ、この組屋敷出入りの商人《あきんど》などもおるし、人の口に戸は閉《た》てられぬ。噂にはなっておるようだが——」

怪訝《おか》しいと大久保は言った。

「どうにも腑《ふ》に落ちぬ」

「それは、どのように解せば宜《よろ》しいのですか」

解らん、と大久保は言った。

「確かなのは、疫病が発生しておるのは此処だけ、ということだ。そうならば、それは最初に亡くなられた佐田様か、矢田家の先代、須山様のお内儀のご遺骸を詳しく検分せねば解らぬことではないのか。それなのに、ご遺骸を引き取りに来た時、御使者は既に疫病だと仰せになったというのであろう」

「と、申しますか、疫病だから骸を持って行くということでしたので——そうでなければ」

渡したりしない。

父の遺骸はどうなったのか。

焼かれたようだと大久保は言った。

「焼かれた。焼かれてしまったのですか」

予想はしていたことである。

だが、母に。

母に何と伝えれば良いのか。

佳也乃殿の心中を思うと言葉もないと大久保は言う。

「これが真実《まこと》に疫病であるならば、それも已《や》むを得《え》ぬ処置であるのやもしれんとは思う。ただな、志津殿。お父上――佐田様のご遺骸も、お亡くなりになった他の方方のご遺骸も、その凡《すべ》てが、どうも何の検分もされず、直《ただ》ちに焼かれておるようなのだ。しかも、持ち去られたその日から、三日ばかりを掛けて、念入りにな」

「検分はなされていないと」

「盛岡に運ばれてもおらんのだ。当然、御典医の見立てなどない。何もかも嘘としか思えぬのだ。加えてどうにも得心が行かぬのは、ご遺骸はいずれも深夜に、まるで人目を憚るかのように焼かれておるということ、そしてその後どうなったのか誰も知らぬ、ということでな」

「仰せの意味が――能《よ》く解りませぬが」

誰も知らぬとはどういうことか。

「まあ、そうであろうな。実はな、白望山の裾野《すその》に長者屋敷という何もない荒れ地があるのだが、ご遺骸はどうも其処で焼かれたようなのだ。其処は本当に何もない処でな、鳥も通わぬ僻処だ。其処で三晩続けて大きな火が焚《た》かれたというのだ。それでその、例の者が怪しみ、調べに参ったのだ。その結果、焼け残りの早桶の残骸や、焦げた骨片を見付けているのだ。日を考慮しても、どうも其処で焼かれたことは間違いないようだ」

「そう——なのですか」

「惨《むご》いことだ。その後、骨《こつ》をどうしたのかも不明じゃ。寺に預けた様子もない。更に気に入らんのはな、焼いたこと自体誰も知らぬ、ということだ。偶々《たまたま》炎を見た者が居たから知れたのだが、そうでなければ」

「そんな」

ご遺体は消えてしまったことになると大久保は言った。

「何もかも辻褄《つじつま》が合わぬ。ちぐはぐなだけでなく、明白な嘘もある。これはあまりにも酷《ひど》いではないか。一体何が起きておるのだ。佐田様は」

大久保はそこで言葉を切り、一度仏壇に視軸を向け、それから、

「本当に疫病だったのか」

と、言った。

そう、志津はまさにその一言が言いたかったのだ。

「大久保様も——」

「いや、待て。志津殿、其方《そなた》が何を思うておるのかは察しが付くが、滅多なことを口走ってはならぬ。鍋倉館に話が通っておるなら義晋公のお耳にも届いておる筈。ならばご藩主様も、当然ご存じのことと考えるよりない。それで何も沙汰がない以上、御使者も、その口上も真実《まこと》と受け取るよりないのであろう。この段階でそれを疑うは、遠野の殿を、延《ひ》いてはご藩主様を疑うこととともなり兼ねぬ」

「しかし大久保様は」

儂はいいのだと大久保は言った。

そして空の湯飲みを手にし、また茶托《ちゃたく》に戻した。

「いざとなれば浪士となるわ。腹を切れと言われれば切る覚悟もある。しかしな、志津殿。其方には生きて貰いたい。いいや、母御にもだ。大恩ある佐田様の御家族は何としても健《すこ》やかにあって欲しいのだ。だからこそ、儂は母御を医者に診《み》せたいのだ」

「大久保様」

「このままにしておいて母御がご快癒《かいゆ》するとは思えぬ。何もせぬのだからな。いや、疾に罹っておらぬ者までもが弱ってしまうであろう。この組屋敷には家内郎党含めれば百人からが居るのだぞ。この時期、喰うや喰わずで家の中に閉じ籠っておれば、頑健な者でも体を毀《こわ》す」

それは志津も思っていた。

今のところ志津の体調に変化はない。しかしいつまでこのままでいられるかは判らない。菜っ葉と粥で幾日保つか。況《まし》て母はどうなるのか。

「これがもし本当に疫病であったのだとしても、それでも医者を遣わすのがご政道というものではないのか。それとも投薬養生しても治りはせぬと、文字通りお匙《さじ》が匙を投げたということなのか。脈も取らずに判るものなのか。そんな巫山戯《ふざけ》た話はなかろう。もし、上の者がそう判断したというのであれば、それが義晋公であれ盛岡藩主であれ、儂は必ず抗議する。そんな人倫に悖《もと》る行いは許す訳にはいかん。だがそうする前に、先《ま》ず母御を助けたい」

母御の具合はどうだと大久保は聞いた。

「熱などはあるのかな」

「はい。微熱は御座いますが、高熱というまでには及ばないと思います。ただふらつき、眩暈《めまい》が止《や》まぬので、迚《とて》も起きてはいられぬようです。朦朧《もうろう》として食も細く、尾籠《びろう》な話では御座いますが、腹瀉《はらくだ》しも激しいようです」

「なる程。酷《ひど》い食《しょく》中《あ》たりのような感じであるな。佐田様も同じような症状であられたのか」

「父は」

どうだったか。

「父は――そう、最初は母同様、眩暈や頭痛《あたまやみ》がすると言っておりましたが、暫《しばら》くするとやがて苦しみ出し――」

「腹が痛《や》んだ、ということであろうか」

「いえ、胸を掻《か》き毟《むし》るようにしておりましたから、腹痛とは違ったと思うのですが。余程苦しかったのか、畳を掻き柱を叩き」

おらず――」

「女手では押え切れませんでした。父はその時、夜着に着替えてはいましたが未《ま》だ就寝してはおらず――」

何をしていた。

あの日は蒸し暑かった。だから。

そう、父は縁にいた。母も横にいた。

「そう、父は晩酌を――」

「ご晩酌か。では、体調を崩されていた訳ではないのか。志津殿、辛かろうが、もう少し詳しくその時のことを思い出してはくれぬか。些細《ささい》なことでも良い」

「些細なと仰せになられましても――」

父は酒を好む性《たち》だが、毎夜晩酌をする習慣はない。母は殆ど酒を口にしない。志津の方が強いくらいで、だから夫婦並んで酒肴《しゅこう》を嗜《たしな》むことなど、滅多にない。

あの日は、何かあったのか。

二人は機嫌が良かったのではなかったか。

ところが、突然父が苦しみ出して、母が慌てて――。

その時志津はどうしていた。

そう、繕《つくろ》い物をしていたのだ。様子が変なので手を止め、縁に出た。

その時父は脂汗を流し、何かを口走っていた。

「何を仰せであった」

「私が駆け付けました折は既に呂律《ろれつ》が回っておらず、明瞭には聞き取れませんでしたが――胸を押えて」

　あれは。

あれは苦しんでいたというよりも。

「口惜《くや》しがっているような」

「口惜しい、か」

「いえ、そう見えたというだけに御座います。それで父はやがて暴れ出し――」

違うのか。あれは暴れたのではないのか。

体が思うように動かなかっただけなのか。

だから這《は》い擦《ず》り、縁から――。

「父は、何かしようとしていたのかもしれませぬ。幾度も畳を搔き毟り、敷居や柱を叩いてい
たのも、苦しき故と思っておりましたが、あれは」

もどかしき気持ちの表れだったか。

「佐田様は何をしようとされていたのか」

「父は――」

　寝所に向かって移動していたのだ。横になるつもりかと思うたので、志津はお床を延べます
と幾度も言ったが、掛けた手は激しく振り払われた。

寝るつもりではなかったのか。

では何をしたかったのだ。父は母と志津の止めるのを撥《は》ね除《の》け、そして。

文机を――。

あれは、苦しみ暴れて壊したのではないのか。父はわざと文机を潰したのか。いや、動かぬ体で、最後の力を振り絞って、伸《の》し掛かるようにして――。

違う。

「文箱」

「何」

「今思い返せば、父は文机の上にあった文箱の中身を――取ろうとしたのか、或《あ》いは示そうとされたのか――」

「文箱であるか」

「それで倒れ込み、結局潰して壊してしまったのかもしれません。その後、七転八倒し、それで」

父はわざわざ廊下まで這い出て、そして血反吐《ちへど》を吐《は》いて死んだのだ。今にしてみれば、まるで散乱した書付を汚さぬようにそうしたとしか思えない。

「何がしたかったのでしょう」

「その書付類は如何《いかが》なされた。盛岡藩の御使者に持って行かれたのであるか」

「え――」

どうしただろう。全く覚えていない。

壊れた文机と文箱は焚き付けにするしかないと思い、裏口の外に出した。散乱していた紙類は拾い集めて――。

「渡してはいません。いませんが」

何処に仕舞った。

あの時、志津は。

「ああ。針箱です。咄嗟《とっさ》に針箱に入れました」

「左様か。それでは――」

その時。

庭から、大久保様大久保様こちらにお出でで御座るかという声が聞こえた。

志津は身構えた。

「心配は要らぬ。あの声は件《くだん》の男のものだ」

大久保は立ち上がり、障子を開けた。庭に若侍が控えていた。

「宇夫方。如何《いかが》致した」

「はい。火急のお報せがあり、急ぎ罷《まか》り越しました。庭先からの非礼をお詫《わ》び致します。そちらは――佐田志津様とお見受け致します。拙者は元遠野南部家家臣、宇夫方祥五郎と申す者に御座る」

その若侍は丁寧に低頭した。

「さすれば火急の用とは何か。佳也乃殿の容態は、先程お聞きしたところだが、薬でも持って来たのか」

「いえ。事態が急変致しました」

「何だと――」

「先程、拙者遠野奉行是川様にお目通りを戴きました」

「再度お奉行と会うたのか」

「是川様は此度《こたび》のことに甚だご不審を抱かれておる旨お聞きしていたものですから――」

「流石は御譚《おんはなし》調《しらべ》掛《がかり》よな。して、如何《いかが》した」

お逃げ下さい、と宇夫方は言った。

「逃げるだと。何を虚《うつ》けたことを申しておる。逃げようにもこの一画は厳重に封鎖されておるではないか。どうしろと」

どうにか致しますと宇夫方は言った。

「現に拙者はこうして入り込んでおります」

「其許《そこもと》一人であれば何とでもなろう。だが、この一画に何人の者が閉じ籠められておると思うか。大体、何故逃げねばならぬのだ」

「火が――掛けられるやも」

「火だと。莫迦な。人ごと焼き払うとでも申すか。ここは武家町の真ん中であるぞ。どれだけ人が居《お》るか。女子供も、小者も、雇い女も、皆――」

「疫病なれば」

莫迦者と大久保は怒鳴った。

「そ、そのような非道なことが許されよう筈もない。左様な所業、狂うておるとしか思えぬであろう。それは、何か、是川様のご指示であるか」

「お奉行は只今《ただいま》必死で止めておられます。いいえ、お奉行だけではない。鍋倉の遠野南部家家中、殆《ほとん》どの者はそのような愚挙を許さぬでしょうが」

「ならば誰が」

「何方《どなた》が言い出されたことかは判りませぬが、上意ではある様子。一方、盛岡藩は静観の構えのご様子」

「せ、静観だと。信じられぬ。何故に止《や》めさせせぬ。義晋公はどのようにお考えなのだ」

判り兼ねますと宇夫方は答えた。

「どうも、背後に抗《あらが》い難《がた》い大きな何かがあることは必定で御座います」

「背後とな。だが宇夫方。此度のことは——表向きは疫病ということになっておるのだぞ。背後に何があると」

「疫病ではありますまい」

宇夫方は顔を上げた。

「拙者も疫病と信じるなら参ったりは致しませぬ。これは何者かに依《よ》る謀殺。お奉行も口には出されませぬが、そうお考えの御様子でした」

「謀殺──」

父は。

「父は毒を、毒を盛られたと」

宇夫方は無言で首肯《うなず》いた。

「そこまで察しておって、是川様は何をぐずぐずしておるのだ。ならばさっさと」

「その事実を明るみに出すことを憚る某《なにがし》かの事情が藩にはあるもの──と、拝察致します」

「公表出来ぬ事情があると申すか」

「はい。いまだ摑めてはおりませぬが、この遠野で、何か不正があったことは間違いないものと思われます。遠野南部家の勘定方が狙われたことからもそれは明白です。一方、ことは遠野郷の内内で済む話ではなく、藩全体に関わること。それ故に盛岡藩も手を拱《こまね》いておるのです」

「盛岡藩にも累が及ぶことと申すか」

「はい。藩の存亡に関わるような大事であるが故、迂闊《うかつ》に真相を暴《あば》き立てることが叶《かな》わぬのではないかと思われまする。その何かが表沙汰になり、ご公儀の耳にでも入れば、藩はお取り潰しになるやもしれぬ──と」

「な、何だと──」

大久保は崩れるように座り込んだ。

「それでは、謀殺されたと判っても下手人を挙げることすら儘《まま》ならぬと申すのか。それでは」

大久保は眉間《みけん》に皺《しわ》を立て、歯を喰《く》い縛《しば》った。

「それでは佐田様も、死んで行った者も浮かばれぬではないか。それに加えて、今この組屋敷に囚《とら》われておる大勢の者はどうなる。何の科《とが》もなく、疾でもなく、ただ幽閉され、それで」

「はい。その無辜《むこ》の人人を焼き殺そうとしているのです」

大久保は拳《こぶし》で膝《ひざ》を叩いた。

「そのような無法なこと、何処の誰が言い出したのじゃ」

判りませぬと宇夫方は言う。

「子細は奉行所も、鍋倉館のお歴歴も、勿論盛岡藩も摑めていないのです。下手人《げしゅにん》が判ったならまだ手の打ちようも御座いましょうが、それが叶わぬのであれば、何もかも消してしまうよりない——そうお考えの方がいらっしゃるのでしょう。実際、このまま闇から闇に葬るならばそれは免れましょう。そうするためには」

「焼き討ちしかないというのか」

「疫病と認めてしまった以上、それしかないと提言された御方が居られるようです」

「それは誰だ。誰なのだ」

それも判りませぬと宇夫方は言う。

「その者が怪しいのではないか。慥《たし》かに、我等は疫病として隔離されておるが、其許《そこもと》の話だと市井の者はそのことを知らぬのであろう」

「今は未《ま》だ噂程度かと。しかしこの組屋敷が封じられておるのは事実。遠からず疫病の件は遠野中に広がりましょう。いいえ、こうなった暁《あかつき》には、寧《むし》ろ広めるに違いありませぬ」

「それは——」

未《ま》だ広まってはおらぬということではないか、と大久保は言った。

「ならば幾らでも言い逃れは出来よう。火など放ったなら市中は大騒ぎではないか。慥かにその大きな不正とやらは闇に葬られるのかもしれぬが——」

「疫病の拡大を防いだという大義名分も立ちましょう」

「いや待て。待て待て」

待てませぬと宇夫方は言った。

「佐田様の御家族、そして大久保様だけでもお助けせねば、真相は永遠に知ることが出来ませぬ」

莫迦を申すなと大久保は言った。

「大勢を見殺しにして儂だけ逃げられるか。しかし、藩のためとはいえ、不正を覆い隠すようなことのために死ねるか。藩も真相を隠したいのかもしれぬが、何よりもことを隠蔽《いんぺい》したいのは下手人だ。良いか宇夫方。火を掛けろと言い出した者が何かに関わっておるのだ。この組屋敷内に、その者にとって不都合なものが——」

そこで大久保は志津に顔を向けた。

「そうか」

大久保は書付だと言った。

「書付とは」

「なる程、ご遺骸とともにご遺品を持ち去ったのもその所為であろう。しかし肝心なものは見付からなかったのだ。疫病を装ってしまった手前、これ以上探索も出来ぬ。だから焼き払うなどという暴挙に出たのであろう」

大久保は両の拳を握り締めた。

「志津殿、佐田様は——護《まも》りたかったのだ。文箱の中の書付を盗《と》られてはならぬと、そう思われたのだ」

「え——」

では。

そんなものがあるのですかと言って、宇夫方は身を乗り出した。

「志津殿。その書付は」

「お——お待ち下さい」

針箱は次の間にある。母の代から使っている、割と大きな把手《とって》付きの細工箱である。次の間は針仕事をする四畳半の座敷である。行燈《あんどん》を点《つ》けぬと昼でも暗い。それは繕いかけの襦袢《じゅばん》の横に置いてあった。抽出《ひきだし》を開ける。慥《たし》かにあの時の紙束が無造作に入れてあった。

これが——父が今際《いまわ》の際《きわ》に護ろうとしたものなのか。

鷲摑《わしづか》みにして戻った。

「これがそうですが——」

「おう。佐田様は命懸けでその書状大事と示されたのであろう。其方《そなた》が護ったのだ」

違う。何も考えず無造作に仕舞っただけだ。

そう言うと、それは違うと大久保は言った。

「其方が拾い集め片付けたが故に、敵の手に渡らなかったのだよ志津殿。お手柄だ。父上の遺志は通されたのだ」

遺志——なのか。

大久保は手渡した書付を広げようとしたのだが、それを宇夫方が止《と》めた。

「お止《や》めください大久保様」

「な——何を言うか」

「大久保様はお読みにならぬ方が良い。多分、そこには動かぬ証《あか》しが認《したた》められておるのでしょう。それは、藩を揺るがす大事の証し。大久保様はお知りにならぬ方が良いかと」

「だがな宇夫方」

「必ず」

必ず拙者が何とか致しまするると宇夫方は言った。

「聞く限り、その書付こそが凡《すべ》ての証し。その書付があれば下手人は知れましょう。此度《こたび》の不正に関わった者どもも一網打尽《いちもうだじん》に出来ようかと存じます。しかし、遠野南部家が、盛岡藩がその者達にどのような沙汰を下すのかは未《ま》だ判らぬこと。藩では裁けぬ者の名が書かれておるやもしれませぬ。然《しか》らば大久保様がこの場でその中身を知られることは宜しくなかろうと存じます。要らぬ禍根を残し兼ねませぬ」

「何だその要らぬ禍根とは」

「知ってはならぬことが記されておれば大久保様の身に危険が及びましょう。裁けぬ者の名があらば、大久保様はその者を誅《ちゅう》せずにはおきますまい」

当たり前だと大久保は怒鳴った。

「そのような者——」

「私も識《し》りとう御座います」

そうだ。そこに書かれている何者かが。

「父の——仇敵《かたき》です」

なりませぬと宇夫方は言う。

「もし仇《あだ》が討てねば無念が残りましょう。志津様がこれ以上の重荷をお引き受けになることはない」

「あ、諦めるのは厭です」

そう。志津はいつも、何処かで諦めていた。そして諦めている自分に肚を立て続けていたのだ。だから。

拙者を信じて下さいと宇夫方は力強く言った。

「大久保様もで御座います。拙者が信じられぬというのであらば、義晋公をお信じ下さい。必ず、不正は糺《ただ》します。もし裁けぬ相手であらば——」

そこで宇夫方は言葉を一度呑《の》み込《こ》み、それでも何とか致しますと続けた。

「天網恢恢疎《てんもうかいかいそ》にして漏らさず。世に不徳の栄えた例《ためし》は御座いません。志津様、どれだけ時が掛かろうと、どのような手立てを取ろうとも、仇敵は必ず討ち果たしまする。その暁にはきちんとお報せに参ります。ですから」

生きて下さいませと宇夫方は言った。

「その書付をお預け戴ければ、焼き討ちも阻止出来るやもしれません。いいえ、この理不尽な戸閉め幽閉も止《や》めさせることが叶うかと――」

「宇夫方」

「時がありません大久保様。こうしているうちにも焼き討ちの準備は進められておるやもしれぬのです。是川様が反対されたとて、どこまで持《も》ち堪《こた》えられるか」

「算段が――あるのだな」

大久保は書付を強く握り、暫く仏壇を見てから志津の方を向いた。

「良いか。志津殿。儂はこの者に信を寄せておる」

志津も仏壇を見た。位牌はない。ここに父は居るか。居たとして父は何と言うのだろう。この勝ち気な娘めと言うのだろうか。

志津は無言で首肯《うなず》いた。大久保は縁に出て書付を宇夫方に渡した。宇夫方は、押し戴《いただ》くようにしてそれを受け取った。

「焼き討ちは早ければ今夜。それまでには必ずご連絡を差し上げます。もし間に合わぬ場合には」

「間に合わぬ場合はどうする」

「お逃げ下さいと申し上げてもお従いくださいますまい。何か手立てを考えまする」

そう力強く言って、宇夫方は駆け去った。

「志津殿。あの宇夫方は――儂の目に狂いがなければ、正しき男だ。出来る限りのことはしてくれよう。しかし、もしもということはある。その時は」

其方《そなた》と母御は儂が逃がすと大久保は言った。

「宇夫方の言う通りだ。佐田様のご遺志を継いで、生きてくれぬか。頼む。儂は一度宅に戻るが、夕刻前にはまた来る。では志津殿、佳也乃殿のことを頼んだぞ」

大久保はそう言って、仏壇に頭を下げ、去った。

半刻ばかり仏間に座ったまま蒙《もう》としていた。

気付けば疾《と》うに午《ひる》を過ぎている。母の様子を見てから慌てて昼餉《ひるげ》の支度をした。

大久保に貰った魚を柔らかく煮て、菜を添えて母に食べさせた。後片付けをしている途中で何も食べていないことに思い至り、母の残したものを食べた。

疫病は嘘だ。志津はもう確信した。

久し振りに味のするものを食べた。

母は暫く苦しそうにしていたが、やがて眠った。

することがない。考えたくもない。

あの日以来放っておいた繕い物の続きでもしようかと、襖《ふすま》を開けて――。

志津は息を呑んだ。

暗がりに童《こども》が立っていた。

赤い着物の切り髪の小娘だった。

明かりもない部屋なのに、白い顔が能《よ》く見えた。

「お、お前は誰」

娘は莞爾《にっこり》と笑って、

「何の虫送ろ、毒の虫送ろ、高い山さ追《ぼ》って遣《や》れえ」

と、まるで鈴を転がすような声で唄《うた》って——。

志津の脇を風のように抜けて、何処《いずこ》かへ消えた。

「そうなの」

もう、平気なのだ。そう思った。

佐田志津は。

そのまま座り込み、ようやっと、五日目にして、おいおいと、泪の涸《か》れる程泣いた。

もうもうと煙が出ている。

祥五郎は駆けた。間に合わなかったというのか。

そんな筈はない。既に決着は付いているではないか。

武家町との境に竹矢来《たけやらい》が立てられ、大勢の奴や棒突が立ち並んでいる。同心の姿も見えた。

何をしている。

朋輩である高柳《たかやなぎ》剣十郎《けんじゅうろう》の姿を認めたので、祥五郎は駆け寄った。

「高柳。何をしている、これは如何《いか》なることぞッ」

「おお。祥五郎か。いやいや、大変なことだわ。見ろ、この暑いのにこの様だ。風向き次第では涙が止まらぬぞ」

「何を暢気《のんき》なことを——お、お主」

「何が暢気か。何だか知らぬが未《ま》だ暗いうちから喚び出されて、草やら柴やら刈らされて、その挙げ句がこれだ。まあ良かったと言えば良かったがな」

「良かっただと」

焼き討ちは中止と昨夕お奉行様から聞いておると祥五郎が言うと、何を寝惚《ねぼ》けておるのだと言って高柳は眉尻《まゆじり》を下げた。

「何が焼き討ちか。まあ、虫にしてみれば焼き討ちと変わりなかろうがな」

「む、虫だと」

虫だったのだと高柳は言った。

「お主のことだから当然知っておるものと思うておったが。あのな、この組屋敷で続けて病人が出た。いや、亡くなった方も居《お》るのだ。すわ疫病かと、内内に戸締め道止めをしておったのだが、それが疫病ではなく、虫だったということでな。こうやって、燻《いぶ》して虫退治をしておるのだよ」

「燻すだと」

「そう。見れば判るではないか。この煙が目に入らんのかお主は。いや、これもな、田荘《たどころ》先生のお見立てなのだ。あの御方の言であれば信用出来よう。燻すための草木《そうもく》の選定もしていただいた。間違いない」

「田荘洪庵《こうあん》先生か」

洪庵は高柳とは何かと縁のある町医者である。本草にも長《た》け、虫魚禽獣《きんじゅう》にも詳しいから、慥《たし》かにそうしたことに関しては信用出来る人物だろう。

「何でもな、此度のことは恙　虫《つつがむし》とかいう、目に見えぬ程細かい虫の仕業らしい」

「つつが虫だと。聞かぬ虫だが」

「拙者も知らなんだ。それは秋田《あきた》あたりで謂う毛壁蝨《けだに》、信濃《しなの》で謂う嶋虫《しまむし》と同じもので、唐国では沙虱《すなじらみ》と呼ぶものだそうだ。一説には人の生血《せいけつ》を吸うと謂われるようだが、田荘先生のお話ではそうではなく、咬《か》まれると毒が入って高熱を発し、人事不省になって、人に依っては死ぬというのだな。一見疫病と区別が付かぬが、人から人に感染《うつ》ることはないという。亡くなった者は哀れだが、これは何よりではないか」

「そう──なのか」

本当にそうなのか。

いや。

そんな訳はない。毒は酒に仕込んであったのだ。

既に下手人は自白している。動かぬ証拠が出たからだ。

勘定方佐田久兵衛、須山平右衛門、矢田清次郎は、さる人物の不正を炙《あぶ》り出した。しかし余りにも大きな不正であったため、勘定組頭である倉持勘解由《くらもちかげゆ》に内内に相談したのだ。

しかし。

その倉持自身が不正に加担していたのだ。

三名が果たしてどこまで事実を突き止めているのか、それを確認するため、倉持は再三再四《さいさんさいし》三名を喚び出し、詳細に話を聞いたのであった。恰《あたか》も善意の者として、巨悪を断罪せんという振りをしつつ──その実倉持は、不正の首謀者と内通していたのである。

そして──。

生かしてはおけぬと判断した。

愈々《いよいよ》告発することになったと嘘を吐《つ》き、倉持は三名を集めた。そして、毒入りの酒を土産《みやげ》に渡したのだ。上役から拝領した酒に毒が入っていると思う者はないだろう。佐田も、上機嫌で飲んだのだというのだから。

その結果、六名が死んだ。

須山の妻女、矢田の先代夫妻は、何の関係もなく殺されたことになる。否、本来はもっと殺すつもりだったと倉持は自白している。疫病に見せ掛けようという計画だったからである。死人は多い方が誤魔化せる。

倉持はそう言ったという。

流石の祥五郎もこれには憤った。

倉持の自白を受けて、奉行是川五郎左衛門は焼き討ちの即刻停止を決め、更に勘定方組屋敷に幽閉されている者の解放を鍋倉館へ進言した。

しかし、ことはそう簡単ではなかった。

倉持勘解由は不正に加担していたに過ぎない。

首謀者は驚いたことに遠野南部藩の家老職の一人、赤澤大膳《あかさわたいぜん》であり、更にその先には盛岡藩の大目付の名があったのだ。

倉持が手下《てか》の者に安易に盛岡藩の使者を騙《かた》らせたのも、その後ろ盾《だて》があったからであろう。のみならず、不正に略取されていたらしい金の半分は、幕府の要人に流れていたのである。

凡てを明るみに出すことは不可能ではない。

私腹を肥やしていた者を断罪することも出来る。

しかしそれは即ち、盛岡藩から特定の個人に巨額の賂《まいない》が贈られていたという事実を白日の下に晒《さら》すことに等しい。勿論、確たる証拠があるのだから、受け取った方も何らかの罪には問われるだろう。だが、それで済む話ではない。

ご公儀は必ず難癖を付けて来る。

ことは慎重に運ばねばならない。

転封《てんぽう》、改易、お取り潰しと、どのような災厄が降り掛かるか、知れたものではないからである。のみならず、その不正の内容を公《おおやけ》にするならば——ことに拠っては——運上金等の増額なども十二分にあり得ることだったのだ。

倉持は昨夜、切腹した。

赤澤は現在、蟄居の上で沙汰を待つ身である。盛岡藩大目付に関しても、既に報告が上がっている筈である。遠からず然るべき処分が下されることだろう。

そこまでは良い。

問題は疫病だった。六人死んでいる。おまけに遺体は焼かれている。そのうえ噂まで流れている。間違いでしたでは済まされないのだ。こちらはこちらで公儀に報告をしなければならないだろう。それは遠野南部家からではなく盛岡藩からなされることになる。

勝手には決められない。焼き討ちはなくなったが、即時解放は出来ない。

――暫《しば》し待て。

祥五郎は奉行からそう聞かされていたのだ。

病人――被害者の手当てのため、せめて医者を入れるようにと頼み、田荘洪庵を推薦しておいたのだったが。

「虫とはなあ」

「虫なのだ。まあ、藁《わら》人形も何もないが、これはある意味虫送りだ、祥五郎。亡くなられた方には気の毒だが、これは災難と考えるよりない。早く判って良かったではないか」

「だから良かったと言ったのか。いや、しかし中の者達はどうしておるのだ」

「中も何もない。誰も居《お》らぬよ。ここを燻せば虫は他に移るであろう。だから武家町凡て燻すのだ。順に家を出て、避難しておる」

「そうなのか。では大久保様も――」

ああお主は大久保様と懇意であったなあと高柳は何とものんびりした口調で言った。

「それではさぞや心配したことであろう。慥《たし》か、瑞応院《ずいおういん》の境内に居られると思うぞ。炊き出しのようなことをしておると思う」

「そうか」

礼もそこそこに祥五郎は瑞応院に向かった。

薬臭い煙が漂って来る。

しかし――。

これはどういうことだろう。

慥《たし》かに毒虫による被害としてしまえば大きな問題はないだろう。疫病と違い、他藩や公儀に対し早急に報告する義務はなかろうし、駆除したとなればそれで終《しま》いである。

だが、あの洪庵が人を欺《あざむ》くようなことを言うだろうか。勿論適当なことを言ったとも思えない。これだけ大規模な駆除をしているのであるから、当然それなりのことを進言したのだろうが――。

如何《いかん》せん、洪庵は死体を検分していないのだ。診もせずに断言するような男とも思えない。いや、検分したところで、それは毒殺された死体なのである。ならば、何を根拠に虫の仕業と断じたのか。高柳の言うように、これは良かった、と考えるべきなのだろうが、それにしても納得は出来ない。

寺の境内には人が犇《ひし》めいていた。

あの一画に閉じ籠められていた勘定方と、その家族達なのだろう。疲弊は見て取れるが、解放された喜びの方が大きいようである。

否、疫病の恐怖と不安から逃れられたことの方が更に大きいのかもしれない。疫病は目に見えない。疫鬼は防げないのである。しかも、蝕《むしば》まれれば確実に死ぬ。

子供が二人、人込みの中を駆けて行く。

笑っている。

あの子等《ら》まで殺すつもりだったのか。倉持という男は。私利私欲のために。

人の間をうろうろしていると、背後から宇夫方殿と声を掛けられた。

洪庵だった。

「洪庵先生。こちらにいらしたのですか」

「ああ、病人を診ていたのだ。本堂を借りて、状態の優れぬ者を休ませて貰っておる」

「お加減の悪い方はどのくらいいらっしゃるのですか」

「いや、三人ばかりだ。いずれも命に別状はない。ただ衰弱しておるだけでな。そう、宇夫方殿も存じておろう。佐田様のお内儀、あの方だけは多少悪いが」

「悪いのですか」

「何、悪いと言ってもお命に別状はない。養生すれば直《す》ぐに良くなる。聞けば御主人は亡くなられておるとか。残念なことだ」

「では」

「ああ、腹を毀されておるからの。その所為で食も細り、体の力が萎《な》えておる。御主人を失われて、気落ちもされておるのであろう。それもあって血の巡り気の巡りが滞っておられるのだな。薬を処方しておいたから、案ずることはない。食が戻ればやがて本復されよう」

「そうですか。しかし先生、その――どうして虫、恙虫でしたか。その虫だと、先生は喝破《かっぱ》されたのですか」

「何じゃと」

「いえ、その」

「喝破も何も、虫が居たからじゃ」

「い――居たのですか」

「そうそう。昨夜、奉行所から喚び出しがあり、これこれこういう訳で病人を診てくれと言われたのだが――ああ、お前さんが儂を推挙したのだとお奉行は仰せであったが」

　それはその通りである。

「それが、疫病ではないから安心しろなどと言うのだ。医者は疫病だろうと診ると言ったのだがな。で――お奉行の指示で先《ま》ず佐田様のお宅にお伺いしたのだ。そうしたら」

「虫が」

「恙虫というのはな、本来は暖かい気候の土地に涌《わ》くものだが、奥州にもおる。夏場、野分《のわき》だので川の水が氾濫《はんらん》した後などに能《よ》く涌くものなのだ。これが小さいのだな。埃《ほこり》程の大きさしかない。布の目にも入り込める。面倒な虫だ」

「その虫が居たのですか」

　居たのだよと洪庵は言った。

「これはな、越後《えちご》なんかでは割に多くてな。虫に集《たか》られて死んだ盗賊の亡魂だとか、身投げして死んだ三条左衛門《さんじょうさえもん》の娘が化《か》したのだとか、お伊勢《いせ》様のお祓《はら》い箱を焼いた灰から生まれたのだとか、色色に謂うようだが、そんなものじゃない。要は目に見えんと思うからそんな妙な謂い伝えが出来る。だが、見えぬのではない。小さいだけだ。蚊のように血を吸うというのも嘘だ。あれはの、刺されると、熱が出る」

「熱ですか」

「そうだ。出羽《でわ》ではな、刺されて死ぬ者と死なぬ者が居ると謂う。体が甘い者は死に、体が苦い者は死なぬというんだがな。甘いも苦いもない。甘いと沢山刺されるということなんだろうが、要するに毒がどれだけ入るか、ということなのだろうな。熱が出て、頭痛がして、嘔吐《おうと》腹痛、手足も痺《しび》れるから、何人かがそうなれば当然疫病かと思うだろう。症状は疫病と変わらないのだ」

なる程。

都合の良い虫が居たものである。

しかし――。

「佐田様のお内儀の寝床にその虫が居たのですか」

「寝床には居《お》らなんだが、廊下や座敷で見付けた」

能く見付けなさいましたねと言うと、これでも医者だからなと洪庵は言った。

「貧乏性なのだ。下ばかり見ておる」

しかし――それはどういうことなのだ。

「恙虫は乾いた場所にはあまり居らぬ。畳の隙間や何かに入り込めば、卵を産む。そうなるとどんどん増える。これは即退治せねばならんのだ。何処から紛れたのかは知らんが、危険な虫ではあるのだよ」

「そうですか」

有り難う御座いましたと、祥五郎は頭を下げた。

洪庵は一応他の者も診るからと言って踵《きびす》を返した。

その後ろ姿を眺めていると、宇夫方様、とまた呼ばれた。

顔を向けると、佐田志津がいた。

後ろには大久保もいる。

「宇夫方様。この度は本当に――」

「いや、佐田様。お礼は止《よ》して下さい。これは凡て」

「何を照れておるのだ宇夫方。いや、此度《こたび》は能《よ》くやった。儂からも礼を言う」

「はい」

祥五郎は志津の前に立った。

「お父上の直接の仇敵は、昨夜腹を切りました。共謀した者は居《お》りますが、他の者にも遠からず同じ処分が下る筈です。どのような形で表沙汰にされるのかは判りませんが――それだけは確実です。お父上を謀殺した者はその罪を認め、責を取らされたのです。拙者を信じて戴けるなら、これ以上の詮索《せんさく》はなさらないでください。罰は下されたのです」

「はい」

幾許《いくばく》か、明るい表情に見える。

陽光の下《もと》で見るからか。

「宇夫方様を信じます」

「それから、お父上の亡骸もお捜しくださいますよう、お奉行様にお願いしておきました。下手人が何処かに埋め隠したものと思われますが、遠からず見付かることと思います」

きちんとご葬儀を上げて戴きたいと祥五郎は言った。

人には、そうしたけじめが必要だと思う。

「お心遣い感謝致します。母も喜びましょう。佐田家は跡継ぎがおりませんから組屋敷は出ることになりましょうが――」

「それに就《つ》いては殿にご相談するつもりです」

亡くなった三名は義人であり忠臣である。奸賊《かんぞく》の所為で家族が路頭に迷うようなことがあってはならない。

儂の目に狂いはなかろう志津殿、と大久保は言った。

「其許《そこもと》を信じ、儂も余計な詮索はせんよ、宇夫方。義は実行されるのだな」

「はい」

いや――。

公儀の動きは未《ま》だ読めぬのだ。ただ洪庵の機転でかなりの難題は回避出来ている。

「それにしても迅速な動きであったな。夕刻、奉行所からの密使というのが戸を叩いた折には身構えたが、書状を見れば其許《そこもと》からの焼き討ち回避の報せだ。程なくして医者殿が佐田の家を訪《おとな》い、一夜明ければ解放だ。見事な働き振りだ」

お止《よ》しくださいと言った。

　祥五郎の手柄ではない。

「御母上も程なく御快癒なされる由、洪庵先生も太鼓判を捺《お》されておりました。何よりで御座います。佐田様の無念は消えるものでは御座いませんでしょうが、志津様も何卒《なにとぞ》お気落としのなきよう」

　私は平気ですと志津は明るく言った。

「そう、宇夫方様がお引き揚げになった後、私は座敷童衆《ざしきわらし》を見てしまったのです」

「は――」

　そう言うのだよと大久保は苦笑いをした。

「大久保様は信じて下さいませんが、見たものは見たのですから仕方がありません。その座敷童衆は、虫送りの唄を口遊《くちずさ》んだのですよ。そうしたら」

「虫送りの唄――ですか」

「遠野ではあまり聞きませんが、盛岡では何度か聞いたことがあります。あれは虫送りの時の掛け声です」

「座敷童衆――ですか」

　それは。

「ええ。その唄の通り、今虫送りがされております。父は亡くなりましたが、佐田の家は滅んだ訳ではないのです。私は母と二人、なんとか生きて参ります」

　志津は笑顔で頭を下げた。

そうか。

祥五郎は瑞応院を出て、壇《だんの》塙《はな》へと向かった。

森の奥、迷家《まよいが》に棲《す》む長耳《ながみみ》の仲蔵《なかぞう》を訪ねるためである。

仲蔵は異相の職人である。頼まれればどんなものでも器用に作る。その腕は確かだ。

そして、時に奇手怪手を繰り出して世間の目を欺《あざむ》き、八方塞《はっぽうふさ》がりの困りごと、収まりのつかない面倒ごとを消すという、裏の渡世も持っている。この度の一件は仲蔵とは関わりがないと思っていたが、どうやらそうでもなかったらしい。

迷家の戸は開け放たれていた。

声を掛ける前に覗き込むと、上がり框《かまち》に花《はな》──この家の持ち主──が腰掛けていた。齢《とし》の頃は十二三、整った顔立ちの綺麗《きれい》な娘だが、笑ったところも泣いたところも見たことがない。その上、この娘は殆《ほとん》ど口を利かない。

花は上目遣いに祥五郎を見ると、跳ねるように框から降りて風が吹くように横を擦り抜けて行ってしまった。

旦那《だんな》かいという声が聞こえた。

「仲蔵殿。上がらせて貰う」

家の中はぶち抜きの板間になっている。かなり広いのだが至るところに妙な作り物が置かれていた。

「旦那ァどんだけ経《た》っても他人行儀だなあ。ま、構わねえからどっか座んな」

「その殿が他人行儀だというのよ。こらあ、旦那、祭の山車だよ」

「これは何だ仲蔵殿」

「これがか——」

「おう。あっちこっちから頼まれてな。全部引き受けちゃアみんな儂の細工になっちまう。それじゃあ面白くねえから、二ァつだけ引き受けた。こりゃ、一日市町《ひといちまち》の連中に依頼された花車でな。八幡太郎《はちまんたろう》、安倍貞任館《あべのさだとうやかた》に忍ぶ、てえお題だ」

「どこが八幡太郎なのだ」

「そりゃ部品だよ。でけえからここでは組み上げられねえんだよ。こう、車の上に大きな人形が五つばかり並んでな、それがびっしりと花で飾られるんだ。出来上がりゃ、そりゃあ見事なもんだぞ」

「大掛かりだな」

「そりゃ、祭に七十五両も掛けるてえんだから、豪勢なものよな」

「七十五両か」

全部貰う訳じゃあねえよと長耳は言った。

「儂はそんなに守銭奴じゃねえぜ。まあ、これは生花代もかなり掛かるだろうしなあ。三十両ぐれえで抑えるつもりだ。それでな、これは足柄山《あしがらやま》の山姥《やまうば》だ」

長耳は鬼婆の顔のようなものを掲げた。

能《よ》く出来ている。

「まあ大した細工だが――何故にそんなものを」

「知らねえよ。お題を考《かんげ》えるな儂じゃあねえ。新町《しんまち》の連中がそれでいいってんだから仕方がねえじゃねえか。こいつは十五両の内だから、まあ七両かな」

「そうか。それはその、町が出す祭費の額か」

乙蔵が言っていた。

世話人の要請に従い、各村各町の富裕の程度に合わせて奉行所が額面を決め、町村から拠出させる仕組み――なのだろう。

「おう。祭は最良の人心鎮撫《ちんぶ》てえのが奉行所の言い分なんだろ。まあ、奉行所は許可したり命令したりするだけだから気楽なもんだろうがよ、町としちゃアどうだよ」

「どうだよとは何か」

「そりゃ祭は楽しいだろうが、誰だって銭は出したくねえだろ。ま、中には奇特な御仁も居るから、喜捨か寄進かなんかすんのかもしれねえし、神社ァ賽銭《さいせん》も入るかもしれねえが、町は出て行く一方だ。だから奉行所が出せと命令する額しか出さねえだろ」

それはそうかもしれぬ。

「一方で祭の世話役は振舞い酒ぐれえはたっぷり振舞いてえだろうよ。みみっちい祭じゃあ人心は鎮撫出来ねえんだ。だから奉行所に願懸けに行くのよな。奉行所は、まあその辺のことを案配してやるんだろうが――」

「疫病か」

「そうよ。勘定方が疫病騒ぎで囲われちまってただろうよ。奉行所は役銭だの何だの、取り立てには関わるかもしれねえが、額面決めるのは奉行所の役目じゃあねえ。税を課すなあ、お城だろ」

「まあそうであろう」

「だから勘定方に尋くのが一番確かなんだよ。あのな、少し前までは一番儲かってたなあ六日《むいか》町《まち》よ。今もそうだと思われてるがな、実は彼処《あそこ》は閑古《かんこ》鳥《どり》だ。今、一番金持ってるのは一日市町なんだよ。何たって七十五両だ。一方、六日町は番付じゃあ一番下だ。総額五両だ五両。彼処も頼んで来たが、儂は断ったからな。いいか、七十五両ってな、五両の十五倍だぞ。そんだけ差があると、お前さん知ってたか」

知らない。

作物の出来不出来ばかり気にしていたが、町の方にもそうした盛衰はあるのか。

「知らないだろ。商売にも流行《はや》り廃《すた》りがあるし、村や町にも一栄一落があるんだよ。百姓の盛衰は天気で決まるがな、町の栄枯は銭の流れで決まる。今の世の中、銭が回らなくちゃ村も町も滅ぶんだ。だから——奉行所は勘定方に相談したかったんだろうが、どっこいそれが出来ねえ。何たって全部囲われちまったんだからな」

鍋倉の城だって困ったのじゃねえかと長耳は言った。

そうか。

祥五郎はそこにも思い至っていなかった。

勘定方の手が止まるということは、金銭の流れが止まるということでもあるのだ。

昨年の米騒ぎを例に挙げるまでもなく、どれだけ豊富に米や魚があろうとも、金の流れに淀《よど》みや乱れがあるならば、米も魚も動かない。金の流れが止まるなら、人の暮らしは直ぐにも成り立たなくなるものなのである。百姓も漁師も、穫れたものをそのまま喰って生きている訳ではないのだ。

「まあ仕方がねえから奉行所が算出したらしいんだが、お役所ってなあどうも腰が引けてるもんだな。ありゃ、責を負わされんのが厭なんだろ。勘定方との擦り寄せが取れねえと決定は出来ねえと、ぐずぐずしていやがってな。遅れた分祭が延びるかてえと、そんなことはねえ。何たって日取りは神様がお決めになったことなんだからよ。神様だぜ。こりゃ奉行所よりも偉《えれ》えだろ」

それは知らぬと答えた。

「祭の日は刻一刻と近付いてくらあ。山車拵《こしら》える時は、どんどん減って行く訳だ。掛けられる時が減りゃ、出来だって悪くなる。出来が悪くなりゃ銭が取れねえ。儂が困る」

「仲蔵殿。お主——」

「勘定方の連中は解放されたんだろ。解放したのは他ならねえ、奉行所じゃねえか。それで早速、目を通して貰ったって案配なんじゃねえか」

「おいおい。疫病の縛《いまし》めが解けたのは今朝の話だぞ。疫病騒ぎが収束してから未《ま》だ半日と経ってはおらぬのだ。そんな最中《さなか》に、そこまで急な——」

「儂の知ったことじゃあねえ」

長耳は歯を剝《む》いた。

笑ったのである。

「祭の世話役がせっついたんだろ。儂はいつ頼まれてもいいように予《あらかじ》め準備だけはしていたけどな。ま、大体値踏みは出来ていたからな。面白くねえお題やら、貧乏臭《くせ》え依頼は先から断っていたもんで、下拵えはこれ」

この通りと仲蔵は両手を広げる。

「正式に注文されて未《ま》だ一刻と経っちゃいねえが、ここまで作り込んでいた訳だ。この用意周到さに自分《てめえ》で自分《てめえ》を誉《ほ》めてえくらいだ。あのな、繰り返すけどな、儂は一切急《せ》かしちゃあいねえよ。世話役どもがせっかちで、奉行所も配慮に欠けてたのじゃねえのか。というか、それ以前に、ありゃ疫病じゃねえんだろが」

「そうだが」

「なら長《なげ》え休みみてえなものだ。別に気にするこたあねえや」

「おい。仲蔵殿。お主、真逆《まさか》そのために——」

「何だよ」

「そのために仕掛けを」

莫迦言うのじゃねえと言って、仲蔵は山姥の顔を板間に置いた。

「こんなことであんな面倒《めんど》臭《くせ》えこたぁしねえよ。いいかい、これはこれ、あれはあれだよ」

「矢張り其方《そのほう》の仕業か」

佐田家に現れたという座敷童衆は、花だ。

ならば。

なあに、此度《こたび》は大したこたァしてねえからよと長耳は小さい眼を屢叩《しばたた》いて言う。

「造りものもしてねえしな。助っ人《すけと》も頼んではいねえ。動いたなァ、花だけだ。まあ、お前さんが勝手に働いてくれたんで随分助かったけどな。予期せぬ助け船が出たお蔭で、かなり手間が省けたわい。あの医者殿も面倒なことしねえで担ぎ出せた訳だしな。ま、頼み料が廉かったしな。こんなもんだろ」

頼まれたのかと問うと、当たり前だと長耳は答えた。

「儂は渡世でしてんだよ。旦那と違って義理だの人情だので何かする訳じゃあねえよ」

「拙者とてもそんな――」

「旦那の仕事は話ィ集めることじゃあねえのかい。それがどうだよ。見てりゃあどうも、話を創ってねえか」

「どういう意味だ」

ただの傍観者じゃねえと言ってるんだよと長耳は言う。

「話に咬んで、話ィ曲げてるじゃねえか。まあ、悪い方にゃ曲げねえってだけで、旦那が絡めば筋書きが変わる。集めてるだけたあ、到底思えねえ」

そう――かもしれぬ。

「あんた。祥五郎さんよ。何するにしてもどっかで線引いておかねえと、退《の》っ引《ぴ》きならねえことになり兼ねねえぞ。あんたは慥《たし》かに半端な立場よ。身分は浪士、でもお殿様の紐付《ひもつ》きだ。武士と町人のどっちでもねえ。百姓とも、山の者とさえ対等に接する。いいといやァいいんだがな。どうも危なっかしいぜ」

危なっかしい――か。

慥かに祥五郎は己の軸は何処か振《ぶ》れていると、自分でもそう思うことがある。正しき行いをしようとは思う。しかしその正しさは誰にとっての正しさなのか。その行いはどの場所に立った行いなのか。

「肝《きも》が細《ほせ》えんだろ」

女房でも貰いなと長耳は言った。

「何を言うか」

「何をじゃねえよ。あのな、旦那よ。今回はこっちが訊《き》きてえぐれえだ。儂はな、旦那の動き横目で見乍《なが》ら、ただ疫病を消して囲いを外す算段だけをしたんだ。裏に何があったのかまるで知らねえ」

儂には教えられねえかいと長耳は言う。

「まあ、こっちの手の内を先に明かすとな――儂は、亡くなられた須山てえ勘定方の嫁いだ娘御、佐和さんてえ人に頼まれたんだわな」

「須山様の娘御か」

「おう。親父殿は、何か大きなヤマぁ抱えていたんだそうでな。それで、もしや自分の身に何か良からぬことが起きるかもしれねえと——どうも不穏なことを娘に語っていたんだとよ。それがいきなりの戸締めだ。生きてるか死んでるかも判らねえ。そら、心配にならあな。だから何としてもあの囲いを外させたかったんだ。そしたらお前さんが現れた」

「お主は何をした」

「何もしねえ。医者と虫は使う気だったんだが、先《ま》ずからくりが知れねえ。調べ出したら直ぐに旦那が動き出したもんでな。後はお前さんがどう動くのか見張って、頃合いを見計らって佐田の家に虫ばら撒いただけだ。あんな小せえ虫を集めるなァ骨が折れたが、まあそこは蛇の道はへびだ」

「撒いたのは花さんか」

「まあな」

「あの娘は——何処の生まれだ」

「知らん」

互いのこたあ何も知らんと長耳は言った。

「で、何だ。昨日一人腹ァ切ったようだが、何だ、あれが首魁《しゅかい》か」

「違う。寧《むし》ろ下《した》っ端《ぱ》だ。切腹をしたのは勘定組頭だが」

「何だ。勘定方の天辺《てっぺん》が悪党かよ。そいつは死んだ者も浮かばれねえやな」

「その通りだ。後は遠野南部家の三番家老。それから盛岡藩大目付。そして」

「おいこら。他にも居るのか」

「居る。まあこの三人が手を組んで、不正な金を懐に入れていたようだ。金の出所は未《ま》だ明確になってはおらぬが、額面は判っておる」

「幾価《いくら》だ」

「十万両だ」

はあ、と声を上げて長耳は自《おの》が禿頭《とくとう》を叩いた。

「聞き違いじゃなきゃ十万両と聞こえたがな。儂の顔の両側に付いてるこの耳はな、耳朶《みみたぶ》が長えだけじゃねえ。能《よ》く聞こえる筈なんだがよ」

「聞き違いではない。十万両だ。そのうち、五万両が幕府の要人二名に流れておる。それを示す書面があった」

「受け取りかよ」

「そのようなものだ。花押も記してあるそうだ。拙者は直接見ておらぬのだが、是川様がそう仰せであった。何か密約があったものと思われる。勘定組頭は毒を盛った張本人だ。だから即刻切腹させたようだが、家老は」

「お取り調べの最中ってことか」

「真実を語るか否かは判らぬが、聞き書きが終わり、裏が取れれば——いずれ切腹は免れまいな。盛岡藩も同じように致すであろう。何しろ」

「十万両か」

「考えられぬ額面だ。簡単に集められるものではあるまい。時に——仲蔵殿。この遠野には未《ま》だ黄金《きん》が埋まっておるのか。お主は山師との繋がりもあるのであろう」

「金か」

まああるさと仲蔵は答えた。

「ただ、十万両ってな無理だ。そんだけ掘るには人手も要るしな、先《ま》ずこっそり掘るなあ難しいだろ」

「例えば、昔掘られた金が何処かに隠されているというようなことはないのか」

それもあると仲蔵は言った。

「あるのか」

「多分、山のようにある。この屋敷にもあるぞ。二三百両くらいはあるのじゃねえか。ま、全部花のもんだがな。だから其処此処《そこここ》から掻き集めりゃあ——でもなあ、何処にあるのか知れたものじゃあねえし、偶々見付けたって高が知れてる。百両二百両集めて廻《まわ》ったって、どうにもなるめえ。運良く全部回収出来たって、精精がところ五千両ってとこじゃねえか。十万両には及びもしねえわな」

なる程。

ならば乙蔵あたりにも僅かな望みはある——と、いうことか。

「因《ちな》みに——後学のために尋くが、白望山の長者屋敷の辺りはどうなのだ」

「彼処《あそこ》は駄目だよ」

長耳は即答した。

駄目なのか。

「昔昔の大昔にな、埋まってたらしいわ。金も、鉄も、銅もあったそうだぜ。あの、横の」

「糠森かな」

「そうそう。でも何百年にも亘《わた》って掘られて掘られて掘り尽されちまったと聞いてるぜ。屑《くず》れえは残ってるだろうからな。必死で掘り返しゃ鼠《ねずみ》の糞《ふん》ぐれえの金なら出るのじゃねえか」

「鼠の糞か」

その程度でいいような気もする。甘酒屋を始めるには十分《じゅうぶん》だろう。

「いずれにしても十万両ってのは得心が行かねえなあ、旦那よ。で、そのお江戸の鼠はどうなるんだ」

それだ。

「盛岡藩を通じて御公儀大目付宛てに書状を送ることになるのであろうが――こちらの連中が捕まったことは直ぐにも知れることだろうし、ならば」

「尻捲《ケツまく》りやがるかな」

「それは覚悟する、ということか」

「逆だよ。汚《きたね》え手でも非道なことでも、どんなことでもやって、罪を逃れやがるだろうぜ。連中はな、田舎大名とは狡《ずる》さの格が違うのよ」

そうなるか。

「逆に田舎者があらぬ難癖を付けたと言って来るかもしれねえぞ。とんだ言い掛かりだが、公儀は諸藩の力を殺《そ》ぐことに関しちゃ熱心だからな。交渉次第じゃ墓穴掘ることになンだろうなあ。ま、手は出せねえかもな」

そうなのだが――。

それは、厭だ。

祥五郎は志津と約束をしたのだ。必ず仇敵は討つと。不徳の栄える世はないと。

「仲蔵殿。いや――長耳さんよ」

「お。オウ。何だい」

「儂が――その幕府の要人を罪に問いたいと頼んだら、あんたは引き受けてくれるか」

「何だとォ」

長耳は小さな眼を見開いた。

「言うな。そこが拙者の欠点だということは重重承知しておる。線引きが出来ておらぬ。だから退っ引きならぬことになっておる。そこを承知で、その上で頼んだとして――」

「銭次第だな」

長耳はそう言って、また歯を剥いた。

出世螺
しゅっせ
ぼら

◎出世螺

深山《しんざん》にはほら貝有《あり》て
山《やま》に三千年里《さんぜんねんさと》に三千年海《さんぜんねんうみ》に三千年《さんぜんねん》を経《へ》て龍《りやう》と成《な》る
是《これ》を出 世《しゆつせ》のほらと云《いふ》
昔《むかし》より有《ある》ことにて
遠州今切《ゑんしういまきれ》のわたしもほらのぬけたる跡也《あとなり》と云《いふ》
ほらの肉《にく》を食《く》へば長壽《てうじゆ》を得《う》ると云《いふ》
貝《かひ》は山伏《やまぶし》のふく物《もの》なれば、實《み》も食《しよく》したる人《ひと》は有《ある》べし
ほらをくひて長生《ながいき》したる人《ひと》をきかず
かく禍《わざわひ》する物《もの》をくひて長生《ながいき》したがるべからず
嘘《うそ》いふものをほらふくと云《いふ》もかゝる事《こと》よりや出《いで》けん

——繪《え》本百 物語《ほんひやくものがたり》／巻第二・第十五

譚《はなし》

昔、あったずもな。

山ン奥に、大っぎな法螺貝《ほらがい》が埋《うず》まっでおったと。

海でなぐ、山ン中に貝があンのはおがしいずも、そういうことはあんだと。

法螺貝は、海に百年棲《す》むずもな。

その後《あど》に、里に百年棲むずもな。

その後《あど》に、山に百年棲むずもな。

すたどこらぁ、法螺貝、ぼおんと弾《はず》けで、天に昇って龍《たつ》に成るんだと。

貝が龍《たつ》に成るのに、三百年掛がるんだ。三百年、ずっと我慢すで、精進すで、そんで、やっと龍《たつ》に成るんだと。

龍《たつ》さ成れば、雨コは降らせられるべし、雷コは鳴らせるべし、空ば飛んで何処《どこ》さでも行けるべ。法螺貝であれば、たンだ水の底さ沈んでるだけだべ。

だがら法螺貝は龍《たつ》に成りでのさ。

すたけど、この法螺貝、嘘《ぼが》こきであったの。

海に十年、里に十年、山に十年しか棲まってねがった。だがら、ただ大っぎいだけの、貝であったずも。

ンだば、弾《はず》けることもなかべし、天に昇ることもなかべ。

でも山の獣どもァそんだこと知らねがら、怖がっでおった。

いづ弾《はず》けるべいづ弾《はず》けるべと、猿コも鹿コも震えであったと。

そこで、三日に一度、お犬様が獣の総代さなっで、訊《き》きに行ぐことにしたずも。

すたどこらぁ法螺貝、

「明日だべか、明後日だべか」

と、行ぐ度《たんび》に嘘《ぼが》ばがり言《しぇ》ったの。

だがら獣ども、毎日毎日《まいにつまいにつ》頭ァ押さえで、穴コさ潜《むぐ》って、怖がっでいだと。

そこさ、山法師《やまほうす》来たと。

その山法師《やまほうす》の語るのに、

「怖がることね。俺達《おらだつ》山法師ぁ法螺貝の身ィ喰《く》って殻《から》さ吹くずも。三百年生ぎた法螺貝喰たら不老不死になんべ」

そう言《しぇ》って山法師《やまほうす》、法螺貝さ掘り出して、わりわり喰ってしまったずも。

「これで、俺《おら》は不老不死の大出世だべ」

山法師《やまほうす》、威張《えんば》って、ぼうぼうと殻ば吹いで、獣どもを威《おど》したんだと。

獣ども、今度ァ耳コ塞《ふさ》いで怖がったんだと。

したけども、その法螺貝、三百年生ぎたもんではながったから、喰ったって何の験《しるし》もながったずも。おまけに、山に埋《うず》まっておる間に、毒《どぐ》でも溜《た》まっておったんだべな。

山法師《やまほうす》、腹痛《いだ》ぐなって、おんおん唸《うな》ったと。

したけども、獣どもァ耳コ塞いでだもんだがら、判《わが》らねがったんだ。山法師《やまほうす》、苦しぐて助け呼んだども、誰にも聞こえね訳サ。

山法師《やまほうす》、そのまんま死《す》んでしまったずもな。

「法螺貝も山法師《やまほうす》も嘘《ぼが》こきだ」

獣どもは、そう言《しぇ》って、笑ったど。

それがら嘘《ぼか》ばがりこく者《もん》を、法螺吹きというようになったんだと。

それも、嘘《ぼが》かもしんねけど。

どんどはれ。

咄《はなし》

肌寒くもなく、暑さもすっと抜けた感があり、迚《とて》も過ごし易《やす》い。左右の樹樹《きぎ》は既に紅《あか》い。ここは、町よりは高いが山よりは低い。

鍋倉館《なべくらやかた》――遠野《とおの》の城の、庭の端にある東屋《あずまや》である。

手入れは行き届いているが、人気《ひとけ》はない。宇夫方《うぶかた》祥五郎《しょうごろう》は東屋の中心に立ったまま四方を見渡し、一番見映えの良い方角に顔を向けた。

暫《しばら》く彩付《いろづ》いた葉を眺めていると祥五郎という能《よ》く通る声がした。透かさず畏《かしこ》まり低頭する。

声の主は盛岡《もりおか》藩筆頭家老にして遠野領の領主でもある、南部《なんぶ》義晋《よしひろ》公である。

「控えることはない。余は一人じゃ」

顔を上げると、慥《たし》かに供侍も小姓《こしょう》もいない。

「不用心では御座いませぬか」

「裏手とはいえ城中じゃ。面体を隠して町家に出向くよりはずっと安全ではないか。案ずることはあるまい」

それは慥かにその通りである。

義晋公は東屋に上がり腰を下ろすと、こうしていると昔を思い出すのう祥五郎と、暢気《のんき》な口調で言った。

「あの頃は良かったの」

「どうなされたのです」

何処《どこ》か平素と違う。

祥五郎は、義晋が遠野南部家を嗣《つ》ぎ三十二世南部弥六郎《やろくろう》となるまで――遠野南部家の当主は始祖である八戸《はちのへ》弥六郎直義《なおよし》に因《ちな》んで代代そう呼ばれるのであるが――ずっと、義晋の近習《きんじゅう》を務めていたのである。

盛岡藩筆頭家老就任後は義晋の要請により野に下って浪士となり、市井《しせい》の動向を窺《うかが》うという密命を受けている。上意とはいうものの、祥五郎の立場は非公式なものである。仮に御譚調《おんはなししらべ》掛《がかり》とされるが、そのような役職はない。謂《い》わば義晋の見る目嗅《か》ぐ鼻、直属の隠密《おんみつ》のようなものである。

即ち、祥五郎は現在盛岡藩士ではないし、遠野南部家家臣でもないのだ。表向きは浪士身分であるから、頻繁にこの鍋倉の城――正確には城ではないのだが――に出入りするのは不自然なのである。

だから祥五郎がこの城に喚《よ》ばれることなど、過去には一度もなかったことである。

「此処《ここ》は安全ではあるが、酒肴《しゅこう》は出ぬからな。折角こうして会《お》うても酒を酌み交わすことは出来ぬがな」

「仰《おお》せのあの頃がいつのことかは存じませぬが、拙者がお側に居《お》りました時分、殿は下戸《げこ》であられましたが」

義晋は二十歳になっても酒を飲まなかった。嗜《たしな》み始めたのは家老職に就いて以降のことである。今は鯨飲《げいいん》に近い。

義晋は盛岡藩主より遠野領を独自に統治する裁量を与えられているのだが、平素は盛岡の城に詰めている。

遠野には居ないのだ。

遠野に戻る毎《ごと》、義晋は小《こ》人数を供に付け、お忍びで料亭を訪れる。祥五郎は其処《そこ》に喚び出されるのが常である。

義晋は要職にはあるが三十前と未《ま》だ若い。

胸板も厚く貫録は十分《じゅうぶん》なのだが、上背はないし、身形《みなり》を変え顔を隠せば大身であることは誤魔化《ごまか》し易い。だから町場に紛《まぎ》れた方が寧《むし》ろ安心なのだと本人は宣《のたま》うのだが、要は気の置けぬ旧知の者と酒が飲みたいのだろうと祥五郎は思っている。

義晋は義を重んじ仁を行う人である。領民の暮らしを案じ徳政を敷こうと考えている。幼い頃よりその性質を知る祥五郎は、ずっとその人柄に敬服していたのだ。だが、この世の中は筋が通っていれば良い、正しければ通るというものではないのだ。特に武家の場合、忠を示すために不義を為《な》さねばならぬようなことも往往《おうおう》にしてあることなのである。若輩故の重圧というのはあるのだと思う。

義晋は酔っても愚痴は言わない。

ただ言葉の端端から嗅ぎ取れる抑圧は、多い。

今の盛岡藩主は——祥五郎の見る限り——暗愚とは言わぬまでも、放逸で傲岸《ごうがん》に思える。若造の諫言《かんげん》を容《い》れるとは思えない。現に義晋が筆頭家老になってからの藩政は迷走しているようである。やや身贔屓《みびいき》ではあるが、他の家老連中が無能なのではないかと祥五郎は考えている。

天辺《てっぺん》がどうであれ、賢臣が下支えしていれば政道が曲がることはない。一方で愚臣奸臣《かんしん》が蔓延《はびこ》れば必ずや国は傾くものである。

いずれにしろ、筆頭家老が年少という捩《ねじ》れがあまり良い形ではないことは違いあるまい。

「殿。そろそろお心の裡《うち》をお明かしくださいませぬか」

「うむ」

義晋は浮かぬ顔になった。

「町家では幾ら人払いをしても至る処《ところ》に耳があろう。其方《そち》の集めた咄《はなし》を聞く分には良いが、漏れては困る咄は出来ぬ。かといって——城中では、の」

「差し障りが御座いますか」

「この鍋倉館の中に未《ま》だ獅子《しし》身中の虫が居《お》る、とは思いたくない。だがそれが杞憂《きゆう》であったとしても、其方《そち》以外の者の耳には入れたくないことというのはある。だから此処を選んだのだが——呼び付けておいてこんなことを言うのは何だが」

どうやって入った、と義晋は問うた。

「容易《たやす》いこと――と申すならそれは由由しきことだ。この鍋倉館の警護はそんなに緩いか。幾ら元家臣であったとしても理由なく門を通すとも思えぬが。真逆《まさか》、鼻薬でも効かせたということであるか」

滅相もないと答えた。

「遠野南部家の家臣は清廉潔白、袖《そで》の下など取りませぬ故、御安心ください」

「そうは申すがな」

義晋の目に陰鬱《いんうつ》の色が差す。

「余は赤澤《あかさわ》を疑《うたご》うたことはなかった。倉持《くらもち》もだ」

義晋が言うのは、夏に起きた恙虫《つつがむし》騒動の画策人――遠野南部家三番家老と勘定組頭のことである。罪なき者六人が命を落とし、一歩間違えば百名を超す死者を出していたやもしれぬ不始末であった。両名とも切腹して果てている。

「盛岡に因があるとはいえ、我が家中に不心得者が居ったことは間違いないこと。下は上を見習うもの。上の者が公金の横領などをしているのだ。仮令《たとい》公になっておらずとも、性根は知れよう。下の者も賂《まいない》ぐらいは取るようになる」

上と申すなら一番上は殿ですと言った。

「殿はそのような不正は致しますまい」

「莫迦《ばか》者。一番上は利済公《としただこう》だ。いや――それをいうなら大樹公《たいじゅこう》であろう。いや、これは」

義晋は言葉を濁した。

「いずれ其方《そち》が易易《やすやす》と入り込めるということは此処も安全ではない、ということか」

「御安心ください。易易と入った訳ではありませぬ。それなりに苦労を致しました。いや、拙者、付き馬に追われて難渋しておる故、暫《しば》し匿《かくま》ってくれと懇願したのです。殿に似て下下も情け深いですからな」

門番頭《もんばんがしら》の後藤《ご》運平《とううんぺい》とは旧知の間柄なのである。のみならず、後藤は祥五郎を一人娘の命の恩人と思い込んでいるのだ。

後藤の娘は波山《ばさん》騒動の折に勾引《かどわ》かされている。

それは若い娘ばかりを狙う酸鼻《さんび》を極める凶事であったのだが、後藤の娘は間一髪のところで助かっているのである。

祥五郎は表立っては何も為《し》ていないことになっているのだが、多分同心の高柳《たかやなぎ》あたりが何か吹き込んだのだろう。

御譚調掛は非公式な役儀であり、祥五郎が義晋と通じていることは家中の者にも内密にされている。ただ、已《や》むを得《え》ぬ事情があり、奉行の是川《これかわ》、勘定吟味方改役の大久保《おおくぼ》にだけはその旨を告げた。その二人は弁《わきま》えているから一切口外したりはしないのだが、軽輩の高柳には身分を明かしていないこともあり、あることないこと喋《しゃべ》るのである。

そうして考えてみると、そろそろこの役目を続けるのも限界なのかもしれぬと、祥五郎は思わぬでもない。

少なくとも料亭の掛け取りは来ぬということかと、義晋は少しだけ笑った。

「そうじゃ。先に咄を聞いておこう。あの、何だ、宝螺《ほらぬ》抜けであったかの。あの流言は、その後どうなった」

「益々広がっております」

遠野の何処かで宝螺が抜ける——そうした奇妙な噂《うわさ》がここ一月《ひとつき》程、そちこちで囁《ささや》かれているのである。

最初に耳にした時、祥五郎はそれが何のことか全く理解出来なかった。しかし、宝螺とはそのまま、法螺貝《ほらがい》のことなのだそうだ。とはいえ、それが抜ける、というのも判らなかった。そもそも遠野に海はない。法螺貝は海で捕れるものではないのか。だが。

「何でも、法螺貝というのは海に三千年、里に三千年、山に三千年棲み、昇天して龍となると謂われるのだそうです」

「九千年も生きると申すのか。貝であろう。虫魚の類《たぐ》いがそれ程長生と謂うか。法螺貝といえば修験者が吹き鳴らすあれであろうに」

勿論《もちろん》謂い伝え、俗説ですと答えた。

「海千山千と謂えば法螺吹きのこと」

「なる程。文字通り、法螺咄ということであるか」

「いえ、強《あなが》ちそうとは」

「何」

義晋は怪訝《けげん》な顔をした。当然だろう。

「奥州ではあまり聞きませぬが、西国辺りではままあることのようです。遠州《えんしゅう》には抜けた跡があるとかないとか——尤《もっと》も巻貝云云《うんぬん》は妄言と考えます。抜け孔《あな》とされる空洞が巻貝の殻《から》の如くであるからそう呼ぶだけで、実際は地中にて育ちたる蛟龍《こうりゅう》が天に昇るのだと説く者も居《お》るようです。まあ、法螺貝なのだとしても、数千年を経て龍に出世はしておる訳で」

出世かと、義晋は片頬《かたほほ》を攣《つ》らせた。

「愈々《いよいよ》信じ難《がた》いではないか。出世魚というのは聞くが、貝も出世致すか。だが法螺貝は見たことがあるが龍は見ぬぞ」

龍は居りませぬでしょうなと祥五郎は答える。

「居るのだとしても貝が龍になるという説明は納得出来ませぬな。しかし、孔は御座いましょう。山中峡谷等にある孔や洞窟《どうくつ》——あれを洞穴《ほらあな》と申します。要するにあの孔は、その宝螺、龍が抜けた跡だと、こう謂うので御座います」

「だから何だ。そんなものは人が掘ったか、然《さ》もなくば天然自然に出来上がったものではないのか」

仰せの通りと祥五郎は頭を下げる。

「天然の為せることで御座います。つまり、真実宝螺が抜けたものなのか否か、それは余り関わりなきこと。突然にああした孔が出来るとなればそれは不思議。その不思議こそを宝螺抜けと謂うので御座いましょう」

「突如孔が開くと申すか」

「噂が真実であるなら、そういうことで御座いましょう。これは野分《のわき》や地震《じふる》い、海嘯《つなみ》などと同じく、天災の類いではなかろうかと、そう考えまする」

それは難儀だなと義晋は考え込む。

「この時期、出来ればそうした災厄は避けたいところだ。間もなく領民にはまた大きな負担を強《し》いることになるやもしれぬしな——だが祥五郎。山に孔が開く程度なのであれば、もし真実であったとしても怖《おそ》れることはないのではないか」

「はい。ただ、書物などで調べましたところ、この蛟龍と申します龍は、一名を螭《みずち》、雨龍《あまりょう》と申しまして、地下より天に昇る際に、激しい風雨雷鳴を呼び、地震いまでもを起こすと伝えられるものに御座います。大地を震わせ蒼穹《そうきゅう》を揺るがし、大筒でも撃《う》つかのように飛び出すと申すのです。要するに、左様な天変地異が起きることを世人は怖れておるのではありますまいか」

「起きるか」

「は」

「その天変地異とやらは、噂通りに起きると思うか」

それは——。

何とも言えまい。先のことは判らぬ。

「身の程知らずのことを申し上げます。斯様《かよう》な流言が収まらぬのは、領民の暮らしの底に不安が横たわっておるからかと存じます。本年は豊作、この遠野領内に限って言えば、安寧《あんねい》が保たれてはおりましょう」

それは偏《ひとえ》に殿のお蔭《かげ》と祥五郎は言った。

本心である。

「しかし南部盛岡藩凡《すべ》てを俯瞰《ふかん》するならば、必ずしもそうでは御座いません。夜逃げ逃散《ちょうさん》も御座いましょう。こっそり仙台《せんだい》領に移り住む者も居ると聞きます。また、藩政に強い不満を持つ者が一揆《いっき》押し寄せの先導をしているとも聞きます」

その通りだと義晋は言った。

「悩ましい限りだ」

「遠野に逃げて来る者も、遠野を通って逃げる者も居る。この郷は人も物も集まる場所。盛岡のそうした動きは緊緊《ひしひし》と遠野に伝わって参るのです。今は良くても、来年はどうなるか判らない、そうした形にならぬ畏《おそ》れや不安が、災厄の予感となるものかと——」

「そうかもしれぬな」

義晋はやや陰鬱な表情になった。

「して、その不安は何故《なぜ》そんな形を取った。そのような奇異なる形、何もないところから涌《わ》いて出るものでもあるまい」

「それは」

探った。

頼りにしていた早耳の乙蔵《おとぞう》はずっと壙《あな》ばかり掘っているので、まるで当てにならなかった。

だから東へ西へ足を棒にして聞き回ったのだ。

「はっきりとは致しません。ただ、どうやら黒塗りの饅頭笠《まんじゅうがさ》に羅《ら》を下げて顔を隠した、黒い衣《ころも》の易者のような男が、領内を歩き回って不吉なことを告げておるらしく」

「他所者《よそもの》か」

「素性の知れぬ他国者です。ただ今の段階では、その者が宝螺抜け流言の出元と断言するまでには至っておりませぬ。広めるのに一役買ってはいるようですが」

「良い。その件はもう捨て置け。天災ならば予《あらかじ》め知る術《すべ》はなかろう。八卦見《はっけみ》の中《あ》たった例《ためし》はない」

それよりもだ祥五郎、と言って義晋は突如眼に力を籠《こ》め、前に乗り出すと声音《こわね》を低めた。

「先だっての十万両の件じゃ」

十万両——。

件《くだん》の恙虫騒動は、そもそも公金横領の隠蔽《いんぺい》工作に端を発している。その際に横領されたと思《おぼ》しき額が、十万両なのだ。着服するにしても凡《およ》そ常軌を逸した額面である。

「勘定組頭の倉持が帳面に細工をしたことは間違いない。倉持の役宅からは千両に少し欠ける金が出た。彼《か》の者が不正に関与し、遠野領及び盛岡藩の金を着服していたことは疑いようがない。倉持を引き込んだのが赤澤大膳《たいぜん》であることも、確実だ。赤澤の屋敷からも三千数百両が回収されておる」

苦渋に満ちた表情である。義晋は家臣に強く信用を寄せていたのだ。

「大罪だ。本来ならば一族郎党処罰するところだ」

義晋の計らいに依《よ》って両名の家族は罪を減ぜられ、家財没収の上盛岡領内から追放ということになったのだと聞く。同じく横領に加担していた盛岡藩の大目付黒井宗矩《くろいむねのり》の方は、妻子は死罪、縁者も厳罰に処せられたそうであるから、これは破格の扱いではある。

妻女さえ何も知らなんだのだと義晋は言った。

「倉持はことが露見すると直《す》ぐに腹を切った。赤澤は罪は認めたが、指示をしたのは盛岡藩の黒井であり、実行したのは倉持だと言い張った。自分は余禄《よろく》に目が眩《くら》み中継ぎをしただけだと申すのだ」

実際そうだったのだろうと義晋は続ける。

「倉持と赤澤の取り分は合わせても五千両に満たぬ。それでも破格の額面であるが、一方で着服された総額は」

十万両。

「あり得ぬ額だ。到底遠野領の歳費だけから捻出《ねんしゅつ》出来る額ではない。勿論、一度に抜いたのではなく歳月をかけて積み上げた金額なのであろうが、それでも無理だろう」

「盛岡藩を含め、他にも加担した者が居る、と」

「それもある」

義晋は腕を組み、足許《あしもと》を見た。

「問題は帳尻《ちょうじり》が合っているということでな」

「合っているとは」

「盛岡藩勘定方にもここ数年の歳出を精査させたのだが、不審なところはないのだ。おかしな点はただひとつ、佐田《さた》達が見付けたもののみ。それが証《あか》しとはなるのだが――」

罪を暴《あば》こうとした遠野南部家勘定方佐田久《きゅう》兵衛《べえ》は恙虫騒動で命を落としている。

七福神札《しちふくじんふだ》を覚えておるなと義晋は言った。

七福神札とは、盛岡藩が天保六年に発行した藩札――藩内でのみ通用する預り切手、紙製の銭のことである。盛岡切手というのが正しい名称だったと記憶している。額面ごとに七福神の絵が刷られており、絵柄の中にはモリオカの四文字が隠されていた。

福禄寿《ふくろくじゅ》が米五合、布袋尊《ほていそん》が米七合、恵比寿《えびす》が米二升、大黒天《だいこくてん》が米四升、弁財天《べんざいてん》が米六升、毘《び》沙門天《しゃもんてん》が米二斗、寿老人《じゅろうじん》が米四斗相当の額面であった。

発行当時は米四斗が銭二貫文であったから、切手にはそう刷られているのだが、同時に時之相場とも書かれていたから、その額と換金出来た訳ではない。額面は変動するのだ。

これは、恒久的且《か》つ全国的に銅が不足している状況に対する策ではあったのである。盛岡は鉱山が多く、金も銅も採れた。古くはそれが藩の財政を潤していたとも聞く。そういう経緯もあったから、銅銭不足に悩まされるようになったのも他藩よりは遅かったのだけれども――いざ足りないとなると大いに困惑した。その結果が銭札の発行だった。

これは、明らかな失策だった。

米の相場は下落し銭札の価値は暴落した。発行から二年後の天保八年には、七福神札は紙屑《かみくず》同様となってしまった。

「余が遠野南部家を嗣ぎ盛岡藩の筆頭家老職に就いたのは、丁度その頃――天保九年のことであった。未《ま》だ右も左も解《わか》らなんだから、後で知ったことなのだがな。七福神札は発行半年で約半額、一年後には十分の一の価値しかなくなっていたのだ。あの銭札が紙屑同様になったのは何故だと思う」

「それは――そう、札が発行されて後、暫く豊作が続いたのではなかったですか。それまでは凶作だったという覚えがあります。それで米の相場が」

違うのだと義晋は言った。

「勿論、それもある。しかし相場の下落は作為の結果であったとも考えられるのだ。銭札発行時、藩は準備金として江戸の商人から二万両の金を借りておる。これは兌換《だかん》用の金だ。札は銭に換えられるからこそ、価値を持つ。二万両分の札を刷るなら二万両の金が金蔵になくてはならぬのだ。だが」

「何か」

「その二万両は直《す》ぐになくなってしまったようだ。要するに、札を金に換えることが出来なくなってしまったのだ」

「それが例の――」

それは違うと義晋は言い切る前に否定した。

「その兌換金は藩が別の施策に流用したのだよ。それも大いに問題なのだが――不正はその後に起きている」

「その後、ですか」

「そうだ。藩は、銭札発行に際し、藩内の商人に名字帯刀を許し、惣役《そうやく》に取り立てて銭札通用《ぜにふだつうよう》御会所《ごかいしょ》を開設した。その会所吟味役の一人が、当時勘定方にいた黒井だ。兌換が出来ねば銭札が破綻《はたん》するのは必定。とはいえ藩が使ってしまったのだからどうしようもない訳だが——黒井は内密に大坂《おおざか》商人に話を付けて、三万両を捻出させておったのだ」

「それは上に通さず、ということですか」

「左様。尤《もっと》も非は使ってしまった藩にあるのだから文句も言えなかっただろうが——悪質なのは、そこで黒井はどうも米相場に介入したらしいのだな。豊作を良いことに米の値を下げる工作をしたものと思われる。供出する額を減らしたのだ」

なる程。二万両分札を刷って、三万両の兌換金を用意し、札の価値を半額にすれば、それだけで二万両が浮く勘定になる。

「まあ、使った藩が悪いのだがな。元元ない筈《はず》の金なのであるから、そこまでは目を瞑るとして——米相場などというものは人が自在にどうこう出来るものではないのだ。相場はどんどん下がり、札は十分の一の価値になった。困惑した藩はその場凌《しの》ぎにその無価値な札を額面通りの額で流通させる触《ふ》れを出したのだ。その結果、借財のある者は一割の額で完済出来ることになった。領内の質屋や金貸しはこれで皆潰《つぶ》れたのだが——黒井はこの仕組みを悪用し、更に荒稼ぎをしたようなのだな」

稼げますかと問うと、稼げたようだと言われた。

「大口の債務を持つ借り主から額面の半分で証文を譲り受けるのだ。貸し主には銭札で総額を支払う。十分の一程度の価値しかないのだから当然貸し主は難色を示す——と思いきや、銭札は額面通りの価値なのだという法令が出ては、断れぬ」

先《ま》ず半金の五十両で百両の借財証文を引き取る。借り主は半額で返済出来るのだから断りはしないだろう。法令が発布されて後、十両程度で揃《そろ》えた銭札で額面百両の借財を返済する。結果、四十両の差額が懐に入る——という仕組みだろうか。

「黒井はそれで五千両からの金を捻《ひね》り出したようだが——先程、下は上を見習うと言うたのはな。下下も同じようなことをしたという、浅ましい事実があったからだ」

「町衆も百姓も皆、同じように振る舞ったのですね」

「そうだ。わざわざ銭を札に換えて返済に充てたと聞いておる。藩内の金貸しや質屋の蔵は無価値な銭札で溢《あふ》れ、首を吊《つ》る者夜逃げする者が後を絶たなかったそうだ。それに大凶作が追い討ちをかけた。大恐慌だ」

その時の狂躁《きょうそう》は祥五郎も覚えている。そんな最中《さなか》に義晋は筆頭家老になったのだ。

「それが公儀の耳に入り、七福神札の使用は禁じられた。それを契機に税の制度も改革し、会所に関わる者数名は更迭した。だが黒井は処分を免れている。のみならずその僅《わず》か二三年のうちに黒井は二万五千両を浮かせ——いや、正確には三万両に近かったようなのだが、それだけの大金を着服したことになる」

佐田達が見付けたのはその証拠だと義晋は言った。

「鴻池《こうのいけ》等大坂商人への内内の無心、藩内の大口の借財の取り纏《まと》め、そうしたことをした際に記された書付や受け取りなどを、佐田はこつこつと集めたのであろうな」

もう少し内容を精読しておればのうと義晋は言う。

「倉持が関わっていたことも知れただろうに。書付に名があったのは黒井と赤澤の二名で、倉持だけは明確に名が記されていなかったのだ。だが書面の幾通かは倉持の筆跡だし、当時遠野の勘定吟味方改役であった倉持が関与していたことは明白だ。倉持は組頭になる前から不正に手を貸していたのだ。ただ佐田達も真逆《まさか》それ程身近な者が関わっているとは考えなかったのであろうな。気付いておれば佐田も死なずに済んだのだ。惜しい家臣をなくした」

義晋は紅葉を眺める。

「三万両として、そのうち五千両が倉持赤澤の取り分になった——ということですか。残りの二万五千両は黒井様が」

「そうではないのだ」

「違うのですか」

「黒井の取り分も、多分五千両程度だと思われる。藩内に加担者が幾人居るのか、それは不明だが、その額を上廻《うわまわ》ることはなかろう。その他、幕閣の一部に五万両が渡っていることは間違いない。いずれにしても、七福神札の不正以外にも様様な中抜きと公文書の偽造、破棄、改竄《かいざん》が行われていたのだろう」

「黒井様は自白なされたのですか」

「それがな」

直ぐに切腹致したと義晋は言った。

「詮議《せんぎ》もせず、直ぐにですか」

「切腹というが、思うに処刑されたのだろう。殿のご判断だが――結局、共犯者の有無は不明のままだ」

「幕閣の方は」

そこなのだ。

祥五郎は、殺された佐田の娘、志津《しづ》と約束したのである。

悪事に加担した者には、必ず相応の罰を与えて貰《もら》う、と。

そうでなければ――。

「まあ、罪には問えぬだろう」

義晋は難しい顔をした。

「何故で御座います」

理由は幾つかあると義晋は言った。

「先《ま》ず、五万両は賂《まいない》ではない――と判断された」

「何ですと――」

「家老職五人で協議を重ね、殿にご裁定戴《いただ》いた。この結論に関しては、余も納得しておる」

「しかし殿」

いた。

待てと言っておると、義晋はやや強い口調で祥五郎を制した。慥《たし》かに、祥五郎はやや逸《はや》っていた。

「いや」

「咄は二十五年ばかり前に遡《さかのぼ》る。そうよな、余が、其方《そち》と犬の子のようにじゃれて遊んでいた時分――いや、それよりもずっと前のことだ」

「まあ待て」

義晋は益々身を屈《かが》め、声を潜めた。

「文政《ぶんせい》四年、盛岡藩はちょっとした窮地に陥っておった。その前年、十一代藩主利敬《としたか》公が急逝され、十二代利用《としもち》公がその後を嗣がれることとなったのだが――」

亡くなられたと義晋は言った。

「それは面妖なこと。利用公は先のご藩主様では御座いませぬか。慥か、殿も元服される前に幾度か拝謁《はいえつ》を賜ったと――」

別人なのだと義晋は言った。

「余が知る十二代利用公は、新屋敷《あらやしき》南部家信浄《のぶきよ》様の御三男である善太郎君《ぜんたろうぎみ》だ。だが本当の利用公は、中屋敷《なかやしき》南部家信丞《のぶすけ》様御長子、吉次郎君《きちじろうぎみ》であったのだ」

「それは、如何《いか》なる仕儀で御座いますか」

解らない。

話せば長いと言って義晋は苦笑した。

「十一代利敬公はご幼少の砌《みぎり》に藩主となられた方だが、飢饉《ききん》など幾度もの大難《だいなん》を乗り越えられた名君だ。利敬公はまた、縁故門閥《もんばつ》に拘《かかわ》らず、才ある者、能ある者を取り立てて重用された方でもある。余はそれを賢い在り方と思うが、血筋家柄に拘泥《こうでい》する者どもには面白くない在り様《よう》でもあろう。そこで、門閥による政《まつりごと》を望む者どもが担《かつ》いだのが、齢《よわい》十五の吉次郎君だったのだ。まあその願は通り幕府の許可も得られたのだが、大樹公御目見得の前に亡くなられた。樹上から落ちたと伝わる」

「ご藩主が木登りですか」

「真相は知らぬよ。だがこれはな、拙《まず》いことだ。決まったばかりの藩主事故死とあらば、場合に拠《よ》っては改易、転封《てんぽう》の沙汰《さた》が下っても已《や》むを得ぬこと。そこでな」

替え玉を用意したのだと義晋は言った。

「幕府を謀《たばか》ったのですか」

「その通りだ。門閥家老連中は――まあ、そこに連なる余が言うのは何なのだが、年齢も近く風貌《ふうぼう》も似ていた従兄弟《いとこ》の善太郎君を身代わりに立てることを決めた。幕府の記録では、このお二人は同一人物ということになっておる。いや、十一代利敬公が藩主になられた際もご年齢を大幅に誤魔化したようだし、そうしたことに抵抗はなかったのやもしれぬ。兎《と》に角《かく》冷遇された門閥家老達は何としても自分達を重用するご藩主を擁立《ようりつ》したかったのだろうな。実際、利用公は藩主になられると利敬公時代に登用された大小役人を凡て更迭なされた。門閥による専横が成った――と、思われたのだが」

そう巧《うま》くはいかなんだのだなと義晋は言った。

「利用公は、ご藩主になられた翌年、良いか、翌年だ。幕府に対し次期藩主は利済公として欲しいと内願――したことになっておる」

「それは――いえ、先代様は慥《たし》かご病身であられたとお聞きしております。その所為《せい》で御座いましょうか」

「そう、利用公は慥かにご病弱で、早世もされた。だが藩主になられた折には未《ま》だ十九。幾らお体がお弱いとしても、お子を生《な》すことも十分《じゅうぶん》に考えられたろう。藩主になられた翌年にもう次期藩主を内願するというのは、極めて奇妙な行いではないか。利済公は利用公よりも齢上《としうえ》なのだぞ」

慥かに不自然ではある。

「利用公が利済公を次期藩主に内願したのは、津軽《つがる》藩主暗殺を企てた盛岡藩士下斗米《しもとまい》が江戸で獄門になった際のことだと謂われておる。だが、これは少少怪訝《おか》しいと思うのだ。下斗米が津軽の殿の襲撃を実行したのは文政四年の春。幸いにも企ては失敗し、下斗米は逃亡した。本物の利用公である吉次郎君が亡くなられたのがその僅か四月《よつき》後、文政四年八月のことだ。身代わりとして善太郎君が擁立されたのが九月、将軍に御目見得し藩主となられたのがその年の暮れだ。下斗米が捕えられ、獄門になったのは翌年の夏。内願はそこで出されておる。良いか、藩士が他藩の藩主を襲うなどということは、これは大罪である。藩の存亡にも関わる、赦《ゆる》し難《がた》い大醜聞、大不祥事であるぞ」

「下斗米は、襲撃は藩と関わりなしと申し立てたと聞き及んでおりますが」

そんなもの誰が信じるかと義晋は言った。

「ご公儀が信じても津軽は信じはせん。津軽藩と盛岡藩の確執は多くが認めるところ。ことなきを得るために、当時の我が藩がどれだけ心を砕いたか、考えるのも恐ろしいわ。そのような渦中にあって次期藩主の内願などをなさるとは、余には思えぬ。それとも、津軽が意趣返しでご自身を暗殺しに来るとでも思われたというのか」

「しかし――時期は兎《と》も角《かく》、適任者が他に居《お》られなかったということではありませぬか」

「そうであったとしても、だ。何も就任して直《す》ぐに内願することではなかろう。その利用公からして、実はご公儀を謀った替え玉であったのだぞ」

「そちらも――秘すべきことでは御座いましょうな」

「いや、此処だけの話であるが、それが真実、利用公が望まれた内願であったのかどうか、余は疑念を持っておるのだ。いや、これは下斗米の不祥事と藩との関わりを隠蔽する工作の一環ではなかったのかと、勘繰《かんぐ》りたくもなるというもの。勿論何の証しもないし、どのような仕組みになっておるのか見当もつかぬがな。だから一切他言は無用であるぞ」

「心得ております。しかし殿、仮にそうであったとするならば、平たく考えまするに次期藩主に利済様を推すことがご公儀にとって都合が良いことであった――と、そう受け取るよりないように思いまするが。利用公よりも、利済公がご藩主になられた方がご公儀の利となる、そうでなくては取引きにはなりますまい」

判らぬよと義晋は答えた。

「利済公がご藩主となられることで利を得る者は、藩内には大勢居《お》ったのだ。現にその者どもは今も幅を利かせておるのだ。しかしご公儀の中にも居るのかと問われれば、判らぬとしか言えぬ。ただ、そもそも吉次郎君が亡くなられた段階で、既に利済公を擁立する動きが藩内にあったのではないだろうかと、そうは思う」

「すると——逆に言えば、替え玉まで用意したのは利済公を藩主にしたくなかったから、と考えれば宜《よろ》しいのでしょうか」

「その通りだ」

義晋は断言した。

「先代利用公の治世は僅か四年に満たぬもの。文政八年にはご逝去なされた。その際、予め内願ありとして直《ただ》ちに利済公がご藩主になられておる」

「藩内での協議はなかったと」

「ない。利用公にご嫡子でも居《お》られれば別だったかもしれぬが、二十三歳で亡くなられておるし、お子は姫君のみ。もし別にお子を生されていたとしても幼過ぎる。何より藩主内願が通っている以上、詮議の必要はないのだ。ただな——そうした権謀術数があろうとなかろうと、利用公が利済公を推すとは、余には思えぬのだ。どのような経緯でご藩主になられたのだとしても、利用公は悪政を敷かれた方ではない。窮乏する藩政を立て直そうと尽力された方だ。その利用公が、名指しであの利済公に後を託したりするであろうか」

慥《たし》かに。

現盛岡藩主は、色好み派手好みと民百姓からも囃《はや》される人物だ。金遣いも荒く、計画性もないという悪評も絶えない。実際国は荒れており、決して領民からの評判が良いとは言い難《がた》い。そうした人物評が真実なのか否か、祥五郎は知りようがない。縦《よし》んば本当なのだとして、そうした性質が藩主の座に就《つ》かれる前からのものなのかどうかも判らない。だが、仮に元よりそうなのだとするならば、藩主に向いた性向とは言えぬのかもしれぬ。

何かあったのだと義晋は言った。

「何かは判らぬが、何かはあった筈なのだ。いや、藩主になられるまでの利済公は、正直なところ不遇であられたと言って良い。お父上の利謹《としのり》公は御乱心の上廃嫡《はいちゃく》、御母堂の清鏡《せいきょう》院《いん》様は商家が出自の寡婦であられたから、下下からも油《あぶらご》御前《ぜん》と罵《ののし》られておった。ご自身も一度出家され、還俗《げんぞく》後は南部の姓も捨てられ、三戸《さんのへ》修礼《しゅらい》と名乗られておった」

それは祥五郎も聞き知っている。

「出家されていた利済公が還俗されたのが文政三年、石高が倍増され、再度家門となって南部姓を名乗ることを許されたのは文政四年——丁度十一代利敬公がお亡くなりになった折のことだ。何ともあからさまではないかの。その頃より既に次期藩主に利済公を擁立せんという動きがあったと考えることは、邪推なのかの。強《あなが》ち僻目《ひがめ》な見方とも思わぬのだがな」

「それはそうで御座いますが——」

「しかもその翌年には次期藩主に推挙されておるのだ。少少偶然が勝ち過ぎてはいまいか」

藪《やぶ》の中だがなと義晋は言った。

「良いか、当時の門閥家老達は、虚偽の申告をしてまで利用公を立てたのだ。騙《だま》すといっても齢《とし》を誤魔化すような簡単な嘘ではない。亡くなった者を亡くなっていないと言い張ったのであるぞ。ある意味前代未聞のことではあろうよ。ただ改易や転封を怖れたというだけで、そこまではするまい。余程のことがあったのだろうと余は思う。何としても利済公を藩主にしたくなかった――ということだったのではないのか。同時に、だからこそ利用公が藩主に決まるや否や、速やかに利済公を次期藩主に――という動きが出たのではないのか。そう考えると、それが果たして利用公のご遺志であったのかどうかも疑いたくなるというもの」

「そうでなかったとするなら」

「利済公の側近に、ご公儀に通じておる者が居ったと考えるしかあるまい。その者は何としても利済公を藩主にしたかったのだ。そして其方の申した通り、ご公儀もその方が都合が良かったということかもしれぬな。そうした動きがあったからこそ、利用公は急ぎ大胆な更迭を断行されたのではなかったのか」

何もかも想像に過ぎぬがなと義晋は言う。

「ただ、佐田が遺してくれた書付からこれだけは知れている。この藩の藩政に関わっておる何者かが、その時期に幕閣の何者かから、大金を借り受けているのだ」

「借りた――ですと。借財ということでしょうか」

もしや、それの額面が五万両だとでもいうのか。

「いや、額面は五千両だ。人工《にんく》借り受け賃、技術伝授料云云《うんぬん》代金別と書面にはあったが、意味は不明だ」

「人工――人足ですか」

「人を送ったのやもしれぬが、それで五千両はあるまい。別とある以上、その条件で貸し付けたのだろう。勿論藩が公式に借り受けたものではない。残念乍《なが》ら借りた者貸した者の名が記された部分は切り取られておったが――」

「日付は」

「最初は文政五年。下斗米が獄門になる直前、つまり利用公が内願をする直前だ」

「最初というと、その後も」

「利済公が藩主になられる直前の文政八年に一万両。それから、七年前の天保十年に三万五千両だ。その直後、利済公は左《さ》近衛少《こんえのしょう》将《しょう》に任官されておる」

それは――どういうことだ。

「藩政に遣《つか》った形跡もない。そのままそっくり将軍家に献上された――とも思えぬ。記録がない。裏金となり賄賂《わいろ》として使われたと考えるよりないと思うのだがな。そうであるなら、下斗米の事件を有耶無耶《うやむや》のまま決着させ、内願を受理し、利済公を障害なく藩主にし、更に昇任させるための資金――にされた、ということになるまいか」

「お、お待ち下さい」

祥五郎は手を翳《かざ》した。

「お話を伺いますに、此度《こたび》のことの背後には公儀の要人のみならず、我が藩のご藩主様が」

言うな、と義晋は止めた。

「だからこそ余人を交えず斯様《かよう》な場所で話しておるのだ。利済公の知らぬところで何者かが仕出かしておることかもしれん。ご藩主の側近には油断のならぬ連中が揃っておる故」

義晋は苦苦しい顔をした。

君側《くんそく》の奸《かん》——と、称される重臣が居るのだ。

一人は藩主利済公の異父兄、石原汀《いしはらみぎわ》である。

石原の実父は利済公の生母である油御前——清鏡院の前夫である。これは町人身分であるから、石原は本来武家ではない。ただ、殿中に暮らし小姓となり、異父弟の藩主就任により済《な》し崩《くず》しに藩政に関わるようになったのだと聞く。

閉伊《へい》氏嫡流《ちゃくりゅう》と称し、用人などを経て藩政に関わるようになった田鎖高行《たくさりたかゆき》も、良い評判は聞かない。越後流《えちごりゅう》兵法師範であり、通称左膳《さぜん》の名で知られる。厳格且つ高圧的な言動が目立つらしく、領民からは圧政の元凶と思われている節がある。

更に、悪評というなら家老の一人横沢兵庫《よこざわひょうご》も農民漁民の反感を買うような言動が目立つ。古来禁じられていた遊廓《ゆうかく》を茶屋町に作ったり、幕府に隠れて作事をし、露見するなり壊してみたり、役銭を前倒しに徴収してみたり、そうした悪手や愚策は、何故か下下《しもじも》の間では悉《ことごと》く横沢の所為《せい》とされるのである。どうであれ、民草の感情を逆撫《さかな》でするような政策ばかりを打ち出している——と、領民からは思われている。

勿論、祥五郎の知るのは巷《ちまた》の評判であり、城中での内実は知らぬから、それらは凡《すべ》て誤解や風聞なのやもしれぬ。そうだとしても領民から好かれていないことだけは、間違いない。

更に義晋を筆頭とする門閥家臣達——義晋はそうした在り方自体には拘泥していないようなのだが——にとっても、煙たい連中ではあるようだ。

遠野は義晋が居てくれるから未《ま》だ良い。それ以外の土地の者の不満はかなり高まっている。それが彼等君側の奸どもの所為なのかどうか、祥五郎は知らぬ。しかし、民百姓の間で現藩主とその側近の評判が著しく悪いということだけは確実である。

義晋は重い口を開いた。

「余もご藩主を疑うようなことは言いたくはないのだ。側近連中はその気になればどんなことでも出来るだろう。隠蔽も改竄もし放題だろうからな。筆頭家老とはいえ、余に出来ることは限られておる。もしかしたら、石原や横沢が早くから関わっておったのやもしれぬよ。だがな祥五郎。そうであったとしても——だ。どうにも金の流れが腑《ふ》に落ちぬと余は思うのだ。幕閣の中枢にある者から大金を借り受け、それをそのまま公儀に裏金として渡すというのは、これ怪訝《おか》しくはないかな」

「大いに怪訝しいでしょう。しかし殿、それ以前に、先《ま》ずその、借り受けたという金子《きんす》の総額が——」

「五万両だ」

「その額は」

「察したか。先だって発覚した五万両の裏金らしきものは、賄賂《わいろ》などではなく、その誰から借りたかも判らぬ、何に使ったのかさえも判らぬ大金を返済したもの――という形で決着したのだ。仮令《たとい》藩の与《あずか》り知らぬことであっても、総額にして五万両の大金であるからな。証文めいたものがある以上は返済するのが筋だ――ということだ。いや、そうするが得策と、石原や田鎖がご藩主や横沢殿に具申でもしたのだろう」

そんな――莫迦な咄があるか。

「先程、それは殿もご納得のこと――と、仰せで御座いましたが」

「そうだ。それに関してはそうする方が良い」

「しかし」

「待て祥五郎。聞け」

義晋は一層に顔を顰《しか》めた。

「黒井が幕閣の要人に五万両を渡したのは四年前、天保十三年のことだ。黒井が死んでしまった以上は何もかも闇に葬られてしまったと言うよりないのだが――それでも、いったい何故にその時期に返済せねばならぬのだ。その点に就いては余も納得しておらぬ。良いか、最初の五千両から数えて、二十年もの歳月が経っておるのだぞ。二十年経てば幕閣も殆《ほとん》ど入れ替わっておる。否、その後の四年で、もう総入れ替えに近いではないか」

「お尋ねします」

祥五郎は居住まいを正した。

「黒井様がその五万両を返済されたということになっている幕閣の要人とは、何方様《どなた》なのですか。拙者はお名前を聞いておりませぬ。言えぬお相手なのですか」

そんなことはないと義晋は言った。

「三名とも既に失脚しておる。今更何かを暴き立てたところでどうなるものでもない。だから内内に済ませようという肚《はら》でもあろうし、それに就いては詮方ないと余も思う」

「失脚――ですか」

「そうだ。黒井が金を送った相手というのは、先の老中首座水野越前守《みずのえちぜんのかみ》、先の南町奉行鳥居《とりい》甲斐守《かいのかみ》の二名だ。それから金座取締役後藤三右衛門《ごとうさんえもん》にも渡っておるようだ」

「何と――」

それは慥《たし》かに大物、いや、大物どころの咄ではない。

正に幕閣の要人――違う。今は要人であった方方、と言うべきなのか。

「水野様は三年前に失脚され、翌年老中首座に再任されたが、直ぐに謹慎を命ぜられ、今は出《で》羽《わ》に転封されておる。鳥居様は二年前に奉行職を罷免《ひめん》になり、昨年讃岐《さぬき》に身柄お預けとなられた。既にしてお二人とも権力の中枢には居られぬ訳だし、政権に対し何の影響力もお持ちではない。後藤に至っては、昨年斬首されておる」

それでは慥かに追訴したところで埒《らち》もない。

寧《むし》ろ盛岡藩に疑惑の目が向くだけであろう。

失脚した先の老中と裏で繫《つな》がっていたとなれば、場合に拠っては処罰され兼ねない。

「文政五年から数度に亘《わた》り、我が藩の何者かに五万両を貸し付けたのが水野様なのかどうかは知りようもないことだ。だが、二十年後に黒井が素性の知れぬ金五万両を贈った相手は水野様なのだ。額面も合っておるし、真贋《しんがん》は知れぬが水野様、鳥居様の花押もある。ならばそれで済ませよという判断は判らぬでもない。しかしな祥五郎」

　義晋は腕を組んだ。

「黒井、赤澤、倉持の三人だけであの仕掛けは無理だ。大体、黒井が鴻池に掛け合えるとは思えぬ。実《まこと》水野越前が絡んでおるなら余計だ。幕府の老中首座と盛岡藩の大目付では格が違い過ぎる。つまり、盛岡の城中には」

「未《ま》だ何匹か鼠《ねずみ》が居《お》る――と仰せですか。それは」

「誰かはもう判らぬ。判らぬが、黒井よりも上の者が関わっておるとしか思えぬ。七福神札の不正運用で捻出した金は三万両程度。うち一万両程は、下っ端三名が着服しているのだぞ。他に身分の高い加担者が居ったなら、それぞれの懐に収まって消える額――ということだ。一文も残らぬが道理」

「慥《たし》かに」

「しかし、だ。出所の知れぬ五万両が、別途、江戸表へ渡されておるのだ。佐田が遺《のこ》した書付の一枚、四年前の水野越前等《ら》の受け取りと思われる証文には、こうあるのだ。拾萬兩相當半金伍萬兩受取申し候――」

「半金ですか」

「左様。半金が五万両だ」

それで。

「それで十万両、なのですか」

「そうだ。十万両という考えられぬ着服金の額面は、その一文から導き出されたもの。そして水野鳥居というご公儀の要人二名、そして金座の後藤に、五万両が渡っているのは、先《ま》ず間違いない。然《しか》らば祥五郎」

残る半金五万両はどうなった、と義晋は言った。

「半金五万両授受の翌年、水野様は権勢を失った。黒井達が裏金を作っておったとしても渡しておらぬ公算は高い。勿論、ないのかもしれぬ。だがあるのなら――未《ま》だ領内に隠されておる可能性は大いにある。ならば」

「それを見付ければ、真《まこと》の獅子身中の虫を炙《あぶ》り出すことも叶《かな》うかもしれぬ――ということで御座いますか」

遠野南部家三十二世南部弥六郎義晋は首肯《うなず》いた。

噺《はなし》

乙蔵は、その時かなり興奮していた。

己の手の中にあるのは、思うに乙蔵の生き腐れるだけの人生の中で初めての、そして最大の幸運である。

乙蔵の生家は土淵村《つちぶち》の外《はず》れにある。

豪農という者も居るがそれ程裕福ではない。でも、喰うに困る程貧しくもない。不作が幾年か続いても何とか遣《や》り過ごせる程度の蓄えはある。

とはいえ、楽に暮らしている訳ではない。朝から晩まで汗水垂らして働いてこその安寧である。働く手を止めれば半年も保《も》たずに飢える。働かずに凶作となれば直ぐにも飢える。乙蔵にはそれが堪えられない。

そんな訳はないのだ。

一家総出で寝る間も惜しみ働いているのだ。もっと実入りは多い筈だ。蓄えもたっぷりあって良い。一年二年凶作が続いたところで平気の平左である筈だ。

何だか知らぬが掠《かす》め盗《と》られるのだ。

武士だか藩士だか知らぬけれども、連中に何かして貰った覚えはない。鍬《くわ》も持たず馬も曳《ひ》かず、二本差して威張っているだけなのに、米でも稗《ひえ》でも持って行く。何を売っても何を買っても余分に銭が掛かる。その上、あれをしろこれをしろと指図をする。

乙蔵は働くのが厭《いや》なのではない。働いても働いた分の禄《ろく》が手に入らないのが厭なだけだ。

だから乙蔵は百姓を止《や》めた。

乙蔵が耕さずとも植えずとも、親と女房が同じだけの働きをするのだ。貧農の者どもはもっと苦しい。男手のない家もある。新田《にった》の家には沢山の手がある。だから乙蔵は己だけは他で稼ごうと考えたのだ。

先《ま》ず駄賃付けをし、炭焼きをした。しかし、それらは所詮百姓仕事の副業でしかないのである。専業にしたところで収入《あがり》が増える訳では、なかった。

それで、小《こ》商《あきな》いを始めた。

何をしても悉《ことごと》く失敗《しくじ》った。

見通しが甘いだの銭勘定が不如意だの客あしらいが悪いだの、色色謂われるが、頓挫《とんざ》ばかりするのは己の商売が下手《へた》な所為だと、乙蔵自身は思ってはいない。

乙蔵は侍が嫌いなだけなのだ。だから武士に阿《おもね》ることをしない。一切しない。百姓だろうが猟師だろうが銭を出すなら客は客、武家も同じだ。そこに差はない。侍に対する態度が無礼だと誹《そし》られることもあったし、特別な待遇にすべきだと強要されたこともあった。勿論、応じなかった。

もっと巧くやれと忠告された。武家に胡麻《ごま》を擂《す》れば目を掛けて貰える、役人に袖の下を渡せば便宜を図《はか》って貰える、そうすれば必ず商いは上手《うま》く運ぶと謂われた。そうやって同業を追い落とし頭一つ抜ける、抜けたら踏み付けて潰す、それが商いだと謂われた。

そんなことはしたくない。

一文の価《あたい》のものを一文で売る。

等価の交換が基本だ。専売であったとしても品物に法外な値を付けて好《い》いなどということはない。売り手と買い手は対等なのだ。だから客の方が偉いなどということもない。

勿論、一文の値《ね》には手間賃が含まれている。その手間賃が己の取り分だ。乙蔵の考える商いとはそういうものだ。

それをして商才がないと謂うのであれば、それは間違いなくそうだろう。だが乙蔵はそこだけは曲げられぬ。だからなのかどうなのか、手を出す渡世凡《すべ》てに嫌われた。

そうした在り方が正しいと言ってくれたのは、宇夫方祥五郎ただ一人だった。

祥五郎は、やれ辛抱が足りぬだの体を労《いたわ》れだの家族のことを想えだの、ことあるごとに乙蔵に小言を垂れるのだが、乙蔵の商いに対する姿勢にだけは口を出さないのだ。

尤《もっと》も、その有《あ》り難《がた》い助言を乙蔵が聞くことはない。

生来の臍曲《へそまが》りなのだろう。

それとも――祥五郎が乙蔵の嫌いな士分の身だからなのかもしれない。

祥五郎は武士なのだ。

だがどういう子細があったのかは知らないが、幼い頃は近くで暮らしていた。だから能《よ》く遊んだのである。しかし七つだか八つだか、そのくらいの時分に鍋倉の城に召されてしまった。若君のお小姓だか遊び相手だかになったのだ。

若君が弥六郎様になって、祥五郎は勤めを辞めた。藩士でもなくなった。

でも、浪浪の身であっても武士は武士だ。

そのうえ祥五郎は、身分こそ浪士だが、遠野の殿様直直の命を受け、遠野郷を見回っている隠密なのである。そこが気に入らぬといえば気に入らぬ。だが、乙蔵は祥五郎を嫌うことが出来ぬ。会えば憎まれ口を叩《たた》いてしまうのだが、友と思えばこそである。他に友は居らぬ。

世の中が曲がっているのだと乙蔵は思う。曲がった世の中に合わせることも出来ぬ相談ではない。己を曲げれば済むだけのことである。だがどうしてもそうはしたくない。それは乙蔵の性に合わない。

かといって、乙蔵が叫ぼうと暴れようと曲がった世の中が真っ直ぐになることはないのだ。

だから酒に逃げた。

駄目なことだとは思うが、身過ぎの手立てがない以上、他にどうすることも出来なかった。

百姓に戻るのも厭だった。

祥五郎には叱られた。親には勘当された。

お前は要《い》らぬと世の中凡てから謂われた気がした。

だから。

埋蔵金を探すことにした。莫迦だと思う。一攫千金《いっかくせんきん》を夢見る愚か者にしか見えぬだろうと思う。だが、千金など要らぬのだ。僅かでもいい。小商いをする元手があればいい。峠《とうげ》に茶屋を建て、甘酒でも売ろう――そう思っていた。

何でもいい、建物が欲しかったのだ。文字通り、地に足を付けるために。夏前より長者屋敷に仮小屋を建て糠森《ぬかもり》を中心にして彼方此方《あちこち》を掘った。勿論、必ず出ると信じ込んでいた訳ではない。心の何処かで出る筈もないと思っていたことも慥《たし》かである。でも、止《や》められなかった。他にすることもなかったし、何より曲がった世の中に壙《あな》を穿《うが》っているような、そんな気分であったのだ。傍《はた》から見ればただの酒狂にしか見えなかっただろう。蓄えは十日も保《も》たなかったが、どういう訳か仮小屋には喰い物と小銭が届けられていた。祥五郎の仕業だと思う。留守を見計らって置いて行くのだ。しかしそれに就いては当の祥五郎が何も言わぬから、礼を言ったことはない。

糠森を一月《ひとつき》掘った。

鉱滓《こうさい》は沢山出たが、金も銅も出はしなかった。

糠森は米の糠だけで出来た丘だと伝えられている。その通り、金を製錬する際に出た滓《かす》しかないのかもしれない。ならば金そのものは別の場所にあるのか。

それからは大した当てもなく近隣の山をうろつき、気になる場所を掘った。当《あ》て推《ず》いである。

白望山《しろみやま》を彷徨《うろつ》き、新田村から小国《おぐに》村を抜け、早池峰《はやちね》方面に進んだ。何の確証もなく。

そして。

見付けた。

紛《まぐ》れ中《あ》たりだ。それでも——。

乙蔵の手の裡《うち》には、金塊がある。

握り飯程度の大きさの、持ち重りのする塊である。どう見ても——黄金である。

これがどの程度の価値を持つものなのか、乙蔵などに判るものではない。小判など手にしたことはない。これを銭に換えようとするなら、どこに持って行けばいいのかも、どうすれば良いのかも判らない。

その上。

多分、金塊は、もっともっとあるのだ。

あの辺りに埋められているのだと思う。

焦っても仕様がない。それは、埋めた者以外は乙蔵しか知らぬ筈のことである。そこで乙蔵は取《と》り敢《あ》えず長者屋敷の仮小屋に戻ることにした。

祥五郎もそろそろ現れる頃である。

陽が落ちたので小国村の外れで一夜を明かし、眠れぬままに夜明けを迎え、陽が昇ると共に長者屋敷に向かった。

二三日まともに喰っていなかったからか、懐に金を隠し持っている昂揚《こうよう》からか、新田村に入る辺りで眩暈《めまい》を起こし、乙蔵は路肩に蹲《うずくま》った。

乙蔵の家は新田姓を名乗る。名家新田氏の末裔《まつえい》と聞かされているが、それは怪しい。新田村には本家親類がいる。それだけのことだと思う。

寄れば飯ぐらいは喰わせて呉《く》れるか。

——いや。

交流は余りない。否、親達は兎《と》も角《かく》、乙蔵は顔を出したこともない。それに親類は乙蔵が勘当されたことも承知しているだろう。寄るのは憚《はばか》られる。

扨《さて》、どうするか。

懐の金を撫《な》でていると——。

目の前に握り飯が差し出された。

幻でも見えたか。

「大丈夫《でえじょぶ》でやすか」

声がした。

顔を上げると、黒いものが見えた。

「水の方が良けりゃこれを」

黒いものは竹筒を差し出した。

「お前《め》は」

黒いものは、自らの顔前に垂らされた薄布のようなものをたくし上げた。

顔が見えた。

「輩《やつがれ》は、八十余州を流れ歩く渡り巫覡《かんなぎ》、八咫《やた》の鴉《からす》と申す者。怪しくねえとは申しやせんが、だからといって毒を盛ったりゃ致しやせん。乞食《こつじき》の態《なり》でも祝《はふり》は祝、行き倒れの御仁を見過ごしたのじゃあ、後生《ごしょう》が悪ゥ御座いやす」

見れば、それは黒塗りの笠を被《かぶ》り、黒小袖に黒い裁着袴《たっつけばかま》という妙な出《い》で立《た》ちの男だった。その上に笠から布を垂らして顔を隠している。背には笈《おい》を背負っているようだった。

取り敢えず竹筒を受け取り、水を飲んだ。

「申す訳《わけ》ね」

それだけ言った。

左手で懐を押さえ、握り飯を受け取る。

二口喰うて、やや落ち着いた。

「見りゃ旅のお方とも思えねえ。土地のお人で御座いましょう。どんな理由がおありなのかァ存じやせんが」

お気《しぇ》をお付けになった方が宜しゅう御座いますぜとその黒ずくめは言った。

「何言っが」

「なァに、輩《やつがれ》は出羽の方から来たンですがね。どうやら山形《やまがた》辺りから得体の知れねえ物騒な連中が、大勢この遠野に入《へえ》ってるようですぜ」

「そだらこと、俺《おら》には関わりねべ」

乙蔵は男に背を向けた。

「なら好いんですけどね」

握り飯を喰い終わると男は再び竹筒を差し出した。

受け取る。そこで、乙蔵は一瞬、不安に囚《とら》われた。

男は乙蔵の肚を見透かしたか、ご安心くだせえと言った。

「ただの水だ。酒じゃあねェが毒でもありやせん。ただ、老婆心乍《なが》ら差し出口を挟ませて戴きやすがね、その——懐のもんは暫くは誰にも見せねえ方が御身のためと思いやすぜ」

「お前《めえ》、何者《なにもん》だっ」

乙蔵は前を掻《か》き合わせて男に背を向け、身を屈めた。

「ですからね」

——ただの鴉で御座いやすよ。

「なぁに、そんなにあからさまな用心振りされたんじゃ、直《す》ぐに判りやすよ。さぞや大事《でえじ》なもんを懐に呑《の》んでらっしゃるんでしょうが——それが何なのか聞こうたぁ思いやせん。興味もありやせん。ただね、それ、狙われておりやすぜ」

「ンだこたね。誰も知《す》らね」

「そんなこたァねえでしょう。兄さん、あんたァこの辺の山ァ処構わず掘っ繰り返してるお人じゃねェんですかい。連中はね、白望山から早池峰まで、壙ァ掘って回ってる男てェのを捜してますぜ」

「なすて山形の者《もん》が」

「それだけじゃあねえ」

兄さんを捜してるなあもう一組居ますぜと男は言った。

「輩《やつがれ》は夏前からこっち、ずっとこの遠野保を足場にして、この辺り一帯を廻らせて戴いておりやす。なあに、祭が観たかっただけなんでやすが——どうも面妖な侍がちょろちょろしてやしてね。そっちこっちで見掛ける。山形から入《へえ》った連中たァ明らかに別で、でも遠野南部家の御家中じゃあねえ。思うに盛岡藩の下級藩士か、領内の喰い詰め浪士じゃねえかと思うンですがね。そいつらァ今、土淵や附馬牛《つきもうし》を回ってますぜ。その辺りで壙ばかり掘ってる野郎が居るってエ噺《はなし》ィ聞き付けたからですよ」

「嘘《ぼが》こくな。何だって、そんな」

「そりゃあ輩《やつがれ》の与り知らぬことで。でもねえ、兄さん。その懐に何が入《へえ》ってるのかぁ知らねえが、そいつを銭に換えようとしてるンでしたら、当面はお止《や》めンなった方がいい」

「ああン」

この男、何を知っている。何を言っている。

「いいですかい、遠野の、いいや盛岡領内の店という店、人という人、何処《どこ》も彼処《かしこ》も押さえられておりやすぜ。両替屋だろうが質屋だろうが、大店《おおだな》から小店《こだな》まで、みんなだ。兄さんがそいつを持ち込んだ途端、お縄ンなるか」

横目で見ると男は己が頸《くび》に手を当てて、横に引いた。

首を斬られる、ということか。

「そんな莫迦なこた、ね。俺《おら》のものを俺《おら》が売って、何でお咎《とが》め受けねばなんねが。掘った芋《いも》売ろが獲《と》った魚売ろが、首打たれることなんが、ねべ」

「それなら結構なんでやすがね。それ――どんな品かァ判りやせんがね、何処で採った如何《いか》に手に入れたと問われたら、兄さん、答えられますかい」

「そりゃあ」

言えない。

「盗んでねえという証しがありやすかい。縦《よし》んば盗んじゃあいねェとしても、兄さんの持ちもンだと示すことが出来ますかい。出来ねえンなら、隠しておくが得策だ。この土地ィ離れて何処か遠方で捌《さば》くてえなら兎《と》も角《かく》も、領内でそいつを出すなあ、命棄《す》てるようなもんですぜ」

「余計なお世話だ」

乙蔵は一層に前を掻き合わせ、体を縮めた。

「仰せの通りの節介ごと、お耳汚し致しやした。お詫《わ》びがてらに握り飯をもう一つ置いて参りやすので、良けりゃあお腹の足しにしてくだせえ。輩《やつがれ》はこれから、宝螺抜けのあるてえ場所まで行かなくちゃあいけねえので、これでお暇《いとま》致しやす」

「ほ、宝螺抜けだぁ」

この辺りで近近宝螺が抜ける――そうした噂があるのだ。

顔を上げると、黒装束は既に乙蔵が来た方角――早池峰の方に向かって歩き出していた。乙蔵は手を伸ばしかけたが止《や》めて、呼び掛けようとした声を呑み込んだ。

地べたには竹皮が敷かれており、握り飯が載っていた。

取り敢えず喰った。毒は入っていないようだった。

喰い切る前に男の姿は見えなくなった。

乙蔵は立ち上がると懐手になって、腹の金塊を両手で摑《つか》んだ。

――どうすべか。

乙蔵は、一息吐《つ》いたら先《ま》ず町まで行くつもりだったのだ。別に急いで金に換えようと考えていた訳ではない。先《ま》ず、この塊が真実《ほんとう》に金なのかどうか確かめたかったのだ。ただの変わった色の石であると思わぬでもない。乙蔵は黄金の塊など見たことがないのだ。但し、誰に見せればいいのか、まるで判らなかったのだが。

しかし。

今の男の言が真実であるのなら。

行きずりの行者風情の戯言《たわごと》である。到底信じられるものではない。一方で、そんな男が何故乙蔵を騙さねばならぬのかも、判らない。

もしかしたら、あの男はこの手の中の金を横盗りしようとしているのではないのか。

いや、その気であれば盗ることなど簡単だった筈だ。乙蔵は立《た》ち暗《くら》み蹲っていたのだから。

ならば――。

何故わざわざあんなことを告げた。

本当だとしたら。

山形からやって来た侍と盛岡の侍が、乙蔵を捜していることになる。否、乙蔵を捜している訳ではないのだ。ずっと地べたを掘り続けている男——を捜しているということなのだろう。

違うか。

埋蔵金を探しているのか。

——そうなのかもしらん。

だが何故にこの時期に。

しかもこの狭い遠野である。三月《みつき》も掛かって見付けられぬことなどあろうか。乙蔵が糠森を掘っていることを知っている者は一人や二人ではない。立丸峠《たちまる》を通る者には幾度も見られているし、土淵では遠野一の愚か者と囃されていたと聞いた。探れば一日と掛からずに知れることだろう。

——否。

糠森を掘っている頃は兎《と》も角《かく》、この二月《ふたつき》ばかり乙蔵はかなり広い範囲を移動し乍《なが》ら掘り続けていたのだ。しかも山の中ばかりであるから、見付けられなかったものか。

——待て。

乙蔵が壙を掘り始めたのが三月ばかり前。それが人の口の端に上り出したのは、もっと後——思うに掘り始めてから一月《ひとつき》も経ってからではなかったか。一月も掘り続けていたからこそ莫迦だと思われたのだ。つまり、乙蔵の愚行が人人の笑いものになったのは、乙蔵が山に分け入ってから後、ということになる。

さっきの男の言い分が本当なら、山形から侍が入って来たのも、盛岡から浪士だかがやって来たのも夏前――つまり乙蔵が掘り始めた頃か、下手をするとそれよりも前、ということになるのではないか。

早過ぎる。

その時分乙蔵が金を掘っていることを知っていたのは祥五郎だけである。

もしや――。

乙蔵は一瞬だけ祥五郎を疑い、そして頭《かぶり》を振ってその疑念を封じ込めた。

――いや、待て。

祥五郎は遠野の殿と繋がっているのだ。もし、あのお小姓上がりが乙蔵の奇行を殿様にご注進していたとすれば。

否、そうなら盛岡や山形から人が来るというのは怪訝《おか》しいように思う。遠野の殿様が盛岡の大殿に伝えたとでもいうのか。こんな、親兄弟にも見捨てられた屑のことを。

それで盛岡から何者かが派遣されたとでもいうのか。

それは。

――莫迦《ばが》らす。

あり得ない。乙蔵は遠野一の愚か者ではないのか。遠野中の者が乙蔵を痴《し》れ者と考えているのである。その痴れ者の呆《あき》れた所業に、何故に盛岡の藩主様が関わりを持って来なければならぬのか。

それに、そもそも祥五郎は概《おおむ》ね乙蔵の居場所を知っていたのだ。長者屋敷の仮小屋で乙蔵の戻るのを待っていたこともあった。明日は何処に行く何処を掘ると伝えたこともあったくらいだ。なら、捜す必要もない。

——矢《や》っ張《ぱ》り違う。

乙蔵は祥五郎だけは疑うまいと決めた。会えば憎まれ口を利いてしまうし、大嫌いな侍身分ではあるのだが、それでもただ一人の友ではあるのだから。

とぼとぼと道の端を歩いた。急《せ》くことはない。

顔を上げ、遠くに目を遣った。

——あれは。

侍の一団——のように見えた。かなり遠い。だが、袴も穿《は》いているようだし、あの笠の形は百姓や猟師ではない。乙蔵は耳も良いが遠目も利くのだ。

五人——六人は居る。

こんな場所に侍が集団で居るというのは尋常なことではない。

奉行所の与力同心にも見えない。

乙蔵は咄嗟《とっさ》に山側に退《の》き、身を潜《ひそ》めた。いや、拙《まず》い。訳は解らないが、あの男の言った通りなら、拙い。もし捕まったら——言い逃れは出来まい。

手の中には金がある。

そのまま山に分け入った。道は歩けない。

山中を雁木《がんぎ》のように出鱈目《でたらめ》に進んだ。道のない処ばかりを選んだから、結局迷子になった。

幸い誰にも出合わなかったのだが、かなり遠回りになったようで、長者屋敷に着いたのは既に陽も傾きかけた時分だった。

仮小屋を覗《のぞ》くと、莚《むしろ》の上に風呂敷《ふろしき》包みが置いてあった。

祥五郎が来たのか。

――未《ま》だその辺か。

乙蔵は小屋から離れ、糠森の方に視軸を投じた。

人が――居る。

祥五郎のようだった。だが、もう一人居る。

女か。

乙蔵は逡巡《しゅんじゅん》した挙げ句、金塊を握り締めてそちらに向かった。

祥五郎だけは信じようと決めたのだ。

もう一人は間違いなく女だった。屈んで、何か祈るような恰好《かっこう》になっている。祥さん、祥五郎と声を掛けた。

「おお、乙ではないか。戻ったか」

平素の反応だ。

また骨折り損かいい加減に諦《あきら》めろなどと祥五郎は半笑いで言っている。乙蔵は安心した。矢《や》張《は》りこの男は関係ないのだ。

「丁度好《よ》い処に戻ったな。ああ、このむさい男がさっきお話しした乙蔵です。ご覧の通り汚いし、妙な男ですが、まあ悪い男ではないですよ」

祥五郎は女に向けてそう言った。

「話すただと。何話すた」

「おいおい。何を気色《けしき》ばんでおるか。この人は、此処で不本意にも荼毘《だび》に付されてしまった佐田久兵衛様のご息女、志津殿だ。お父上のご供養をしたいと仰せなのでな」

「荼毘って――あの、虫騒ぎン時に疫病と間違えられで焼かれですまった、仏《ほとけ》さんがね」

「そうだ。お前が偶然見ていてくれたお蔭で知れたことだ。お前が居なければ、いまだに判らなかったことなのだよ乙蔵。幾ら時疫《じえき》だといっても、弔いもさせず、ご遺族にも黙ってご遺骸《いがい》を焼いてしまうというのは、あまりといえばあんまりの暴挙であろう。志津殿のお気持ちを思うとな、遣り切れぬ。まあ、お前の粋狂も稀《まれ》に役立つこともあるのだ」

「そうかい」

足許には束の線香が供えられている。

未《ま》だ暗いという程ではないから、薄い煙だけがすうと立ち昇っている。

志津は深深と頭を下げた。

「大変にお世話になりました。お蔭様で亡父の後生を、僅かばかりでも祈ることが叶ったように思います」

「俺《おら》ァ何も為《す》でねがら」

乙蔵は金塊を握る。

掌《てのひら》の熱で塊は乙蔵の腹と同じ温《ぬく》みになっている。

「親父《おやず》さん、突然亡ぐなったんだべ。何ともは、淋《さび》しいこったべな。けんど、真逆《まさが》こんだ処《とこ》で骸《むくろ》焼ぐとは、いぐら破落戸《ゴンボ》の俺《おら》でも思わねがった」

惨《むご》いことだと思う。

誰にも送られず、こんな荒れ地で焼かれてしまっても死人はお山に行けるものかと、乙蔵は思った。だから手を合わせた。信心の浅い乙蔵が敬虔《けいけん》な心持ちになることは稀である。

暫し黙禱《もくとう》した。

そこには志津が供えた線香以外、何もなかったのだが。

それにしても汚いのうと祥五郎が言った。

「涼しくなって来たとはいえ、風呂ぐらい入れよ乙。泥だらけだし、臭《くさ》いぞ。女人《にょにん》の前には出せぬ姿だ。一体何日山の中をほっつき歩いておったのだ」

「ン。まあ——」

乙蔵が何か釈明《いいわけ》をして取り繕《つくろ》おうとしたその時、祥五郎の顔付きが変わった。乙蔵の肩越しに何かを見ている。どうしたと言うと祥五郎は左を見、それから右を見て乙蔵に背を向けた。

「なした」

「囲まれた」

「何だと——」

お前何かしたかと祥五郎は問うた。

何か——したのだろう。乙蔵は腹を押さえて前屈みになった。祥五郎の脇越しに見ると、藪の後ろに侍らしき人影が見えた。多分、左右にも、背後にも居るのだ。距離はそれなりに離れている。

「志津殿。参りましょう」

祥五郎は志津を促し、仮小屋を掛けた長者屋敷の方に進もうとした。乙蔵は動けなかった。

「どうした乙蔵」

「いや——」

「何を怖《お》じ気付《け》いておる。案ずるな。儂《わし》とてこれでも武家の端くれだ。まあ、やっとうは弱いから立ち合えば負けると思うがな。昨今直《す》ぐに抜く者も居らんだろうよ。出会い頭《がしら》に刀を抜くなら、それは——山賊じゃ」

祥五郎はそう言ったのだが——。

その言葉は、直《ただ》ちに間違いと知れた。

乙蔵の掛けた仮小屋——小屋と呼べる程のものではないのだが——は、潰されていた。

その横に抜き身を提《さ》げた浪士風の男が立っていた。

祥五郎は志津と乙蔵を庇《かば》うようにして身構えた。

「其許《そこもと》は何方《どなた》様で御座るか。斯様な場所で抜刀されておられるとは尋常ならぬご様子。名乗られよ」

男はゆっくりと振り向いた。同時に、背後の藪が騒騒《ざわざわ》と鳴り、三方から矢張り浪士風の男どもが現れた。

「人に名を問う時は先《ま》ず己が名乗れ」

男はそう言った。

「拙者は宇夫方祥五郎。これなるは、遠野南部家家臣佐田久兵衛様のご息女だ」

「その汚ないのは」

「この者は拙者の縁者だ。土淵村の乙蔵と申す。それなる仮小屋はこの者が建てたるもの。見れば無残な有り様だが」

「そうかい」

男たちは四方から躙《にじ》り寄って来た。

「そいつが乙蔵か。恍惚《とぼ》けた面《つら》ァしていやがるが、能《よ》く働くじゃあないか。それに、佐田というのは先だって死んだ勘定方だな。なる程、そういう筋書きかい」

「筋書きとは——何だ」

「煩瑣《うるさ》い」

男はそう言うなり一歩踏み込み、祥五郎を——。

斬った。

「宇夫方様ッ」

手を伸ばした志津の鼻先に切っ先が向けられた。

「何を知っている」

止《よ》せと叫んで祥五郎が体を起こした。左肩が紅《あか》く染まっている。男は意に介さず、志津の喉《のど》笛《ぶえ》に刀を当てた。志津は毅然《きぜん》として帯に携えた懐剣に指先を伸ばした。祥五郎が差し料に手を掛けると、残りの三名も抜刀した。

「さあ、言え。佐田から何か聞いたのだろう。それで其処《そこ》の百姓を使って捜していたのか」

「存じません。それよりも、其方《そなた》達は何者ですか。身分も明かさず名乗りもせずに——このような狼藉《ろうぜき》を」

「気の強い女だな」

男は更に刀を突き出した。志津の喉許に刃先が触れる。

乙蔵は顔を背けた。

あの、黒装束の鴉の言葉が事実なら、この凶事は乙蔵の愚行が招いたことだ。

血だらけの祥五郎が志津の方に動く。

「何を勘違いしておるか知らぬが、その人は何も知らぬ。刀を引けッ」

「能《よ》く鳴く犬だな。貴様、南部弥六郎の手の者かな。ならば温順《おとな》しく引くのはそっちだ」

二人が祥五郎に刃を向けた。

一人は——乙蔵に体を向けた。脚が——震えた。

「乙蔵とやら。それで——見付けたのか。見付けたのなら言え。そうすればこの犬と娘の命は助けてやる。それとも未《ま》だ見付からぬのか。ならば、此奴等《こやつら》から聞いたことを凡《すべ》て言え」

歯の根が合わない。声も出ない。腹をぐいと押さえる。

乙蔵は腰を抜かして地べたに尻餅《しりもち》を衝《つ》いた。

止《や》めろ止《よ》せと祥五郎が怒鳴る。

「そいつはただの百姓だ。いや、百姓さえもまともに出来ぬ、駄目な腰抜けなのだ。何も知らぬ。知っている訳がない。何を捜しているのか判らぬが、志津殿もその乙蔵も、お前達の知りたいことなど、知らぬ」

「吠《ほ》えるな犬」

抜く前に――祥五郎にはもう一太刀が浴びせられた。

血飛沫《ちしぶき》が飛んだ。

「次は殺すぞ」

「な――何を――何を捜している」

「未《ま》だ白を切るのか。腕っ節は弱いが気骨だけはあるな。だが、話すなら今だぞ。どうだ、遠野の殿様といっても所詮は盛岡藩の家老だろうに。此方《こちら》に寝返る気にはならんか。素直に吐《は》けば、命を助けてやるだけではない。我等の雇い主に口を利いてやらんでもないぞ」

「き、貴様等は――」

刃先が祥五郎の首筋に当てられた。

「お。お前達《めだつ》」

盛岡藩に雇われた無頼だべと、乙蔵は大声で言った。

「刀《かだな》ァ引け。その男こそ関わりねべ。其奴《そいづ》は慥《たす》かに遠野の殿様の犬だべけども、ただの見る目嗅ぐ鼻だべ。何も知らねえ腰抜けだ。俺《おら》とおんなじ、腰抜けだ。けんど、弥六郎様の覚《おぼ》えもめでてぇ元お小姓だがらな、殺すたりせば後《あど》引くどッ」

後ろに手を突き、乙蔵はよろよろと立ち上がった。

そして、声を振り絞って怒鳴った。

「お前達《めだつ》の欲すがってんな、これだべ」

懐の中。

乙蔵は金の塊を摑んで――。

突き出した。

「お、俺《おら》は見付《みづ》けた。見付けたんだッ」

祥五郎は目を円《まる》くした。

「乙、お前――」

貴様と吠えて、近くに居た男が刀を振り上げた。

乙蔵は左手を翳《かざ》す。

「おっと、俺《おら》を斬るな未《ま》だ早《はえ》えずも。お前達《めだつ》が欲しいな、これっぽっつの金塊ではなかべ。これが何処さ埋まってンだか知りてんでねえのがッ」

「ふん」

男は鼻で嗤《わら》った。

「最初から正直に言えば、此奴《こいつ》も斬られずに済んだものをな。で——どうなんだ。それは何処で見付けた」

「だがら。其処《そこ》さ連れてってやっがら、その娘さんと、祥五郎ば放せ。娘さんよ、祥五郎ば頼む。どっか連れてって、早ぐ手当ですれ」

乙蔵はそう言って、後ずさった。

「二人が無事に見えなぐなったら、場所教える」

祥五郎が刀を杖《つえ》に立ち上がった。志津が支える。

「莫迦《ばか》、教えたらお前が斬られるぞ」

「どうだべか。俺《おら》が嘘《ぼが》こかねえ証しはねぇずも。其処さ行ってみねばな」

早ぐ行け祥五郎と乙蔵は怒鳴った。

「手ェ出すなよ。お前達《めだつ》の言った通りそン男ァ遠野の殿様の紐付《ひもつ》ぎだ。それにな、おい、お前《め》達《だつ》もぐずぐずしてたら駄目でねがな。あんな、俺《おら》がこれ掘り当でだ辺りに」

山形の連中が居たずもなと乙蔵は言った。確証はないが、嘘ではない。この連中が盛岡の雇われ者であるならば、新田村で見掛けたのは山形から来た侍なのだろう。

あの、黒い男の言った通りなら、なのだが。

男達の目の色が変わった。

——当りだ。

男どもは一度顔を見合わせた。

祥五郎を斬った男が真実《まこと》か、と言った。

「居だよ。俺《おら》は無精で、掘っ繰り返すだげだがら、壙ァ埋めでなんぞいねえわ。行き着きゃ判るべな。彼処《あそこ》にどんだけ埋まってるのか知らねけど、俺《おら》は無欲だで、これで十分《じゅうぶん》だ」

金塊をぐいと突き出す。

「金だべ。能《よ》ぐ見れッ」

男が不審そうに顔を寄せた。手を出したので乙蔵は飛び退《の》いた。

男は仲間に目配せをし、頷《うなず》いた。

「さあ、どうする。どうするがッ」

もう——殆《ほとん》ど捨て鉢というしかなかった。多分、どう立ち回っても乙蔵に活路はない。

だが、どうせ世の中に棄てられたような人生なのだ。ならばいい。

祥五郎は唯一、乙蔵を棄てなかった友なのだし。

しかし男はその祥五郎に再び刃を向けた。

「話は判った。だがな、お前の言う通り、それが嘘か真実《まこと》かは知れぬこと。ならば、真実と知れるまでは此奴等《こやつら》を放す訳にはいかんな。さあ、それを何処で掘り出したか言え」

「喋ったら——どうすンだ」

「簡単なことだ。本当かどうか確かめに行く。本当ならこの二人も、お前も逃がしてやる。嘘ならばどちらか一人を殺す」

志津にも刀が当てられる。

「さあどうする」

所詮は痴れ者の浅知恵だったということか。

「二度嘘を吐《つ》けば二人とも死ぬな。三度騙せばお前も——いいや、お前は殺さんよ。代わりにお前の、女房子を殺す」

「な、何言《しぇ》ってンだッ」

「どうするか決めるのはお前だよ百姓」

乙蔵、言うなと祥五郎が叫んだ。顔が白くなっている。血が抜けているのか。

——お前《め》には似合わねぞ。

どうする。せめて志津だけでも——。

いや。

「判《わが》った。金が埋まっとるンは」

「言うな」

「大麻《たいま》座《ぐら》の——」

そう、乙蔵が言いかけた時。

耳を劈《つんざ》くような大音響が響き渡った。

男どもも、祥五郎も志津も、そして乙蔵も音のした方に目を遣った。

地面が震えるような大きな音だった。

あれは。

夕空に、一直線に太い煙が立ち昇っていた。

黒煙ではなく白煙である。かなり離れているというのに、それは太く、またくっきりと見えていた。

早池峰の方角である。

否——正に乙蔵が昨日、壙を掘っていた辺りであろうか。

一同が呆気《あっけ》に取られている、その間に。

パンパンという乾いた音が響いた。

音は四度鳴った。

乙蔵が我に返ったその時——。

地べたには四人の男が横たわっていた。

何が何だか判らなかった。志津は立ち竦《すく》んでいた。祥五郎も倒れ込んで口を開けている。乙蔵は前屈みになり、両手を地面に突き、結局這《は》うようにして仰向けになって倒れている一番近くの男の傍《かたわら》まで寄った。男は——。

死んでいた。

「何だッ」

乙蔵は混乱した。

混乱したが、それよりも。

「祥さんッ」

祥五郎の処まで這い寄る。

乙蔵の声で我に返ったらしい志津が屈みこんだ。

「祥さん、祥五郎。生きでるがッ」

「乙、お前――」

「宇夫方様。動いてはなりませぬ。凝乎《じっ》として。いけない、乙蔵様、このままでは血が抜けて
宇夫方様が――早く手当てをしなければ――」

担ぎ起こそうとしたが止められた。

「いけません。何か」

志津は見渡す。

死骸の他は何もない。

長者屋敷はただの荒れ地なのである。

叩き壊された乙蔵の仮小屋は、既に木切れと藁屑《わらくず》でしかない。

「おい祥五郎、しっかりせ」

祥五郎は気を失ったようだ。未《ま》だ息はある。

「戸板のようなものに乗せてお運びするしか」

近隣の村まで走るか。乙蔵が顔を上げると。

おうい、どうしたあ、と声がした。

道が通っている方から、人が来る気配がした。

志津が身構えた。

しかし現れた人影はどう見ても侍のものではなかった。そうはいっても百姓や猟師にも見えない。大きい。刀は差していない。おまけに髷《まげ》すらもないようだった。話に聞く見越しの大入道のような見てくれである。巨《おお》きな体の陰に隠れて能《よ》く見えなかったが、何やら車のようなものを曳《ひ》いているようだった。

「何だ。何かあったのかァ」

抜けた声音だ。

少なくとも、死んでいる連中の仲間ではないようだった。

「どうした。さっきの宝螺抜けで腰でも抜かしたかい」

「宝螺抜け――」

見上げると、未《ま》だ煙の筋が残っていた。

あれは宝螺が――抜けたのか。

噂は真実だったか。

「何たって、でっかい宝螺抜けだったからのう。この儂《わし》でさえ驚《おどれ》えたわい。ありゃ遠野中に響き渡ったんじゃねえか――おや」

大入道は血だらけの祥五郎を見て驚いたようだった。

「どうしたい。怪我ァしてるのかい」

「暴漢に襲われたのです」

「何だと」

そいつぁいけねえなあと言って、大入道は曳いていた大八車を置いて、駆け寄って来た。

異相だ。剃髪《ていはつ》しており、耳朶《みみたぶ》が異常に長い。眼は小さく鼻は低く、口は大きい。体はもっと大きい。毛のない熊のようである。大男は祥五郎に一瞥《いちべつ》をくれると、異相をくしゃくしゃにして屈み込み、血に染まった傷口を喰い入るように覧《み》た。

「オイ、こいつはいけねえぞ」

「お前《め》、誰だ」

「儂は山口の壇《だんのはな》塙に住まう長耳《ながみみ》の仲蔵《なかぞう》という職人だ」

「お、お前《め》が長耳か」

噂には聞いていた。どんなものでも器用に作る男だという話であった。

だが――。

「儂が誰でも、そんなこたどうでもいい。こりゃあ大怪我じゃねえか。何があったんだかしらんが、兎《と》に角《かく》医者だ医者。一刻も早くちゃんと手当てしねえと死ぬ。丁度、あの大八は空いてるから、あれに乗せて医者に」

「何でこんだとこさ大八を」

「お前《めえ》も小煩瑣《こうるせ》え男だな。仕事だよ仕事。小国村までものォ運んだ帰《けえ》りなんだよ。いいから急げ。死んじまうぞ」

長耳は走って、道端から大八を曳いて来た。

乙蔵は壊れた小屋の下から莚《むしろ》を引き摺《ひず》り出して、それを荷台に敷き、長耳がその上に祥五郎を寝かせた。

「町外れに、田荘《たどころ》先生という腕の良いお医者様がお住まいです。案内致します。そこへ——」

志津がそう言った。

乙蔵は足許の無頼どもを見る。

「此奴等《こいづら》ァ——どうすべ」

「見たところもう死んでるよ。屍《しかばね》に構ってる暇ァねえ」

長耳はそう言うと、大八を曳いて走り出した。

乙蔵は後ろから押すつもりで追い掛けたのだが、付いて行くのが精一杯であった。大層な馬力である。案内すると言った志津よりも先を行っている。長耳はどうやら医者の家の場所を識《し》っているようだった。

乙蔵は、何も考えず、襤褸雑巾《ぼろぞうきん》にでもなったような気分でこけつ転《まろ》びつ後を追った。

無性に肚《はら》が立った。

何に対する怒りなのかは判らない。

乙蔵は莫迦である。その莫迦に構う祥五郎もまた、莫迦なのだろう。しかし、莫迦だからといって死ぬような目に遭わなければならぬ謂《いわ》れはない。莫迦は生きてはならぬという決まりなどあるまい。どんな莫迦であろうとも、この世に生を享《う》けた以上、生きていたって良い筈ではないか。違うのか。

世の中は曲がっている。

乙蔵はその曲がった世の中に背を向けている。

だが祥五郎は違う。曲がった世の中に沿うように己を曲げ、それでもそうでない者にも目を向けていた。その上であの莫迦は、出来るなら曲がった世の中を真っ直ぐにしようと踏ん張っていたのではないのか。そんな無理をするから。

——折れっちまうんだ。

何度か息が上がった。目も眩《くら》んだ。

乙蔵が医者の家に辿《たど》り着いた時、既に祥五郎は座敷に寝かされていた。大八車から玄関、上がり框《かまち》まで血の痕《あと》が点点と続いている。蒼醒《あおざ》めた顔色の志津が肩で息をしており、その横には大入道が縮こまって胡坐《あぐら》をかいていた。

祥五郎は次の間で何かされているらしい。

志津の話では、どうやら田荘洪庵《こうあん》なる医者は祥五郎とは旧知の仲であるようだった。

半刻《はんとき》ばかりすると医者が出て来た。

出血は多いが傷は見た目より浅く、何とか一命は取り留める——ということだった。

後一刻遅ければ死んでいたとも言われたのだが。すると長耳が通り掛かったのは幸いだったということになるか。

気が抜けた。

途端に猛烈に疲弊《ひへい》した。

長耳の仲蔵は祥五郎の無事が確認出来ると一瞬安心したような顔になり、じゃあ帰《けえ》ると言った。志津は礼をすると言ったが大入道は固辞し、大八を曳いて引き揚げて行った。

ただの通り縋《すが》りなのだろうし、当然のことかもしれぬ。

所在なげにしていると、与吉《よきち》という医者の下僕が茶をくれた。だが、乙蔵を見る目にやや不審が籠《こも》っている。

汚いからか。それとも壙ばかり掘っている遠野一の痴れ者と知ってのことか。しかし、それはもう——。

そこで、血の気が引いた。

懐が空である。あの時——乙蔵は金塊を出し、剰《あまつさ》え振り翳していたのだ。それで。

——宝螺抜けだ。

驚いて落としたか。

そうに違いない。

——拙い。

乙蔵は腰を浮かせた。

既に、金にはそれ程に未練がなくなっている。

だが、あの塊はあまり良くないことを齎《もたら》すものなのではないか。あんな処に放っておいていいものなのか。しかも彼処には。

死骸がある。

「俺《おら》、一度戻る」

そう言った。志津は止めた。危ないと言うのだ。

それはそうかもしれない。連中に仲間が居ないとも限らない。そうでなくとも死骸が転がっているのだから、あらぬ疑いを掛けられ兼ねない。

せめて明日にしろと言われたが、乙蔵は凝乎《じっ》としてはいられなかった。

先ずは奉行所に届けた方が良い、行くなら役人と一緒が良いと志津は猶《なお》も引き止めたが、届け出は任せると言った。

侍とは話したくない。

後のことを志津に托《たく》し、乙蔵は医者に提燈《ちょうちん》を借りて、長者屋敷に向かった。

既に戌刻《いぬのこく》を過ぎている。

急ぐべきなのか、急いでも詮方ないのか判らなかった。

空腹だったし、疲れてもいたから、乙蔵は何度も蹌踉《よろ》けて、時に蹲った。

その度《たび》に、酷《ひど》く侘《わ》びしい気持ちになった。

見上げると半端に円《まる》い月が嘲笑《あざわら》うように乙蔵を照らしていた。

丸一日前、乙蔵の手の中には一生分の幸せが包み込まれていた。乙蔵は舞い上がり、昂《たか》ぶってもいたのだ。これで何もかも変わる、自分を見下した凡てを見返してやろうと、そんな気持ちになっていた。

今は違う。

多分、長者屋敷には四つの死体と金塊が落ちているのだろう。

あんな処へは誰も行かない。三月《みつき》の間あの荒れ地を拠点としていたが、乙蔵は祥五郎以外の誰とも出会わなかった。

ならば、金塊は再び乙蔵の掌中に収まるのだろう。

だが、それでどうなるということはないのだ。

多分、何も変わらない。

今の乙蔵はただ、祥五郎の本復と、そして見捨てた家族の安寧を願うだけである。

そう、見捨てられたのではない。見捨てたのだ。今はそう思う。

月にさえ笑われる、そんな己が——悪いのだ。

どのくらい時間が掛かったものか、判らない。

長者屋敷に着いた時、月はほぼ真上にあった。

道から外れ、荒れ地に至る。

だが。

妙だった。

秋の月が皓皓《こうこう》と荒れ地を照らしている。

潰れた仮小屋がある。足許を照らせば大八車の轍《わだち》も確認出来た。しかし。

死体はなかった。

その代わりに。

荒れ地の真ん中に、十二三の小娘が立っていた。

深紅の着物《べべ》に黄色の袖無《そでな》し。切り髪の禿《かぶろ》である。

面《おもて》は真っ白だ。上を向き右手を差し上げている。

す、と全身の毛が弥立《よだ》った。

そう、乙蔵はこの娘を去年も見ている。この娘は、菓子司《かしつかさ》山田屋《やまだや》から出て来た、そう——。

座敷童衆《ざしきわらし》だ。

この世のものではない。

妖物は、その右手を高く差し上げたまま、乙蔵の方に顔を向けた。黒目がちの大きな眼《まなこ》が乙蔵を捕えた。差し上げた右手の、矢張り真っ白い指の先には——。

「ああ。それは」

妖物は笑った。

「これはお前のものか」

娘はそれを差し出す。

黄金だった。それは、月光に照り輝く、金の塊だ。

「お、お前《め》は、ざ、座敷童衆《わらす》がッ」

「吾《われ》は花《はな》」

「はなだぁ」

動けない。体が動かない。

名があるならば、人なのか。

否。これは人ではない。

人である訳がない。

「ど、何処から来た。ンで、何処さ行ぐ」

「吾は、この遠野の郷を出で行ぐ」

「何だと。遠野が」

滅ぶのか。

この妖物は、家運が傾く時に家を出る。

出て行かれた家は――滅ぶ。そう聞いている。

移り棲んだ先の家は、富貴自在になると謂う。

ならば。

「何処さ行ぐんだ」

「何処とも知《す》らね。此処らには長く棲んだども、もう直《す》ぐ棲み難《にぐ》ぐなる。世の中も変わる。もう」

居場所がねがら、と娘は言った。

「この石コ、綺麗《きれい》だ。吾さ、呉《け》れ」

「な、何言うだ」

「代わりに、お前《め》さこれを呉《け》る」

鈴を転がすような声でそう言うと、娘は何かを夜空に向け放り投げるように撒《ま》いた。

それは月光を浴びて綺羅綺羅《きらきら》と煌《きら》めき、かちかちと金物を叩くような音をさせて荒れ地に落ちて、散らばった。

それは月明かりを反射して、黄金色の敷物のように見えた。

娘はぴょんと跳ねた。

「小判――が」

乙蔵の金縛りが解けた。

走り寄る。それは、間違いなく小判だった。二十両か三十両か、それ以上はある。あの石の代金としては多過ぎる額ではないか。

「おおい、座敷童衆よう」

乙蔵は声の限りに呼んだのだが、その時既に娘の姿は――。

見えなくなっていた。

宇夫方祥五郎が大麻座に出向いたのは、凶刃に傷付けられてより十二日後のことであった。祥五郎は左肩と背中を斬られた。相手に殺すつもりがなかったのか、はたまた相手の腕が悪かったのか、傷は浅く、急所は外れていた。

思うに甚振《いたぶ》っただけだったのだろう。

傷自体は浅かったのだが、出血は多く、祥五郎は昏倒《こんとう》して丸二日気を失っていた。洪庵の処置と、志津の介抱で起き上がれるようになったのは更に三日後のことだった。

その後長屋に戻ったのだが、志津は毎日訪れて甲斐甲斐《かいがい》しく世話をしてくれた。

洪庵曰《いわ》く、志津の献身的な介護が回復を早めたのだ――そうである。

一方志津は、あの場に仲蔵が通り掛からなかったら一巻の終わりだったと言う。

志津は礼を言うために何度か壇塙まで行ったらしいが、どうしても仲蔵の家は見付けられなかったそうである。

見付からないのだ。

仲蔵は迷家《まよいが》に棲んでいるのだから。

それに。

仲蔵は能《よ》く知る筈の祥五郎を見ても、赤の他人の振りをしたようだった。

裏の渡世に関わる仲蔵であるから、そうした態度を執るのは当然のことであったろう。だから祥五郎も何も言わなかった。だが。

ならば一層に、偶々《たまたま》通り掛かったというのはあり得ないだろうと思うのだ。仲蔵がその時其処に居たのなら、其処に居るだけの理由が必ずあったに違いない。

それ以前に。

助かった理由というのであれば——あの暴漢どもが突然に倒れたからこそ、祥五郎達三人は助かったと考えるべきだろう。あの時何が起きたのか、祥五郎にはさっぱり判らない。

そして。

乙蔵である。

あんなに自堕落で、飽きっぽくて、おまけに考えなしで、その上祥五郎を含む二本差しを毛嫌いしているような男が——文字通り命懸けで祥五郎を救おうとしてくれたのである。

勿論、乙蔵らしい浅慮《せんりょ》ではあったのだ。どう考えてもその場凌《しの》ぎでしかなく、それで危機が回避されるとは思えなかった。実際、僅かな時が稼げただけだった。しかしその僅かな時が功を奏したのだ。

——乙蔵。

乙蔵の行方は知れない。

乙蔵は、祥五郎が一命を取り留めたと知るなり、志津が止《と》めるのも聞かずに長者屋敷に舞い戻ったという。そして、それきり姿を消した。

祥五郎が案じているのを見兼ねたらしい志津が、土淵にある乙蔵の実家まで訪ねてくれたのだが、矢張り帰っていないということだった。

ただ。

乙蔵は、一度戻っては来たようだと家人は言ったそうだ。

宝螺抜けのあった翌日、風呂敷包みが軒下に吊るされていたのだという。

包みには乙――とだけ記された紙と、二十五両という大金が入っていたそうである。余りにも高額だったので怪しんだ家人は奉行所に届けたそうだが、盗難などの届けも出ておらず、乙蔵の署名もあったため、取り合っては貰えなかったらしい。

どうなっているのか。

乙蔵が祥五郎を助けるために懐から出したのは、小振りな金の塊に見えた。本物かどうかは判らぬが、暴徒どもも金と判断したようだった。ならば本当に掘り当てたのか。あれが真実金塊であったなら、それを売り払って大金を手にしたということなのだろうか。

これまでの不実の代償としてその一部を家族に届けたのだと考えれば納得は行くが、そうだとして、それで二十五両は多くはないだろうか。乙蔵自身の取り分は抜いてある筈である。乙蔵は、自堕落な割に慾《よく》はないからそれ程抜いてはいないとも思うが、取り分を五両としたところで三十両、あの大きさではそこまでの金額にはならないように思う。

それから乙蔵はあの時、山形がどうしたとか言っていた。その意味も判らない。

祥五郎は乙蔵のことを何もかも知っていると思っていた。乙蔵には裏も表もない。怠け者で厄介な男ではあるが、悪さや隠しごとはしない。性根は曲がっていたかもしれないが、悪心を抱くことはなかった。でも――祥五郎が知らぬ貌《かお》も持っていたのかもしれない。

何をしていた。何に首を突っ込んだ。ただ壙を掘っていただけではないのか。

何処に居るのだ。

どうであれ、乙蔵が金を掘り当てたことは間違いないのだろうと思う。そして其処にはまだ金塊が埋まっているのだと、少なくともあの連中はそう考えていたのだ。

その場所は――。

大麻座の――と、言っていたか。

大麻座、の、である。つまり手前か横か、奥か、その周辺ということなのだろう。

一方で、宝螺抜けがあったのも大麻座の近くであると謂う。

祥五郎が床に伏していた間、遠野は宝螺抜けの話題で持ち切りであったようだ。

あの大音響は遠野郷全域に響き渡り、立ち昇った煙の柱は遠く仙台盛岡からも望めたということである。

もっと離れた場所からも見えたのだろう。

天に昇る龍を見た者も居たそうである。

あれは――。

「その話は眉《まゆ》に唾《つば》を付けて聞かなきゃいかんな」

高柳剣十郎《けんじゅうろう》はそう言った。

高柳は今朝程見舞いに来てくれたのである。久し振りの非番なのだそうだ。奉行所の勤めがどのようになっているのかは知らぬが、何でも奉行直直《じきじき》に見舞うように言われたのだということだった。

祥五郎は奉行の是川五郎左衛門《ごろうざえもん》とも多少なりとも交流があるから、強《あな》ち嘘とは言わぬけれども、話半分に聞いた。来てくれただけで十分《じゅうぶん》である。

高柳は勘定吟味方の大久保平十郎《へいじゅうろう》からも見舞金を託されたのだそうだ。有《あ》り難《がた》い話である。有り難序《つい》でに、祥五郎は遠出の付き合いを頼んだのだ。

観ておきたかったのだ。

その宝螺抜けとやらを。

「まあ、皆口口に好き勝手なことを言うておるがな、いずれも無責任な流言だ。実際、こうして見てみれば一目瞭然《いちもくりょうぜん》、慥《たし》かに此処で何か大変なことが起きたのだ。だがな、祥五郎。龍は居らぬよ。これは、地震いや噴火の類い、天然の仕業であろうよ」

慥かに凄《すご》い有り様ではあった。

山肌に巨《おお》きな壙が穿たれている。径は、三十間はあるだろうか。深さは判らない。既に土砂が崩れて下の方は埋まっているようだ。擂鉢《すりばち》状に見えるが、それでも一番深い処までは十五尺程度の高低差があるようだ。

「まあ、地の底には色色なものが埋まっておるのだろう。火を噴いたり、熱湯が噴き出たりするではないか。僅かな湯も沸けば鉄瓶の蓋《ふた》を持ち上げる。いや、これが町中であったら大惨事だったがな。家の一二軒は軽く吹っ飛んでおった」

此処で良かったよと言って、高柳は周囲を見渡した。

大麻座——小国村から分け入った、早池峰山の東側にある一帯をそう呼ぶ。

森と沢しかなく、人家はない。稀に魚を獲りに来る者もいるようだが、人気《ひとけ》はほぼない。

人が寄り付かないのには、ただ単に便が悪いという以外にも理由がある。

この辺りでは、能く解らないことが起きる、というのである。

恐ろしい目に遭う訳でも悪いことが起きる訳でもない。

祟《たた》りがある化け物が出るということでもない。

能く解らないのだそうだ。

祥五郎は未見であるが、奥の山肌には墓穴とも住居跡とも知れぬ孔《あな》があるとも謂うし、石畳があるとも謂う。見馴《みな》れぬ服装の者を見掛けるとも、鶏《にわとり》とも何ともつかぬ啼声《なきごえ》が聞こえるとも謂う。

たいまぐらという名も、意味が解らない。

魔所——という訳ではないのだ。祟る場所、障りがある場所なら、遠野の中に幾つもある。

だがこの大麻座は、そういう良くない場所ではないのである。禁足地ではないし、往来が叶わぬ訳でもない。ただ、わざわざ来たところでどう仕様もない場所——なのだと思う。

「もう少し里の方で噴き出ていれば、もっと人死にが出ていただろう」

「剣十郎よ。もっと——ということは、人死にが出た、ということなのか」

そうそうと言って高柳は腕を組んだ。

「侍が二人程、亡くなっていた。吹き飛ばされたというのではなくて、何かが噴き出した際に一緒に飛んだ岩石が頭に当たったようなのだがな」

「侍だと。誰だ」

「いや、遠野南部家の家中ではない。盛岡藩士でもない。身許はまるで判らぬのだ。旅装束であったから他国の者なのであろうが、どうにも判らぬ。しかし、此処は旅の者が迷い込むような場所ではあるまい。斯様な場所で何をしておったのか、どういう子細があったのかも全く判らぬのだ。まあ、何をしていたとしても巡り合わせが悪かったとしか言い様がないのう」

「侍なあ」

そういえば乙蔵は、山形の連中が来ていた、と言っていたか。

身許は全く判らぬのかと問うと、同心は判らないなと答えた。

「懐中にも荷物にも、手掛かりになるようなものは一つもなかった。普通なら何かあるものだがな。通行手形もない。印籠《いんろう》も、家紋が記された持ちものもなかった。差し料を観ても判らなんだな」

「二人ともか」

「二人ともだ」

それは却《かえ》って怪しいのではないか。

「それより祥五郎。お主はまだ本調子ではない。傷だって塞《ふさ》がった訳ではないのだぞ。こんな僻処《へきしょ》にいたのでは体も冷えよう。戻った方が良くはないか」

「そうだがな」

正直、多少しんどい。だが。

「この壙はなあ」

「何だ。未《ま》だ気になるのか。見れば判ろう。これはな、何かが噴き出した跡、ただの大きな壙だよ。何が噴き出したのかまでは判らぬがな、少なくとも貝ではないぞ。本当に山中に法螺貝があって、その中身が抜けたというのであれば、大きな貝殻が残っている筈ではないか。何もないだろう。土砂と石しかない。まあ、昨今大きな熊だの鶏だの魚だの、訳の判らぬものばかり涌くから疑いたくなるのも解るがな。これは、まあ、天然のものだよ。人が掘った壙なんかではない。掘ったのだとしたら幾日もかかる。人手も要る。大体掘り出した土が見当たらないだろう。今はもう判らんが、噴き出した土塊《つちくれ》や石が周囲何町にも亘《わた》って落ちておったのだからな。いずれ人の手技で拵《こしら》えるのは無理なものだろうよ」

そうだろうか。

そう見えるだけではないのか。

祥五郎の中には余計に疑念が凝《こご》った。

引き揚げる途中で、乙蔵のことを尋ねてみた。

「それは――お主が目を掛けていた鼻抓《はなつま》み者のことか」

「と、いうかな」

「ああ、そういえば襲われた際に一緒に居ったのであったか。しかし幾ら人目を忍ぶと申しても、長者屋敷のような場所で逢引《あいびき》などするからいかんのだ。鳥も通わぬ僻処故《ゆえ》、誰も居《お》らぬと思うたのであろうがな。その乙蔵とやらが小屋掛けをしていたことはお主も承知していたことであろう」

逢引などではないと祥五郎は言った。

「佐田様の供養にだな」

「まあ、そうむきになるな。子細はちゃんと佐田様の娘御から聞いておる。揶《から》うただけだ。まあ、話を聞く分にはその男もお主を助けようとしたようだが――」

「そうだ。あれは――命の恩人だ」

そうかのうと高柳は言った。

「奉行所では一味の可能性もありと申す者が多いが」

「それはない」

「お主も、佐田様の娘御もそう言うのだがな。何しろ事件の日以降、姿を消してしまったのだから、如何《いか》にも怪しいと――それは拙者もそう思う。その場に居たというのに聴き取りも出来ぬ。疚《やま》しいところがないのであれば、奉行所に来る筈だろう。それ以前にお主の処に顔を出すのではないか」

「顔を出せぬ事情があるのやもしれぬ」

「ないとは言えぬな。未《ま》だ賊《ぞく》も捕まえておらぬ故、そこは何とも言えぬが——その男をどうにかして得をするような者は居《お》らぬだろう。曲者《くせもの》の顔を見たのはその者だけではない。お主も志津殿も見ておるのだし、攫《さら》う意味も始末する意味もない。殺したのならその辺に放っておくだろう。死骸を隠す意味もなかろう。まあ、お気楽に、何処か掘っておるのではないのか」

それならいいのだが。

否、それはないか。

乙蔵は既に金を掘り当てているのだ。

その、乙蔵が金を掘り当てた場所というのが、あの大壙の開いた処であったなら——。

「壙を掘っておるような噂も聞かぬかな」

長者屋敷に仮小屋を掛け、毎日毎日壙を掘り続ける虚《うつ》け者への罵言《ばげん》は、一時期かなり広まっていたのだ。

拙者の耳には入らぬなと高柳は言った。

「まあ、宝螺抜けの流言が広まって、それが実際に起きてしまったからのう。慾に集《たか》られた痴れ者のことなど、どうでも良くなってしまったのであろう。その後は一向に聞かぬ」

「そうか」

乙蔵はどうなったのか。

祥五郎の胸中に泥のような不穏が溜まった。

「まあ、お主と志津殿を襲った山賊に就いては鋭意捜索中であるから、案ずることなく寛緩《ゆっく》り養生せい。大音響に驚いて腰を抜かすような間抜けな賊だ。必ず捕まえる」

否。

あれは死んでいたのだ。そう思う。

だが死体はなかったという。だから気を失っていただけなのだろうというのが奉行所の見解であったが、祥五郎はそうは思わない。もし死んでいたのであれば、誰かが片付けたということになるのだ。ならばそれは他にも仲間が居たという証左となるのではないか。

そうならば——。

言ってみたところで詮方なしと祥五郎は判断した。

その間抜けに斬られたのは儂だと祥五郎は言った。

「そんなもの、拙者だって斬られていたよ。お主も知る通り拙者は臆病《おくびょう》の部類なのだ。やっとうも弱い」

「得意なのは鉄砲ということか」

「嫌味を言うな祥五郎。まあ、ここは奉行所を信じて貰うよりないな。拙者より腕の立つ同心は大勢居る。どんな無頼でも必ず捕まえるよ。まあ、東の海縁《うみべり》が最近がたがたしておるようだが——この遠野は殿が守って下さるだろう。どうであれ、拙者は朋輩であるお主を傷付けた悪党を許さんよ」

高柳は別れ際にそう言った。

長屋には志津が待っていた。

未《ま》だ遠出はいけないと、散散に叱られた。晩餉《ばんげ》の支度に来てくれたのだろう。

父を亡くした志津は、病身の母御共共役宅を出て、今は長屋住まいである。義晋の計らいもあり暮らしに窮することこそないようだが、母御は寝たり起きたりの状態であるし、決して裕福な訳ではない。縫い物などをして生計を立てているのだから、暇という訳でもない。

それでも毎日通ってくれるのである。

謝ったり礼を言ったりしていたら笑われた。笑う志津の声は祥五郎に安堵《あんど》や楽観を齎してくれたのだが、それでもなお、自《おの》が気持ちの芯《しん》には矢張り不安が横たわっていることに、祥五郎はやや辟易《へきえき》した。

翌朝。

祥五郎は蓮台野《でんでらの》に向かった。

その昔、齢老《としお》いた者が竈《かまど》を離れ、その命が尽きるまで群れて暮らした場所であるという。

謂わば、生きたまま入る墓である。

今はただの野っ原だ。

それでも何処かに死の臭いはする。

怪しい話も事欠かない。蓮台野は遠野に限らず幾つもあるが、この辺りでは必ず近くに丘がある。それは壇塙と呼ばれる。大昔の処刑場とも、上代《いにしえ》の墓所とも謂われるが、本当のところは判らない。

ある。


ただ小高いだけの森である。背後は更に深い森だ。

その鬱蒼《うっそう》とした森の中――。

似つかわしくない大きな屋敷がある。行こうと思うても中中行き着くことが出来ぬ、迷家である。

長耳の仲蔵の棲処《すみか》だ。

「長耳殿。居られるか」

祥五郎が声を掛けると、開いているから入れという大きな声が聞こえた。

戸を開けて覗き込み、祥五郎は息を呑んだ。

何だか様子が違っているような気がしたからである。昨年の夏前に訪れてから幾度となく訪ねているが、このように感じたことはなかった。

上がる段に至って、祥五郎は何故そう感じたのかを理解した。

ぶち抜きになった広い板間に、物が何もなかったからなのだ。

平素であれば必ず何かが置いてあるのだ。板に描かれた絵、彫りかけの木材、布、石、手斧《ちょうな》に鑿《のみ》、木槌《きづち》、鋸《のこ》――時には足の踏み場もない程にものが広げられているのが常である。

広い板間の真ん中に、長耳がぽつんと胡坐《あぐら》をかいていた。

「よう、旦那《だんな》。もう出歩ける程良くなったかい。斬られたの見た時ゃ腰抜かしたが、無事で何よりだ。何にせよ、命あっての物種だぜ」

「その折は世話になったたな」

「礼でも言いに来たか」

「まあ——それもある」

祥五郎は長耳の横に座った。

「どういうことだ」

「何が」

恍惚《とぼ》けないでくれと言うと、教えて差し上げりゃいいじゃねえかという声が奥の方から聞こえた。

声の方に顔を向けると、其処には献残屋《けんざんや》の柳次《りゅうじ》が突っ立っていた。諸国を巡り大名大家から不用な献上品を買い取ることを生業《なりわい》としている男だが、長耳の仲間でもある。

旅装束の柳次は、お久し振りですねえ宇夫方の旦那と言った。

「この度はご災難で。お見舞申し上げやすぜ。おい、この木偶《でく》の坊《ぼう》め。何だって旦那に隠しごとォしやがるか。元はといやあ、この旦那の頼みごとじゃあなかったのかい」

「儂の——」

どういうことだ。

「ま、そりゃこっちにも色色あんだよ。お前《めえ》も又《また》の野郎から聞いてるだろうよ。あのな、こいつァ手前《てめえ》の親方の仇討《あだう》ちでもあンだぞ。それに山の連中だって何枚も咬《か》んでんだ。だから縫《ぬい》の野郎だって——」

「待ってくれ。ならば余計に聞きたい。話してくれ」

面倒臭《くせ》えなあと長耳は言った。

「最初っから話さなくちゃあ解らねえだろうよ。儂は江戸やら北林《きたばやし》の件にゃ関わってねェんだよ。教えたくても能《よ》く知らねえからなあ。おい六道屋《ろくどうや》。手前《てめえ》、そんなこと言うなら又ァ喚《よ》んでこい。奥で寝てンだろ」

仕方がねえなあと言って柳次はまた奥に引っ込んだ。他にも誰か居るのかと問うと、まあ居るんだよと長耳は投げ遣りに言った。

「二十五六年ぐれえ前《めえ》になるかな。儂は江戸でな、まあ今と同じような稼業をしてた。その時に能く組んで仕事してた野郎がいてな。そいつは、江戸に落ちる前《めえ》は上方《かみがた》に居て、あの柳次なんかと連《つる》んでいやがったんだな。まあ、こんな稼業は長続きはしねえよ。儂は都落ちして在所を点点とすることになったんだが、その野郎は江戸に残って稼業を続けた。いや、諸国を股《また》に掛けて仕事ォし続けたんだわな」

「その——人が」

莫迦なんだよと長耳は言った。

「若《わけ》え頃から莫迦だった。あちら立てればこちらが立たず、八方塞がり四面楚歌《しめんそか》、そんな仕事ばかり受けやがる。しかも勝ち目のねえ相手ばかり狙いやがってな。彼此《かれこれ》五年前《めえ》だか六年前《めえ》だか、そりゃあでけえ鼠を追い詰めてたようでな。その見返りに、仲間も随分死んだそうだ。柳次のとこの親方も取られた」

世間は狭《せめ》えなあと長耳は言った。

「と言うかな、祥さんよ。ものごとってなあ、どう転んだって後を引くもんだぜ。因果は巡るたァ能く言ったものよ。人の縁ってなあ、良くも悪くも切れねえもんだ。儂だって真逆《まさか》こんな形で大仕事に関わることになるたぁ、夢にも思わなかったわい。ま、莫迦と知り合ったが運の尽きだな」

「口が減らねえなあ長耳」

黒装束の男が立っていた。

黒い小袖に黒い軽衫袴《かるさんばかま》を穿《は》いており、髷《まげ》は結っていない。だが剃髪《ていはつ》もしていない。行者か八卦見のようである。黒装束の行者か八卦見――。

――そうか。この者が。

宝螺抜けの流言を広めたと思《おぼ》しき男か。

強面《こわもて》ではない。寧《むし》ろ愛想が良い。否、愛想が良いという訳でもないのか。ただ立っているだけなのに、どうにも人に警戒心を抱かせない物腰に思えてしまうのだ。何故そう思えるのかは判らない。

「口が減らねえだと。どの口が言いやがるかよ。口八丁の小股潜《こまたくぐ》りに言われたかねえ」

その二つ名はもう使ってねえんだよと言って、男は祥五郎に顔を向け、一礼した。

「輩《やつがれ》は諸国を流れる乞食祝《こつじきはふり》、八咫の鴉と申します」

気取るんじゃあねえよと長耳は言う。

「中身は双六《すごろく》売りの頃と一緒じゃねえか。何が祝だ、この無信心の罰当《ばちあた》り野郎が」

長耳は大きな歯を剝《む》き出して笑った。

「さっさと話せよ」

「手前《てめえ》が邪魔ァしてんだよ蛸入道《たこにゅうどう》。手前なんざ見た目も昔と一緒じゃねえか。元元齢《とし》の判らねえ化物面《ばけもんづら》だったがな。ここまで変わらねえと余計に人とは思えねえ。暫く見ねえうちに本当《ほんと》に化けたんじゃねえのか」

鴉は悪態を吐《つ》いてからにやりと笑い、長耳の横に腰を下ろした。

「宇夫方様――でやすね。お身の上はこの蛸から伺っておりやす。この度のこと、お見舞申し上げやす」

黒い男は頭を下げた。

気を付けな旦那と長耳が言った。

「此奴《こいつ》ァこうやって人様の懐にするっと飛び込んで、好き勝手に操る怖《こえ》え野郎だ。信用しちゃあいけねえぜ」

信用されねえんじゃあ説明も出来ねえよと、笑い乍《なが》ら鴉は言った。

「まあ――この蛸の話こそ話半分に聞いてくだせえ。で」

黒い男は真顔になった。

「話は遥《はる》か昔に遡るんですがね。大昔――百年より昔のことでやす。西国にさる小藩がありましてね。其処には隠し金山があったんで」

「隠し――金山ですか」

矢張り金が関わっているのか。

「へえ。そりゃあ規模じゃ遥かに及ばねえが、質じゃあ佐渡《さど》にも負けねえってぐれえ優良な金鉱だったようでしてね。ただ、ご公儀には隠されてたんですよ。藩主とその側近だけで細細と掘ってたんでしょうや。何しろ百年も前《めえ》の話、輩《やつがれ》もこの目で見た訳じゃあねェ。とはいえ、この藩はお取り潰しになっちまった」

「隠し金山が露見したからですか」

「そうじゃあねえんで。ご藩主様がご乱心の上、お亡くなりになったんだという話でね。その藩の領地は、天領として公儀に召上げられた。勿論、金が出るてえ噂があったからなんでしょう。ところが――これが」

見付からなかったと、鴉は言った。

「いや、それは考え難《にく》くはないか。金山というのは大掛かりなものです。櫓《やぐら》を組み、水を運び出し、人足だって大勢必要でしょうしね。幾ら隠して掘っていたのだとしても、金鉱そのものが見付からないというのは――」

「普通はそうでしょう。でも、其処は違ってた」

何しろそっちの方は輩《やつがれ》がこの目で見ておりますからねと鴉は言った。

「天然の洞《ほら》を坑道にしてたんで。洞穴は元は沢山あったんですがね、みんな塞がれて、入り口はたった一つ。領地は狭《せめ》えんだが、その一つを見付けなくちゃア、決して判らねえって仕組みでしてね」

奇態な鉱山もあったものである。

「それが見付からなかったと――」

「大っぴらに掘ってたんなら別ですがね、藩主はおっ死《ち》んじまったし、秘密を知る者はみんな居なくなってた。どうにも判らねえ。だからそんなものは最初からなかった、てぇことになったようでしてね。それで――済みゃ良かったんですが」

鴉の瞳《ひとみ》に一瞬影が差した。

「その後、国替えがありやしてね、その土地には新しい大名が藩主として収まった。それが今の――」

北林藩でと鴉は言う。

「はあ、そういえば、北林では慥《たし》かに金が採れるそうですが、聞く限り金が出るようになったのは高高七八年前のことではなかったですか」

見付からなかったその入り口を見付けたということだろうか。

手前《てめえ》の仕掛けだろ、又――と長耳は言った。

「山が吹っ飛んだんだとか、聞いたぜ」

「輩《やつがれ》じゃあねえ。ありゃ天狗《てんぐ》の仕業だよ」

天狗が死神《しにがみ》を封じたんだよと、鴉は言った。

「その天狗も暫く前《めえ》に死んじまったよ」

「死んだのか、あの男も」

長耳はその長い耳朶を擦《こす》った。

「けじめェ付けたんだとよ。悪党にしちゃ、らしくねえ言種《いいぐさ》じゃねえかよ。ま、宇夫方様の仰せの通り、北林の金山の入り口が見付かったなあ、彼此《かれこれ》八年ばかり前《めえ》のことだ」

「そうでしょう。それに、北林藩は幕府にきちんと届け出を出し、手続きをした上で採掘しているのではないですか」

「今は——ね」

「違ったと、いうことですか」

鴉は一度遠くを見た。

「違ったんですよ。その昔、北林にね。鬼が一匹生まれやしてね」

「鬼——ですか」

鬼だの天狗だの、誑《たぶら》かされている気がしないでもない。

「ええ。哀しい鬼でしてね。ありゃあどっかで人を超えてたんでしょうね。その毒気に中《あ》たって何人もが道を誤り、大勢が死にやした。で、その鬼が見付けちまったんですよ」

「その入り口をですか」

「ええ。でもそれだけじゃあどうにもならねえ。一人で金は掘れやせん。でも、その男にゃ大きな後ろ盾が付いたんで。それが当時幕府の奏者番《そうしゃばん》という地位にあった」

水野忠邦《ただくに》——。

「み、水野って、それは」

「ええ。先の筆頭老中、水野越前守様でやすよ。水野ってお方はね、ありゃ官職を金で買う男だ。そうやって伸《の》し上がった御仁なんです。二十五万石以上あった唐津《からつ》藩の藩主から、十万石も少ない浜松《はままつ》藩主になったのだって、あれは幕府内で出世するために自ら望んだことだてェんですからね」

「石高を十万石も下げて、ですか」

「石高よりも出世を望んだんですよ。唐津藩主でいたんじゃ出世の妨げになる、それだけのために横車を押した。大勢が抵抗し、唐津藩の家老は腹ァ切った。唐津領の一部を賄賂代わりに天領に差し出したりしたんで、一揆まで起きた。そこまでして、浜松への転封を成し遂げたんで。おかげで寺社奉行兼任になった。水野てえ男は、出世への目筋だけは確かなんで。その水野が、北林の鬼の後ろ盾になった。鬼が見付けた隠し金山は、奴の出世の資金源になったんですよ」

「それは――いつのことです」

「昔のことだ。確かなこたァ判りやせんがね、水野が大坂城代になったなあ、文政八年。翌年には京《きょうと》都所司代《しょしだい》になってやす。掘り始めたなあ、その二三年前《めえ》じゃねえですか」

「すると、文政五年ぐらい――」

五千両。そして人工借り受け賃、技術伝授料云云――。

文政五年の証文だ。

「じゃあ」

「ええ。金ってのはね、掘っただけじゃどうにもならねえ。金ピカの金塊が土に埋まってる訳じゃあねえ。原石砕いて擂《す》り潰し、選《よ》り分け、その後に製錬して、初めて金は金になる。これは素人《しろうと》にゃ出来やせん。そこでね、そうした技術を持っている者が必要だったんです」

「それで——盛岡に」

何やら繋がりがあったんですよと、奥から出て来た柳次が言った。

「この辺は昔金が出た。だから技術《わざ》はある。でも、もう出ねえんで。だから水野は掘った原石を石のまンまこっそりこの盛岡領内に運び込んで、製錬してたんですよ」

「こんな遠くまで運んだのですか」

「ええ。山の連中なんかを使ってね」

「ああ——」

「一方北林の鬼ってのは、出世にも金にも何の興味もねえという御仁でね。ただ、遊ぶ金があれば——否、乱行を尽くして、大罪を犯しても免れることが出来て、好き放題勝手放題に生きて行けさえすりゃあそれで良いてえ、人外《にんがい》だったんで。金は、だからほぼまるごと水野のものになった。協力したのが、盛岡藩の」

「ご、ご藩主——ですか」

違いやすと鴉は断言した。

「ご藩主様を担いだ連中ですよ。今のご藩主様は、こう言っちゃ悪《わり》イが、ただのお神輿《みこし》で。でね、まあ製錬の作業自体は、この遠野で行われたようなんで」

遠野南部家家臣である赤澤大膳が二十四年前にどのような身分であったのか祥五郎は与り知らぬが、その時点で既《すで》に巻き込まれていたという可能性はあるか。

「そいつらは、金の製錬に手を貸す見返りに、ことあるごとに銭を貰ってたようで」

「貰っていた——んですか。いや、証文のようなものがあるのです。だから藩は借財と判断したようなのですが」

「借財じゃあねえ。謂わば不正に加担した手間賃と、口止め料でやしょうね。裏切れねえように、渡した金額を記した覚え書きを交わしたんでしょうや」

将《まさ》に裏金——ということか。

つまり、総額五万両の裏金が渡されていたということになるのか。

「そんな大金が口止め料ですか」

「水野の懐にはその何倍もの金が収まったということですよ。その唸《うな》るような金を湯水のように遣って、水野はどんどん出世した」

そして。

そのお溢《こぼ》れを盛岡の殿様も出世に遣った——ということになるのだろうか。出所が水野越前個人であり、またそれが秘密の裏金だったのであれば、それは公儀に対する賄賂としても遣えることになるだろう。

義晋が疑問として示した、どうにも捩《ねじ》れた不可解な金の流れも、これで筋が通るか。

そうだとして。

「しかし鴉殿。その仕組みであれば、中抜きはし放題という気もするが。原石から製錬された金塊の量を誤魔化すことはそう難しくないでしょう。違いますか」

「ま、少額なら出来たんでしょうがね」

「そうですか。金の含有率が低かったと虚偽を述べれば、千両だろうが二千両だろうが——」

そりゃ無理だと柳次が言った。

「いいですかい。製錬して金が出来たとして、それはただの金塊なんですよ。塊《かたまり》は銭じゃあねえ。伸《の》して金箔《きんぱく》にするとか、細工もの作る訳じゃあねえでしょう。誰しも欲しいな、銭なんですよ。小判に造り替えるか、売るかしなくッちゃ、純金と謂えどもただ綺麗なだけの石ころなんですよ、旦那」

そうか。

それは気付かなかった。

「遠野で出来るなあ、ただの金塊だ。それ、盛岡の領内で銭に換える訳にもいかねえでしょうよ。何たって額がでけえ。町場じゃあ換えられねえ。一度なら兎《と》も角《かく》、何度もとなると、余計にいけねえ。だからそのまま江戸まで戻し、出来高で手間賃貰った方が確実なんですよ。最初のうちは、水野も金塊を売り捌いていたようなんですがね——こりゃあ足も付き易いし、効率も悪《わり》いやな。そこで、西丸《にしのまる》老中に出世するや、手持ちの金塊も小判にしちまおうと、そう考えたんで。だがね、老中と謂えども、そりゃ簡単なことじゃあなかった」

「何故」

「以前はね、佐渡の金は佐渡で製錬され、佐渡で小判になった。小判になってから江戸に運ばれたんですよ。甲府《こうふ》もそうだった。水野は最初、その仕組みを使ってどうにかしようと企《たくら》んだようなんで。でも文政の頃からァ、小判の鋳造《ちゅうぞう》は江戸の金座に一本化されたんで。これは弄《いじ》れねえ。幾ら金の純度が高くても、勝手に造りゃ偽小判だ。そこでね、水野は金座取締の後藤を抱き込んだ。そして、目付だった鳥居耀蔵《ようぞう》を手懐《てなず》けて、遠野から送られる金塊で、本物の小判を造り始めたんで。それが――多分天保十年ぐれえのこと」

三万五千両の証文がある年である。

「その年、水野は年寄り連中を追い抜いて老中首座に納まったんで。金は幾らでもあったんでしょう。小判をちらつかせて、撒いて、積んで、どんどん出世したって具合でさ。まあそれでね、あの改革が始まったような次第《しでえ》で――」

天保の改革か。

奢侈《しゃし》の禁止、風俗の粛正――。

息苦しかったぜと柳次が言った。

「芝居も駄目、寄席も駄目。喰い詰めて江戸に逃げて来た百姓を国に返したって、畑仕事が出来る訳じゃあねえだろうよ。喰えねえ者は喰えねえ。飢えて死ぬのが関の山だ。大体な、水野の蔵にゃ千両箱が山と積まれていたんだろうが。そんなお大尽によ、やれ倹約だ、それ贅沢《ぜいたく》するなと言われたってよ、ハイそうしますたァ思えねえよ。ま、そうはいってもこちとら貧乏人だ。遣いたくたって遣う銭なんぞ鐚一文《びたいちもん》ねえてェ為体《ていたらく》だったけどな」

悪いことばかりじゃあなかったさと鴉は言う。

「お上《かみ》のやることたァいつだって息苦しいもんだろよ。考えてもみろ。それまでの丼《どんぶり》勘定が良かったかといやあ、まあ良かあねえのよ。百姓が米作らなくなったら、ご公儀が潰れっちまうだろ。水野にしてみりゃ、そりゃ困るんだ。まあ幾ら出世がしてえったって、将軍様や天子様になれる訳もねえ。老中首座は、謂わば上がりみてぇなもんだからな。だから、まあ自分の居場所を護《まも》りたくなったんだろよ」

「そうだったとしても、だよ」

「小判の改鋳《かいちゅう》――かい」

「金の割合を減らして、大量に造ってばら撒いたからな。ありゃあ愚策よな。物の値段は前より上がったじゃねえか」

「そんな折に、この鴉野郎が動きやがったんだよ」

長耳はそう言った。

「まあ、北林藩とこの野郎にゃ、妙な因縁が纏《まつわ》り付いていたようだがな。この莫迦は――莫迦と天狗か。それが鬼退治だかをしてな、北林の隠し金鉱を白日の下《もと》に晒《さら》してやった――なんてえ、読本《よみほん》みてえに恰好《かっこう》の好《い》いもんじゃあ、なかったかい」

無恰好だったぜと鴉は言った。

「要するに水野の資金源を断っちまったんだ、この野郎は。それが八年前《めえ》か」

「八年前――」

「そうよ。まあ、何がどうしたんだか知らねえが、水野はもう隠れて金を掘れなくなっちまったんだな。それで水野は、この野郎を目の敵《かたき》にして——」

そんなことは今関係ねえよと鴉は言う。

「とはいうものの、その段階で、掘り出した金の原石は未《ま》だたっぷりと残ってたんだ。この遠野に運ばれてな。しかもこの遠野の郷で、粛《しゅく》粛《しゅく》と製錬されていたんだよ」

長耳は歯を剝き出した。笑っているようではなかった。

「だからまあ、小出しにすりゃあ暫く保《も》つ勘定よ。けどな、こりゃお前さんも知ってることだろうが、盛岡藩の財政は、かなり逼迫《ひっぱく》してる。今に始まったことじゃねえ、八年前《めえ》だって相当に拙かったんじゃねえのか」

八年前といえば天保九年。

義晋が遠野南部家を嗣いだ年である。その年は、それまでと打って変わって大凶作だった。七福神札が発行されたのは、その三年前の天保六年。その時点で恐慌の兆《きざ》しはあったということだろうし、それ以降藩の財政はずっと苦しいままである。否、利済公の治世になってからはずっと、盛岡藩は窮乏に喘《あえ》ぎ続けているという気もする。

「遣い込んでたんだよ」

長耳が言った。

「何をです」

「水野の金塊をよ」

「製錬して、渡さなかったのですか」

「渡してはいたんだろうよ。でも盛岡の誰か、偉《えれ》え野郎が、金塊を質に入れるようにして銭に換え、遣っていやがったんだ。だからその、黒井だか赤澤だかが不正な金を着服したのは、その穴ァ埋めるためなんだろうと思うぜ。製錬が間に合わねえから、それで金塊を買い戻してその都度送ってた――それが真相だろうな」

そうか。

額面が似通っている上に額が大き過ぎるため混同していたが、凡ては別立てなのか。

証文のある五万両は、手間賃と口止め料。

着服された三万両は遣い込んだ分の補塡《ほてん》。

ならば、その後に渡された五万両は――。

すると――。

「三名が工面した不正な銭は凡《およ》そ三万両。その内、額面にして二万両程が消えている勘定なのだが」

そうそう金塊なんざ買えねえよと長耳は言う。

「銭で渡す訳にゃいかねえんだ。金の塊で渡さなきゃ使い込みが露見すんだろ。小判鎔《と》かす訳にもいくめえさ。だから金塊を買わなくちゃならねえ。でも、二万両分ぐれえしか換えられなかったんだろ。もしかしたら製錬が間に合ったのかもしれねえしな。で、浮かせた銭の残りは一万両――か。そいつぁ」

「切腹した黒井、赤澤、倉持の役宅などから発見されている。着服したものと考えられておるようだが」

「そりゃ着服じゃあねえよ祥さん。上から命令されて、隠してただけだろうぜ。考えてもみろよ。こんな鄙《いなか》にいて、そんな大銭何に遣うよ」

「それは――」

「中抜きしてたんだとしても賄賂にも出来ねえだろ。上は、それがどんな素性の銭か知ってるんだぞ。遣い道がねえよ」

それはその通りである。

「出世の手蔓《てづる》にゃ遣えねえ。だからといって遊興に遣うにゃ多過ぎるぜ。寧《むし》ろ諾諾《だくだく》と上に従って悪事に加担してた方が出世は出来ンだろ。ならよ」

カネが敵《かたき》の世の中よなァと柳次が言った。

「まあそうだ。その連中が、腹ァ切ったなあ自責の念からのことじゃあねえな。無理矢理切らされたんじゃねえとするなら、寧ろ上の者を庇《かば》ったってところじゃあねえか」

そうなのかもしれない。

倉持は赤澤を庇うために即日切腹して果てたのか。赤澤は黒井の関与は認めたものの、肝心なことは何も言わずに死んでいる。責任逃れのような弁明ばかりしたと聞くが、結局腹は切っているのだから、つまりは黒井の上の者を庇ったということなのだろう。そして黒井は、その上の者とやらに殺されたのだ。

「で、まあ盛岡にゃあ盛岡の事情があるが、江戸にゃ江戸の事情があるわい。実はな、この阿《あ》呆《ほ》鴉はよ、まあ止《よ》しゃいいのに御老中様にも手ェ出した——そうなんだろ、又よ」

そうじゃあねえよと鴉は言う。

「行き掛かりだよ。何をするにも、何だかんだと絡んで来やがったんだ。あんなもの、好きで弄《いじ》るか」

あのなあ宇夫方さんよと、長耳は耳打ちするかのような姿勢になって言った。

「儂はこんな面《つら》だが梨園《りえん》の出なんだ。もそっと造作が良けりゃあ白塗りで大舞台に載っておったところだわ。そんな風に言うと偉そうにも聞こえるがよ、河原者《かわらもの》にゃあ違《ちげ》えねえのよ。この鴉野郎はな、武州《ぶしゅう》の水飲みの餓鬼だ。母親に棄てられ飲んだくれの父親に死なれて、流れ流れた根なし草だ。其処の柳次はな、柳橋《やなぎばし》かどっかの芸者が産み棄てた親なしだ。どうやって死なずに育ったんだか自分《てめえ》でも解らねえような具合だよ。あんたも知っての通り、儂達は皆、貧乏人だし、帳《ちょう》に外れた逸《はぐ》れ者だ。無宿人やら罪人やら、そういう屑《くず》ばかりだ。それがな、天下の御老中一派と戦《いくさ》ァしたと、まあこういうこったろ」

「戦じゃあねえよ。輩《やつがれ》はそういうなァ」

知ってるよ嫌《きれ》えなんだろと長耳は言う。

「それだってお前、上方《かみがた》の元締も、手前《てめえ》の相棒も、殺《や》られちまったと聞いてるぞ。儂は奥州に居たから難を免《まぬが》れたがな。あのな、そんな命の遣り取りがあるってなあ、もう仕掛けでも狂言でもねえ。戦だよ」

「仕掛けて来んな向こうなんだよ」

「遁《に》げるか隠れるかしろよ」

「手前《てめえ》も言ってただろ。目の敵にされたのよ」

「まあいいやい。でもな、此奴等《こいつら》ァ敵に回すと面倒なんだ」

「他人《ひと》ごとみてえに語るんじゃねえよ。同類だろうが」

「まあな。で、まあ水野も困ったんだろうぜ。だから」

「そうか。それで四年前に――」

拾萬兩相當半金伍萬兩受取申し候――。

「十万両相当、というのは金塊のことか」

「ならそうなんだろうな。その時点で、この遠野にゃあ小判にするなら十万両相当の金の原石が残っていたんだろう。そのうち五万両分は製錬が済んでた。それを送った。そういうことだろうな」

そうすると――。

「でもな、銭なんてもんは、ねえよりゃあった方がいいが、ただありゃいいってもんじゃあねえのだよ。そンだけの金を受け取ってもな、知っての通り水野は失脚した。あれこれ工作して何とか復職したが、まあ駄目だった。何故だと思う」

「金の遣い方を間違えたのか」

「違うよ」

長耳は歯を剝いて、鴉を指差した。

「この野郎を――敵に回したからよ」

「待ってくれ。そうすると」

未《ま》だ金はこの遠野にある勘定だと旦那ァ言いてえんでしょうと、柳次が言う。

「差し引き五万両相当だ。ま、半分送ってから水野が失脚するまでは一年程度、その間にも製錬を続けてたのかどうか、失脚後も製錬していたのかどうか、それはあっしには判らねえんだがね。どうなんだよ」

さあなと鴉は言った。

「その、盛岡の目付ですかい。黒井てえんですか。その男はどうやら、水野が失脚した段階で残りの金塊を何処かに隠しちまったようなんでやすよ」

「隠したと。何故です。隠す意味が解らない。着服したということもないのでしょう」

先程仲蔵が言っていた通りそんな大金はこの盛岡領内では遣い道がない。それ以前に、それは簡単には銭に替えられないものなのだという。そもそも何処に隠そうと、黒井がそれを管理していることは上も承知していることの筈である。上の者が出せと言えば出すより外《ほか》ないものなのではないか。

ならば隠す意味はない。

「何故隠さねばならないのです」

隠したってェならそりゃ勿論保身のためでしょうやと柳次は言った。

「保身というのは解らん」

解りやせんかねと、柳次は困ったような顔になった。

「いいですかい、この遠野に五万両相当の金の塊が残っていたとして――ですぜ。その金塊は一体《いってえ》、誰のもんなんです」

「それはその。水野様の」

「まあ元は水野の金だ。でもね、その持ち主がすッ飛んじまったんで。持ち主が更迭されちまえば金を送る必要はねえと、まあ誰でも思う。そうなりゃわざわざ如何《いかが》致しましょうかとお伺いなんざ立てねえし、持ち主の方も身柄お預けだかになっちまったんじゃあ、どうしろこうしろと指示は出来ねえ。そうなると、どうです」

「いや、どうであれ、それは――」

裏金隠し金ですぜと柳次は言った。

「本来、ねえ筈の金だ。まあ黒井とかいう男がそれを保管していたんだとして、黒井は上のお偉いさんから言い付かってただけでしょうよ。じゃあ、そのお偉いさんのものになるんでしょうかね。そうだとしても――直ぐに遣える銭じゃあねえんですぜ」

そうなると実際にブツを持っている奴が強《つえ》えんですよと言って、柳次は北叟笑《ほくそえ》んだ。

「そう――ですか」

「そうでやしょう。だって、そりゃただの金塊じゃあねえ。お偉いさん方の弱みどころじゃねえですか。失脚した老中と結託しての企みごと、その不正の、何よりの証しなんですぜ」

なる程、それはその通りだろう。

「それこそ出世の手蔓に出来やすぜ。目付だか大目付だか知りやせんけどね、そのぐれえの役職なら未《ま》だ上がありやすからね。このまま黙って言う通りに働くから出世させろとごねることだって出来やしょう。でも、ブツを手放しちまったら」

代わりは幾らでも居る、ということか。

「寧《むし》ろ切り捨てられっちまうかもしれねえ。下っ端なんてな、いつの世も使い捨てでやしょうよ。生き残るため、いや、今より好い目を見るためにゃあ、お宝を独占するしかねえでしょう。思うに黒井より上の連中は、運搬だ製錬だてえ面倒な仕事は下に丸投げしてたに違《ちげ》ェねえんで。黒井も、いざという時に足切りされねえように書付だの証文だのを残しておいたんでしょうがね」

「それを——佐田様が見付けてしまったということか」

「そうなんでしょう。ま、浅知恵ですがね。お偉いさんは証拠なんざ残さねえもんですよ。その一方で黒井やら赤澤は、自分《てめえ》の名前《なめえ》だけは律義に書いてた訳でやしょう。そんな危ねえもんを取っておいたお蔭で、間抜けなことに自分の首ィ締めることになっちまった訳ですがね。それでも、露見したとなると話は変わって来やすぜ。ことが公《おおやけ》になって困るなあ上の連中だ。この、遠野の殿様のように何も知らないお偉方だって多く居るんだ。下手すりゃ藩主にも疑いが掛かる。頼みの水野はもう居ねえ。だから黒井は」

直ちに処刑されたのか。

慥《たし》かに義晋は、口には出さぬまでも利済公を疑っていたのだ。

ここで藩が割れれば、確実に公儀は難癖を付けて来る。

改易か転封か、お取り潰しになるやもしれぬ。

「いや」

長耳が言う。

「奴《やっこ》さん、処刑されたのじゃあねえのかもしれねえ。黒井は意地張って自分で死んだか、拷問でもされておっ死《ち》んだのかもしれねえよ。そうよなあ」

拷問の線だろうなあと仲蔵は言った。

「何故だ」

「そうだろよ。何たって黒井は、金の隠し場所を吐《は》いてねえ」

そうか。

だから捜していたのか。

「黒井を操《あやつ》ってたお偉いさん方にしてみりゃ、何よりそれが大事だろうが。黒井だ赤澤だ、そんな雑魚《ざこ》はどうなったって構いやしねえ。使えるうちは使って、邪魔になりゃ首でも刎《は》ねりゃ済むこった。だが、金は欲しいだろ。五万両だぜ。なら尋き出そうとするさ。でも、尋き出せなかったんだろ」

「いや、尋き出すも何も」

そんな余裕はなかった筈だ。

「黒井は捕まって直《す》ぐに断罪されたと聞いた。詮議も何もなかったようだが――」

「そりゃ多分違う。何処かに幽閉されて尋問されていたんだろうな。黒井は家族も全員処刑されてるんだろ」

「そのようだ」

「吐かなきゃ女房殺す子供殺すと脅したんじゃねえかな。でも吐かなかったんだよ。吐いたら殺されることも承知してたんだろ。自分だけ罪に問われる腹癒《はらい》せに、あの世に持って行ったんじゃねえのか」

それが事実なら、赦《ゆる》せぬ非道である。

それで連中が送り込まれることになったんですよと鴉が言った。

「連中とは」

「宇夫方様に傷を負わせたあの無頼《ぶらい》連中で御座んすよ。ありゃ、その隠された金塊の在《あ》り処《か》を突き止めるため、盛岡から遣わされて来た連中だ。まあ、手掛かりとなる赤澤様と倉持様はご切腹、そのご家族は処払いで遠野にゃ居ねえ。居たところで多分、何も知らねえ。後は手当たり次第に嗅ぎ回り捜し廻《まわ》るよりねえでしょう。丁度、宇夫方様の朋輩の、あの乙蔵さんと同じように」

「乙蔵――か」

「金を掘り当てるんだと言って壙を掘り続けている男――当然、目を付けやしょう。しかも掘り始めたのは黒井達が死んだ直後だ。怪しまねえ方が変でしょうよ」

「そうか。あれは——」

「あいつらァな、祥さんよ。疫病騒ぎの時に盛岡藩士騙《かた》って色色工作した連中なんだよ。素浪人のろくでなしだがな、まあ盛岡藩のお偉方に雇われてたンだから、藩士じゃあねえが盛岡藩の者——ではあったんだろうがな。ありゃ」

家老の横沢の手の者よと長耳は言った。

「よ、横沢様の——すると、その」

「そうよ。長者屋敷で志津さんの親父さんを焼いたのもあの連中だ。倉持とかいう勘定方の組頭に毒薬を渡したのも連中だ。つまり、お前さんの言っていた、志津さんの仇敵《かたき》——ってことよ」

志津の仇敵か。

「お前さん言ってたじゃあねえか。志津さんの親父さん達を殺した連中には、きっちり罰を与えてえ、だから力ァ貸せとかな。まあな、水野にも鳥居にも後藤にも、この八咫鴉が先に天罰を下してた、ってことになるがな」

「いや待ってくれ長耳殿。未《ま》だ判らぬ。その残りの金塊というのは」

それを乙蔵が掘り当てたということなのか。

「それは——」

もうない、という声が玄関の方から聞こえた。

振り向くと。

玄関先に毛皮を纏《まと》った猟師風の男が立っていた。

それは——旗屋《はたや》の縫と呼ばれる叉鬼《またぎ》——熊撃ちの名人であった。

「縫か。手間ァ掛けるな」

「構わぬ。お前達の妙な仕掛けの片棒を担ぐよりもうんと易いことだ。それよりも宇夫方さんだったか。怪我はもう良いのか」

縫は玄関先に立ったままそう問うた。

「お蔭様でこの通りです。それよりも、その、もうないというのは」

金だろと縫は言った。

「何万両だか知らねえが、それはもうない。随分前に、なくなった」

「誰が掘ったのです」

「知らん。誰がいつ、何度掘ったのかも判らん」

「しかし、隠されていたのでしょう。どうしてその隠し場所が——」

「隠したとは片腹痛いわい。お偉い侍連中が何をどう思っておったのかは知らんが、使役されておったのは凡《すべ》て山の者だ。運ぶのも、製錬するのも、何もかも山の者がやらされておったのだ。僅かな手間賃でな」

隠せと命じられて隠したのも山の者だと縫は言った。

「だがな、武家だか何だか知らんが、言うことを聞かねばならん理由は、ねえよ」

「すると——」

「里の者にとって侍は偉いんだろう。だが、山の者にとっちゃどうでもねえよ。俺達は皆、誰一人として自分等《てめえら》の身分が低いなんて思ってねえ。そりゃ何か呉れれば手も貸すし、威《おど》されて使われることもあるが、媚《こ》び諂《へつら》い付き従う理由はない」

縫は板間を見渡した。

「遠野の家老とやらが、大麻座の裏手に埋めろと言ったそうだ」

「赤澤か――」

「彼処《あそこ》なら誰も近寄らぬ、安全だと言ったようだがな、笑わせる。慥《たし》かに里の者は行かないだろう。用事がない。だが山の者は別だよ。あの辺りには、気が遠くなる程の大昔から棲み付いておる奴等《やつら》が居るしな。滅多に人前には出て来ぬが、彼処は元元奴等の場所だ。そして山の者にとってはただの森で、ただの沢だ。世間師《しょけんし》も山師連中も山法師も通る。何か埋められておれば掘るし、掘り当てれば採るだろう。盗む掠《かす》めるのとは違う。山にあるものは、山の者のものだ。文句は言わせぬ」

「では、その金塊は――」

「一年もしねえうちになくなったんだそうだ。あの、乙蔵とかいう百姓が見付けたのは、掘り残しの欠片《かけら》だろう」

「乙蔵をご存じか」

「其処の――」

縫は鴉を示した。

「又市《またいち》——いや、鴉に頼まれて、ずっと護っておった。狙われているかもしれぬというのでな」

「護って——いたのですか。ではあの時も」

「ああ。真逆《まさか》、長者屋敷にあんたが居るなんて思わなかったし、あの連中が突然斬り付けるとも思わなかった。里の者は野蛮だな。女人も一緒だったし、中中手が出せなかった。あんたは助けられねえと思ったが——丁度良く宝螺抜けが鳴ったんでな。その隙に」

「あ、あなたが撃ったのか」

凶賊は鉄砲で撃たれて死んだのか。

「しかし、一体何処に居たのです。それに四人はほぼ一度に——ひ、火縄でそんなこと」

いや。

出来るのだ。

縫は奥州一、否、日の本一の鉄砲名人なのである。

「俺は糠森の樹の上に居た。あの百姓を付け回していたのは四五人の組であったから、鉄砲は四挺《ちょう》用意していた。其処の鴉は、出来るだけ人死には出すなと諄諄《くどくど》と言ったが、あの時ゃあ手加減なんか出来なかった。一撃で四人を倒さなきゃ、多分あんたも、娘も、あの男も死んでいただろう」

それは仕方がねえよ縫と鴉は答えた。

「こっちも二人ばかり死んだ」

「あれは砕けた岩が偶然に当たったのだろうよ」

「まあ、偶然といやあ偶然だ。でもなあ、輩《やつがれ》は危ねえと危ねえと何度も止めたんだ。止めたんだが、止めれば止める程に連中は躍起になりやァがって、どんどん近付いて行きやがる。下手すりゃ輩《やつがれ》まで吹っ飛んじまわァ。それで結局、間に合わなかったんで」

「間に合うって――では、あの宝螺抜けも」

「そうだよ」

長耳が歯を剝く。

「天狗に習った火薬技――そうだな阿呆鴉」

長耳がそう言うと黒衣の男は苦笑いした。

矢張《やは》り。

あの大壙は人の手に依る細工だったのだ。

祥五郎は何処かでそれを予測していたのである。しかし実際そうと知れてしまうと、啞然《あぜん》とするしかない。

「火薬って――いや、どうやったらあのようになるのですか。火薬で吹き飛ばすだけであんなに巧く壙が空くものなんですか。しかも、煙だって」

「色色とコツがあるんだそうだ。こればっかりはこの長耳様も真似出来ねえのよ。火遊びは危なくっていけねえや。聞けば山一つ撃ち崩し、鉄《くろがね》の塊みてえな大筒でさえ跡形もなく消しちまうてェ怖《こえ》え大技もあるそうだ。そうだったな」

「しかし鴉殿。何故にそんなことを」

「なくしちまうためですよ。五万両だか十万両だか知らねえが、そんなもんはありゃあっただけ禍《わざわい》を呼ぶ。心得違いの手に渡りゃ悪事の元、取り合いになりゃ諍《いさか》いの元。金の遣り取りが命の遣り取りになりやしょう。ならこの世から消しちまうしかねえだろうと――そう考《かんげ》えた」

なかったんですがねと鴉は笑う。

「最初ッからこの縫に渡りを付けてたならね、また違う仕掛けを考《かんげ》えたんだが、此度は鉄砲の出番はねえと思ったんでね。兎《と》に角《かく》、金塊はなくしちまうよりねえと思った。富ってぇのはねえ、宇夫方様。少な過ぎても多過ぎても人を狂わすもんですぜ。でも相手は金塊、燃やしたって鎔《と》けるだけ、こっそり盗み出すンでもいけねえ。見付からねえとなりゃあ、余計に捜されるだけで御座んしょう。強欲の地獄に堕《お》ちた亡者どもァ執拗《しつけ》えもんですからね、寧《むし》ろ必死になりやしょうぜ。ならこの世から跡形もなくなくなったと思わせなくっちゃ」

諦めねえ。

「でね、まあ、どうも町中に隠してるとは思えねえし、ならこいつァ派手に吹ッ飛ばしてやるのが一番だろうと、そう思ったンですがね――だからって、いきなり破裂させる訳にもいかねえし、そもそも輩《やつがれ》は、何処にそれが埋まっているのか知らなかったもんでね。だから捜し序《つい》でに、予め宝螺抜けの噂ァ流しておいたんですよ」

「ふん。どうせ法螺吹き野郎の出世の手蔓――出世螺《しゅっせぼら》てぇ駄洒落《だじゃれ》じゃあねえのかよ」

違《ちげ》えねえと言って鴉は笑った。

「そしたらあの、乙蔵さんが引っ掛かって来たんですよ。しかもその乙蔵さんを捜してる奴等《やつら》も居る。つまり、持ち主も隠し場所を知らねえということだと知れた。それじゃあ、もし見付けたとしても、派手に花火ィ上げる意味がねえ」

慥《たし》かに、それではただの天変地異と思われてしまう。

「だから、奴等が見付けるまでは、泳がせるしかなかった」

「それで、乙蔵に護衛を」

「付けて正解でやした。乙蔵さんが掘り当てりゃ、直《す》ぐにも敵に知れる。そうなったら直《ただ》ちに消し飛ばそうと、そういう算段だったんでやすがね。さっき縫が言った通り、敵さんは思ったよりずっと野蛮だったようで――宇夫方様の登場も予想の外でやしたしね。で――まあ、蓋を開けてみりゃ、もう金はなかった訳ですからね、後は簡単で――」

簡単じゃねえだろうと、長耳と柳次が揃って言った。

「人遣いの荒《あれ》えな相変わらずだな又。儂と六道屋がどんだけ苦労したのか知らねえのか。儂は、な、仕掛けの帰りがけにこの祥さん大八に乗せて、しかも走ったんだぞこの野郎」

「オウよ。あっしはね、この大入道と違って力仕事はしねえんだ。それが何だよ。夜っぴて働かせやがって」

「輩《やつがれ》は山形の連中を捌《さば》いてたんだ。近くを徘徊《うろつい》ていやがったからな。彼処《あそこ》に金が埋まっていると知らせた上で、遠ざけなくちゃいけねえんじゃねえか。面倒なんだよ」

失敗《しくじ》ってるじゃねえかと柳次は言った。

「そっちを任せろよ。天狗の弟子は手前《てめえ》だろ」

「死人操りの出る幕じゃあねえだろうよ。亡者踊らせてどうすンだよ。仕事賃は貰ってんだろうが。その分は働け」

足りねえよと柳次は言った。

「大体な、手前こそちゃんと働きやがれよ。二人も西向かせてんじゃねえか、口程にもねえ鴉野郎だぜ。まあ、あっしに言わせりゃ山形の侍連中なんざ皆殺しにしたっていいぐれえだ。その方が胸が空《す》くって案配ではあるがな。彼奴等ァ言ってみりゃ、元締の仇敵《かたき》だぜ」

「仇討ちや意趣返しでしてることじゃあねえぞ、この亡者野郎が。仕事だ仕事。生かして戻さなきゃ話が伝わらねえだろ」

「その――山形から来た侍達というのは何者なんですか」

「ああ。ありゃあ水野の手下ですよ。水野忠邦は昨年、隠居謹慎の上、山形藩に転封になったんですよ。勿論懲罰ですから抵抗は出来ねえ。ところが領民からの莫大《ばくだい》な借財残したまま前の領地を出たもんで、一揆が起こった。何とか収めたようですがね、銭は欲しくて欲しくて堪《たま》らねえんだ。銭さえあれば復権出来ると思っていやがる節もある」

そうは問屋が卸さねえと鴉は言った。

「だからね、山形の連中には、金塊が宝螺抜けでみんな噴っ飛んじまったと親方に伝えて貰いたかったんで。ところがこいつが中中難物でしてね。人の話なんざ聞きゃしねえ。まあ、三四人は生き残ったから、もう話は通ってるでしょうがね」

そうか。

慥《たし》かに話の筋こそ違っているものの、志津の仇敵討ちにはなっているのだ。実行犯ともいえる浪士達は横死し、元凶ともいえる水野忠邦は動きを封じられたことになる。

だが。

「概ねの筋書きは諒解《りょうかい》しました。だが、一つだけお聞きしたいことがある。先程から伺っていると、これは——仕事でしていることのように思えるのだが」

仕事だよと長耳は言った。

「最後の大仕事よ」

「最後——とはどういうことか。拙者は、儂は、慥かに以前その件で仕事を頼みたいとは言ったが、銭は一文も出しておらんぞ」

「頼み人はな、花だ」

「は——花さんが。いや、何故に」

「この迷家はな、相当に古いもんだが、時代時代で入れ替わり立ち替わり何人もが使ってるんだ。最後に使ってたなあ、花の親なんだよ。花の親ってな、盛岡の、その、何だ。黒井か。そいつの部下だった元侍なんだとよ。此処はな、製錬した北林の金を一時的に保管するための預り所として使われてたんだわな。此処から山の者に運ばせておったのよ。八年前《めえ》、北林の金鉱が世の中に知れ渡ることになり、その後水野が失脚した。その際に、此処も廃止されて、花の親ァ——殺されちまった」

「そう——なのか」

「オウ。この屋敷自体はもう百年からある。元元同じような用途で造られたもんなんだろ。だからな、前にも言ったが、昔の隠し金がごっそり残ってる。花ァそれで喰ってたんだ。その金が、頼み金だよ」

「それでは」

「殺されたお父っつぁんの無念を晴らしてくれ——だとよ。仇敵とってくれ、殺してくれって頼みじゃあねえ。又公の言うように、仇討ちじゃあねえんだ。とはいえ、どうやったら無念が晴れるもんなのか、こりゃ難しいところでな。それに、どう考えたって相手方の首魁《しゅかい》は水野だろ。だから儂はこの鴉と、そして柳次を呼び寄せた。この間のこともあるし、相手が水野となりゃ、儂一人じゃどうにもならねえ」

　相変わらず間抜けな仕掛けだったがなと長耳は言った。

「しかし長耳殿。水野一派は封じたとして、盛岡藩にも鼠が居るのではないのか。黒井の上には一体誰が居るのだ。その者を誅《ちゅう》さねば」

「そう逸るなよ。判ってるよ。盛岡側の黒幕は、お前さんの雇い主のご同役——家老の横沢兵庫と、ご藩主様の異父兄であらせられる石原汀だ」

「それは——」

　封じやすよと鴉が言った。

「ご安心下せえ。ただ、殺しやしねえがね」

またかよと長耳が顔を顰《しか》めた。

「この鴉はずっとこうなんだ。まだ尻《けつ》の青い時分から、殺すな殺すな言いやがる。生きて生き恥ってのが好みなんだろ。ま、こっちも荒事は不得手だがな、それでもぶっ殺したいと思うような糞《くそ》野郎も居やがるからなァ。でも、この野郎のお蔭で、宇夫方の旦那にも顔向け出来る仕事振りになったろうよ」

儂は遠野じゃ誰も殺してねえよ、と長耳は言った。

「なあ、祥さん」

祥五郎は首肯《うなず》いた。

「ま、この鴉が働く以上、遠からず連中は失脚すんだろう。そうなりゃ連中が担いでいるご藩主様も一蓮托生《いちれんたくしょう》ってことにもなるんだろうがなあ。と、いう訳でな、旦那よ。暫くはこの遠野も紛乱《ごたごた》するだろうから、儂は遁《ふ》ける」

「遠野を——出るのか」

それで綺麗に片付いているのか。

「ああ。儂はいずれは蝦夷地《えぞち》にでも渡ろうかと思うておるのよ」

手前の面ァ見たら蝦夷地の羆《ひぐま》が驚くぜと鴉が憎まれ口を叩く。

「言いやがれ。それからな、花も此処を棄てるそうだぜ。遠野を出て行くと言うからな、あれは、縫に任せることにした。此奴等《こいつら》にゃ国境《くにざかい》も何もねえしな」

「花さんもか」

あっしも暫くは寄り付きやせんよと柳次が言う。

「旦那たぁ折角お近付きになれたのにお名残惜しいことだがね。ま、あっし等《ら》と付き合って好《い》いことなんざねえがね」

みんな——去って行くのか。

「八咫——鴉殿は」

「輩《やつがれ》は未《ま》だ仕事が残っておりやすからね。暫くはこの近辺に居りやしょうが——そうだ宇夫方様、良い機会だ。一つご忠告を申し上げておきやしょう」

「忠告ですか」

「遠からず強訴一揆が起きやす。八年前《めえ》に起きた盛岡の強訴以来、ずっと火種は燻《くすぶ》っていやしたがね、ここ二三年で領民の憤懣《ふんまん》は膨らみに膨らんで、それこそ噴き出す寸前になっていやしてね。一年以内にゃ、宝螺が抜けやしょうよ」

「噴き出させようて算段なんだろ。天狗の娘があちこちで動いてると、儂は聞いてるがな。あれ、儂が会った頃は丁度今の花ぐれえの齢《とし》だったと思うが——佳《い》い女になっただろ」

長耳がにや付いた。鴉は鼻で笑った。

「煽動《せんどう》アしねえよ。それこそ人死にが出る。ありゃ逆に軽挙を抑えてンだよ。ただの暴動じゃ鎮圧されて終《しめ》ェだし、なら割喰うな領民だ。訴えて首斬られたんじゃ丸損だろ。ま、藩に金策の当てはねえだろうから、遠からず莫大な御用金の負担を領民に強いることになる。そうなりゃ、止《と》められねえ」

「一揆ですか。この――遠野にもですか」

「へい。多分、先《ま》ずはこの遠野で起きることになるかと思いやすぜ。聞けば、この遠野の殿様は大層出来たお方とか。そこは領民達も承知してる。民草の信頼は厚いと聞いておりやす。しかも筆頭家老でいらっしゃる。なら、押し寄せはこの遠野に来るでしょう」

その際――と、鴉は指を一本立てた。

「遠野の殿様、南部弥六郎様には、仮令《たとい》押し寄せがやって来ようと、決して武力で制圧しようなどと思わねえで戴きてえ。噴いた鉄瓶の蓋を押さえ付けりゃどうなります。どんどん蓋ァ撥《は》ね除《の》ける力ァ強くなる。押さえる力も同じく強めなくちゃあいけねえ。何が何でも押さえ付けていたならね」

鉄瓶でも割れますぜと鴉は言った。

それは道理だろう。

「力は力で押さえられるもんじゃあねェ。力ァ、逃がすもんですよ。ですからね、遠野のお殿様には、能《よ》く領民の声をお聞き戴いて、何が起きようとも決して粗略に扱わないようにと、何とかお伝え戴けやせんか。遠野の殿様だけは、領民の味方になって戴きてえンですよ。どうぞお願い致しやす」

鴉は頭を下げた。

「それは頼まずともそうされると思うが、ただ筆頭家老と謂えども我が殿は若輩、盛岡藩内での力は弱い。藩政を引っ繰り返すようなことは不可能だ」

いいんですと鴉は言った。

「兎《と》に角《かく》、南部義晋公には、ご藩主様——否、その側近どもとの間に距離を取っておいて戴きてえんで。輩《やつがれ》は、頼まれた以上はやり遂げるつもりでおりやす。五年掛かろうと十年掛かろうと、連中の為《し》たこと為てることの責は取らせる。必ず引き摺り降ろしやす。ただ藩主側近が倒れりゃ、何方《どなた》様に累が及ぶか知れたものじゃあねえ。察して担がれてる節があるご藩主様は兎も角も、他の方方には何の罪もねえ。その際に、義晋公にご迷惑が掛かっちゃあいけやせんからね。義晋公にはこの遠野を護って戴きてえと、こう思いましたものでね」

心得た、と答えた。

義晋にならば伝わるだろう。

柳次が立ち上がった。

「じゃあ、まあお銭《あし》も戴いたことだし、あっしはこれで失礼しやすぜ。宇夫方の旦那、ご縁があったら、また」

柳次は草鞋《わらじ》を履き乍《なが》らそう言うと、立ったままでいる縫の横を抜けて消えた。縫も何も言わず、ただ目でその背を追っただけだった。

入れ違いに奥から花が姿を顕《あらわ》した。

花は祥五郎の前に立つと、一度莞爾《にっこり》と笑った。

祥五郎はこの娘の表情が動くところを初めて見た。

切り髪の娘は音を立てずに戸口に進み、縫の横に立った。

「行くのか花」

長耳は顔も向けずにそう言った。

花は無表情に戻ると、板間をぐるりと見渡して、

「行ぐ」

と言った。

「ではな、仲蔵」

縫は短くそう言って、踵《きびす》を返し、花とともに去った。

「祥さんよ。あんた、最初あの花を、座敷童衆と間違《まちげ》えただろ。その花が出て行ったんだ」

この屋敷もお終《しま》いだよと、長耳は言った。

「いや、この時代が終わるのかもしれねえなあ。おい、鴉。いいや、又市よ。どうせ何処に遁《ふ》けようが手前《てめえ》にゃ隠せねえんだろうがな、この先何か手伝わせるンなら、もっと楽で儲《もう》かる仕事を振れよ。儂はな、もう齢《とし》なんだよ」

「手前《てめえ》は何百年も生きるだろ。化物《ばけもん》は死なねえよ」

長耳は舌打ちをしてのっそりと立ち上がった。

「祥さんよ。多分、もう会うこたあねえだろうし、会ってもそん時ゃ知らんぷり、それがこの渡世だ。まあ、付き合いは短え方《みじけ》が愉快なもんだぜ。じゃあ、達者でな」

長耳の仲蔵は巨軀《きょく》を揺らして、奥の間に消えた。

鴉が一羽、残った。

「宇夫方様。人の縁てなあ、妙なもので御座んしてね。輩《やつがれ》とあの長耳は、まあ腐れ縁。二昔《ふたむかし》より前《めえ》に縁が切れたと思ってやしたが、こんな処で繋がろうたあ思いやせんでした。生きるなあ哀しいし、辛《つれ》えがね、少しだけ」

面白《おもしれ》えと、鴉は言った。

「じゃあ、お殿様への伝言、宜しくお願《ねげ》えしやすぜ」

そう言うと鴉は腰を上げた。黒衣の男はそのまま足早に玄関を抜け、風のように消えた。

そうして――。

祥五郎は板間に一人取り残された。

再びの譚《はなし》

弘化《こうか》四年の暮れ間際。

鴉の予言通り、遠野に押し寄せ——強訴が起きた。

直接の契機は御用金五万二千五百両の賦課《ふか》であった。

九戸野田《くのへのだ》村の山働き百姓、茂助《もすけ》の煽動とも、浜岩泉《はまいわいずみ》村の牛方弥五兵衛《やごへえ》の指揮とも謂われるが、祥五郎は本当のことを知らない。

総勢にして一万二千を超える領民が遠野に押し寄せた。

遠野に至るまでの間、盛岡藩は藩兵を出し武力をちらつかせて鎮撫《ちんぶ》に努めたが、全く効果はなかったという。

しかし鍋倉館の留守居家老である新田小十郎《にったこじゅうろう》は、恰《あたか》もそれが起きることを知っていたかのような采配《さいはい》を振るい、役人を要所要所に配して混乱を避けた。

鉄砲隊の姿もあったが、それはあくまで別件で出動した帰りのことであり、押し寄せに鉄砲を向ける者は一人も居なかった。それは寧《むし》ろ、鉄砲はあるが領民に向けるつもりはないという意思表示のようにも受け取れたようだ。

打ち壊しのような暴挙暴動がない限りは、決して領民を傷付けるなという厳命も下されていたそうである。

従って一団は粛粛と遠野領内を進んだ。

押し寄せの交渉役は、盛岡側との話し合いは一切拒否し、ただ義晋のみとの交渉を望んだ。

義晋は、御用金の賦課撤廃を約束し、他に提出された二十六箇条からなる訴状のうちの約半分を認め、残りも熟慮検討の上で許可すると伝えた。

一揆は——収拾した。

一滴の血も流さずに終わった。のみならず、義晋は引き揚げる一万を超す領民達一人一人に食料を分け与えて送り返したのだそうである。

翌年。

幕府がこの一揆を見過ごす筈もなく、藩主である利済公は隠居を余儀なくされ、家老の一人である横沢兵庫は罷免された。

だが、祥五郎は知っている。

石原汀が残っている。

ならば、これで済むとは思えない。このまま温順《おとな》しくしている訳もないだろう。水野がそうであったように、必ずや復権を画策して来るに違いない。

八咫の鴉は、その度に動くのだろうか。

長い仕事になるのだろう。

祥五郎はこの一揆の騒動を契機にして、侍身分を捨てた。

そして、志津を娶《めと》った。

いや、娶ったのではなく、添うたのである。

宇夫方の家に嫁として迎えた訳ではない。祥五郎が宇夫方姓を捨てて、ただ添うたのだ。

病み付いていた母御が亡くなり、互いに天涯孤独となった所為もあっただろう。

義晋は大いに惜しんだが止めることはなく、纏《まと》まった餞別《せんべつ》を呉れた。

志津と話し合い、江戸に出て小商《こあきな》いをすることに決めた。

刀を売り、髷《まげ》も町人髷に改めて、家財も処分した。

旅支度をしている途中で、噂を聞いた。

巷の噂である。

仙人峠の中程に甘酒を出す茶屋があり、其処に譚《はなし》好きの親爺《おやじ》が居ると謂う。

その親父、民譚《むかしむかし》から噂噺、艶笑咄《バレ》、怪談奇談まで、乞えば何でも話すと謂う。寺社の縁起も石碑の由来も、醜聞から色恋沙汰、つまらぬ世間話まで、何でも識っていると謂う。遠野はいうに及ばず、奥州一円で知らぬことはないのだと豪語しているそうである。

ただ、いつも酔っており、風呂にも入らぬので臭うのだと聞いた。

その親爺、名を乙蔵というらしい。

そうか。

望みを叶《かな》えたか。

祥五郎は、峠まで出向いて会ってみようかと思ったが、止《や》めた。

噺は咄のままにしておいた方が、多分、好い。

譚であれば、嘘も実《まこと》もないのだし。

どんどはれ。

遠巷説百物語・了

挿絵

『繪本百物語』　桃山人（金花堂　天保十二年）より

主な参考文献

繪本百物語　桃山人　金花堂／天保十二年
遠野古事記　宇夫方広隆／宝暦十三年
遠野物語　柳田國男／明治四十三年
遠野物語増補版　柳田國男　郷土研究社／昭和十二年
南部叢書（第一冊〜第四冊）　南部叢書刊行會編纂　南部叢書刊行會／昭和二〜三年
遠野市史（第一巻〜第四巻）　遠野市史編修委員会編　萬葉堂書店／昭和四十九〜五十二年
日本の民俗　第一法規出版／昭和四十六〜五十年
旅と伝説　岩崎美術社／昭和五十一〜五十三年
日本庶民生活史料集成　三一書房／昭和四十三〜五十九年
燕石十種　岩本活東子編　森銑三・野間光辰・朝倉治彦監修　中央公論社／昭和五十四〜五十七年
未刊随筆百種　三田村鳶魚編　中央公論社／昭和五十一〜五十三年
日本随筆大成　日本随筆大成編輯部編　吉川弘文館／昭和五十〜五十四年
国史大辞典　国史大辞典編集委員会編　吉川弘文館／昭和五十四〜平成九年
桃山人夜話　絵本百物語　竹原春泉　角川ソフィア文庫／平成十八年

解説

澤《さわ》田《だ》瞳《とう》子《こ》

　妖怪を巡る文学史を記そうとすれば、誰もが一九九四年九月に大きな画期を置くはずだ。そう、京極夏彦氏のデビュー作、『姑獲鳥《うぶめ》の夏』が刊行されたあの瞬間である。

　当時、わたしは高校二年生。刊行直後の同作をたまたま書店で手に取り、翌々日にはクラスメイトたちに「この本、面白いよ！」と布教して回った記憶がある。その後、ほぼ四か月おきに立て続けに刊行された新刊の分厚さには喜ぶと共に激しくおののいたが、第三作『狂骨の夢』にはこんな帯がかけられていた。

――水木しげる氏絶賛　全日本妖怪ファン必読の書である。

　もちろん京極氏以前にも、妖怪を小説に描いた作家は、泉鏡花や岡本綺堂を筆頭に幾人もいた。民俗学者・宮田登や小松和彦の研究、昭和の妖怪ブームの先駆けとなった水木しげるの活躍など、我々が妖怪に親しむきっかけは数多あった。

　加えて、一九九〇年代はバブル崩壊に伴う景気悪化を背景としながら、湾岸戦争やソ連崩壊、はたまた雲仙普賢岳噴火や阪神・淡路大震災といった様々な世情不安が絶えぬ時代であった。いよいよ迫る世紀末を前にオカルトブームが各ジャンルで再燃し、角川ホラー文庫および日本ホラー小説大賞が創設されるなど、文学の世界においても幽霊や妖怪の活躍は著しかった。

そのただなかにあって、なぜ京極夏彦の作品群が熱狂的に支持され、約三十年を経た今日も確固たる「妖怪小説」の代表の座を占め続けているのか。詳しい分析は本稿の意図するところではないが、その最大の理由としては氏の諸作が既存の妖怪小説とは異なり、妖怪を描きながらも実在としての妖怪を登場させせぬ点にあるだろう。

本作『遠巷説百物語』および「巷説百物語」シリーズでも、それは同様。確かに妖怪を巡る言説は語られ、我々読者はさも彼らが実在しているかのように幻惑される。だがそれは妖怪にいて欲しいと願う人の心、彼らがいなくては納得ができぬ謎が生んだ幻。そういう意味では妖怪は確かに存在し、同時にどこにも存在しない。本作の表現を借りれば、人々の口に上った風説としての咄は、噺を経て話に落ち着き、結果、語り継がれる譚として人々の記憶に刻まれる。登場する妖怪たちは作中の人物、ひいては我々と地続きの存在であり、だからこそ読者は京極作品の妖怪に心惹かれるのだ。

『遠巷説百物語』は、「巷説百物語」シリーズ六作目。天保十年（一八三九）の上方を描いた前作『西巷説百物語』からぐんと場所を移し、弘化二年（一八四五）から翌年にかけての盛岡藩・遠野保が舞台である。主人公たる宇夫方祥五郎は、かつて『遠野古事記』なる記録をまとめた武士・宇夫方広隆の血族。そんな出自もあって、巷にあふれるハナシを聞きつけ、悉《ことごと》く知らせる「御譚調掛」なる役目を仰せつけられた青年である。

ただこの「御譚調掛」とは制度上存在せぬ御役とあって、祥五郎の身分は藩士ではなく浪々の身。その癖、盛岡藩筆頭家老と親しく言葉を交わすことすらできるという、海のものとも山のものともつかない——あえて言えば、遠野の山に生きる他界の者たちにも近しい立場に祥五郎はある。それゆえに彼は仲蔵やお花といった「半分ぐれえは化け物」である裏の世界の住人と関わり合い、異界と此界の間に漂うハナシに触れ、様々な事件に関わり合う。

興味深いのは本作各話の構成で、まず冒頭に口承される「譚」——いうなれば昔話が据えられ、その元となった巷の噂、その生まれた要因と種明かしが提示され、最後に「話」が「譚」へと昇華する瞬間を予感させて終わる。だがそれがただの形式に留まらぬことは、主人公の幼馴染として登場する乙蔵が物語の終盤においてとある生業を得、彼自身が「譚」と化すことからも明らかだ。ネタバレになるため詳しくは書けぬが、ご興味を抱かれた方はぜひ本作読了後に、『遠野物語』第十二・第十三話をご覧いただきたい。また最終話「出世螺」にて主人公たちが対峙することとなる巨悪は、今日の我々からすれば歴史的な事象であり、それ自身がこれまた一つの「譚」。つまり本作それ自身が「譚」の誕生秘話であるという事実には、ついにやりとさせられる。

ただ実のところ祥五郎が遭遇する事件の大半は、姉妹間のトラブルや奇行に走る息子に対する父親の苦悩など、平凡な人間の姿に端を発している。それがどうにも収まりきれぬ絶望へと変わったとき、妖怪は現れ、その巨大な口で理不尽や恨みを何もかもがぶりと飲み込み、日常は語り継がれる「譚」へと変化するのだ。

誰が信じるよと仲蔵は言った。

信じないだろう。

信じる訳がない。

「お信は病気、お定は神隠し。鉄漿女は狐か何かの仕業。それでいいのじゃねえか。こういうことはよ」

（「歯黒べったり」）


ならば、妖怪たちの物語とは決して異界の様相を知らせるものではない。人々が生き続けるための安全装置であり、人生の喜怒哀楽の凝りにして、日々の日常と紙一重の存在なのだ。

単行本刊行時のインタビューによれば、「巷説百物語」シリーズは現在、雑誌「怪と幽」に連載中の「了巷説百物語」でいよいよフィナーレという。ただ、一読者としては遠野保で活躍した迷家の住人たちは、その後どうなったのかと思いめぐらさずにはいられない。既刊シリーズですでにお馴染みのあの男が、本作でも思いがけず姿を見せてくれているだけになおさらだ。ことに仲蔵は「いずれは蝦夷地にでも渡ろうか」と語っていたが、前述の『遠野物語』第十三話をひも解けば、もしやこの台詞は新たなる物語の序章なのかとついつい期待してしまう（え？　勘繰りすぎですって？）。

思えば我々は日々、数え切れぬほどの噂や出来事に身をさらしている。だとすれば我々のさりげないひと言や言動が長い歳月の中で磨かれ、知らぬ間にどこかで「譚」として語り継がれていたとて、不思議ではない。そしてそこにいつしか、妖怪たちが静かに寄り添っていたとしても。──いや、待て。

そう考えれば、我々が今日知る様々な逸話の中には、もしかしたら仲蔵たちが仕組んだ「仕掛け」も交じっているのではあるまいか。あの話やこの話も、裏の世界を生きる彼らが拵えて去ったものなのでは。そう、この世に生きる哀しみがある限り、ハナシは決して絶えはせぬのだから。

だとすれば遠野保を去った彼らはいま、ぽっかり大きな口を開けた妖怪たちとともに、我々のすぐそばに身をひそめているのに違いない。

本書は、二〇二一年七月に小社より単行本として刊行されたのち、二〇二二年八月にC★NOVELSより刊行された新書版を加筆修正のうえ、文庫化したものです。

遠巷説百物語《とおくのこうせつひゃくものがたり》

京極夏彦《きょうごくなつひこ》

令和5年 2月25日　初版発行
令和6年 8月10日　3版発行

発行者●山下直久

発行●株式会社KADOKAWA
〒102-8177　東京都千代田区富士見2-13-3
電話　0570-002-301（ナビダイヤル）

角川文庫 23540

印刷所●株式会社暁印刷
製本所●本間製本株式会社

表紙画●和田三造

ISBN 978-4-04-113109-1　C0193

◇◇◇

角川文庫発刊に際して

角　川　源　義

第二次世界大戦の敗北は、軍事力の敗北であった以上に、私たちの若い文化力の敗退であった。私たちの文化が戦争に対して如何に無力であり、単なるあだ花に過ぎなかったかを、私たちは身を以て体験し痛感した。西洋近代文化の摂取にとって、明治以後八十年の歳月は決して短かすぎたとは言えない。にもかかわらず、近代文化の伝統を確立し、自由な批判と柔軟な良識に富む文化層として自らを形成することに私たちは失敗して来た。そしてこれは、各層への文化の普及滲透を任務とする出版人の責任でもあった。

一九四五年以来、私たちは再び振出しに戻り、第一歩から踏み出すことを余儀なくされた。これは大きな不幸ではあるが、反面、これまでの混沌・未熟・歪曲の中にあった我が国の文化に秩序と確たる基礎を齎らすためには絶好の機会でもある。角川書店は、このような祖国の文化的危機にあたり、微力をも顧みず再建の礎石たるべき抱負と決意とをもって出発したが、ここに創立以来の念願を果すべく角川文庫を発刊する。これまで刊行されたあらゆる全集叢書文庫類の長所と短所とを検討し、古今東西の不朽の典籍を、良心的編集のもとに、廉価に、そして書架にふさわしい美本として、多くのひとびとに提供しようとする。しかし私たちは徒らに百科全書的な知識のジレッタントを作ることを目的とせず、あくまで祖国の文化に秩序と再建への道を示し、この文庫を角川書店の栄ある事業として、今後永久に継続発展せしめ、学芸と教養との殿堂として大成せんことを期したい。多くの読書子の愛情ある忠言と支持とによって、この希望と抱負とを完遂せしめられんことを願う。

一九四九年五月三日

角川文庫ベストセラー

巷説百物語　京極夏彦

江戸時代。曲者ぞろいの悪党一味が、公に裁けぬ事件を金で請け負う。そこここに滲む闇の中に立ち上るあやかしの姿を使い、毎度仕掛ける幻術、目眩、からくりの数々。幻惑に彩られた、巧緻な傑作妖怪時代小説。

続巷説百物語　京極夏彦

不思議話好きの山岡百介は、処刑されるたびによみがえるという極悪人の噂を聞く。殺しても殺しても死なない魔物を相手に、又市はどんな仕掛けを繰り出すのか……奇想と哀切のあやかし絵巻。

後巷説百物語　京極夏彦

文明開化の音がする明治十年。一等巡査の矢作らは、ある伝説の真偽を確かめるべく隠居老人・一白翁を訪ねた。翁は静かに、今は亡き者どもの話を語り始める。第130回直木賞受賞作。妖怪時代小説の金字塔！

前巷説百物語　京極夏彦

江戸末期。双六売りの又市は損料屋「ゐんま屋」にひょんな事から流れ着く。この店、表はれっきとした物貸業、だが「損を埋める」裏の仕事も請け負っていた。若き又市が江戸に仕掛ける、百物語はじまりの物語。

西巷説百物語　京極夏彦

人が生きていくには痛みが伴う。そして、人の数だけ痛みがあり、傷むところも傷み方もそれぞれ違う。様々に生きづらさを背負う人間たちの業を、林蔵があざやかな仕掛けで解き放つ。第24回柴田錬三郎賞受賞作。

角川文庫ベストセラー

今昔百鬼拾遺　河童　京極夏彦

昭和29年、夏。複雑に蛇行する夷隅川水系に次々と奇妙な水死体が浮かんだ。「稀譚月報」記者・中禅寺敦子は、薔薇十字探偵社が調査中の案件との関わりを探るべく現地に向かう。怪事件の裏にある悲劇とは？

虚実《うそまこと》妖怪百物語　序／破／急　京極夏彦

魔人・加藤保憲が復活。時を同じくして、日本各地に妖怪が現れ始める。荒んだ空気が蔓延する中、榎木津平太郎、荒俣宏、京極夏彦らは原因究明に乗り出すが——。京極版〝妖怪大戦争〟、序破急3冊の合巻版！

虚実《うそまこと》妖怪百物語　序　京極夏彦

「目に見えないモノが、ニッポンから消えている！」妖怪専門誌『怪』のアルバイト・榎木津平太郎は、水木しげるの叫びを聞いた。だが逆に日本中で妖怪が目撃され始める。魔人・加藤保憲らしき男も現れ……。

虚実妖怪百物語　破　京極夏彦

富士の樹海。魔人・加藤保憲は目前に跪くある政治家に言った。日本を滅ぼす、と——。妖怪が出現し騒動が頻発すると、政府は妖怪を諸悪の根源と決めつけ駆逐に乗り出す。妖怪関係者は原因究明を図るが……。

虚実妖怪百物語　急　京極夏彦

妖怪研究施設での大騒動を境に、妖怪は鳴りを潜めていた。政府は妖怪殲滅を宣言し不可解な政策を次々と発表。国民は猜疑心と攻撃性に包まれてゆく。妖怪関係者は政府により捕えられてしまい……!?

角川文庫ベストセラー

対談集　妖怪大談義　京極夏彦

学者、小説家、漫画家などなどと妖しいことにまつわる様々を、いろんな視点で語り合う。間口は広く、敷居は低く、奥が深い、怪異と妖怪の世界に対するあふれんばかりの思いが込められた、充実の一冊！

文庫版　オジいサン　京極夏彦

益子徳一（72）は一人暮らし。誰かに「オジいサン」と優しく呼ばれたことを思い出したり、ゴミの分別で悩んだり、調子に乗って妙な料理を作ったり。あるがままに生きる徳一の、ささやかであたたかな1週間。

文庫版　厭な小説　京極夏彦

「厭で厭で厭で堪らなくって、それでみんな逃げ出したんだ。会社から、人生から、日常から、人間から——」あなたに擦り寄る戦慄と驚愕。厭なのに、ページを捲らずにはいられない。世にも奇怪な、7つの物語。

幽談　京極夏彦

本当に怖いものを知るため、とある屋敷を訪れた男は、通された座敷で思案する。真実の〝こわいもの〟を知るという屋敷の老人が、男に示したものとは。「こわいもの」ほか、妖しく美しい、幽き物語を収録。

冥談　京極夏彦

僕は小山内君に頼まれて留守居をすることになった。襖を隔てた隣室に横たわっている、妹の佐弥子さんの死体とともに。「庭のある家」を含む8篇を収録。生と死のあわいをゆく、ほの瞑（ぐら）い旅路。

角川文庫ベストセラー

眩談　京極夏彦

僕が住む平屋は少し臭い。薄暗い廊下の真ん中には便所がある。夕暮れに、暗くて臭い便所へ向かうと――。暗闇が匂いたち、視界が歪み、記憶が混濁し、眩暈をよぶ――。京極小説の本領を味わえる8篇を収録。

旧談　京極夏彦

夜道にうずくまる女、便所から20年出てこない男、狐に相談した幽霊、猫になった母親など、江戸時代の旗本・根岸鎭衛が聞き集めた随筆集『耳嚢』から、怪しい話、奇妙な話を京極夏彦が現代風に書き改める。

鬼談　京極夏彦

藩の剣術指南役の家に生まれた作之進には右腕がない。その腕を斬ったのは、父だ。一方、現代で暮らす「私」は見てしまう。幼い弟の右腕を掴み、無表情で見下ろす父を。過去と現在が交錯する「鬼縁」他全9篇。

文豪ストレイドッグス外伝
綾辻行人VS.京極夏彦　朝霧カフカ

殺人探偵の異名をとる綾辻行人は、その危険な異能のために異能特務課新人エージェント・辻村深月の監視を受ける身だ。綾辻はある殺人事件の解決を依頼されるが、裏では宿敵・京極夏彦が糸を引いていて……!?

ユージニア　恩田陸

あの夏、白い百日紅の記憶。死の使いは、静かに街を滅ぼした。旧家で起きた、大量毒殺事件。未解決となったあの事件、真相はいったいどこにあったのだろうか。数々の証言で浮かび上がる、犯人の像は――。

角川文庫ベストセラー

鬼談百景　小野不由美

営繕《えいぜん》かるかや怪異譚《かいいたん》　小野不由美

ゴーストハント1 旧校舎怪談　小野不由美

ゴーストハント2 人形の檻　小野不由美

ゴーストハント3 乙女ノ祈リ　小野不由美

旧校舎の増える階段、開かずの放送室、塀の上の透明猫……日常が非日常に変わる瞬間を描いた99話。恐ろしくも不思議で悲しく優しい。小野不由美が初めて手掛けた百物語。読み終えたとき怪異が発動する――。

古い家には障りがある――。古色蒼然とした武家屋敷、町屋に神社に猫の通り道に現れ、住居にまつわる様々な怪異を修繕する営繕屋・尾端。じわじわくる恐怖。美しさと悲しみと優しさに満ちた感動の物語。

高校1年生の麻衣を待っていたのは、数々の謎の現象。旧校舎に巣くっていたものとは――。心霊現象の調査研究のため、旧校舎を訪れていたSPR（渋谷サイキックリサーチ）の物語が始まる！

SPRの一行は再び結集し、古い瀟洒な洋館で頻発するポルターガイスト現象の調査に追われていた。怪しい物音、激化するポルターガイスト現象、火を噴くコンロ。怪しいフランス人形の正体とは⁉

呪いや超能力は存在するのか？　湯浅高校の生徒に次々と襲い掛かる怪事件。奇異な怪異の謎を追い、調査するうちに、邪悪な意志がナルや麻衣を標的にし――。怪異&怪談蘊蓄、ミステリ色濃厚なシリーズ第3弾。